W0022383

Jörg Mauthe

DIE VIELGELIEBTE

ROMAN

VERLAG FRITZ MOLDEN
WIEN – MÜNCHEN – ZÜRICH – INNSBRUCK

1. Auflage

Schutzumschlag und Ausstattung: Hans Schaumberger, Wien
Lektor: Franz Schrapfeneder
Technischer Betreuer: Herbert Tossenberger
Satz: Interletter, Wien
Druck: Astoria, Wien
Bindearbeit: Wiener Verlag, Wien
ISBN 3-217-00992-4

Alle sind sie gekommen, alle sind sie da.

Wir haben heute schon den elften November, aber der Himmel ist dunkelblau wie im Spätsommer, und das Thermometer zeigt zwanzig Grad bei nur schwach fallendem Luftdruck. Es paßt nicht zum Datum, dieses Wetter. Es ist unglaubhaft.

Der Geschiedene ist da und der Medizinalrat und der Fürst und der Legationsrat und . . .

Ja, es sind alle da.

Wir, einer wie der andere, sind viel zu früh gekommen und wissen nicht, wie das nur alles vor sich gehen soll. Also warten wir schweigsam, bis geschehen wird, was halt geschehen muß.

Da wir deshalb und aus vielerlei anderen Gründen verlegen sind, verharren wir steif und unbewegt; der Fürst und der Legationsrat bringen es jedoch immerhin fertig, selbst dies auf jene gewisse elegante Art zu tun, um die ich sie immer ein wenig beneidet habe. Nur der Medizinalrat bewegt sich; mir gegenüberstehend, verlagert er leise schwankend seinen massigen Leib hin und her von einem Bein auf das andere.

Das Genie ist da und der Brettschneider-Ferdi und der Nagl-Karl; an meinem Ellbogen spüre ich den des Großen Silbernen; und weil der da ist, werden auch der

Hansi, der Heinzi und der Horsti nicht weit sein; vermutlich haben sie in einiger Entfernung hinter Büschen und Steinen Position bezogen, von denen aus sie mit ihren so wachsamen Augen unsere Umgebung kontrollieren können; der Silberne ist ein vorsichtiger Mann, der sich wirklich nur im alleräußersten Fall auf Risken einläßt.

Wenn der Medizinalrat sein Gewicht auf den linken Fuß legt, wird neben seinem rechten Oberschenkel ein kleines Stück Landschaft sichtbar, bestehend aus zwei aufeinander zulaufenden Weinberghängen und, über ihrem Schnittpunkt, etwas Überschwemmungsgebiet, hinter dem weiße Flecken schimmern. Die sehen im graublauen Dunst wie Felsufer oder Lößwände aus, aber in Wirklichkeit – freilich, was ist heute schon Wirklichkeit? – handelt es sich wohl um die Wohnblöcke einer dieser großen Stadtrandsiedlungen aus den sechziger oder siebziger Jahren.

Elfter November, aber keiner von uns trägt einen Mantel. Dazu ist es zu warm.

Ich empfinde diese Wärme als unangenehm, ja fast als widerwärtig. Ein November sollte kalt sein, denke ich, oder wenigstens kühl und regnerisch, wie damals in meiner Kindheit, als die Winde, die es heute nicht mehr gibt, die Währingerstraße hinaufpfiffen oder heruntertobten. Aber von der Art sind die November schon seit Jahren nicht mehr. Ob vielleicht doch etwas dran ist an dieser Klimaverschiebung, von der jetzt häufig die Rede ist? Der Kollege Kaiser verficht ja mit einem gewissen Fanatismus sogar die Behauptung, daß wir am Beginn einer neuen Eiszeit stehen; wie sich die mit warmen Novembern verträgt, weiß ich freilich nicht, aber daß die Natur sich neuestens selbst zuwiderläuft und unnatürliche Zustände schafft, heiße Februare, nasse Sommer und nun diese Novemberwärme, das gibt denn doch auch einem laienhaften Verstand zu denken. Vielleicht sollte ich den Medizinalrat, der einem solche Sachen gerne und ausführlich erklärt, gelegentlich fragen, welche Meinung über nahende Eiszeiten er hegt – falls eine Gelegenheit dazu sich noch ergeben wird.

Elfter Elfter: das Datum merkt man sich leicht. Übrigend feiert – feiert? Nein: hat der Legationsrat heute Geburtstag. Den zwei- oder dreiundvierzigsten, schätze ich, aber vielleicht sind es auch ein paar Jahre mehr oder weniger; Tuzzi gehört zu jenem Typ, der von der Reife an fast alterslos bis zum Alter bleibt; das habe ich an ihm schon oft bewundert.

Alle sind sie gekommen, alle sind sie da.

Der Medizinalrat schwankt langsam hin und her.

Im Landesmuseum in der Herrengasse haben sie ein Diorama, das in anschaulicher Weise die Eiszeit am Donauufer darstellt: wüstes Krüppelgebüsch, in dem sich Schneehasen verbergen; hinten fließt, offensichtlich sehr kalt, die Donau, vorne ducken sich im Schutze großer Steine ein paar Eiszeitmenschen, die wohl Jagd auf das Mammut machen, das vor der Silhouette des Kahlenberges den riesigen Rüssel von der einen auf die andere Seite schwenkt. Auch ein Elch ist in diesem wirklich sehr anschaulichen Bild enthalten, aber vielleicht irre ich mich in diesem Punkt und bringe versehentlich einen wirklichen Elch in die Szene hinein, jenen, der damals plötzlich in Oberösterreich aufgetaucht ist und den Zeitungen eine Weile lang amüsanten Nachrichtenstoff geliefert hat, ehe er spurlos wieder verschwand; das Erscheinen dieses nordischen Riesenviehs inmitten unserer Wälder mag kein Irrtum gewesen sein, sondern schon ein Vorzeichen; aber das konnten wir in jenen Tagen ja noch nicht ahnen.

Alle sind sie gekommen, alle tragen schwarze Anzüge. Sogar das Genie hat einen am Leibe – der Teufel wird wissen, aus welchem Abfallhaufen es sich ihn herausgefischt hat. Natürlich paßt der Anzug nicht und sind die Ärmel über den roten Händen viel zu kurz; immerhin scheint er wenigstens sauber zu sein. Ferner hat das Genie den Bart abrasiert, was wohl als Opferhandlung verstanden werden muß; nun zeigen sich unerwartet viele Falten in seinem Gesicht. Und natürlich murmelt es vor sich hin; anders hab' ich den Mann noch nie gesehen, als unermüdlich an einem Epos murmelnd, das nach den wenigen Bruchstücken, die wir herausbekommen haben, vielleicht das bedeutendste der Welt wäre, würde es je deren Licht erblicken; aber ach, das Genie schreibt nichts nieder, es kann kaum schreiben; so wird auch dieses Kunstwerk, wie seine anderen in der Abfallgrube dort drüben auf der anderen Donauseite, nie veröffentlicht werden. Ob es weiter an seinen Gängen und Höhlen baut, nach unbestimmten, dem eigentlichen Wesen des Zufalls abgelauschten Regeln? Gleichviel. Das alles hat seine Bedeutung verloren.

An den Bäumen hängen noch viele Blätter, längst abgestorbene, die der leiseste Windhauch wegfegen würde. Aber der Wind weht schon seit Wochen nicht mehr.

Der Nagl-Karl hat eine Harmonika umhängen, nicht eine von diesen Zieh-Orgeln, die er üblicherweise benützt, sondern seine alte Budowitzer mit den Knopfregistern, die er nur zu besonderen Gelegenheiten hervorholt. Ob er beabsichtigt, heute und hier Musik zu machen? Ich fände das unpassend, doch kann, was jetzt nicht stimmt, eine Stunde später plötzlich schicklich werden. Man darf sich da durchaus auf den Nagl-Karl verlassen; seine Einsätze haben noch immer gestimmt. Übrigens ist er natürlich nicht der einzige Abgeordnete der Gilde; auch die Schneider-Brüder und der Zwerschina sind da. Und der Ferdi.

Der schwarze Anzug des Fürsten ist aus feinem Loden. Den hat er schon immer getragen, in der Schule, bei seiner Heirat und, viel später, bei seiner Verlobung. Er kann eben nicht aus seiner Haut heraus, mein alter Schulfreund Lipkowitz.

Ich kenne keineswegs alle, die da sind; einige von ihnen habe ich nie zuvor gesehen, kann mir aber trotzdem denken, wer sie sind; etliche aber sind da, von denen ich gar nichts weiß und Genaueres auch nicht wissen möchte.

Denn ein Heiliger muß zwar alles verstehen und verzeihen können, nicht aber, wenn er klug ist, alles wissen wollen.

Der Heilige bin ich.

Und darum bin ich da.

Ja, ich bin oder war bis vor kurzem ein Heiliger; und so sonderbar das auch sein mag, von allen, die da sind, hat keiner diese meine Eigenschaft bezweifelt, obgleich der eine oder andere sie vielleicht manchmal als lächerlich empfunden hat. Nur ein einziger hat es jemals gewagt, mich in vorsichtigen Worten um genauere Auskunft darüber zu bitten.

Der dies wagte, damals, in einer der Nächte des Großen Festes, war der Legationsrat gewesen, natürlich er und kein anderer, denn nur Tuzzi versteht Fragen auch nach dem Geheimnis eines Menschen zu stellen, daß man sie ohne Scheu beantwortet, weil er einem dabei den Eindruck zu vermitteln weiß, man könnte sich an jedem Punkt des Gesprächs ebensogut der Aussage enthalten wie es in eine andere Richtung lenken, ohne daß seine Anteilnahme darum geringer würde. Ich freue mich, daß ich sein Freund bin; wäre er mein Feind, würde ich mich vor diesem unvergleichlichen Amalgam von Desinvolture und Präsenz fürchten.

Wir saßen damals – das Große Fest hatte seinen Höhepunkt noch lange nicht erreicht – im „Rhodos" in der Kaiserstraße, in einer Nische, in die wir uns zurückgezogen hatten, um eine schon seit Stunden andauernde leichte Trunkenheit mit Ouzo und Retsina zu stabilisieren, abseits der kleinen Tanzfläche, auf der unsere Freundin mit dem Medizinalrat, dieser doppelt so groß wie sie und dreimal so umfangreich, einen langsamen Sirtaki tanzte, welcher die griechischen Gastarbeiter im Lokal offensichtlich entzückte, obwohl er wahrscheinlich nicht viel Ähnlichkeit mit dem aufwies, was im Piräus als Sirtaki gilt. Aber damals, während des Großen Festes, gelang uns allen ja alles: alles, was wir wollten, fiel uns damals zu und ein, warum nicht auch ein Sirtaki.

„Ja, Sie haben es erraten", sagte ich, „ich bin ein Heiliger. Und ich werde mich bemühen, Ihre Frage nach der Ursache davon zu beantworten, obzwar es sich hier um einen Vorgang handelt, der sich einer Beschreibung weithin entzieht." (Ich sprach in langen und pedantischen Sätzen, wie immer, wenn ich betrunken bin, weil ich damit beweisen will, daß der Alkohol mich gehirnlich nicht beinträchtigt.) „Soweit ich es beurteilen kann, wird man nicht durch eigenes Verdienst zum Heiligen, sondern weil sich der Wunsch oder das Bedürfnis nach dem Vorhandensein eines solchen unvermittelt an einem festsetzt. Ich will damit selbstverständlich nicht für andere Heilige, etwa die in den Kirchen, sprechen, o nein, sowas stünde mir nicht zu, obwohl ich vermute, daß es ihnen mit ihrer Heiligkeit nicht viel anders ergangen ist als mir: daß sie nämlich von ihr sozusagen überfallen wurden. Sie überkommt einen, die Heiligkeit, verstehen Sie?"

„Wie eine Gnade?" fragte Tuzzi.

„So ungefähr. Aber eine Gnade ist es nicht, denn besonders glücklich macht mich die Heiligmäßigkeit keineswegs. Eher im Gegenteil."

„Es steht nirgends geschrieben", sagte Tuzzi, „daß Gnade etwas Angenehmes ist. Nach der Meinung der Scholastiker ist sie irresistibel und infinit. Man wird sie, wenn man sie einmal hat, willentlich so wenig los wie nur irgendein Danaergeschenk. Ihr Evangelischen seid da allerdings etwas anderer Meinung, nämlich der, daß man sich durch einen Willensakt der Gnade sehr wohl entledigen könnte, aber . . . "

„Dann muß ich in dieser Beziehung ein Katholik sein", sagte ich, „weil ich wirklich nicht weiß, wie ich diese Gnade, falls sie also eine ist, je wieder loswerden könnte – es sei denn, sie selbst findet ein anderes Objekt oder Subjekt, auf dem sie sich freundlicherweise niederlassen wollte."

„Damit sollten Sie im gegebenen Fall lieber nicht rechnen", sagte Tuzzi einsichtsvoll und mitfühlend, indem er in die Richtung unserer Sirtakitänzerin eine kleine Verbeugung machte, die von ihr mit einem lustigen Augenzwinkern beantwortet wurde. „Doch was immer Ihre Empfindungen sein mögen – ich beglückwünsche Sie dazu. Denn immerhin: was Ihnen widerfährt, ist mehr als Liebe."

„Danke vielmals", sagte ich. „Aber ich gestehe Ihnen, daß mir etwas weniger, nämlich schon die Liebe, völlig genügen würde. Was darüber liegt und mehr ist, übersteigt auf die Dauer meine Möglichkeiten."

„Ja", sagte Tuzzi nach einer Pause, „Ihnen würde es genügen. Und mir, weiß der Himmel, auch. Und uns allen. Aber ihr nicht. Ihr eben nicht."

Wir tranken Retsina und sahen eine Weile auf die Tanzfläche, wo ein graziöses Mammut mit einem kleinen bunten Vogel tanzte. Der Kellner Antonios trug einen großen Stoß Teller herein. Die Griechen ringsum begannen rhythmisch in die Hände zu klatschen.

„Sie lieben Sie also ?" sagte ich.

„Noch immer", sagte Tuzzi (und auch mit diesem rückhaltlosen Geständnis vergab sich der bewunderungswürdige Beamte nicht das geringste – aus dem einfachen Grunde, weil es jeder von uns eh schon wußte). „Und für immer. Und falls Sie das tröstet: Meine Liebe ist ebenso irresistibel und, mir scheint, auch infinit wie Ihre Gnade."

„Eine Art Trost ist es schon", sagte ich ernsthaft. „Und sie?" fragte ich weiter; denn obwohl ich mehr davon wußte als Tuzzi selbst, was meiner Eitelkeit, ich gebe es zu, so nebenbei doch einigermaßen schmeichelte, war ich doch sehr erpicht darauf, zu hören, wie er seine Meinung formulieren würde: vielleicht ergab sich daraus ein kleiner Hinweis auf die Lösung meiner und einiger anderer Probleme, die sich seit geraumer Zeit in einer Weise verknüpften, welche mir Angst machte; auch hoffte ich, daß andere, Tuzzi zum Beispiel, die Situation weniger kritisch empfinden würden; als Heiliger war ich ja schließlich verpflichtet, selbst geringen Hoffnungsschimmern nachzugehen.

Tuzzi gab mir keinen.

„Sie? Sie liebt mich natürlich auch", sagte er. „Aber nicht mehr als alle anderen."

,,Sie hätten zutreffender sagen sollen: so sehr wie alle anderen."

,,Das ist richtig, und ich danke Ihnen für diese Korrektur; sie war notwendig, denn selbstverständlich teile ich mit allen Rittern und Narren ihres Hofstaats, Sie keineswegs ausgenommen, die Überzeugung, daß keiner von uns auch nur das Maß verdient, das man uns da so leicht zubilligt. Trotzdem: ich kann's nicht ertragen, nicht mehr geliebt zu werden als Sie und ihr alle. Ich bring's einfach nicht über mich. – Ich habe Ihnen nun meine Amfortas-Wunde gezeigt, die unaufhörlich blutende, aber da wir beide halb betrunken sind, wollen wir einander verzeihen: Sie mir, daß ich solche Sachen sage, ich Ihnen, daß Sie mich's haben sagen lassen. Verzeihen Sie vielmals. Sehr zum Wohl!"

So verziehen wir einander als gute Freunde und tranken miteinander Ouzo und Retsina. Dann verbarg Tuzzi die Wunde wieder unter dem Mantel seiner Desinvolture und fragte mich, leichthin wie eh und je, wie sie mich denn erwischt und überkommen habe, die Gnade der Heiligkeit? Und ob sich dies unter sehr dramatischen Umständen abgespielt habe?

,,Keine Spur von Dramatik", sagte ich. ,,Es war das die einfachste Sache der Welt und kam so selbstverständlich, daß ich's zunächst gar nicht bemerkt habe und erst viel später begriff. Es war weiter nichts, als daß sie mich eines Tages fragte, ob ich sehr gebildet sei."

Aber weiter kam ich damals im ,,Rhodos" nicht, denn es war die Stimmung inzwischen zur Turbulenz gediehen. Die Musiker hatten ihre Verstärker auf höchste Lautstärke gedreht, und die Griechen klatschten rasend in die Hände, weil der Medizinalrat unsere Freundin, ohne seine Schrittfolge zu unterbrechen, mit beiden Händen über seinen Kopf hinaufstemmte, und in diesen Wirbel hinein knallten die zerbrechenden Teller, die nun von allen Seiten vor die Füße der Tanzenden geschleudert wurden.

Da unten in der Senke, hinter den beiden sich überschneidenden Bergrücken, wird geschossen. Das Echo der Schüsse läuft im Zickzack zwischen den Hängen herauf. Der Medizinalrat hat in seinem Hin- und Herschwanken innegehalten, ich habe endlich den Blick frei auf das Stück Donaulandschaft dort unten, sehe aber weiter nichts. Die Schüsse verhallen, der Medizinalrat beginnt sich wieder hin und her zu wiegen.

Die fade Wärme, das regungslose Herumstehen, die Nachwirkungen der Schlafpulver aus den letzten Nächten machen mich ganz benommen, das mammuthafte Schwanken vor mir wird mir noch Übelkeit bereiten. Ich muß die Augen schließen.

„Lehnen S' Ihnen ein bissl an mich", flüstert eine Stimme neben mir, und eine kräftige Hand schiebt sich unter meinen Ellbogen. Ich nehme diese Stütze dankbar an, froh darüber, daß mich nach alldem, was geschehen ist, noch einer so freundlich zu berühren wagt; ehe ich die Augen schließe, sehe ich einen prüfenden Blick aus dem Einauge des Medizinalrats; aber das kränkt mich nicht.

„Und tun S' Ihnen wegen der Schießerei nicht beunruhigen", flüstert die Stimme; es ist die des Silbernen. „Das hat weiter nix zu bedeuten. Nicht um diese Zeit."

„. . . Sind Ihre Buben da?" frage ich ebenso leise.

„Freilich."

Da kann ich ja beruhigt die Augen zumachen und mich von der Wärme ein bißchen narkotisieren lassen.

Ja, der Medizinalrat hat den kleinen Vorgang natürlich wahrgenommen. Sicherlich hat er mit dem Computer, der sich neben vielen anderen Sachen in seinem Riesengehirn verbirgt, in Sekundenschnelle meinen Blut-, den Luft- und psychischen Druck sowie etliche andere Parameter in Relation gebracht; falls es notwendig sein sollte, wird er sich um mich kümmern. Vorderhand hat er sich damit begnügt, dem Silbernen mit einem Kopfnicken zu bestätigen, daß der Griff unter den Ellbogen schon richtig ist.

Zwischen uns dreien, dem Arzt, mir und dem Silbernen, besteht eine Beziehung besonderer Art. Wir waren dem Geheimnis etwas näher als die anderen. Der Medizinalrat wäre nicht hier, wenn es nicht den Silbernen gäbe, und den Silbernen gäbe es ohne den Medizinalrat nicht mehr. Und wir alle stünden jetzt nicht hier, wenn ich nicht versucht hätte, die unheiligste Pflicht zu erfüllen, die je einem Heiligen auferlegt worden ist.

Unerwartet von jäh einsetzendem Schmerz überfallen zu werden, von so gräßlichem Schmerz, daß man sich, auch wenn man ein starker tapferer Mann ist, wie ein Wurm krümmen und laut stöhnen muß, ist ein widerwärtiges Erlebnis.

Wenn sich dergleichen aber in einem gutbesuchten Heurigenlokal und zu jener nachmitternächtlichen Stunde ereignet, in der das Publikum endlich dahin gekommen ist, seiner Sinne nicht mehr ganz mächtig und somit gut aufgelegt zu sein – dann tritt zum hilflos machenden Schmerz auch noch die Scham hinzu, aus der Rolle gefallen zu sein und ein ganz und gar unpassendes Schauspiel zu bieten. Vollends schlimm wird die Sache, wenn man, sei's aus Charakter, sei's aus beruflichen Gründen, viel Wert darauf legen muß, so wenig Aufmerksamkeit wie nur möglich auf sich zu ziehen. Um Haltung zu ringen nützt da wenig, das vermehrt den Krampf der Kolik nur noch. In einem solchen schlimmen Augenblick will man nur eines, nämlich rascheste Hilfe.

Die anderen Gäste aber, die sich nun um den Stöhnenden drängen, reagieren leider panisch. Einer empfiehlt, den Leidenden in die Seitenlage zu bringen; ein anderer rät, gleichfalls aus vagen Erinnerungen an weit zurückliegende Erste-Hilfe-Kurse, die Füße – oder besser den Kopf? – hochzulagern; einer stürzt zum Telefon, aber das ist von einem Betrunkenen blockiert; die Kellnerin ruft laut, ob vielleicht ein Arzt im Lokal ist, aber gerade diesmal ist natürlich keiner da; um den Telefonhörer, den der Betrunkene nicht aus der Hand geben will, entspinnt sich eine Rauferei; der plötzlich Erkrankte stößt nun bereits dumpfe Schreie aus; manche steigen auf Sessel, um besseren Überblick zu haben . . .

. . . und dann kann es, wenn der Leidende Glück im

Unglück hat, passieren, daß eine kleine Person mit schneidender Stimme für Vernunft sorgt, die zwei relativ Nüchternsten aus der Menge heraussucht, mit deren Hilfe den sich Krümmenden aus dem Lokal schafft, ihn in ihr Auto verlädt und schleunigst zum nächsten Spital fährt.

„Die Ärzte", sagte diese kleine Person am darauffolgenden Montagmorgen zu mir, ehe wir unsere Arbeit aufnahmen, „gehören vertilgt. Und in die Spitäler sollte man Bomben schmeißen. Aber große!"

„O je!" sagte ich mißtrauisch, denn ich wußte, was von solchen Mitteilungen zu halten war. „Du hast wieder einmal Krach gemacht?"

„Und was für einen!" sagte sie in einem Tonfall, der darauf schließen ließ, daß sie bei der Ausrottung von Ärzten und der Demolierung von Spitälern bereits schöne Anfangserfolge verzeichnen konnte.

„Na, dann schildere, mein Kind."

„Sag nicht Kind zu mir. Daß ich dir erzähl . . ."

Sie hatte also den Mann kurzerhand in ihren Volkswagen verladen, um ihn schnellstens ins nächste Spital zu bringen. Auf dem Weg dorthin war die Kolik oder der Anfall oder was immer so überwältigend geworden, daß der Unbekannte schon mehr tot als lebendig, jedenfalls aber bereits bewußtlos schien. Der Nachtportier des Krankenhauses aber war davon keineswegs beeindruckt, sondern eher geneigt gewesen, die Sache als eine gegen ihn persönlich gerichtete Ruhestörung aufzufassen, hatte umständlich wissen wollen, warum man denn da nicht die Rettung oder den ärztlichen Notdienst gerufen hätte, und schließlich wissen lassen, daß man den Erkrankten ins Ferdinand-Spital am entgegengesetzten

Ende der Stadt zu bringen habe, wo erstens sowieso Nachtdienst gemacht werde und zweitens freie Betten vorhanden seien.

„Da hab' ich dann Krach geschlagen!" beendete die Freundin die drastische Schilderung dieses Vorgangs.

„Mit Erfolg?"

„Meine Krachs haben meistens Erfolg."

„Ich weiß, ich weiß. – In welchem Krankenhaus hat sich denn diese Geschichte abgespielt?"

„Im Dorotheer-Spital. Na, die werden dort noch eine Weile an mich denken!"

Diese Mitteilung am Montagmorgen freute mich wenig, denn es gehörte zu meinen Gewohnheiten, am Abend eines jeden Montags einen alten Freund aufzusuchen, um in seinem Dienstzimmer ein Glas Rotwein zu trinken und gescheit zu plaudern, ehe wir gemeinsam und gemächlich die Mariahilfer Straße hinunter in die Innere Stadt spazierten; Montage pflegen, wie jeder Berufstätige weiß, von Ärgerlichkeiten erfüllte Tage zu sein – und eben drum hatte ich's mir so eingerichtet, daß ihnen dergestalt wenigstens ein harmonischer Ausklang sicher war.

Jenes bequeme Dienstzimmer jedoch befand sich im Dorotheer-Spital, und sein Inhaber – und Leiter dieses Krankenhauses – war mein Freund, der Medizinalrat.

Ob sie im Spital ihren Namen oder ihre Arbeitsadresse hinterlassen habe, fragte ich sie besorgt. Nein, sagte sie, oder vielleicht doch, das wisse sie nicht mehr so genau. Ob sie nach dem Portier womöglich auch noch einem Arzt Krach gemacht habe? Und wie! sagte sie. Einem großen Dicken, der ein schwarzes Monokel getragen und vor Arroganz gestunken habe.

Was eine ziemlich zutreffende Charakterisierung des Medizinalrates war.

Die kleine Affäre fügte also den üblichen Montag-Widrigkeiten noch eine weitere hinzu. Zwar war der Medizinalrat nie in meinem Büro gewesen, konnte also nicht wissen, daß es sich bei der Krachmacherin der letzten Nacht um meine Mitarbeiterin handelte, wußte andererseits auch sie nicht, daß ich mit jenem einäugigen Arzt befreundet war – aber wenn sie ihren Namen und ihre Adresse doch hinterlassen hatte, war damit zu rechnen, daß über kurz oder lang auch ich in die Angelegenheit einbezogen würde. Und obwohl es sich im Grunde nur um eine Lappalie handelte, ging's mir doch den ganzen Tag im Kopf herum, wie und mit welchen entschuldigenden Worten ich sie, falls sie zur Sprache käme, ausbügeln sollte. Ich muß in meiner Kindheit ein Trauma erlitten haben, das mich Zwistigkeiten zwischen mir lieben Personen stets über Gebühr fürchten ließ.

Es war aber dann überraschenderweise der Medizinalrat, der, kaum daß ich abends in einem seiner Lederfauteuils versunken war, das Wort ergriff – und wenn ich sage, daß er es „ergriff", dann meine ich das auch, denn genauso ging er stets mit Worten um: zugreifend und sie packend, ausschweifend mit ihnen und sie so bald nicht wieder hergebend.

„Kannst du dir vorstellen", sagte er, während er wie ein Elefant durch die üppige Landschaft seines Zimmers stampfte, „daß ich Beängstigung verspüren könnte? Daß ich in Angstzustände, ja aus Angst geradezu in ein, wenn auch nur sekundenlanges, Koma verfallen könnte? Kannst du dir das vorstellen?"

„Nein", sagte ich. Ich wußte, daß der Medizinalrat im letzten Krieg als Jagdflieger zweimal abgeschossen worden war, daß sie ihm dafür erst ein Ritterkreuz umgehängt und später aus ähnlicher Ursache noch das Eichenlaub draufgepickt hatten.

„Du kannst es nicht, denn du kennst mich“, sagte er befriedigt. „Und ich konnte es auch nicht, schon seit langer Zeit nicht mehr.“

Später war er dann degradiert, an den Füßen aufgehängt, fast zu Tode geprügelt und schließlich in eine Strafkompanie gesteckt worden; seither trug er ein schwarzes Monokel vor einer leeren Augenhöhle.

„Heute nacht aber hab' ich Angst gehabt – echte Angst. Man sollt's nicht glauben.“

Dann, nach dem Krieg, war er zwei Tage und eine Nacht lang mit zerbrochenen Knochen im Steilhang des Mount Cirbiz gehangen, hatte er den zweiten Platz einer Judo-Staatsmeisterschaft (Schwergewicht) errungen und so weiter.

Er war ein Mann von großer Extravaganz, berstend vor Wissen, von lärmendem Wesen und sehr melancholisch; die flache Glasdose auf seinem Schreibtisch enthielt etliche Gelatinekapseln, die, wie er behauptete, mit Zyankali gefüllt waren; ihr Anblick, sagte er, gäbe ihm allerhand interessante und gelegentlich auch köstliche Gedanken ein: Schau dir, sagte er etwa, diese kleinen Dinger an und bedenke, daß in ihnen alles enthalten ist, was du wünschst, das Nichts und die Unendlichkeit, das Absolutum und das endgültige Arkanum! – Ich bin nie dahintergekommen, ob er's ernst meinte oder ob er mit solchen Bizarrerien nur seinem Drang nachgab, andere zu verblüffen, jenem Drang, der ihn zu einem der begehrtesten Pokerspieler der Welt hatte werden lassen (er ist deswegen oft nach Paris oder New York geflogen, immer angenehm erschöpft zurückgekommen, hat dann umgehend für sein Spital sündteure Apparaturen angeschafft, die ihm von den Beamten verweigert wurden, doch hat er diese Wohltaten jedesmal sorgfältig an die große Glocke gehängt, worauf ihm die Beamten erst recht Scherereien verursachten) – ja, er war stets ein Mann mit vielen Eigenschaften, unter denen Gier und eine ordentliche Portion Narrheit nicht die am wenigsten charakteristischen waren; aber Ängstlichkeit gehörte gewiß nicht zu ihnen.

,,Es ist nicht zu glauben", sagte er und schüttelte den Riesenkopf mit den weißen Stoppeln, ,,was einem auf dieser Welt nicht alles passieren kann! Zum Beispiel, daß mir ein weibliches Wesen, ich weiß nicht, war es ein Mädchen oder eine Frau, das mir nicht einmal bis zur Brust reichte . . ."

Er zeigte mit der Hand in eine Gegend, in der sich sein Nabel befinden mochte.

,,. . . daß mir ein solches Geschöpf Angstgefühle verursachen könnte. Kannst du dir das vorstellen? Ist dir schon sowas passiert?"

,,Erzähl bitte Genaueres", sagte ich und war erleichtert, denn er würde anders gesprochen haben, wenn er mich nicht für ahnungslos gehalten hätte.

,,Bitte sehr. Und trink einen Schluck – Übung macht den Meister, und vielleicht bring' ich dir durch allmähliche Gewöhnung doch noch bei, was Rotwein ist. Der Casus ist wirklich exakter Beschreibung wert: Heute nacht also gegen zwei – ich habe wieder einmal hier geschlafen, oder vielmehr: ich schlafe schon seit einigen Wochen hier, denn meine Familie geht mir wieder einmal in unbeschreiblicher Weise auf die Nerven, ja, ich weiß, ich bin ein schwer erträgliches Monstrum, dies ist wahr, gehört aber nicht hierher – wie dem auch sei, heute nacht also gegen zwei erhebt sich draußen am Gang vor meiner Tür, erhebt sich, wie soll ich es definieren: ein Geschrei? ein Getöse? ein Streit? Sagen wir, daß es ein Mordskrawall war, höchst unpassend für ein Institut wie dieses, dem ein Arzt vorsteht, der Schlaf schon deshalb für die beste aller Medizinen hält, weil sein eigenes Schlafbedürfnis ein außerordentliches ist. Ich schlafe gern und tief, und meine Sklaven wissen, daß ich unleidlich bin, wenn ich aus meinen süßen Träumen geweckt werde. Dementsprechend wütend über den Krach vor meinem Zimmer fahre ich auf, sause zur Tür, reiße sie auf – und was finde ich dort draußen vor? Was?"

Der Medizinalrat war, ich bemerkte es verwundert, ziemlich aufgeregt; ich hatte ihn so eigentlich noch nie gesehen. Trotzdem vergaß er auch jetzt nicht seine rhetorischen Kniffe, die er, wie vieles andere, meisterhaft beherrschte: er ließ die unbeantwortete Frage in der Luft hängen, putzte nachdenklich sein schwarzes Monokel – eine Gewohnheit von ihm, die rätselhaft war, denn er sah ohnehin nicht hindurch –, steckte es wieder vor die Augenhöhle, holte ausreichend Luft und beantwortete seine eigene Frage:

„Ich sah zu meiner Linken die Oberschwester an der Wand lehnen, und zwar bleicher als ebendiese; du wirst nach so vielen Besuchen bei mir vielleicht den Eindruck gewonnen haben, daß es sich bei der Schwester Sigrid um eine ausgesprochene Bestie handelt, und dieser Eindruck wäre richtig, denn die Schwester Sigrid ist wahrhaftig eine solche, ein Dragoner mit Busen, ein Weib aus Eisen, das den Teufel das Fürchten lehren könnte – gottlob, wie ich fromm hinzufüge, denn solcherart werden die Damen und Herren des medizinischen Personals in der Zucht und Ordnung des Herrn gehalten wie in keinem anderen Wiener Spital."

„Ja, so einen Eindruck habe ich von ihr", sagte ich.

„Um so besser. Und nun imaginiere bitte weiter, daß diese Oberschwester nach Luft schnappt und der Sprache nicht mehr fähig ist. Denke dir ferner zu meiner

Rechten den Portier Brosenbauer, an welchem die Rettungsleute schon so viele Haufen von Blutüberströmten, in Schmerzen sich Windenden und Sterbenden vorbeigetragen haben, daß ihm längst Hornhäute über die Seele gewachsen sind – denke dir diesen Mann in einer Erscheinungsform, in der es ihm vor Wut die Red' derart in den Hals hinein verschlagen hat, daß er am Rande eines Apoplexus steht. Stell dir ferner einen mazedonischen Krankenpfleger vor, der von unserer Sprache nur die bösen Worte kennt, die ihm der liebe Herr Brosenbauer und die liebe Schwester Sigrid zwanzigmal pro Tag an den Kopf werfen, der aber jetzt vor Glück buchstäblich die Zähne bleckt. Stell dir das vor!"

„Und wo bleibt in diesem Bild der Kranke?" sagte ich.

„Der Kranke? Woher weißt du, daß da ein Kranker vorhanden war?"

„Ich denk' mir's halt", sagte ich und schwor mir, besser auf der Hut zu sein. „In einem Spital? Um diese Zeit?"

„Na ja, ein Kranker war natürlich da. Eine schwere Nierenkolik offenbar oder eine akute Appendicitis. Lag auf der Bahre hinter jenen Vertretern der Spitalsfolklore und war bewußtlos. Und vor alledem stand . . . ah, ich sage dir!" Das Mammut, viel zu groß selbst für dieses geräumige Zimmer, blieb eine Weile stehen und wiegte sich nachsinnend hin und her; in den Regalen schepperten leise die geschmacklosen, aber massiv silbernen und goldenen Tee-und Kaffeegeschirre, welche dankbare Exoten als Präsente für die Behandlung streng geheimer Krankheiten hinterlassen hatten; in den Fenstern wurde es schon dämmrig, und ich dachte, daß es Zeit würde, endlich die Mariahilfer Straße hinunterzubummeln, um dem ärgerlichen Montag einen harmonischen Abschluß zu geben. Aber der Medizinalrat dachte leider nicht daran; er war begierig, seine Geschichte loszuwerden.

„. . . Ich sage dir: es hatte dieses Geschöpf, nur wenig über den Nabel reichte es mir, es hatte zu dieser unmenschlichen Zeit von zwei Uhr morgens und in der miserablen Nachtbeleuchtung, die wir draußen haben, etwas von einer Erscheinung an sich. Von einer Erscheinung, jawohl, ich finde kein präziseres Wort dafür, obwohl sich diese Erscheinung in Worten und Wendungen äußerte, die ausgesprochen irdisch klangen und ziemlich bodenständig artikuliert waren, sehr originell, wie ich trotz meiner Verschlafenheit und meines Erschreckens bemerkte, nicht gerade zimmerrein, und in einer Lautstärke vorgetragen, die einem durch Mark und Bein schnitt; es würde mich nicht wundern, wenn der Verputz im Gang seit heute nacht Sprünge zeigte . . .“

„Na schön“, sagte ich ungeduldig, denn ich begriff noch immer nicht, was den Medizinalrat eigentlich so erregte, „du bist halt von einer nervösen Person beschimpft worden. Trag's mit Würde, sowas kann schon einmal passieren, auch einem berühmten Mediziner, und wir sollten jetzt endlich . . .“.

„Du verstehst überhaupt nicht, was ich dir erzählen will“, sagte der Medizinalrat. „Laß mich gefälligst ausreden. Wo war ich? Ach ja, bei den Posaunen von Jericho. Trotz dieser Töne also und trotz der unüberhörbaren Ordinärität etlicher Ausdrücke, unter denen der mehrfach wiederholte Hinweis, daß ich ein fettes Arschloch sei, noch vergleichsweise milde war, trotz und bei alldem hatte dieses winzige Frauenzimmer, du wirst lachen, wenn ich es dir sage, etwas Leuchtendes an sich. Eine Aura sozusagen. Einen buchstäblich sinnlich wahrnehmbaren Schein, wenn du willst. Und das war es, was mich erschreckt hat, was mir, glaub's oder glaub's nicht,

Angst gemacht hat! Ja, ich habe mich vor diesem Geschöpf gefürchtet.“

Ich sagte nichts, denn ich merkte endlich, daß der Medizinalrat nicht, wie so oft, nur ein amüsantes Histörchen erzählen, sondern von einer ernstlichen Beunruhigung berichten wollte.

„Ich habe mich heute den ganzen Tag hindurch, als ob ich nichts Besseres zu tun hätte, mit der Frage beschäftigt, ob gewisse Redewendungen wie die von der glühenden Wut, vom sprühenden Zorn, von der flammenden Begeisterung und so weiter, ob die nicht einen physikalischen Zustand beschreiben, der an dazu besonders disponierten Personen, an Menschen zum Beispiel von einer gewissen gesteigerten Lebensintensität, tatsächlich so etwas wie ein wahrnehmbares Leuchten hervorrufen kann. Bei Heiligen, die ja sicherlich sehr lebendige Wesen waren, gilt das ‚leuchtende Antlitz‘ ja fast als Stereotyp; der bekannte Heiligenschein ließe sich solcherart als rares, aber nicht übernatürliches Phänomen erklären. Ich habe mich während meiner medizinischen Laufbahn nie um solche Schwerbeweisbarkeiten gekümmert, aber vielleicht tu' ich's noch einmal, denn diese Begegnung hat mich beeindruckt, ja, sehr beeindruckt.“

Diese Schilderungen meines Freundes bereiteten mir Freude und große Sorge. Ich freute mich, daß er das Einzigartige am Wesen der in Frage stehenden Person so gut erkannt hatte und davon so überwältigt war. Was er gesagt hatte, stimmte alles, besonders aber seine Erkenntnis ihrer Lebensintensität. Ja, ihre Präsenz war überwältigend: was immer sie tat, tat sie ganz und gar, als täte sie es nur ein einziges, nämlich dieses Mal, ohne Erinnerung daran, daß sie es vielleicht schon früher einmal getan hatte, und ohne daran zu denken, daß sie es vielleicht wieder tun würde. Darum auch war sie durch und durch unschuldig, als stünde sie gänzlich außerhalb von Ursachen und Wirkungen. Auch tat sie alles, was sie tat, ohne Rück- und Vorsicht, vielmehr ganz dem augenblicklichen Tun hingegeben: sie konnte zweiundsiebzig Stunden durcharbeiten, ohne auch nur von ihrem Sessel aufzustehen – das bedeutete drei aufeinanderfolgende Nächte ohne Schlaf; aber sie konnte - was sie freilich zu selten tat - gut und ebenso lange schlafen, denn sie benützte den Schlaf nicht als Droge, sondern genoß ihn wie Essen oder Trinken oder das Schwimmen in einem See. Sich zu verstellen, war ihr unmöglich: wenn sie sich freute, zeigte sie es, wenn sie litt, zeigte es sich, und wenn sie zornig wurde - nun, der Medizinalrat hatte es erlebt.

„Leuchten, ein sinnlich wahrnehmbares Leuchten! Sowas wie ein Heiligenschein, verstehst du?“ sagte er. „Nicht, daß es sich um eine Heilige gehandelt haben dürfte, nein, so weit gehe ich nicht, eine Heilige würde mich ja wohl nicht einen ausgefressenen Volltrottel nennen und Verbrecher, der die Menschen glatt krepieren läßt, weil er vor Faulheit stinkt undsoweiter.“

Warum aber war ich auch besorgt, wenn ich mich doch freute, daß ich diesen Mann, dessen Urteil mir in vielen Dingen wichtig war, mit solcher Anerkennung, ja Begeisterung von einem Menschen sprechen hörte, den ich liebte?

Da ist sie nun wieder, die Frage, um die ich einen Umweg gemacht habe, sooft sie sich mir stellte, täglich also, die Frage, die ich sowenig beantworten kann wie die nach den Umständen und Ursachen meiner sonderbaren Heiligkeit. Nicht danach, ob sie liebte, ging die Frage, sondern nach dem Wie davon; denn ich liebte sie nicht nur als eine Frau, wie fast jeder Mann, der in ihre

Nähe kam, sondern auch als der Heilige, zu dem sie mich wider Willen gemacht hatte und dem sie sich ein für allemal so völlig anvertraut hatte, daß er solcherart unausgesetzten Zugang zu der wirklichen Wahrheit eines anderen Menschen fand, was, wie der Mensch nun einmal beschaffen ist, selbst dem Liebenden höchstens augenblicksweise gelingt, auf Dauer aber eben nur dem Heiligen zuteil wird; darum war sie einzigartig für mich, wie das letzte noch lebende Exemplar einer schon längst ausgestorben geglaubten Spezies für einen Naturforscher oder Ethnologen; ich wußte zu jeder Minute, was sie dachte, aber immer hatte sie mit viel unschuldiger Listigkeit schon längst vorher aus mir herausgebracht, was ich dachte, oder wußte sie, wie ich von Mal zu Mal denken würde, um so denken zu können wie ich (daß dem so war, wußte sie hingegen nicht; das Reflektieren war keineswegs ihre Stärke); am Ende liebte ich sie wohl als mein besseres, weil deutlicheres Ich. Ich bin kein glücklicher Mensch, also bin ich sentimental; da ich sentimental bin, suche ich das Glück nicht bei mir, sondern bei anderen. Und sie war, könnte ich heute sagen, mein Glück.

Deshalb war meine Sorge um sie jederzeit fast so groß wie meine Liebe: wie ein Entdecker suchte ich meinen Fund ein wenig geheimzuhalten oder ihn wenigstens davor zu bewahren, von anderen in seiner ganzen Bedeutung erkannt zu werden. Ich war nicht eifersüchtig, niemals, auf keinen, den sie liebte – nicht auf Tuzzi, nicht auf den Fürsten, nicht auf ihren Geschiedenen. Aber ich fürchtete jeden, der ahnungslos und unwissend in ihren Kreis trat und vielleicht nicht genug Liebe mitbrachte, um das Einmalige dieser Existenz zu begreifen und mit uns anderen zu bewahren, sondern es aus Unwissenheit zerstören würde.

Das war, so ungefähr, der Grund, warum mich die Mitteilungen des Medizinalrates mit Sorge erfüllten; seine in jeder Hinsicht schwergewichtige, raumverdrängende und zynische Persönlichkeit wünschte ich nicht in der Nähe meines Geheimnisses zu sehen; ich konnte mir den Medizinalrat nur allzugut als Zerstörer vorstellen; und er kannte mich wahrhaftig gut genug, um mich, falls er's wollte, in meiner Rolle als Hüter und Heiliger in jedermanns Augen lächerlich machen zu können oder zu peinigen bis aufs Blut.

Alle sind gekommen, alle sind sie da.

Ich lasse mich ein wenig tiefer in die Hand des Silbernen sinken, öffne trotz meiner Benommenheit die Augen und sehe lächelnd die schwankende Silhouette des Mammuts an: Wie falsch habe ich den Medizinalrat eingeschätzt! Und wie sehr habe ich damals sie unterschätzt!

Er zieht fragend die Schultern hoch, aber ich habe ihm nichts mehr zu sagen. Ich schließe die Augen wieder und gehe weiter nach innen und den langen Weg zurück.

Es ist ein interessanter Weg; das eilige Gras der Zeit hat ihn da und dort bereits überwachsen; hier und dort setzt sich an den Tatsachen der vergangenen Gegenwarten schon das Moos der Vergeßlichkeit an. Vieles ist nicht mehr so, wie es damals schien, und ich bin durchaus nicht sicher, daß der Weg wirklich dorthin zurückführen wird, wo er einst angefangen zu haben schien.

Aber das macht nichts: im Nachhinein beginnt alles zu stimmen.

Was jetzt geschieht und noch geschehen wird, ist verwirrend, unsicher und nicht bedeutend.

Aber was schon passiert ist, ist wahr. Die Zeit hat's in Sicherheit gebracht.

Ja, da staunt man manchmal.

Der Medizinalrat hatte sich eine Zigarre angezündet, und die glühte, wenn er daran sog, in dem nun schon fast dunklen Zimmer auf, bald da, bald dort, als wäre sie sein verlorenes Auge.

,,Es war der Auftritt dieser kleinen Furie", sagte seine dröhnende Stimme, ,,ein grandioses Ereignis, und wie alle großen Begebenheiten spielte er sich sehr rasch, sozusagen in Sekundenschnelle ab. Nichtsdestoweniger fand das salamandrische Geschöpf Zeit genug, mir auch noch Watschen anzudrohen, falls ich mich nicht umgehend über den Patienten hermachen sollte, und als ich, das rein technische Problem dieser Drohung bedenkend – denn das kleine Ding reichte mir wie gesagt knapp über den Nabel –, fragte, wie sie das wohl anstellen würde, schleudert diese winzige Erinnye da nicht einen von den Wartesesseln vor mich hin, springt mit einem Satz hinauf – und wahrhaftig, besäße ich nicht hervorragend funktionierende Reflexe, ich hätte die erste Ohrfeige seit Kindertagen gekriegt!"

,,Wie ging die Sache aus?" fragte ich, denn ich wollte ihr ein Ende machen.

,,Da ist weiter nicht viel zu sagen. Der Mann wurde operiert, von meinen eigenen Händen, die ja an sich viel zu kostbar für einen Blinddarm sind, aber es war gut, daß ich selbst dranging, denn, das muß zur Unehre des Portiers Brosenbauer gesagt sein, mit diesem Appendix war's höchste Eisenbahn, allerhöchste. Weshalb man mit Recht folgern könnte, daß besagte kleine Leucht-Furie dem Mann das Leben gerettet hat, einem Mann, der übrigens ein bemerkenswerter Fall ist, nicht in medizinischer Hinsicht, meine ich, sondern in beruflicher. Offenbar ein ganz großes Kaliber auf seine Art."

„Inwiefern?"

„Erzähl' ich dir vielleicht ein anderesmal, wenn meine Klatschsucht zufällig gerade größer sein sollte als meine Achtung vor der ärztlichen Schweigepflicht."

„Auch recht", sagte ich und stand auf. „Und da nun alles in Ordnung ist, können wir ja endlich gehen?"

„Es ist nichts in Ordnung", sagte der Medizinalrat. „Nichts."

Natürlich nicht. Er hatte mir die Szene nicht als Anekdote erzählt wie anderes, was ihm täglich mit seinen Schwestern, die ihn fürchteten, seinen Patienten, die ihn vergötterten, und seinen Kollegen, die er laut verachtete (weshalb sie ihn herzlich haßten), an Kuriosem widerfuhr, sondern er wollte sich mir anvertrauen.

Ausgerechnet er ausgerechnet mir.

Ich versuchte, schwächlich genug, noch einmal auszuweichen.

„O je", sagte ich, „. . . nicht in Ordnung? Ist dein bemerkenswerter Patient schließlich doch noch . . . ?"

„Mit dem ist alles bestens, ich sagte es schon. Aber diese Person: sie ist verschwunden, während der Appendix in den Operationssaal gerollt wurde. Einfach verschwunden, keinen Namen hinterlassend oder sonst einen Hinweis. Ich habe natürlich den Patienten befragt, kaum daß er aufgewacht war, aber er hat sie nicht gekannt, nie zuvor gesehen, wurde von ihr lediglich in einem Heurigenlokal aufgelesen und hierher gebracht – aus und erledigt. Ich habe inzwischen selbstverständlich Fallen aufgestellt, wenn sie anrufen oder in persona hier auftauchen sollte, um sich nach ihrem Schützling zu erkundigen, aber die sind bis jetzt leer geblieben."

„Du scheinst das sehr zu bedauern."

„Und du beliebst mich heute partout nicht verstehen zu wollen, guter Freund!" sagte der Medizinalrat wütend. „Bedauern!? Ja begreifst du Idiot denn nicht, was da heute nacht vorgegangen ist? Das passiert mir ja nun wahrhaftig nicht alle Tage beziehungsweise Nächte, daß mich da jemand teils mit deutlich sichtbarer Aura, teils mit Watschendrohungen dazu zwingt, einem Menschen das Leben zu retten! Ist es mir denn wirklich nicht gelungen, dir beizubringen, daß es sich bei diesem furchterregenden Hexengeschöpf um etwas absolut Einzigartiges, schlechthin Einmaliges handeln muß, das einem in solcher Lebendigkeit nur einmal und nicht wieder über den Weg läuft? Wo bleibt deine von uns so hoch gerühmte Einfühlungsgabe?"

„Gelegentlich versagt sie halt", sagte ich, „vielleicht, weil es sich da um übersinnliche Erscheinungen handelt. Laß uns endlich gehen. Ich habe einen Montag voll Ärger hinter mir und brauche frische Luft."

Es half nichts. Er kannte mich zu gut.

„Mein lieber Freund", sagte er, und seine Stimme klang nun gefährlich leise, „ich muß mich heute sehr über dich wundern. Deine Reaktionen sind nicht so, wie ich sie nach langjähriger Freundschaft von dir erwarten darf. Sie gehen daneben; sie sind falsch. Oder sind sie vielleicht gar gefälscht? Es kann nicht sein, daß du mich nicht verstanden und nicht begriffen hast, daß dies das bewegendste Ereignis war, das ich seit – ach, was weiß ich, seit wann, erlebt habe. Und doch tust du so, als hätte ich dir lediglich erzählt, daß die Schwester Sigrid mit dem Türhüter Brosenbauer eine Liebschaft hat. Ich werde dich nicht fragen, warum du dich so seltsam verhältst, wenn du mir's nicht selbst sagst, denn du bist ein so entsetzlich schlechter Lügner, wie du ein recht guter Schweiger bist, und ich will mir deine Freundschaft nicht verderben, indem ich dich zum Lügen zwinge. Aber wenn da etwas verschwiegen wird, was mit jener Person zusammenhängt, dann krieg' ich's noch irgendwie heraus aus dir, verlaß dich drauf!"

„Ich glaube", sagte ich, „daß ich heute nicht mehr in die Stadt gehen werde. Ich bin müde. Vielleicht bin ich deshalb so wenig einfühlsam heute."

„Verstehst du's denn wirklich nicht?" sagte der Medizinalrat. „Daß ich mich auf meine alten Tage in diese winzige Höllengeburt verliebt habe und voll Angst deswegen bin?"

Ich fragte sie am nächsten Tag, ob sie wisse, was aus dem Mann geworden sei, den sie da ins Spital geschafft habe, wie es ihm gehe undsoweiter. Sie sagte, nein, sie wisse nichts davon und habe auch keine Lust, sich über den Ausgang der Operation zu informieren: „Entweder hält er mich dann von der Arbeit ab, weil er sich bei mir bedanken muß, oder ich müßte womöglich noch zu seinem Begräbnis gehen und kondolieren. Aber was geht denn mich eine wildfremde Witwe an?"

Das war mit der Vernünftigkeit gesprochen, wie sie heute noch in der Wiener Vorstadt, aus der sie kam, zu Hause ist. Und mir war's recht, des Medizinalrats halber und weil offenbar auch seitens des unbekannten Erretteten keinerlei unvorhersehbare Verwicklungen zu befürchten waren.

Denn Verwicklungen gab's damals nachgerade genug – oder jedenfalls so viele, daß ich mir der Last, ein Heiliger sein zu müssen, mit zunehmender Bestürzung bewußt zu werden begann.

Die größte Schwierigkeit, die man als Heiliger hat,

besteht nämlich darin, daß man von der Macht, die man als solcher hat, praktisch keinen Gebrauch machen darf. Wenigstens sehe ich das so. Denn was wäre das für ein Heiliger, der in das Schicksal seiner Gläubigen eingreift, um es dahin oder dorthin zu wenden, wie er es gerade für notwendig hält? In ein Schicksal einzugreifen heißt, es von sich abhängig zu machen – und das kann doch wohl unmöglich ein heiliges Tun sein?

Nein, ein Heiliger, der seine Funktion ernst nimmt, darf nichts tun, auch wenn's ihm schwerfällt; seine einzige Aufgabe ist, dazusein. Er darf lediglich hoffen, daß alles schon irgendwie gut ausgehen wird.

Nur einer, der selbst ein Heiliger war, kann ermessen, wieviel Sorgen man in dieser Stellung hat und wie miserabel man sich dabei meistens vorkommt.

Ich glaube nicht, daß sich – außer mir – heutzutage noch irgend jemand den Kopf über die Frage zerbricht, was denn nun eigentlich das Heilige an einem Heiligen ist; das Heilige besitzt derzeit nur einen geringen soziologischen und überhaupt keinen ökonomischen Stellenwert, und was die Träger des Heiligen, also die Heiligen, betrifft, so sind fast alle Funktionen, die sie früher ausübten, von der Sozialgesetzgebung, der neuzeitlichen Medizin, und, soweit Seelisches im Spiele ist, von psychotherapeutischen Beratungsstellen und der pharmazeutischen Industrie zweckentsprechend übernommen worden; und schließlich ist auch das Problem, daß die Gesellschaft (jenes gespenstische Monstrum, von dem keiner recht weiß, was es eigentlich ist) nun einmal aus kollektivpsychohygienischen Gründen eine gewisse Dosis an Verehrungs- und vielleicht Anbetungswürdigem benötigt, völlig zufriedenstellend, ja perfekt durch die Massenmedien gelöst worden; deren hauptsächliche, um nicht zu sagen: vornehmste Aufgabe besteht ja darin, der Gesellschaft jene Vorbilder und Devotionsfiguren zu liefern, die gerade gebraucht werden beziehungsweise den aktuellen Trend in idealer Weise personifizieren, Kurzzeit- und Wegwerf-Heilige also, die jederzeit zur Hand und anstrengungslos im Gebrauch sind.

Die Öffentlichkeit hat somit derzeit wirklich kaum Veranlassung, sich über die Frage nach dem Heiligmäßigen Gedanken zu machen.

Ich freilich habe mir über sie jahrelang und bis vor wenigen Tagen den Kopf zerbrochen. Denn da ich nun einmal ein Heiliger war, wollte ich immer auch dahinterkommen, warum und inwiefern ich einer war.

Wenn ich durch die Stadt ging oder übers Land fuhr, hielt ich mich oft damit auf, in die eine oder andere Kirche einzutreten, nicht aus Frömmigkeit, auch nicht aus dem Wunsch nach dieser, sondern der Stille wegen, jener unvergleichlichen und endgültigen Stille, die man nur in diesen heiligen Häusern und sonst nirgends findet.

Fast immer waren sie leer, wenn ich sie besuchte, abgesehen vielleicht von kleinen alten Frauen, die so unbeweglich in den Gestühlen kauerten, daß man sie für Teile der Einrichtung hätte halten können, und – gelegentlich – einem Priester, der geduldig in einem einzigen von vielen Beichtstühlen auf einen Sünder wartete.

Diese alten Priester haben mir immer leid getan; es muß, denke ich, schrecklich sein, zwar die Macht zu besitzen, andere Menschen von ihren Sünden freizusprechen, aber keine Chance zu haben, von dieser einzigartigen Macht auch Gebrauch zu machen, sondern untätig zusehen zu müssen, wie sich die Sünden dieser Welt ungetilgt zu riesigen Bergen häufen oder zu einer kritischen Masse verdichten, die irgendwann nicht mehr zu beherrschen sein wird.

Wahrscheinlich ist dieses Mitleid überflüssig, weil die Priester selbst solche Gedanken wohl gar nicht haben, sondern in den Beichtstühlen nur ihre Pflichtstunden absitzen, als Beamte einer zwar höheren, leider aber mit unklaren Kompetenzen ausgestatteten Behörde. Dennoch, oft habe ich das Gefühl gehabt, man sollte den einsamen Männern was Gutes tun, sich hinknien und ihnen irgend etwas beichten, irgendwelche verwickelten und ausgiebigen Sünden, von denen sie ein paar Tage lang zehren könnten. Aber da ich solche Sünden nicht begehe, müßte ich sie erfinden, und das würde von diesen geschulten Spezialisten sicher durchschaut werden; übrigens weiß ich die Worte und Zeichen nicht, mit denen sich ein Gläubiger im Beichtstuhl zu erkennen gibt.

(Und außerdem geht mich das alles ja gar nichts an; im Gegenteil könnte ich ganz zufrieden sein wenigstens mit diesem Ergebnis einer vor langem begonnenen Entwicklung, denn haben nicht solche Männer meine Väter und Vorväter dreimal vertrieben? Haben sie nicht meinen Brüdern im Geiste so übel mitgespielt, wie sie's nur konnten und solange sie's konnten? Und würden sie's nicht wieder tun, wenn sie's nur könnten? Ich weiß nicht, ob zwischen Abeliden und Kainiten je Liebe möglich sein wird; aber ich, ein Kainit und weiter kein Christ, bin christlicher als sie: Ich habe wenigstens Mitleid mit ihnen. Ob es wohl, nach ihren Maßstäben, eine Sünde wäre, mitleidige Sünden zu erlügen? Ich sollte den Legationsrat danach fragen – als Jesuitenzögling und Jurist müßte er eine so kasuistische Frage beantworten können. Aber dazu wird's wohl nicht mehr kommen.)

Ich trat als Fremder ein in diese Kirchen, blieb stehen, atmete ihre Stille – die wahre, echte Stille riecht nach Staub, nach Verwelkung und verbranntem Harz –, und dann schritt ich, wie ich es gelernt habe, von rechts nach links an den nördlichen Seitenaltären vorbei, blieb vor dem Hochaltar, höflicherweise, eine Weile stehen und ging dann die Südseite entlang zum Eingang zurück.

Auf diesen Wanderungen bin ich vielen anderen Heiligen begegnet.

Sie stehen auf Voluten und Podesten, breiten die Arme aus oder drücken sie ans Herz. Niemals sahen sie mich an, sondern nur still vor sich hin oder auch in einen Himmel hinauf, der, dem Blickwinkel ihrer Augen nach zu schließen, früher viel tiefer herabgehangen sein muß als heute.

Ich betrachtete sie sorgfältig und versuchte, irgendeine Ähnlichkeit zwischen ihnen und mir zu entdecken, fand aber keine.

Meistens kam ich nicht einmal hinter die Gründe ihrer Heiligkeit. Viele wurden wohl einfach nur deswegen heilig, weil sie ihres Glaubens wegen auf besonders komplizierte Manier umgebracht worden waren; zur Erinnerung daran tragen sie die Instrumente ihrer Tötung mit sich herum, Pfeile und Lanzen, aber auch Blattsägen, Steine, Roste sowie Hacken und Kreuze in verschiedenen Ausführungen; einer hat ein Schlachtermesser im Schädel stecken, ein anderer zeigt die Haut her, die man ihm heruntergeschunden hat, ein dritter die Spindel, auf die seine Gedärme gewickelt wurden; auch große Wasserkessel, Giftbecher, Schwerter, Nägel, Mühlsteine und Zangen kommen vor; das ist gewiß eindrucksvoll, meiner Meinung nach aber nicht hinreichend: Diese Leute wußten doch wenigstens, warum sie umgebracht wurden oder sich umbringen ließen, und darin lag doch ein gewisser Vorzug, eine Belohnung vielleicht sogar, die mit dem Begriff des Heiligen nicht recht in Einklang zu bringen ist – du liebe Güte, wie viele sind nicht ebenso oder auf noch viel gräßlichere Weise umgebracht worden und mußten dabei noch die zusätzliche Folter erleiden, nicht zu wissen, warum man ihnen das antat? Und doch brachte sie das nicht einmal in die Nähe der Heiligkeit.

Ich will mich damit nicht an den frommen Märtyrern vergehen – wenn es auch genug fanatische Absonderlinge unter ihnen gegeben hat, die ihrem Tod geradezu nachliefen, so mögen es doch in der Mehrzahl bedeutende und sympathische Leute gewesen sein –, sondern will nur sagen, daß ich an dieser Art von Heiligkeit keinerlei Anteil habe; auch zähle ich sowieso nicht zu den Schafen, die ihres Glaubens wegen, sondern eher zu den Böcken, die von Zeit zu Zeit ihres Unglaubens willen vertilgt werden.

Ich lernte freilich auch andere Gattungen von Heiligen kennen, solche, die sich nicht durch ihren Tod, sondern durch ihr Leben empfohlen haben, Heilige der Sanft- und Langmut, der Keuschheit und schieren Güte. Sie tragen ein Kindlein auf dem Arm oder einen Lilienstengel in der Hand und sind gewöhnlich nicht aus Holz geschnitzt, sondern aus Gips gefertigt. Im Gegensatz zu den Märtyrern scheinen sie auch jetzt noch bescheidene gesellschaftliche Funktionen zu erfüllen; darauf deuten jedenfalls die Kerzlein hin, die bisweilen noch zu ihren Füßen flackern.

Aber auch mit diesen Heiligen kann – oder von mir aus: darf – ich mich nicht vergleichen; dazu habe ich mich denn doch zu gut durch die Jahre des Dschungels geschlagen, habe ich Fallen nicht nur zu vermeiden, sondern auch zu legen gewußt; ich bin nicht nur gejagt worden, war vielmehr auch selbst Jäger, o ja, ich bin schon auf meine Rechnung gekommen, ich habe mir schon meine Stücke vom Kuchen heruntergeschnitten, mir meinen Anteil am Sozialprodukt und an den Früchten, gelegentlich sogar eine sichere Beute fahrenlassen, ehe ich selbst gebissen wurde; nicht, daß ich mich deshalb schämen müßte, durchaus nicht, im großen und ganzen habe ich mich ziemlich an die Spielregeln gehalten, gelegentlich sogar eine sichere Beute fahrenlassen, auch nie mehr Verletzungen verursacht, als notwendig waren – aber für die Aneignung von irgend etwas Heiligem oder Heiligendem war da weder Zeit noch Raum.

Nein, die Heiligen in den Kirchen teilten mir nicht mit, was an mir heilig sein könnte, noch auch, wo eigentlich der Punkt ist, an dem irgend etwas – ein Leben, ein Mensch – heilig wird.

Durch die Stille der Kirchenschiffe erholt, sonst aber verwirrt wie zuvor, ging ich dann zurück unter das Dunkel der Westemporen, sah noch einmal hinüber zu dem schwachen Licht aus den unbenützten Beichtstühlen und bat, ehe ich hinaus in den Lärm zurückkehrte, Gott, an den ich nicht glaube, mir die schwere Last abzunehmen, ein Heiliger sein zu müssen.

Ich sonderbarer Heiliger ich.

Immerhin; wenn ich auch nie dahintergekommen bin, was ich mit jenen Heiligen gemeinsam hatte, so kann ich doch definieren, was mich von ihnen zu meinem Nachteil unterschied: Sie dürfen, wenn ihnen Geheimnisse anvertraut werden, in erhabenem oder, je nachdem, gütigem Schweigen, das doch alles ausdrückt, verharren; ich aber mußte darauf jeweils etwas sagen, wenn nicht sogar antworten. Ferner kennt ihre Heiligkeit doch auch

Ruhepausen, in denen sie nicht in Anspruch genommen wird; meinen Beobachtungen nach werden die Gläubigen bei ihnen nur zu gewissen Zeiten, des Abends etwa, vorstellig. Und schließlich haben sie ja sonst nichts zu tun, als eben da und heilig zu sein. Mich aber traf's zu jeder Zeit, während der Arbeit, beim Kaffeetrinken, hinter dem Grüßgottsagen, oft auch durchs Telefon, manchmal unter dem Zeichen der Wichtigkeit, meistens aber nebenbei, ohne Vorankündigung. Und eben in den Tagen vor jener Nacht, in der dem Medizinalrat merkwürdige Leuchtphänomene zuteil wurden, war meine Heiligkeit schon schwer strapaziert worden.

„Der Tuzzi . . . Glaubst, sollt' ich?"

„Was?"

„Na ja: ihn heiraten."

„Will er denn?"

„Glaubst, ich hätt' vielleicht ihn um seine Hand gebeten oder was?"

„Nein, das nicht, aber . . ."

„Na eben. – Also: sollt' ich?"

Ich atmete nach dem ersten Schreck ein wenig auf. Wäre sie entschlossen gewesen, hätte sie „soll ich?" gefragt; sie hatte aber den Konjunktiv „sollt' ich?" gebraucht, und das bedeutete für einen, der sein Österreichisch gut gelernt hatte, daß sie das Problem noch rein abstrakt betrachtete und von mir nur wissen wollte, ob sie sich's überlegen sollte, es sich zu überlegen.

Der Legationsrat also . . . ? Nein, überraschend war's nicht. Ich wußte, daß er sich seit Jahren um sie bemühte, er hatte daraus kein Geheimnis gemacht, ja mich sogar, sobald er meine Relation zu ihr begriffen hatte – und das war ihm schnell gelungen –, auf die vornehmste Manier, nämlich die schweigende, um meine Erlaubnis dafür ersucht: Ich habe sie ihm denn auch, hoffentlich ebenso vornehm-diskret, erteilt, obwohl da nichts zu erteilen war und sich Tuzzi möglicherweise nicht einen Pfifferling darum geschert hätte, wäre sie ihm versagt worden; einem Mann wie Tuzzi öffnen sich immer Aus- und Umwege; aber er hatte von vornherein auf Geduld gesetzt und auf ein langsames Selbstverständlichwerden dessen, was er anstrebte, nicht aus kühlem Kalkül, sondern weil er es vollkommen ernsthaft meinte; es ging ihm da um Endgültiges, dessen Erreichung er durch keinerlei Sorglosigkeit gefährden wollte. Für mich, den Zuschauer, war sein unermüdliches, leises Werben fast schon zu einem Zustand geworden, an den ich mich gewöhnt hatte, weil er sich kaum zu verändern schien – und drum war ich von der Frage meiner Freundin eben doch überrascht. Was zum Kuckuck hatte den Tuzzi plötzlich bewogen, von seiner Strategie der Geduld abzuweichen?

„So sag schon was!"

„Ich möcht' zunächst wissen: hat er dir wirklich einen Heiratsantrag gemacht? Expressis verbis – ich meine: einen richtigen, deutlichen?"

„Ha nein! Dazu ist er viel zu diplomatisch. Er hat nur gesagt, daß er mir irgendwann einmal einen machen wird."

„Und was hast du gesagt?"

„Daß er mir schon nicht davonlaufen wird."

„Wer? Er? Oder sein Antrag?"

„Das kann er sich auslegen, wie er will."

Zwei Diplomaten also, die einander gewachsen waren. Dennoch: daß der Legationsrat diese Option, denn um nichts anderes handelte es sich, jetzt schon eingebracht hatte . . .?

„Wenn das so ist", sagte ich erleichtert, „dann hast du ja noch Zeit genug, es dir zu überlegen."

„Ja. Aber soll ich?"

„Ich finde", sagte ich, „daß dieser Tuzzi ein sehr guter Mann ist, seriös, sauber, zuverlässig, herzhaft, gescheit und ich weiß nicht, was noch alles."

„Du weißt, daß du nur nein zu sagen brauchst, und ich schick' ihn stantepede in die Wüste?"

„Ich weiß. Aber das würde er nicht verdienen."

„Du weißt, daß du nur ja zu sagen brauchst, und ich tu's?"

„Ich weiß, aber ich sage nicht ja."

Diese Du-weißt-ich-weiß-Versicherungen waren rituelle Formeln, von ihr seit langem in unsere Gespräche eingeführt und für uns beide von großer Bedeutung: sie bestätigten mir feierlich meine Macht, und ihr, daß ich diese Macht nur in einem alleräußersten Fall anwenden würde. Wir nahmen dieses Responsorium beide sehr ernst, ernster selbst als das Große Ehrenwort, das Kinder einander geben. Ich glaube nicht, daß wir die kleine Liturgie öfter als fünf- oder sechsmal verwendet haben; aber wir waren jedesmal sehr befriedigt, wenn wir es getan hatten.

„Du weißt", sagte ich, „daß ich dir in solchen Angelegenheiten weder zu- noch abraten kann. Sie betreffen dich allein, und folglich mußt du schon selbst entscheiden, was du tun willst."

„Dann wart' ich ab."

„Wie du meinst. Übrigens, bei dieser Gelegenheit: ich bin dir für die Bekanntschaft mit diesem Legationsrat ausgesprochen dankbar. Ich mag ihn sehr. Wo hast du ihn eigentlich her?"

„Ach", sagte sie, „mit dem hab' ich einmal was gehabt."

Das war eine Mitteilung, auf die ich so wenig gefaßt war, daß ich sie nur ungläubig anhören konnte.

,,Mit dem Tuzzi? Ausgeschlossen!"

,,Aber ja doch!" sagte sie ungerührt. ,,Du kannst mir's schon glauben. Das war damals, erinnerst dich, in diesem heißen Sommer – du bist damals irgendwo in der Welt herumgeflogen. Ich war in Mariazell, bei einer alten Tante. Und da ist mir der Tuzzi vor der Kirche dort in die Arme gefallen. Hitzschlag oder Kreislauf oder sowas. Naja, bei der großen Hitze damals . . ."

,,Du scheinst eine besondere Begabung für die Rettung interessanter Männer zu haben. Warum hast du mir denn davon nichts erzählt?"

,,Hätt' ich müssen?" fragte sie besorgt. ,,Entschuldige bitte! Wenn ich gewußt hätte, daß du's wissen willst . . ."

,,Nein. Du erzählst mir, was du willst, und nicht ein Jota mehr – ein für allemal."

Auch das waren Sätze aus unseren geheimen Ritualen, öfter gebrauchte, aber dennoch verbindliche, den Bann und die Ordnung unserer Beziehung bekräftigende und darum von uns geliebte Worte.

,,Es war eine verrückte Geschichte damals", sagte sie erklärend. ,,Er war ja sehr lieb, aber total durcheinander, direkt ein bisserl wahnsinnig – und ich war's vielleicht auch, wegen der Hitze und weil du so entsetzlich weit weg warst . . ."

,,Sag bitte nicht, daß ich was damit zu tun gehabt habe."

,,Doch! Wenn du nämlich zu lang weg bist, dann werd' ich schwindlig."

,,Was heißt das?"

,,Ich krieg' dann so ein Gefühl, als ob ich mich an nichts mehr anhalten könnt'. Wie wenn ich mit der Seilbahn fahr' und seh' das Seil reißen. Verstehst du?"

Ich verstand es nur zu gut, denn genau das ist der

Fluch, der einem Heiligen vorbehalten ist: anwesend sein und zusehen zu müssen.

,,Ich versteh's. Aber ich begreife nicht, daß ich die ganze Zeit hindurch nicht begriffen habe, daß da was war oder ist zwischen euch. – Aber da ihr euch vermutlich gut genug kennt, warum benimmt sich denn der gute Tuzzi dann wie ein schüchterner Anbeter? Und warum mußt du dann erst lange überlegen, ob du ihn heiraten sollst?"

,,Du verstehst überhaupt nichts. Ich sag' dir doch: das in Mariazell war eine idiotische Geschichte – na, das ist ein blöder Ausdruck, denn sie war schon sehr schön auch. Aber jedenfalls war sie total daneben. Er hat mich in seiner Verdrehtheit mit irgenwem, nein, mit irgendwas anderem verwechselt, hat phantasiert – ach, das ist alles so durcheinander gewesen. Und ich hab' ihn doch überhaupt nicht gekannt."

,,Aber immerhin doch wohl geliebt."

,,Quatsch. Ich lieb' doch nicht jemanden, den ich nicht kenn'."

,,Ich nehme an, daß du mir mit diesem Axiom einen essentiellen Einblick in die Psyche des Weibes an sich gegeben hast."

,,Was hab' ich?"

,,Vergiß es. Aber nun kennst du ja den Legationsrat wohl besser als damals . . ."

,,Klar. Ich hab' ihn nachher lange Zeit nicht mehr gesehen, hab' auch gar keine Lust darauf gehabt – du weißt ja, Verrücktheiten mag ich eigentlich nicht. Dann sind wir einander am Graben zufällig über den Weg gelaufen, mir war's gar nicht sehr recht, aber ihn hat's direkt aus der Wäsch' g'haut, wie er mich gesehen hat! 'tschuldige meine unvornehme Ausdrucksweise, aber genau so hat er dreingschaut. Da hab' ich lachen müssen und – na ja, dann haben wir angefangen, uns doch noch kennenzulernen."

,,Und da du ihn kennst, liebst du ihn auch?"

,,So ungefähr."

,,Und das genügt nicht?"

,,Mir schon. Das komplizierte dran ist nur, daß ich ja viele kenne . . ."

,,. . . und also liebst?"

,,Klar. Das Genie zum Beispiel. Oder meinen Geschiedenen. Von dir selbstverständlich gar nicht zu reden. Und den Lipkowitz . . ."

,,Was? Den auch?"

,,Wo er doch dein Freund ist? Und ist er vielleicht nicht ein lieber Mensch, der Fürscht?"

So also stellte sich damals die Lage für mich, den Heiligen, dar: Dem Problem Tuzzi kaum entronnen, war ich schon mitten drin im Problem des Fürsten Lipkowitz-Zweyensteyn. Denn bei der Erwähnung dieses Namens – und durch die Art, in der sie ihn betonte – wurde mir endlich klar, warum der Legationsrat von seiner Linie abgewichen war und die Option auf einen Heiratsantrag gestellt hatte. Und nun lauerte im Hintergrund noch dazu der Medizinalrat, von dem anonymen Appendizitiker ganz zu schweigen.

Ja, damals fing das Heiligsein, das ja gewiß auch seine Vorzüge und sogar Freuden haben mag, entschieden an, ein rechtes Kreuz für mich zu werden.

Irgendwas ist nicht in Ordnung.

Es ist die Stille. Sie ist einfach zu groß nach den Schüssen vorhin. Man hört buchstäblich nichts. Das summende Grundgeräusch, das anfänglich noch aus der Stadt heraufdrang, ist auch verstummt. Der Lärmpegel muß während der letzten Minuten auf Null gesunken sein.

Ich öffne benommen die Augen und sehe, wie etwas Bewegung in die stumm Dastehenden kommt. Sie wenden einander die Gesichter zu, ziehen die Augenbrauen in die Höhe, zucken ratlos die Schultern.

Nur ein Geräusch, ein leises, aber in dieser Stille laut genug, um alle Aufmerksamkeit auf sich zu ziehen: jemand gleitet von hinten her durch Ausweichende und an die andere Seite des Silbernen.

Ich drehe mit Mühe den Kopf dahin und sehe, daß es der Horsti ist. Oder der Hansi? Jedenfalls ist es einer der Buben des Silbernen, und anscheinend überbringt er irgendeine Meldung, eine Nachricht oder sowas.

Dann sagt der Silberne – und jetzt, wo endlich einer den Mund auftut, klingt's, als ob geschrien würde –: ,,Es wird noch ein Zeiterl dauern, meine Herrschaften. Irgendeine Störung dort unten. Wir müssen noch warten. Machen wir's uns ein bissl bequemer."

Der Medizinalrat verläßt seine Position, kommt, einen Halbkreis ziehend, herüber, bleibt vor uns stehen und sagt: ,,Ihm geht's nicht gut, was?" Ich verstehe mit einiger Verzögerung, daß er den Silbernen gefragt, aber mich gemeint hat. Der Silberne dürfte wohl genickt haben, denn nun hebt mich der Medizinalrat unter dem anderen Ellbogen an, und gemeinsam führen oder tragen sie mich ein paar Meter weit weg. ,,Setz dich", sagt der Medizinalrat, und ich gehorche, denn dies ist ein ärztlicher Rat. Ich stelle fest, daß ich nun im Schatten sitze und die schwarze Gruppe da vorne sich zögernd aus ihrer Geschlossenheit löst. Etliche lassen sich auf die reichlich vorhandenen Steinränder nieder, andere lehnen sich an die Stämme kleiner Bäume, hinten zündet der Zwerschina eine Zigarette an.

Es geht mir nicht gut?

Es geht mir sogar sehr gut, so gut wie schon lange nicht.

Es genügt, daß ich die Augen wieder schließe: schon befinde ich mich wieder in der vollkommenen Sicherheit dessen, was gewesen ist.

Die Geschichte vom Lipkowitz ist eine lange Geschichte, und ich bin mir nicht ganz sicher, daß ich alle ihre Teile ordentlich zusammensetzen kann. Einige an ihr sind ziemlich rätselhaft.

Sie jedenfalls, meine – oder auch: unsere – Freundin, akzeptierte den Fürsten vom ersten Augenblick an, obzwar sie in ihrer Kindheit bei den Roten Falken mitgetan hatte und seither – und als Kind der Vorstadt sowieso – mit beträchtlichen Vorurteilen gegen das Reiche und anspruchsvoll Auftretende behaftet war.

„Man sollt's nicht glauben, daß es so was gibt!" sagte sie, verblüfft und hochachtungsvoll in einem, als sie den Lipkowitz zum erstenmal gesehen hatte.

Ja, man sollte es nicht glauben, daß es sie gibt, aber es gibt sie wirklich immer noch.

Manchmal fährt man, wenn man über Land fährt, an langen Mauern entlang, und hier und da steht zwischen den Mauern ein Schmiedeeisengitter, und man will einen Blick hindurch werfen auf das, was hinter diesen Mauern versteckt ist, aber bei dem Tempo, mit dem das Auto fährt, sieht man nicht viel, höchstens ein Stück Gelb, das zwischen den Bäumen hinter der Mauer durchschimmert; und daraus schließt man dann, wenn man schon wieder vorbei ist, daß dort ein Schloß gestanden haben dürfte.

In solchen von der Gegenwart abgetrennten Schlössern leben viele von ihnen auch heute noch, und öfter als man es glaubt, leben sie dort recht gut. Die Schlösser werden halbwegs instand gehalten, die Gutsbetriebe daneben vielfach musterhaft bewirtschaftet, und die großen Wälder, passende Umgebung sowohl wie solide wirtschaftliche Grundlage, gehören immer noch dazu.

Sie leben abseits der Geschichte, von der sie hervorgebracht wurden und an deren weiterer Produktion sie sich dann maßgeblich beteiligt hatten, abseits auch von dem, was man heutzutage Gesellschaft nennt und was, summarisch gesehen, keine gute, sondern eben nur das ist, was in Wien „a G'sellschaft!" heißt, also eine schlechte – aber sie sind so wenig ausgestorben wie Schnecken bei heißem Wetter. Sie haben sich nur zurückgezogen, in den Schatten der Geschichte, und dort gehen sie nur miteinander um, heiraten sie nur unter- und kümmern sie sich nur umeinander. Seitdem in Österreich die Aristokratie offiziell abgeschafft wurde, leben die österreichischen Aristokraten so exklusiv wie nie zuvor.

Soviel also über den soziologischen Hintergrund meines Schulfreundes Lipkowitz.

Freund? Nicht ganz. Zwar wäre ich seiner ganz gern geworden, und er, wenn ich mich nicht täusche, ebensogern der meine. Aber die Geschichte hat's verhindert.

Er kam, das ist lange her, erst in der sechsten Gymnasium-Klasse zu uns, weil sie ihn aus einer anderen Schule hinausgeworfen hatten, und blieb dann bei uns auch nur ein Jahr, weil ihm unser Geschichtsprofessor, der ein besonders dummer und selbst für damalige Verhältnisse ungewöhnlich bösartiger Mensch war, wegen „Verächtlichmachung nationalsozialistischen Gedankenguts" die Note verweigerte. Dabei hatte der Lipkowitz gar nichts anderes getan, als nur leise gelächelt, wenn der Trottel auf dem Katheder von den Brandenburgern und den Hohenzollern, vom „großen" Friedrich und von diesem gräßlichen Bismarck sprach, von Figuren also, die selbst in den Jahren des Tausendjährigen Reichs an einer österreichischen oder damals vielmehr ostmärkischen Schule einfach nicht als legitim, geschweige denn als glorios darstellbar waren.

Unsere ganze Klasse, die Hitlerbuben eingeschlossen, machte sich denn auch ein Vergnügen daraus, den Professor mit hinterhältigen Fragen und sorgfältig ausgetüftelten Einwänden in immer absurdere diesbezügliche Argumentationen hineinzutreiben. Aber selbst grausames Kollektivgelächter vermochte diesen tückischen Mann nicht so zu irritieren wie das stille Lächeln des Lipkowitz. Das erst brachte ihn wirklich aus der Fasson, obwohl sich der Lipkowitz als einziger an der Professorenreizerei nicht beteiligte – weil er vorsichtig sein mußte wegen seiner Schulzulassung und der Schwierigkeiten, die seine Familie mit den Nazis in anderer Hinsicht ohnehin schon hatte –, sondern nur eben dasaß und vor sich hin lächelte. Das konnte der Professor nicht ertragen, und so konzentrierte er den ganzen Haß, den er gegen uns empfand, auf den Lipkowitz.

Diese Reaktion war dumm und ungerecht, nicht aber unlogisch. Denn die Lipkowitz (ursprünglich in Böhmen daheim) und die Zweyensteyn (aus der Steiermark) wie auch die Lipkowitz-Zweyenstein (schließlich in Wien und unter der Enns ansässig) waren seit dem 17. Jahrhundert allzeit unerschütterlich auf der Seite und zum höheren Ruhme des Hauses Habsburg gegen alle jene gestanden, die nach der nunmehr allein zu habenden Geschichtsauffassung als Herolde des endlich ausgebrochenen Großdeutschen Reiches gedeutet werden mußten: sie waren im Dreißigjährigen Krieg als

Feldherren gegen die Protestanten gezogen, hatten im Siebenjährigen und 1866 als Generäle gegen die Preußen gekämpft, gehörten 1870 zu den Befürwortern eines Revanchekrieges an der Seite der Franzosen und waren nach 1918 Heimwehrführer gewesen; andere Lipkowitze und Zweyensteyne hatten als Minister gedient, jedoch gab es auch einen seinerzeit berühmt gewesenen Chirurgen und zumindest einen ebensolchen Literaten unter ihnen; der ältere Bruder meines Lipkowitz war, an seinem Erbfolgerecht nicht interessiert, 1938 nach Amerika gegangen und beantwortete von dort seine Einberufungsbefehle zur Deutschen Wehrmacht mit unflätigen offenen Postkarten.

Insofern war's also nicht unbegreiflich, daß ein Halbidiot wie unser Geschichtsprofessor das Lipkowitz-Lächeln nur als einen von Unterrichtsstunde zu Unterrichtsstunde fortgesetzten Akt der Sabotage und des Widerstandes auffassen konnte.

Tragischkomisch daran war jedoch, daß der Lipkowitz gar nicht wirklich lächelte, sondern nur so aussah, als täte er's. Es war dieses Lächeln Jahrhunderte früher vielleicht ein tatsächliches gewesen, ein höfliches und diplomatisches, das dann viele Generationen so lange entwickelt und eingeübt hatten, bis es schließlich zu einer bloßen Familieneigenschaft wurde, so wie die drahtigen Haare des Lipkowitz, die er nie kämmen mußte, weil sie sich schon von selbst in eine straff disziplinierte Frisur legten, ein Familien-Merkmal wie der Lapislazuli-Ring, den jeder Lipkowitz zur Firmung erhielt (das Wappen zeigte ein Einhorn hinter einer aus zwei Steinen zusammengesetzten Mauer, darüber einen Stern).

Alle sind sie gekommen, alle sind sie da. Das Große Kaliber und der Geschiedene und der Lipkowitz . . .

Wo steht er denn? Ach ja, da links, neben dem Genie. Er hat sich seit damals überhaupt nicht verändert. Diesen Anzug aus feinem schwarzen Loden haben wir damals heimlich und neidvoll bewundert, obwohl wir es nie gewagt hätten, sowas anzuziehen, wir bürgerlichen und proletarischen Lederhosen- und Knickerbockerträger. Sein Drahthaar ist nicht dünner geworden seitdem und so schwarz wie je, mit Ausnahme natürlich der dekorativen weißen Strähne über dem rechten Auge, von der wir aus irgendwelchen Gründen vermuteten – danach gefragt haben wir ihn nie –, daß sie durch eine Einreibung mit Dachsfett entstanden sei.

Und wie damals und später scheint er zu lächeln und kann nichts dafür.

Die Klasse solidarisierte sich gegen den Geschichtstrottel und machte, eingeschlossen wiederum die Hitlerbuben, recht tapfere, wenn auch vergebliche Versuche, den Lipkowitz zu verteidigen. Aber im Grunde mochte sie ihn gleichfalls nicht, denn sein fatales Lächeln wirkte nicht minder verheerend auch auf all das Kleinbürgerliche und Proletenhafte, Unsichere und Halbfertige, das da rund um ihn in den Schulbänken hockte. Er befand sich in der peinlichen Situation des Schwans, der unters Hausgeflügel, oder eines Einhorns, das unter Weidevieh geraten ist. Freundschaft kommt da nicht zustande.

Ich war der einzige, der begriff, daß dieses Einhorn keineswegs hochmütig, sondern einfach hilflos war, und ich versuchte sogar, es ihm zu zeigen. Das freute ihn, und mir wäre es recht gewesen, wenn er den nächsten Schritt zur Annäherung getan hätte, denn ich befand mich als der Intellektuelle und Sprecher der Klasse gleichfalls in einer Außenseiterposition, in der mir Freundschaft erwünscht war. So hätte es nicht viel bedurft, daß wir Freunde wurden; es würde genügt haben, mich zum Beispiel aufzufordern, ihn einmal zu besuchen oder mit ihm ins Stadion zu gehen; aber leider lud er mich nicht dazu ein, sondern fürs nächste Wochenende zu einer Wildschweinjagd; damit wollte er bestimmt nicht Eindruck auf mich machen – sowas hat einer, der Lipkowitz heißt, in Österreich nicht nötig –, sondern nur eine Freude; ihm bedeutete dergleichen ja nichts Extravagantes. Mir aber schien das entschieden zu viel des Guten und viel zu feudal. Wenn er's wenigstens nicht „Sauhatz" genannt hätte! Das paßte auch irgendwie zum Katholischen an ihm und ging schlechterdings nicht an, denn als Republikaner und Klassen-Tribun hielt ich's nun einmal mit den Kleinbürgern und Proleten, und denen wollte ich mich nicht entfremden. Also lehnte ich etwas zu brüsk ab. Er nahm das lächelnd zur Kenntnis, und so wurden wir damals leider keine Freunde.

Vielleicht aber wären alle diese Hindernisse – der Name, das Lächeln, die lange Lodenhose, die weiße Strähne, der Siegelring und die Sauhatz –, die zwischen dem Lipkowitz und der Klasse und ihm und mir die Verständigung erschwerten, doch zu überwinden gewesen, wenn da nicht im Hintergrund noch etwas gewesen wäre, was seiner sowieso schon umwitterten Figur eine nachgerade schon ins Mythische reichende Zusatz-Dimension verlieh – nämlich seine Schwester.

Sie trug den zauberhaft-anspruchsvollen Namen Aglaja und war viel schöner als alle anderen Mädchen, die ich je gesehen habe, eine junge Göttin mit schneeweißer Haut und dichtem blonden Haar, das in der

Sonne kupfern schillerte, eine geradezu unirdische Erscheinung, die sich dahinbewegte wie ein Reh oder auch wie Diana auf der Rehpirsch – du lieber Himmel, man kann so pure Schönheit nicht anders beschreiben als durch Vergleiche und gar nicht so viele Vergleiche finden, um sie auch nur halbwegs zu beschreiben: sie war eben schön wie keine andere, sie würde sogar dem damals propagierten Rassenideal entsprochen haben – nordisch blau-blond und herrisch –, wenn sie nicht dieses Propagandabild durch den simplen Umstand, daß sie eine Lipkowitz war, lächerlich gemacht hätte.

Wir sahen sie fast täglich, denn fast täglich holte sie, vom benachbarten Mädchengymnasium kommend, ihren Bruder von der Schule ab. Wenn wir Proleten und Bürger uns rudelweise durch das Schultor quetschten, stand sie schon da, angelehnt an das Drahtgitter des gegenüberliegenden Parks, ein wunderschönes, elegant durchgestrecktes Bein vor sich hin gestellt, das andere in Kniehöhe hinten an den Zaun gestemmt, gerade vor sich hinsehend, keinen von uns beachtend, lächelnd erst dann, wenn sie den Lipkowitz sah, ihm halbwegs entgegen- und hierauf mit ihm abgehend, eingehängt in seinen Arm und nun auch ihn abschließend von uns.

Ja, das war's: diese Erscheinungsform des Lipkowitz-Zweyensteynischen überstieg einfach unsere Möglichkeiten, sie lag in einem Bereich, in den selbst unsere verborgensten und verdorbensten Jungmännerträume nicht hineinlangten, vor dem wir uns vielleicht auch fürchteten: wer die Schönheit angeschaut mit Augen undsoweiter.

Als der Geschichtstrottel dann seinen Willen durchgesetzt hatte, der Lipkowitz aus der Klasse abging und wir somit um Mittag auch die Göttin nicht mehr sahen, waren wir alle eher erleichtert.

Das Aglaja-Wesen scheint übrigens nicht gekommen zu sein; es war vorhin überhaupt keine Frau in der Gruppe zu sehen außer der Kwapil und der Helga – aber das sind Randfiguren, Statistinnen, nicht vergleichbar mit der Bedeutung, die das Aglaja-Wesen in dieser ganzen Geschichte besitzt. Oder ist sie unterdessen eingetroffen? Ich mag mich nicht nach ihr umsehen jetzt, aber die Wahrscheinlichkeit spricht dagegen; selbst wenn sie zufällig gerade im Lande sein sollte, gibt's ja da unten diese Störungen, von denen der Silberne vorhin gesprochen hat. Ich hoffe, das Aglaja-Wesen heute nicht zu sehen. Es gehört zwar dazu, aber nicht hierher.

Jedoch behielten wir, der Lipkowitz und ich, einander par distance im Auge: ich ihn, weil er nicht aufgehört hatte, mich zu interessieren, er mich, weil er seinerzeit vielleicht gern mit mir Freundschaft geschlossen hätte.

So wußte ich, daß er, sehr jung noch, nach dem Kriegsende und dem Tod seines Vater zurück in das Schloß auf dem Land gezogen war, um den Gutsbetrieb, das Sägewerk und die Papierfabrik weiterzuführen, was er mit überraschender Tüchtigkeit und beachtlichem kommerziellen Geschick tat, wie mir Kollegen aus der Wirtschaftsjournalistik gelegentlich erzählten; und wiederum etliche Jahre später schickte er mir eine Einladung, seiner Hochzeit mit einer ebenfalls sehr vornehm doppelnamigen Gräfin beizuwohnen, eine Einladung, die das Sauhatz-Syndrom in mir heftig aktivierte, denn nicht nur wurde auf diesem Faltblatt von edelstem Papier mit erlesensten Antiqua-Lettern die Hochzeit „Vermählung" genannt und sollte samt feierlicher Brautmesse in der Karlskirche – wo sonst?, doch nicht in St. Stephan, wo höchstens die Bürgerlichen heiraten!

– stattfinden, nein, es war ferner als geeignete Kleidung für alle Beiwohnenden ausdrücklich der Frack vorgeschlagen, und, versteht sich, „U.A.W.G.". Aber wie kommt einer wie ich dazu, sich auch noch Entschuldigungsgründe einfallen lassen zu müssen, wenn er keinen Frack besitzt und zu sowas sowieso nicht gehen will? Ich habe nichts gegen die Papierhandlung Huber & Lerner oder die k.u.k. Hofzuckerbäckerei Demel ihr gegenüber, obwohl ich mich darüber ärgere, daß jetzt auch unsere Sozialisten schon am Kohlmarkt Törtchen verzehren beziehungsweise Stahlstich-Visitkarten bestellen, kaum daß sie ihren elterlichen Hausmeister- und Gemeindewohnungen entronnen sind; für den, der sich in den Grundmustern unseres sonderbaren Landes auskennt, hat so etwas freilich tiefere Bedeutung und vielleicht sogar was Symptomatisches an sich, was man bei der Erstellung längerfristiger Zukunftsprognosen in Rechnung stellen müßte – ach, dieser rote Jungpolitiker mit den berechtigten Hoffnungen auf höhere und, wer weiß, höchste Staatsämter, mit dem ich da, ist auch schon wieder eine Zeit her, im Zuge saß, so schön braungebrannt war er, wohl im Urlaub gewesen?, nein, er hatte sich die gesunde Farbe auf einer Dienstreise geholt, in Triest hatte er geweilt und im Friaulischen, wegen eines Kulturaustausches und weil da irgendwas wegen der Hilfeleistungen für die Erdbebenopfer hatte besprochen werden müssen – es muß so um 1977 herum gewesen sein, wenn ich mich recht erinnere. Und in Triest hatten sie gerade ein Wiener Kaffeehaus eröffnet, ein riesiges Franz-Joseph-Bild hing dort an der Wand, und eine Militärmusik spielte – man muß sich das nur vorstellen, sagte der Jungpolitiker, ein Mann aus der dritten Generation, schon aus einer linken Universitäts-Ecke hervor auf den Kohlmarkt geraten – man muß sich das vorstellen, die spielten den Radetzkymarsch! Als ob das nicht etliche Jahrhunderte früher die verhaßteste Melodie gewesen wäre, die je italienische Ohren verletzt hat! Und als ich mich deklarierte, als Österreicher, Wiener, Politiker – na, einen solchen Approach (er sagte wirklich „Approach"!) möcht' ich in Niederösterreich haben! Den hab' ich nicht einmal in Ottakring, obwohl schon mein Urgroßvater dort ein alter Sozi war. Aber erst dann in Friaul, sagte die junge, kraftvolle Stütze der Sozialistischen Partei Österreichs, das war direkt schon überwältigend, dort laufen junge Leute mit Leiberln herum, auf denen der Doppeladler drauf ist, reden von Österreich, als wär' das noch was, und Sie werden es mir nicht glauben, aber um ein Haar hätt' mir ein altes Mutterl die Hand geküßt, wie sie gehört hat, wer ich bin, grad' im letzten Momenterl noch hab' ich's verhindern können! Ja, dort sind wir noch wer, mehr als bei uns zu Hause! Und wie ich voriges Jahr in Ungarn war, also zunächst war die Atmosphäre ja etwas steif, aber dann, nach ein paar Flascherln Tokayer, also ich sag' Ihnen, dieses alte Österreich – . . . Mehr sagte er dann nicht, es war ihm wohl endlich, schließlich war er ja ein gelernter und tüchtiger Politiker, aufgegangen, daß er sich da doch ein bißchen vergaloppiert hatte; nachher gab er mir dann eine Visitkarte mit seiner Privattelefonnummer, auch die eine unverkennbare Geschmacksleistung des Hauses Huber & Lerner, natürlich.

Ach ja, mir ist schon klar, wohin das alles gerichtet ist und wie sich das einrichten wird bei uns, wenn die kommende Eiszeit an den Donauufern überlebt werden sollte: dann wird wohl das alte Grundmuster wieder zum Vorschein kommen, und selbst ich muß zugeben, daß sich's nach allen Erfahrungen in diesem Muster vielleicht relativ gut und vernünftig leben lassen wird, nicht nur von den neuen und alten Aristokraten, sondern auch von meinesgleichen. Aber mein Vater, ein alter Liberaler, wäre nie zum Demel gegangen, und ich hoffe doch sehr, daß wenigstens einer meiner Enkel Kainit und Republikaner sein wird, wenn die österreichische Geschichte wieder einmal ins Monarchische rutschen sollte.

. . . Ich habe mich verlaufen. Diese Rückwege in die vergangene Zeit haben halt ihre Abzweigungen, und der da führt weiter zu nichts. Also wieder ein Stück zurück. Wohin? Ach ja: Huber & Lerner.

Ich bin dann doch zur Vermählung des Lipkowitz gegangen, nicht im Frack, versteht sich, sondern im schwarzen Sonntagsehrenkleid der Liberalen, womit ich nicht den geringsten Anstoß erregte, denn es waren genügend andere Gäste vorhanden, die sich zwar eine gepflegte Familientradition, nicht aber einen Frack leisten konnten.

Er hatte sich seit unseren Schultagen nicht verändert, und auch jetzt ist er, so wie er da steht, die nur leicht erweiterte und korrigierte Ausgabe von früher.

Die Braut, eine sportliche Person mit scharfem Gesicht, paßte zu ihm – ich sah sie mir freilich kaum an, denn da war auch das Aglaja-Wesen und nahm mir den Atem weg: es hatte sich in den Jahren seither sehr verändert, und zwar zum noch Schöneren hin. Sie war schon seinerzeit unvergleichlich gewesen, als sie noch, einen Fuß vor sich gestellt und den anderen in Kniehöhe gegen das Gitter gestemmt, unsere befangenen Blicke unbewegt übersehen hatte; nun aber, reifer geworden und sichtlich vertraut mit den Kunstgriffen der Kosmetik, der Grand Coiffure und der Haute Couture, war sie vollendet. Ich sage nicht, daß es angenehm war, sie anzuschauen; ein solches Gefühl empfand ich nicht, sondern eher ein gegenteiliges: denn die Natur hatte sich in dieser jungen Frau den Scherz geleistet, die Kunst an Perfektion zu übertreffen, doch was sie da geschaffen hatte, war, weil singulär, ein Monstrum. Ein Monstrum an Schönheit, gewiß, aber halt doch ein Monstrum.

Es kann schon sein, daß ich mit diesen und ähnlichen Feststellungen ein wenig übertrieb und daß diese Gefühle vielleicht ein bißchen von jenem hilflosen Zorn beeinflußt waren, den die meisten Männer angesichts allzu perfekter Frauen empfinden, weil sie sich einfach nicht vorstellen können, wie man sowas ins Bett kriegen und was man dort damit anfangen sollte, worauf sich natürlich Impotenz-Ängste einstellen etcetera. Jedenfalls, und während mir der Duft nach Weihrauch und sterbenden Blumen, ein ziemliches Gedränge und die überlaute Orgelmusik das Denken schwermachten, zog das Aglaja-Wesen meine Aufmerksamkeit ganz ausschließlich auf sich, und nicht die Zeremonie vor dem Altar. Und darum war ich, während die Katholiken ringsum gebannt dorthin schauten – denn das Ritual erreichte eben seinen Höhepunkt –, der einzige, der bemerkte, daß von dieser Schönheit nicht nur etwas Erschreckendes, sondern auch etwas Herzzerreißendes ausging; diese Aglaja schien mir den zahlreich hinter ihr aufragenden Marmorengeln verwandter als den Menschen neben ihr, nur daß die Engelsfiguren auf ihren Piedestalen lebendiger waren als sie, weil sie leise hin- und herschwankten – aber diese momentane optische Verwirrung verflog gleich wieder, und ich erkannte, neuerlich erschreckend, daß es keineswegs die Engel waren, die umzufallen drohten, sondern vielmehr das Aglaja-Wesen offenbar am Rande einer Ohnmacht zitterte.

Ich wollte hin zu ihr, aber es standen zu viele Hochzeitsgäste zwischen uns, und es war auch nicht notwendig, denn sie fiel nicht um, sondern hielt sich mit starkem Willen aufrecht; dann aber, während der Priester mit der Verlesung des Ehegelöbnisses begann, wurde das über alle Vorstellungen schöne Gesicht erst blutleer und versteinerte gleich danach so, als ob sich die entleerten Adern mit irgendeiner schnell erstarrenden Flüssigkeit füllten, und das immerhin doch lebendige Gesicht verwandelte sich in ein schönes weißes Marmording, womit die Übereinstimmung der Natur mit der Kunst endgültig erreicht war.

In genau diesem Moment drehte sich der Lipkowitz um, während seine Frau ihm noch den Ring an den Finger steckte, und blickte in dieses Medusengesicht, versteinerte aber nicht auch noch, sondern sah es nur mit sehr viel Mitleid an. Ich hoffe jedenfalls, daß es Mitleid war. Gleich darauf, als das Aglaja-Wesen schließlich doch zusammenfiel – nein, sie fiel nicht zusammen, sie kippte stocksteif zur Seite und in die Arme der Nächststehenden – , drehte sich auch die nunmehrige Fürstin Lipkowitz-Zweyensteyn um. Aber ihre Augen drückten durchaus kein Mitleid aus, sondern herzliche Freude.

Es war dies eine schlimme Geschichte; und ich dachte, daß ich mich der unruhigen und verworrenen Empfindungen angesichts der Arm in Arm von der Schule hinwegspazierenden Lipkowitz-Geschwister gar nicht so hätte schämen müssen, damals, als wir noch in die Schule gingen.

Das fernere Schicksal des Aglaja-Wesens gestaltete sich dann übrigens völlig undramatisch: es wurde nicht lange danach geheiratet, von keinem Supermann, ganz und gar nicht, sondern von einem Versicherungsmenschen mit wohlklingendem Namen und geringem Geist, der keinerlei Begriff von der exquisiten, ja monströsen Schönheit seiner Frau hatte – aber Schönheit ist wohl etwas, dem leider nur die Dummen gewachsen sind. Die Einbußen, die dabei fällig werden, treffen dann auch nicht sie, sondern die Schönheit, weshalb denn auch die Aglaja bald danach, wenn sie im Eiles oder im Landtmann Bridge spielte, zwar immer noch recht ansehnlich wirkte, aber nicht das geringste Erschrecken mehr auslöste.

Den Lipkowitz selbst traf ich nach seiner Hochzeit wiederum viele Jahre lang nicht. Ich las nur irgendwann einmal in der Zeitung, daß sich seine Frau während eines Reitturniers das Genick gebrochen habe, kondolierte und erhielt zwei Tage später die Todesanzeige; diesem Stahlstich von Huber & Lerner entnahm ich, daß als einziges Kind eine Tochter namens Aglaja den Tod ihrer Mutter in tiefer Erschütterung, jedoch dem Willen Gottes sich fügend, betrauere.

Hierauf vergingen abermals Jahre um Jahre meines Lebens, in denen der Lipkowitz wiederum nicht auftrat. Nur wenn ich auf der Nordautobahn nach Krems fuhr, die Auwälder des linken Donauufers entlang, und nahe vor Tulln eine Sekunde lang zwischen den Bäumen einen gelben Schimmer sah, fiel er mir ein, denn dort stand das Schloß, in dem er lebte. Aber ich fuhr selten nach Krems.

Daß es nach so langer Zeit schließlich doch wieder zu einer Begegnung mit ihm kam, ergab sich eher zufällig. Wir hatten in unserem kleinen Verlag ein dickes Repräsentations-Buch zusammenzustellen, eine von der Landesregierung und den Fremdenverkehrsstellen subventionierte Angelegenheit, die uns wenig Lust und viel zeitraubende Recherchierarbeit bereitete, aber dem Unternehmen Geld einbrachte; in diesem Wälzer tauchte der Name Lipkowitz-Zweyensteyn mehrfach auf, sowohl in historischen als auch in wirtschaftlichen Zusammenhängen; mein ehemaliger Schulkamerad hatte nämlich auch weiterhin tüchtig gearbeitet, sein Familienerbe um ein paar holzverarbeitende Betriebe ansehnlich vergrößert und sich, wie man so sagt, zu einem beachtlichen Wirtschaftsfaktor herausgewachsen. Die ihn betreffenden Daten hätten wir uns zwar leicht von der Handelskammer besorgen können, aber ich wollte mir Zeit ersparen, und schließlich war's doch ein Anlaß, ihn wieder einmal zu sehen, außerdem waren noch Fotos zu machen von ihm, seinen Betrieben und dem Schloß – kurz, ich schrieb ihm, und kaum hatte er den Brief erhalten, kam er auch schon, ohne sich vorher anzumelden, in unser Büro.

Er hatte sich, ich stellte es mit Neid und einer leichten Aufwallung des Sauhatz-Syndroms fest, auch nach dieser nun doch schon beträchtlichen Zeit kaum verändert; und was sich im Detail doch verändert hatte, war wiederum nur leichte Korrektur der ersten und inzwischen sowieso schon geringfügig verbesserten Ausgabe. Es war alles da, wie eh und je, der schwarze Lodenanzug, das Lächeln, die Dachsfett-Strähne im schwarzen Drahthaar; hinzu war lediglich jene gewisse Sicherheit getreten, die einem der Berufserfolg beschert; auch legte er jetzt eine unvermutete Fertigkeit an den Tag, ein Gespräch zu beginnen und zu unterhalten – aber vielleicht hatte er diese Vorzüge auch schon früher besessen und war nur nicht dazugekommen, sie zu gebrauchen.

Die Lipkowitz-Daten gaben mehr her, als zu vermuten gewesen war; er erzählte mir einige Anekdoten aus dem Leben seines Vaters, die zu den Ereignissen von 1934 und 1944 bemerkenswerte Fußnoten lieferten; seine kommerziellen Interessen waren verzweigter, als ich angenommen hatte; und in seinen Besitzungen befanden sich kulturhistorisch interessante, aber noch nie fotografierte Dinge, die dem Illustrationsteil des Buches eine unerwartete Bereicherung sicherten.

Eine lange Rederei wurde daraus, als hätten wir die endlosen Dialoge nachholen wollen, die unter Siebzehnjährigen geführt werden, sobald sie Freundschaft miteinander schließen; wir gingen vom Büro zu einem gemeinsamen Mittagessen, entdeckten dabei, daß noch viel mehr Informationen auszutauschen waren, kehrten infolgedessen wieder ins Büro zurück, redeten weiter, ließen uns Kaffee kochen und waren sehr angetan voneinander; dann lud er uns, sie und mich, zum Abendessen ein, ins Hauswirth in der Otto-Bauer-Gasse – und die ganze Zeit hindurch rührte sich meine alte Sauhatz-Allergie nur ein einziges Mal: als sie während einer kurzen Abwesenheit des Fürsten „Man sollt's nicht glauben, daß es sowas noch gibt!" ausrief; das gab mir doch einen Stich.

Daß der Fürst meinem Roten Falken sehr gefiel, war von Anfang an nicht zu übersehen – sowas war nie zu übersehen bei ihr, denn wenn ihr wer gefiel oder gar, was freilich selten vorkam, imponierte, dann teilte sie das auf der Stelle jedem mit, der gerade anwesend war, ohne Umstände, auch dem Betreffenden selbst, und sagte es nicht nur in Worten, sondern auch mit Lippen, Augen, Nasenflügeln, ihren Stirnfalten und Augenbrauen, mit denen sie umging wie ein Musiker mit seinem Instrument: sie vermochte mit ihrem Gesicht alles auszudrücken, was sie wollte – und an jenem Tag wollte sie und drückte Entzücken über diese Begegnung aus.

Außerdem verfügte sie über eine zwar naive, aber doch sehr effektive und ihre Wirkung niemals verfehlende Technik des Hochlobens; wenn sie einen loben wollte, sagte sie nicht etwa einfach „Das hast du großartig gemacht!“ zu ihm, sondern informierte möglichst sofort einen Dritten, indem sie den fragte: „. . . hat er das nicht großartig gemacht? War das nicht wunderbar, wie er das gesagt hat? Das hätt' keiner so gut gekonnt wie er!“ oder wie der Anlaß es halt mit sich brachte. Diese Technik verdoppelte ihr Lob um das des Zeugen und machte es damit sozusagen öffentlich und absolut. War es aber wirklich Naivität, die sie zu solchen Leistungen befähigte? Oder war es eine natürliche Begabung, die sich da zu Raffinement gesteigert hatte? Ich weiß es nicht, genau wußte es sicherlich auch sie nicht, und wie immer: es fiel ihr jeder drauf rein, ich von Anfang an, aber alle anderen ebenso; daß so viele Männer geradezu süchtig waren nach ihrer Gesellschaft, erklärte sich zum nicht geringen Teil aus diesem Umstand.

Am schnellsten aber funktionierte es beim Lipkowitz; hatte er am Beginn unseres Treffen ihre Anwesenheit kaum wahrgenommen – oder nicht anders, als man eben eine Sekretärin oder sonstige Mitarbeiterin wahrnimmt, während man mit dem Chef verhandelt –, so wandte er, nachdem das Geschäftliche erledigt war, seine Aufmerksamkeit um so intensiver ihr zu, ja er hatte während des Abendessens gelegentlich Mühe, sich daran zu erinnern, daß ja auch ich noch vorhanden war. Mir machte das nichts aus, im Gegenteil, es freute mich, denn sie hatte hart zu arbeiten bei mir und leistete das Dreifache dessen, was von ihr erwartet werden durfte, und da konnte ich ihr die Gesellschaft eines echten Fürsten, wie er in freier Wildbahn ja nur mehr selten anzutreffen ist, wohl von Herzen gönnen – samt seiner anschließenden Erlegung natürlich; denn spätestens beim Kalten Reis mit Früchten war mir klargeworden, daß der Lipkowitz hinfort ein weiterer Held oder Narr im Hofstaat meiner Freundin sein würde, neben dem Geschiedenen, dem Genie, neben mir, Tuzzi und einem Haufen anderer. Besorgnisse, wie später angesichts der Emphase des Medizinalrats, empfand ich nicht, denn anders als jener war der Lipkowitz ein ebenso feinfühliger wie beherrschter Mann.

Beim Heurigen – denn auch der folgte, und natürlich fuhren wir zum Nagl-Karl, der ja ebenfalls zu ihrem Gefolge gehörte – fühlte sich der Lipkowitz anfänglich zwar nicht wohl, weil er gewiß noch nie zuvor in einem so schäbig-gemütlichen Lokal und unter so seltsam gemischtem Publikum gesessen war, aber als dann der Karli zu singen begann und meine Freundin einfiel (ich hatte gar nicht gewußt, daß sie singen, ja sogar sehr gut singen konnte) und die beiden alsbald einander ins Hochmelodisch-Gefühlvolle hineintrieben, war's aus mit ihm. Er zeigte sich, um es mit einer Sauhatz-Vokabel zu sagen, ausgesprochen enflammiert und kaufte der Blumenfrau den ganzen Korb dunkelroter Rosen ab, selbstverständlich nicht mit prahlerischer Geste, sondern weil's unter den gegebenen Umständen die beste Möglichkeit war, der Freundin zu zeigen, wie hingerissen er war.

Sie zog daraufhin eine logische Heurigen-Konsequenz und forderte ihn auf, mit ihr Bruderschaft zu trinken; welcher Einladung der Fürst etwas überrascht, aber mit großer Freude nachkam.

„Und wie heißt du denn?" fragte sie, als das Glas geleert und der Kuß ausgetauscht war.

„Ferdinand", sagte er.

„Und alser ganzer?"

,,Mein vollständiger Name lautet Franz Ferdinand Maria von Lipkowitz und auf Zweyensteyn."

,,Puh!" sagte sie. ,,Das ist ja ein ganzer Roman! Weißt' was? Ich werd' dich Maria rufen, ja?"

,,Wie du befiehlst!" sagte der Fürst, während ich innerlich ironisch Halali rief, denn nun hatte er den Blattschuß weg, den ich schon beim Kalten Hauswirth-Reis vorausgesehen hatte.

,,Man sollt's nicht glauben, daß es sowas noch gibt!" sagte sie noch einmal, als sie mich nach diesem wohlgelungenen Abend nach Hause fuhr (jemand mit ihrem alten Auto irgendwohin zu bringen, und zwar zu extremen Zeiten und womöglich zu schwer erreichenden oder weitab liegenden Zielen, war eine ihrer kleinen Leidenschaften, und ich nützte das schamlos aus). ,,Nein sowas! Und dir ist es wirklich recht, daß ich mich um die Fotografiererei bei ihm da draußen kümmer'?"

Aber sicher war mir das recht, ich war froh darüber, nicht selbst nach Tulln hinausfahren zu müssen, und zufrieden, die Arbeit mit den Lipkowitz-Materialien in zuverlässigen Händen zu wissen. Um die Freundin selbst machte ich mir keine Sorgen, denn wenn sich da, wider jegliches Erwarten, irgendwelche Gefühlsverwicklungen einstellen sollten, würde ich es rechtzeitig genug erfahren, dachte ich.

Damit hatte ich recht. Aber was ich nicht vorausgesehen hatte, was mir nach der Aglaja-Episode in der Karlskirche und in meiner Sauhatz-Befangenheit einfach absurd erschienen wäre und worauf ich dann erst durch jene unerwartete Reaktion des Legationsrates aufmerksam gemacht wurde, war, daß der Lipkowitz sich ganz ernsthaft und über Hals und Ohren in sie verliebt – nein, „verlieben" ist da ein falscher Ausdruck; ein Lipkowitz-Zweyensteyn verliebt sich nicht, sondern liebt! – und sich mit großem Ernst, unveränderlichem Lächeln und der ihm eigenen Zähigkeit auf die Pirsch begeben hatte. Oder auf die Balz oder wie man sowas in diesem Milieu ironischerweise sonst nennt. Nicht, daß mich das zunächst ver- oder auch nur besonders gestört hätte, aber als Heiliger hatte ich aufmerksam zu sein und mußte auf alle Fälle beachten, daß der Lipkowitz halt doch ein von Natur aus Umwitterter, ein stets von Komplikationen Begleiteter war. Und wenn auch, auf der anderen Seite, der Legationsrat, dieses frei im Raum schwebende Problem, gleichfalls ein nobler und vorsichtiger Mann war, so konnten die beiden Wirkungen – Tuzzi hier, der Maria dort – doch eine Entwicklung zum Zweimühlsteinartigen nehmen, bei dem der Dritte, meine Freundin und Gläubige nämlich, unter Umständen zu Schaden kommen konnte.

Darum also hatte ich zu den überraschenden Mitteilungen meines Arzt-Freundes so hartnäckig geschwiegen; die Kollektion interessanter Erscheinungen, die sich um meine Freundin und damit auch um mich ansammelte,war nachgerade schon groß und verwicklungsträchtig genug, und deren sorgsame Beobachtung erforderte sowieso schon mehr Zeit und Anspannung, als mein Geschäft eigentlich zuließ. Der Medizinalrat ging mir da wahrhaftig nicht ab; und erst recht nicht das von ihm so genannte Große Kaliber, das womöglich noch mit einer Zeitzündung versehen war. Mit einem Wort: es reichte mir.

Aber ein Heiliger hat nicht nur mit seinen Verehrern Scherereien; über ihm stehen ja noch die Götter.Und die bereiten ihm auch noch Schwierigkeiten.

Die Neubaugasse im Siebenten Wiener Bezirk ist zwar häßlich, aber zur Stimulierung des Lebensgefühles sehr geeignet. Ihre Fahrbahnen sind häufig verstopft von Lieferwagen, Autobussen und Taxis, ihre Gehsteige zu gewissen Zeiten dicht besetzt von Leuten, die möglichst schnell etwas kaufen oder verkaufen wollen, gerade von jemandem übers Ohr gehauen wurden oder einem anderen in der nächsten Minute das Weiße aus dem Auge nehmen werden, die dem Herzinfarkt nahe, aber geschäftlich auf der Höhe sind, unter heftigem Streß leiden, unter Streß-Entbehrung aber noch mehr leiden würden, die in lange ersehnte Urlaube fahren, diese aber am dritten Tag wieder abbrechen, um dringender Gründe wegen in die lärmende Neubaugasse zurückzukehren, in diese Gasse, die quer zu allen Winden steht, so daß die Abgase der Autos niemals weggeweht werden, sondern sich als ein dicker bläulicher Wurm träge die ganze lange Straße hindurchwinden, diese Gasse mit den unzähligen Geschäften, Büros und Kontoren, die von den Hausfronten her tief in die Hinterhöfe hinein und bis in die dritten Stockwerke hinauf wuchern, ein Kommerz-Mycel bildend, auf dem Gewinne und Verluste, Vertragsabschlüsse und Konkurse, Fusionen und Betrügereien, Projekte und Bilanzen üppig aufblühen, schnell unaktuell werden und neuen Platz machen, diese Gasse, in der man jede Ware, alle Kostbarkeiten und jeglichen Ramsch der Welt kaufen, bestellen, in Auftrag geben, in Empfang nehmen, ordern, fakturieren, unterschlagen, tauschen, importieren, exportieren und verschieben kann, denn hier gibt es alles: Pelze und Papier und Matratzen und Filme und Möbel und Puppen und Nordseefische und Südfrüchte und Bücher sowie Reformkost und Teppiche und Maschinen und Sanitärartikel und Haschisch und Schuhe und Büstenhalter und die

Mode vom vorigen, heurigen und dem nächsten Jahr, ferner auch Kellner, harte, aber schönbusige Geschäftsinhaberinnen im Seidenkleid und dickbäuchige Händler in maßgeschneiderten Schuhen und windige und clevere junge Manager und Redaktionstypen und hübsche Verkäuferinnen und dazwischen G'scherte vom Land und Balkanesen, die sich von der Mariahilfer Straße hierher verirrt haben; das alles hat's eilig und muß schnell noch was Wichtiges erledigen, hat eben was erledigt, hat Sorgen und noch was zu besorgen, ist schon erledigt, kriegt keine Luft, läuft in die Autos, rempelt sich an und strampelt wie der Frosch in der Milch. Als Futterplatz, Jagdrevier und Tränke wird es von keinem anderen Stadtteil übertroffen, dieses Neubaugassen-Viertel, in dem sich das Dschungelhafte unserer Zivilisation so deutlich manifestiert (oder manifestierte; wer weiß schon, was morgen sein wird?).

Da alles erhältlich war in der Neubaugasse, konnte man dort sogar konzentrierte Ruhe bekommen. Ich hatte mein kleines Unternehmen in einer Hinterhof-Wohnung eingerichet, in welcher der Lärm der Gasse, die doch nur ein paar Dutzend Schritte entfernt war, nur mehr als ein fernes, gleichmäßiges Rauschen hörbar war. In allen anderen Wohnungen dieses Hinterhauses lebten Greisinnen leise wie Zimmerpflanzen dahin, vor unseren Fenstern bildeten nie geschnittene Fliederbüsche einen grünen Schirm, und in den Fenstern selbst standen schön geordnet die vielen Blumen, die meine gänzlich unentbehrliche Mitarbeiterin teils mit Begeisterung kaufte, teils von ihren Gefolgsleuten in Überfülle erhielt; die dunkelroten Rosen des Fürsten, denn dieser Farbe blieb er hinfort treu, wirkten neben den ebenso unveränderlich weißen des Legationsrates nun als eine Dominante dieses floristischen Stillebens.

Aber so idyllisch das auch aussah, die Arbeit, die wir vor diesem blumigen Hintergrund leisteten, war es leider nicht. Meine anfängliche Hoffnung, daß man mit der Herausgabe hochspezialisierter Fachliteratur und sorgfältig redigierter Dokumentationen Erfolg haben könnte, erfüllte sich zwar, aber auf die gleichfalls erhoffte langsam-gründliche und anständig-geruhsame Weise ging's leider ganz und gar nicht; die entsprach nun einmal nicht dem allgemein vorherrschenden Trend zum knappen Termin; das zu umgehender Effizienz eingesetzte Kapital wollte raschest auch umgesetzt sein, gut Ding durfte alles, nur keine Weile brauchen; die Qualität der Produktion bestimmte sich nicht nur nach ihrer tatsächlichen Güte, sondern ebenso danach, daß sie im richtigen – und das hieß stets: schnellstmöglichen – Augenblick zum richtigen Platz – nämlich überallhin – gelangte. Auch war Werbung unumgänglich, aber um die finanzieren zu können, mußten wir wohl oder übel selbst ins Werbegeschäft hineinsteigen; das jedoch verlangte erst recht Effizienz und Schnelligkeit und war mit der übrigen oder vielmehr eigentlichen Arbeit nie ganz in Einklang zu bringen – nun ja, am Ende hatte ich mehr Geld, als ich eigentlich brauchte, aber auch einen Haufen Nierensteine, die ich nicht gebraucht hätte, war höchst überanstrengt und zugleich unbefriedigt.

Darin war ich nicht der einzige, so ging es damals vielen: Überanstrengung war ein Stilmerkmal jener Jahre und einer der Gründe für die ersten Störungen der laufenden Programme, die die große Interdependenzmaschinerie uns lieferte.

Ans Aufgeben dachten wir deswegen freilich noch lange nicht, sondern arbeiteten uns unter zunehmend mörderischer werdenden Bedingungen fleißig weiter durch Berge von Schwierigkeiten, um jenen magischen

Punkt zu erreichen, welcher „der Erfolg“ hieß und dessen Vorzug allein darin bestand, daß man dort nicht mehr das tun mußte, was man hatte tun müssen, um ihn zu erreichen. Aber wer durchschaute damals schon diesen Circulus vitiosus, der uns allen die Seelen aus dem Leib sog und den gesunden Kreislauf verdarb?

Der Medizinalrat, ja, der schon. Der hatte das früher begriffen als seine Patienten.

„Einer der Gründe dafür, warum unsere Zivilisation zum Teufel gehen wird, ist die ungleiche Verteilung der Arbeitslast“, pflegte er zu lehren. „Früher waren die Gescheiten gescheit genug, den ganzen lieben Tag lang auf der Agora herumzustehen oder über die Piazza zu spazieren, zum einzigen Zwecke des Tratschens, Klatschens, Streitens und Geschichtenerzählens. So entstanden die sokratischen Dialoge, die großen Epen, die Lehrgebäude der Pythagoräer und die Stoa, die Divina commedia und die Vermutung, daß alles Gute auch schön sein müsse. Aus diesem endlosen Gerede erwuchsen Philosophie, Literatur und Theologie, Kunst und was alles sonst noch für wichtig zu erachten ist. Alles. Indessen arbeiteten die Unerfinderischen und Unbegabten, die Trottel und die Armen auf den Feldern und in den Werkstätten, um dem Tratsch und den Diskussionen ihrer Herren die gesunde ökonomische Grundlage zu geben. So und nicht anders entstand Kultur. Unterbrich mich bitte nicht – deinen Einwand, daß dies Systeme schreiender sozialer Ungerechtigkeiten waren, akzeptiere ich sowieso, obwohl ich mir, beim Allmächtigen Baumeister!, wünschte, es würden endlich einmal die statistischen Nachweise dafür veröffentlicht – vorhanden sind sie –, daß Armut als kollektives Phänomen nicht nur ökonomische oder soziale Ursachen hat, sondern vielfach einem Mangel an Intelligenz entspringt, insofern nämlich, als ja auch ökonomische und soziale Verhältnisse von Begabung und Intelligenz bestimmt werden. Nur – wie steht's denn heute mit der Gerechtigkeit? So steht es, daß die Leute mit dem höheren Intelligenz- und Bildungsquotienten gar keine Zeit mehr für die Agora haben, sondern sich in Sechzig- bis Achtzigstundenwochen bis zum Herzinfarkt schinden, um das große Werkel mit Ach und Krach im Laufen zu halten, während die Herren Kolonen nach Caorle und Riccione fahren, wo sie faul am Strand liegen, um ihrerseits und auf ihre Weise von Gott und der Welt zu reden. Und so sehen heutzutage Gott und die Welt denn auch aus."

Ja, das war so die Art, in der mein Freund seine Raisonnements vorzubringen pflegte, leichthin, feuilletonistisch quasi, nicht gleich erkennen lassend, daß dahinter eine Masse von fundiertem Wissen und präzisen Informationen steckte, die sein Gehirn aufgesogen hatte wie ein Schwamm das Wasser. Schade, daß er völlig unfähig war, seine Meinungen niederzuschreiben, es war die reinste Vergeudung, was er da als Wortsteller trieb, als ein unheiliger Nikolaus, der die Kindlein mit skandalösen Erkenntniskletzen beschenkte, mit Milchzuckerln unfrommer Denkungsart und bitteren Denknüssen, aber er war eben kein Festhalter, der Medizinalrat, kein Fixierer, sondern ein eitler Peripatetiker, ein großer Causeur, der auf das Ernstgenommenwerden gerne verzichtete, wenn er nur Verblüffung erzielen konnte. Die freilich war ihm sicher, sobald er nur den Mund auftat, lediglich Tuzzi nahm ihn alsbald ernst und hörte seinen Raisonnements so aufmerksam zu, als müßte er sie in Gedächtnisprotokollen festhalten. Vielleicht hat er das sogar wirklich getan; der Legationsrat und sein Interministerielles Sonderkomitee sind ja an einigen Maßnahmen der letzten Tage sicherlich mitbeteiligt gewesen; etliche Details dieser Maßnahmen (auf deren Wirkung man nur hoffen kann) muten mich denn auch so an, als hätte da jemand aus einigen Thesen des Medizinalrats Konsequenzen gezogen.

Meine Montag-Besuche in seinem Dienstzimmer setzten sich fort, ohne daß er wieder auf das gewisse Thema zu sprechen gekommen wäre; das hätte mir auffallen sollen, denn der Medizinalrat hatte sich meines Wissens noch niemals auch nur einer Spur von Diskretion beflei-ßigt, wenn ihn etwas interessierte oder er irgend was in Erfahrung bringen wollte; aber es fiel mir nicht auf, oder vielmehr: ich gab mich lieber dem Glauben hin, er habe die Sache vergessen oder wolle sie ihrer Aussichtslosigkeit wegen nicht weiter verfolgen. Natürlich steckte hinter dieser Selbsttäuschung nicht viel anderes als der Wunsch, den besonderen Geist, der in diesem Raum herrschte, nicht zu verstören.

Die lange Verbundenheit mit dem Mann, der diesen Geist beschwor, und einige Umstände meiner allzu geschäftigen Lebensweise hatten es nämlich mit sich gebracht, daß ich jenes große Zimmer mit seinen altmodisch hohen Fenstern, seinen dicken Vorhängen und Teppichen als einen Zufluchtsort und Ruhepunkt überaus schätzte. Es war, möchte ich sagen, ein heilsames Zimmer; und der Aufenthalt darin, auch wenn er nur eine halbe Stunde oder nicht viel länger dauerte, wirkte auf die Nerven, auf meine jedenfalls, wie eine gute Massage auf die Muskeln, entspannend und besänftigend über Tage hinaus.

Nicht, daß es ein besonders schönes Zimmer gewesen wäre; dazu war sein Mobiliar viel zu groß dimensioniert und waren zu viele Erinnerungsstücke, gerahmte Fotografien und Berufstrophäen allzu unbekümmert über sämtliche vorhandenen horizontalen und senkrechten Flächen verteilt, darunter freilich auch sehr wertvolle, ja kostbare Stücke, denn wenn der Medizinalrat auch keinerlei Geschmack besaß, so hatte er doch einen unbeirrbaren Riecher für hohe Qualitäten; um etliche Bilder und Kleinbronzen in diesem Raum hätte ihn jedes Museum beneidet.

In meinen Augen war das bedeutendste Stück eine Federzeichnung, darstellend eine Hügellandschaft, in der ein bäuerlicher Leichenwagen auf eine enge Straßenkurve zu fuhr; diese sehr gute Arbeit aus der mittleren Zeit Alfred Kubins liebte ich besonders, denn sie gehörte in gewissem Sinne auch mir, erinnerte sie uns doch beide, den Medizinalrat und mich, an eines unserer ersten gemeinsamen Erlebnisse.

Es ist gut, daß ich auf meinem Weg in die Vergangenheit zufällig auf diese Zeichnung gestoßen bin, auch wenn ich nun zwischen dem Fürsten und Tuzzi, zwischen dem Silbernen und mir vielleicht auf einen Umweg geraten bin. Aber vielleicht ist es gar keiner. In unserem sonderbaren Lande Österreich sieht ja vieles wie Zufall aus, was sich bei genauerer Erwägung doch nur als Folge einer großen Dichtigkeit auf verhältnismäßig kleinem Raum erweist, einer eminenten Dichte von Zusammenhängen personaler und historischer, administrativer und pur menschlicher Natur, in der alles von allem durchdrungen ist oder jedes mit jedem zeitlich wie räumlich derart verbunden ist, daß weitere Konnexe und Konjunktionen unaufhörlich von selbst sich herstellen. Was immer man hierzulande angreift, es kann zum Schlüssel werden für alles andere. Und so mag es sein, daß diese Zeichnung – nur Geduld! es muß da noch einiges entwirrt werden! – über Zwickledt und Mauthausen doch auch zu ihr führt. Nur darum geht es mir: nur um sie.

Es muß im Frühling des Jahres 1955 gewesen sein, als der Medizinalrat, damals gerade Primarius geworden und somit als der einzige von uns halbwegs gut verdienend, sich sein erstes Auto leistete und uns, mich und Kurt Moldovan, zur Jungfernfahrt einlud.

Obgleich wir ohne bestimmes Ziel losgefahren waren, ergab sich's bald von selbst, auf magische Weise geradezu, daß wir schließlich hinauf in den Dreiländerwinkel gerieten, in dem seit Jahrzehnten Alfred Kubin lebte; es wird wohl Moldovan gewesen sein, der als erster vorschlug, dieser schon zu Lebzeiten mythisch gewordenen Gestalt der österreichischen Kunst einen Besuch abzustatten.

Wir waren jung – auch der Medizinalrat war's damals noch – und genossen die Fahrt durch das blühende Land sehr; ein Auto zu haben, mit dem man sich so frei bewegen konnte wie man wollte, und abschweifen, wohin man wollte (die Russen hatten die Kontrollen an der Demarkationslinie schon aufgehoben), das war in jenen Tagen noch etwas Besonderes, etwas, das Freiheit zu gewähren schien; die Welt kam uns nicht nur schön, sondern auch angenehm komfortabel vor, und die Überschwemmung mit solchen und ähnlichen Empfindungen versetzte uns in den Zustand einer leichten Berauschtheit, in der sich die Eindrücke vervielfachten und jeden von ihnen zur Quelle neuer Heiterkeiten werden ließ.

Das hinderte uns nicht, mit geradezu ehrfürchtigem Respekt vor den großen Alten hinzutreten.

Kubin war damals im sechsundsiebzigsten Jahr; kurz

zuvor war sein Roman „Die Andere Seite" neu aufgelegt worden und erwies nun, ein halbes Jahrhundert, nachdem er geschrieben worden war, seine nostradamischen Dimensionen.

Er empfing uns freundlich, mit der gleichmütigen Entrücktheit eines alten Mannes, an dem schon zu viele Besucher vorübergegangen waren, als daß er zwischen ihnen noch unterschieden hätte. Moldovan hatte einige seiner Zeichnungen mitgebracht, um sie von dem großen Alten absegnen zu lassen, aber der Meister prüfte nicht die Zeichnungen, sondern nur das Papier, fand es schlecht und schenkte seinem Nachfolger im Geiste aus dem eigenen Vorrat etliche leere Blätter besonders schönen Papiers (wenige Tage vor seinem Tod hat mir Moldovan noch erzählt, daß er eben das letzte verwendet habe; er ist sparsam damit umgegangen. Schade, daß ich nicht mehr erfuhr, was er darauf gezeichnet hat).

Wir saßen in Kubins Arbeitszimmer, das nicht einem Atelier, sondern eher der Studierstube eines Wissenschaftlers glich (auf dem Bücherbord sah ich ein violettes Glasglöcklein, dessen Klöppelknauf aus einem winzigen elfenbeinernen Totenschädelchen bestand), versuchten schüchtern – auch der Medizinalrat war es damals – unserer Verehrung Ausdruck zu geben und verabschiedeten uns bald, weil wir die anständige Meinung hegten, daß man einen so alten Mann nicht daran hindern sollte, den Rest seines Lebens mit wichtigeren Dingen hinzubringen. Aber das war überraschenderweise dem Hausherrn nicht recht, ihm schien's vermutlich nicht gastfreundlich genug, Fremde – mochten sie auch immerhin nur die Vertreter einer bestimmten Gattung und nicht eigentlich Individuen sein – so bald gehen zu lassen; er bestand darauf, uns wenigstens noch die nähere Umgebung seines Sitzes zu zeigen.

In dieser Dreiviertelstunde mit Kubin, der, haarlos und mit gelblicher Haut, in kaftanähnlichem Hausrock, wie einer der mysteriösen Lamas wirkte, die auf der Anderen Seite des Flusses unbewegt dem Vermodern der Stadt Perle zusehen, machten wir einen Ausflug in eine Parallel-Welt, die weit realer war als alles, was über derlei Möglichkeiten in der gesamten Science-Fiction-Literatur steht. Kubin zeigte uns einen kleinen Froschtümpel hinter dem Haus und murmelte, daß er niemals begriffen habe, wie da die Krokodile und Schlangen hineingeraten seien, die er hier „nur abgezeichnet" habe; dann erzählte er uns von seiner längst verstorbenen Frau so, als ob sie noch lebte, sprach er von den Ereignissen der letzten Kriegstage, verwechselte aber Szenen von 1945 mit anderen von 1918, wies er hinüber ins Tschechische und sagte, daß er noch einmal dorthin wolle und deshalb an den Präsidenten Masaryk schreiben werde, seinen alten Freund (aber Masaryk war der Präsident der ersten tschechischen Republik gewesen und damals schon längst tot).

Jedoch hatte dieses Durcheinanderbringen von Zeiten und Orten, hatte dieser Austausch von Wirklichkeit und Phantasie durchaus nichts Greisenhaftes oder Seniles an sich, wirkte auf uns auch keineswegs beklemmend und besorgniserregend, denn es hörte sich freundlich an und war geradezu unglaublich weit von jeder Boshaftigkeit entfernt; ich glaube, daß ich niemals mehr in meinem Leben einen so kindlichen Mann getroffen habe (und doch war dies der Enzyklopädist des Dämonischen, Prophet der Verwesung und Seher der Vermoderungen) – und schließlich begriffen wir's: dieser Mann war jenseits seines Alters so alterslos und so sehr alt schon immer gewesen, daß die Geschiche an ihm nicht als eine Aneinanderreihung willkürlicher Ereignisse vorbeigegangen war, sondern sich ihm als eine Kollektion von Mustern darbot: sie zeigte ihm ihre Strukturen. Eine davon war der Krieg, nicht der vergangene und vorvergangene, sondern der Krieg an sich; andere Muster waren das Krokodil oder die Schlange, die aus jedem beliebigen Wasserloch gekrochen kamen, um sich von ihm abzeichnen zu lassen, und ein Drittes war die ununterbrochene Abnützung des Seienden an sich.

So gerieten wir unter dem sanften Zauber dieses Mannes sehr schnell in die Welt der Staubdämonen und Verwesungsgeister, doch empfanden wir auf dieser Anderen Seite nicht Schrecken oder Angst – die kamen erst später –, sondern im Gegenteil ein sonderbares Wohlbehagen, dem Gefühl der Befriedigung ähnlich, das man hat, wenn man als Schwimmer oder Flieger in ein anderes Element eintaucht und spürt, daß man von ihm nicht versehrt, sondern friedlich mitgenommen wird.

Als wir dann die Straße von Zwickledt nach Schärding hinabfuhren, kam uns ein kleiner altmodisch-bäuerlicher Leichenwagen entgegen. „Den hätte Kubin zeichnen können", sagte Moldovan.

Doch Kubin hatte ihn bereits gezeichnet, viele Jahre zuvor schon. Später kaufte der Medizinalrat das Blatt und hängte es in seinem Dienstzimmer auf, zur Erinnerung an unsere gemeinsame Fahrt.

Und dann kam wieder ein Montag, und wieder saß ich im tiefen Lederfauteuil, sah über dem Kopf des Medizinalrats die Zeichnung mit dem Leichenwagen und grübelte über allerlei von mir vermutete Zusammenhänge zwischen Zwickledt und der gegenwärtigen Situation, fühlte mich dabei, denn dieser Montag war glimpflich verlaufen, halbwegs im Einklang mit dem Weltganzen – und da fing der Medizinalrat doch wieder mit dem Thema an, dem gewissen und gefürchteten, während er die ominöse Glasdose vors Auge hielt und die Kügelchen darin hin- und herrollen ließ.

„Ich betrachte", sagte er, leiser als sonst, „diese Küglein da in letzter Zeit immer nachdenklicher, im selben Maß nachdenklicher, in dem ich finde, daß unsere Existenz zunehmend unlustiger wird. Falls du dich fragen solltest, ob das ein Symptom des Alterns ist, werde ich diese Frage mit einem Ja beantworten, aber hinzufügen, daß ich und du zwar gewiß auch nicht jünger werden, die Welt um uns aber derzeit sehr viel rascher altert als wir. Sie kühlt aus, sie stockt auf der Stelle, sie hat sich ihrer Willensfreiheit begeben: in ihr wird morgen passieren, was gestern schon festgelegt wurde. Und darauf bin ich nicht neugierig, ja, ich fange an – das eben ist es –, meine Neugier auf diese schon erstarrte Zukunft zu verlieren, und das ist schlimm, denn ich vermute, daß lediglich die Neugier, wie es weitergehen und wo das alles enden wird, uns über die Zeiten hinwegzuhelfen vermöchte, die einem so ins Haus stehen – jedenfalls wüßte ich nicht, was sonst unsereinen dazu bewegen könnte, sie erleben zu wollen. Mein alter Verdacht, daß man nur so lange lebt, als man Neugier aufbringt, verstärkt sich: ohne Neugier ist nicht nur das Leben, sondern folglich erst recht das Überleben unmöglich."

Er machte eine Pause und ließ die Kugeln in die Gegenrichtung kreisen. Im Fenster wurde es schon wieder dämmerig.

Ich schwieg. Was hätte ich auch sagen sollen? Der Medizinalrat drückte nichts anderes aus als das, was zu jener Zeit fast jeder gelegentlich dachte, nur daß er es eben auf seine Weise und daher viel besser formulierte. Vom Untergang der Welt zu reden war ja damals (damals? kaum vier oder fünf Jahre ist's her – ach ja, die Zeit geht schnell dahin in letzter Zeit!) fast zum Gesellschaftsspiel geworden: wohin man kam, überall war's grade im Gange, in Gesellschaften und im Kaffeehaus, in den Redaktionen, beim Heurigen und zahlreichen Symposien; jedermann war herzlich eingeladen, mitzutun.

,,Ich bin Saturnier und Kainit wie du", fuhr der Medizinalrat fort. ,,Und also gehöre ich wie du einer Rasse an, die zwar zum Genuß, nicht aber zum Glücklichsein disponiert ist. Das hat mich bis jetzt so wenig geschert wie dich, denn wir wissen schon, daß das Glück kein Movens mundi et vitae ist – anders als die Neugier, die die Welt sehr wohl bewegt. Einsamkeit ist nichts Ungewohntes für uns. Aber ich beginne nun, da das immerhin wärmende Flämmchen der Neugier in mir erlischt, auch noch zu frieren, und das bin ich nicht gewohnt. Es schaudert mich jetzt, wenn ich mir bei der Visite die Leute ansehe, die ich mit soviel Kunst an einem Leben halte, mit dem sie so wenig anzufangen wissen. Mir rinnt's kalt über den Rücken, wenn ich unsere Maßgebenden ganz ausschließlich von Angelegenheiten reden höre, die heute schon wesenlos und nur noch Wiederholungen von Wiederholungen, Schatten von Schatten sind. Wie du weißt, lebe ich nicht gut mit meiner Frau, aber ich hatte doch Freude an meinen Kindern – auch die ist vorbei: ihre unschuldigen Augen lassen mich noch in meinen Träumen erschauern, denn ich habe erkannt, daß es die Unschuld der Barbaren ist, die in ihnen steht. Es wird leider kalt, Bruder, und es friert mich. Und drum versteh bitte mein dringendes Bedürfnis nach diesem unmöglichen Geschöpf, das mir da mitten in der kalten Nacht strahlend vor Zorn Watschen angetragen hat – es war das Lebendste, was ich seit langer Zeit gesehen habe, und ist im Augenblick das einzige, was meine Neugier wachhält. Sag mir, wenn du es weißt, wo ich dieses Ding finden kann. Weißt du es?"

„Keine Ahnung", sagte ich, obwohl ich ziemlich betroffen war über den Ton, in dem er das alles gesagt hatte, sehr persönliche Dinge preisgebend und fast ohne seine sonstige Drauflosschwadroniererei; aber ich war mir doch nicht sicher, ob er nicht wieder nur fintiert hatte, um zu erreichen, was er sich nun einmal in seinen dicken Schädel gesetzt hatte; denn er konnte neben allem anderen auch ein hervorragender Komödiant sein, wenn's ihm gerade paßte. Nein, ich verriet ihm auch diesmal nichts.

Die unvermeidliche Fortsetzung kam wiederum erst einige Wochen später, und sie begann wie eine jener Theaterszenen, in denen plötzlich eine Tür aufspringt, aber wer anderer als der Erwartete eintritt.

Die Tür sprang mitten in einer der vielen Nächte auf, in der wir, unsere Freundin und ich, in unserem Arbeitsraum saßen und die Schlampereien der anderen ausbesserten, der Sozialversicherten und Kündigungsgeschützten und Krankengeldanspruchsberechtigten, die pünktlich um fünfzehn Uhr dreißig abgezogen waren, nachdem sie uns höflich noch einen guten Abend und gute Arbeit gewünscht hatten.

. . . Sie sprang also plötzlich auf, ohne daß wir Schritte im Vorraum gehört hatten, und herein schoß wortlos ein junger Mann in einem roten Samtsakko, sah uns einen Augenblick lang scharf an, lief hinüber zur Abstellraum-Tür auf der anderen Seite, riß sie auf, blickte hinein, warf sie wieder zu und sauste ebenso wort- und lautlos, wie er gekommen war, wieder quer durchs Zimmer und beim Eingang hinaus.

Das war so schnell vor sich gegangen, daß wir nicht einmal Zeit zum Erschrecken gehabt hatten, und kaum war der Rotsamtene wieder draußen, als auch schon eine neue Erscheinung auftauchte, ein junger Mann wiederum, der sich in den Türrahmen stellte und über die Schulter ins Vorzimmer zurück die Worte sprach:

„Herr Chef, i glaub', mir ham s'."

Nachdem er dies gesagt hatte, zog er sich ebenfalls in das Vorraum-Dunkel zurück, und an seiner Stelle erschien wie durch Zauberei ein gewaltiger Strauß orangenfarbener Rosen, der von den Händen eines silberhaarigen Mannes in grauem Anzug getragen wurde. Dieser Mann kam mit ruhigen Schritten herein, blieb stehen und sagte:

„Guten Abend. Und 'tschuldigen schon vielmals."

Das war so höflich und freundlich gesagt, daß es unser nun endlich doch einsetzendes Erschrecken sofort unterdrückte.

„. . . Wie sind Sie denn da hereingekommen?" fragte meine Freundin, und das war eine naheliegende Frage, denn um nächtlicherweile in unser Büro zu gelangen, mußte man nicht nur das große Haustor in der Neubaugasse aufsperren, sondern auch noch das kleinere zum Hinterhof, das von den alten Frauen schon am Abend ängstlich verschlossen wurde, und schließlich auch noch die Tür zu unserem Vorzimmer. Und wir hatten nicht das kleinste Geräusch gehört!

„Ah", sagte der Mann, „das is' weiter keine Kunst. Der Horsti kann das schon."

Der Rotbejackte, offensichtlich also der Horsti, steckte blitzschnell den Kopf ins Zimmer herein, merkte, daß er nicht gerufen worden war, und zog ihn wieder zurück.

Der Fremde – mit seinem Maßanzug, seiner sorgfältig gebundenen silbernen Krawatte und seinem auch sonst gepflegten Erscheinungsbild glich er vielen Geschäftsleuten in der Neubaugasse – sah auf die Rosen, dann flüchtig auf mich, schließlich konzentriert auf sie und sagte vorwurfsvoll:

„Sieben Wochen haben wir Ihnen gesucht! Volle sieben Wochen!"

„Na und?" sagte sie kühl und schon ganz auf der Höhe der Situation.

„Ah so, ja natürlich", antwortete er, „Sie haben es ja nicht wissen können? Daß ich hinter Ihnen her war, was?"

Er war, entschied ich während dieses absurden Dialogs, doch kein Neubaugassengeschäftsmann, oder jedenfalls keiner von der normalen Sorte: die trägt keine erbsengroßen Brillanten in den Manschetten, keine diamantbesetzten Armbanduhren und keine Vielkarätigen am Ringfinger.

„Nein", sagte meine Freundin, „ich hab's nicht wissen können. Und jedenfalls g'hört sich das nicht, daß man mitten in der Nacht in die Häuser kommt und die Leut' erschreckt!"

„Nein, eigentlich g'hört sich's wirklich nicht!" sagte der fremde Gast. „Aber wenn ich Ihnen nach sieben Wochen endlich g'funden hab' – und ich kann doch die Blümerln da nicht ewig aufheben, nicht wahr?"

Er trat vor, verbeugte sich, hielt ihr die Rosen unter die Nase und sagte auf hochdeutsch:

„Gestatten Gnädigste höflichst, daß ich Ihnen überreiche?"

Sie nahm den Strauß mit Grazie entgegen, schnupperte über die Blumenköpfe hin und sagte, schon halb versöhnt, denn Blumen konnte sie niemals widerstehen:

„Danke schön! Schön sind die. – Aber wenn's nicht eing'wassert werden, sind's morgen hin."

„Glauben Gnädigste? Na ja, ich trag' die Blümerln jetzt schon so lang herum. Horsti!"

Der Rotsamtene tauchte wieder auf.

„Da!" sagte sein Chef, nahm der Freundin – „'tschuldigen schon, die Gnädigste!" – den Rosenstrauß wieder aus den Händen und übergab ihn dem Horsti: „Einwassern die Rosen! In der Waschschüssel draußen."

Lautlos verschwanden der Horsti und die Rosen.

Ich verstand diesen Vorgang so wenig wie einer, der verspätet in eine Vorstellung gerät und nun versuchen muß, sich in der Handlung, die da vorne auf der Bühne schon längst angefangen hat, zurechtzufinden.

„Wie geht's Ihnen denn so?" fragte die Freundin.

„Danke bestens, die Gnädigste!" sagte der Geschäftsmann oder was immer er war. „Es geht mir so gut wie schon lang nicht mehr."

„No fein!" sagte meine Freundin.

„Vielleicht bist du endlich so freundlich", sagte ich verärgert, „und erklärst mir, was da eigentlich los ist?"

„Aber natürlich!" sagte sie fröhlich. „Daß ich dir vorstell': das ist nämlich der Herr, den ich damals ins Spital geführt hab'."

Damit war einiges, aber noch lange nicht der nächtliche Überfall klargestellt. Immerhin aber machte diese Vorstellung den Mann endlich so weit auf mein Vorhandensein aufmerksam, daß er seine Rede auch an mich richtete:

„Ja, der bin ich. Und drum steh' ich jetzt da, auch wenn's, entschuldigen vielmals der Herr, mitten in der

Nacht is'. Weil ich nicht mehr lebert, wenn die Gnädigste mich nicht ins Spital geführt und dafür gesorgt hätt', daß ich operiert werd'. In letzter Minute, hat der Herr Medizinalrat ausdrücklich gesagt. In allerletzter Minute! Und darum" – er wandte sich wieder meiner Freundin zu – ,,gestatten Sie mir, Gnädigste, daß ich Ihnen als Zeichen meiner Dankbarkeit die Rosen – ah so, die sind ja jetzt eing'wassert . . . "

Damit gab er es endgültig auf, seinen präparierten Text aufsagen zu wollen. Statt dessen zuckte er vorwurfsvoll die Achseln und bemerkte nicht ohne Strenge:

,,Gnädigste bringen einen aber schon ganz schön aus der Fasson! Ich muß schon sagen!"

,,Tut mir leid!" sagte sie gutmütig. ,,Aber wenn einer mitten in der Nacht in die Häuser kommt? Statt daß er schön ordentlich bis in der Früh wartet?"

,,Ja, eh!" sagte er. ,,Is' ja wahr: ich hätt' mir morgen auch frische Rosen besorgen können. Aber ich war so froh, daß wir Ihnen endlich gefunden haben . . . "

,,Wissen S', was?" sagte meine Freundin, die den Mann nun endlich für hinreichend gedemütigt hielt. ,,Wir gehen hinüber ins Elsahof auf ein Paar Würstel, und Sie erzählen mir das Ganze. Ist eh Zeit dazu."

Das stimmte. Es war eins vorbei und der Zeitpunkt gekommen, zu dem wir im benachbarten Café noch ein Paar Frankfurter zu essen pflegten, bevor wir nach Hause fuhren oder – was eher die Regel war – wieder zu unserer Arbeit zurückkehrten.

Der Vorschlag schien dem Besucher nicht besonders zu behagen.

,,Ich weiß nicht recht . . . " sagte er zweifelnd. ,,Davon möcht' ich abraten, daß Gnädigste mit mir in ein Café gehen."

,,Warum denn?"

,,Weil ich keiner bin, mit dem eine Dame wie die Gnädigste in ein Lokal gehen sollt'."

,,Aha!" sagte sie. ,,Was sind S' dann sonst?"

,,Ich bin kein Guter", sagte er; ich verstand nicht, was er damit meinte, aber es fiel mir auf, daß er diese doch wohl negative Selbstbeschreibung mit einem starken Selbstgefühl vorgebracht hatte, wie einer, der schon weiß, wo und was sein Platz ist auf dieser Welt.

,,Schau, schau!" sagte meine Freundin. ,,Aber auch da gibt's solche und solchene. Was für einer sind Sie?"

,,Ich bin", sagte der Mann, ,,ein Granat."

,,Ich verstehe", sagte die Freundin. ,,Drum sind's gar so früh aufg'standen, was?"

Für mich klang das alles spanisch, aber sie verstand es und er sie.

,,Das bin ich", sagte er und lächelte. ,,Gnädigste verstehen, wie ich seh'. Und jetzt wissen Sie, warum Sie sich nicht zeigen sollten mit mir vor die Leut'."

,,Mit wem ich mich zeig'", sagte meine Freundin energisch, ,,das ist meine Sorg' und nicht die Ihrige. Und wenn ich einem schon das Leben rett', dann werd' ich mich mit ihm ja noch zeigen dürfen." Sie wandte sich, endlich, an mich: ,,Wenn du nicht mitgehen willst, bring' ich dir deine Würstel mit herüber, gelt?"

,,Ich gehe selbstverständlich mit", sagte ich.

,,Dann gemma!" sagte sie.

Womit sie jenen onomatopoetischen Pistolenschuß knallen ließ, mit dem in Österreich jede wichtige Handlung begonnen oder abgeschlossen wird, jenen unnachahmlichen Kommandoruf, der unsere Regimenter in unzähligen Schlachten zu siegreichem Sturm angetrieben hat und der aus einem schlichten ,,gehen wir" so etwas wie einen kategorischen Imperativ macht.

Also gingen wir diesmal zu dritt ins Elsahof, und so

lernte ich einen kennen, der kein Guter war, sondern eine bedeutende Persönlichkeit aus der Unterwelt, eines von den ganz großen Kalibern, wahrhaftig. Was ein „Granat" ist und warum der früh aufstehen muß, das reimte sich zusammen, als wir unsere Würstel verzehrt hatten und der Mann mit dem silberweißen Haar zu Ehren meiner Freundin einige wichtige Begebnisse aus seinem Leben erzählte, seine Meinung über die Welt, so wie sie nun einmal ist, darlegte und diese Meinung durch hochinteressante Beispiele genauer erläuterte.

„Daß ich also", sagte der Granat, „Ihnen erzähl': Die Welt is' immer so, wie sie ist, und niemals so, wie man möcht'. Sie is', wie sie ist, und bleibt, wie sie ist, und ich halt' mich danach.

Drum war ich mein Lebtag' kein Guter. Nur einmal, da war ich's, und, platsch, schon hat's mich derrennt.

Ich war damals der Größte in meiner Branche. Hernals hat mir g'hört, Ottakring – da bin ich geboren – und unten der zweite Bezirk, mitsamt natürlich dem Prater, ja, das alles hat mir damals g'hört, da war ich der König und Kaiser.

Gnädigste und Sie, lieber Herr, ich will Ihnen nicht lügen, denn lügen, das kostet nur Zeit und zahlt sich nicht aus, ich sag's, wie es ist: ich kann nix dafür, daß ich der König war oder der Kaiser, die Natur hat's so woll'n, ich hab' halt den Biß, den man braucht in meinem Geschäft. Hätt' sie's woll'n, wär' ich Werkelmann oder ein Doktor, sowas kommt halt, wie's kommt, da beißt die Maus keinen Faden nicht ab, das rollt wie die Kugel zum Loch.

In zwanzig Lokalen – Sie, das is' viel! – is' der Stoß für mich g'rennt. Ja, ich war schon der Größte!"

Er sah gut aus, unser Gast: unter den bleichen Mitternachtsmenschen in den anderen Nischen des Cafés stach er geradezu auffällig hervor durch seinen rosigen Teint und seinen aufrechten Sitz, sein Silberhaar schimmerte, seine Brillanten blitzten häufig auf, wenn das Licht aus den Spiegeln sie traf. Ein erfolgreicher Mann, ganz ohne Zweifel, Herr über zwanzig Hinterzimmer, in denen das Glücksspiel lief und Dividenden abwarf – steuerfrei, versteht sich.

Unsere Würstel hatten wir mit Genuß verzehrt (das Elsahof war berühmt für die Qualität seiner Würstel, aber auch dieses Café gibt es leider nimmer, in seinen Räumen werden jetzt Klosettmuscheln verkauft und andere Einrichtungen sanitärer Art), nun kam der Kellner mit dem Kaffee, ein Großer Weißer für mich, ein Kleiner Kurzer für sie, ein Großer Brauner für unseren späten Besucher.

„Kleiner Kurzer die Dame", sagte der Kellner Josef, blaß und müde und überdies plattfüßig und magenkrank wie alle alten Kellner. „Ein Großer Weißer für Herrn Doktor. Und einmal Braun für den Herrn. Sind zufällig da oder geschäftlich?"

Diese Zusatzfrage an unseren Gast kam leicht und neugierlos, ohne begleitenden Blick und flüchtig gemurmelt, als Frage eines Kellners halt, der einen Kunden, den er vielleicht früher einmal in einem anderen Lokal schon bedient hat, zwecks Trinkgeldvermehrung ein bisserl individuell behandelt. Aber der Granat lehnte sich aus dem Bauch heraus in die Polster zurück, als hätte ihn was Unangenehmes berührt, runzelte heftig die Stirne und wollte, das war deutlich zu sehen, etwas Hartes oder Böses äußern.

Meine scharfäugige Freundin jedoch, die Situation instinktiv viel besser begreifend als ich, kam dem zuvor und sagte zu dem Kellner, der ebenfalls einer ihrer vielen Sklaven war:

„Der Herr ist ein Gast von uns, Herr Dworschak. Und wo hätten wir denn mit ihm hingehen sollen um diese Zeit, wenn doch alles schon zu ist in der Neubaugasse?"

„Ahsoahso!" murmelte der Kellner, nahm die Würstelteller auf und verschwand.

Warum er ihr Sklave war? Weil sie als einziger Gast ihn nicht Josef nannte, sondern Herr Dworschak: so einfach war das für sie.

Der Granat entspannte sich und trank einen Schluck Wasser.

Der Horsti mit dem roten Sakko stand im Hintergrund bei den Billardtischen, dort, wo auch das Telefon hing. Der Hansi – so hieß der zweite Begleiter – lehnte, ich sah es durch das große Glasfenster, auf der anderen Seite der Neubaugasse im Dunkel eines Haustors, gegenüber dem Eingang ins Elsahof. Es war noch ein dritter vorhanden, der Heinzi, aber der blieb unsichtbar.

„Daß ich also", sagte der Granat, „weitererzähl': Meine erste Frau is' g'storben, Gott hab sie selig, der Bub inzwischen schon auf der Schul', draußen in Kalksburg, brav hat er g'lernt und mir eine Freud' g'macht, da is' nix zu sagen. Ich aber, ich denk' mir, dir geht es gut, g'arbeit' hast g'nug, jetzt kannst dir was gönnen, was Gutes, na, was soll ich sagen – g'heirat hab' ich, ein zweites Mal. Nicht mehr ganz jung, aber schön, die Frau, wirklich sehr schön, und ich hab' sie sehr geliebt."

„Wieso ‚haben', bitte?" sagte die Freundin.

„Ich erzähl' es, Momenterl, der Reih' nach. Sie war also wirklich sehr schön, und ich hab' sie geliebt. Und ein Mann hat's ja gern, wenn er heimkommt von seinem Geschäft und es steht was am Tisch und das Bett is' gemacht und halt so. Sie war schön und gescheit, und eine Magistra."

„Eine Apothekerin?"

„Das war sie. Und viel mehr gebildet als ich, denn sie hat Bücher gelesen und Sachen gewußt, daß ich manchmal ganz weg war. Und ich hab' mir gedacht, weißt was, jetzt gibst eine Ruh, Geld hast genug, gönnst dir was Gutes. Sie hat natürlich nix g'wußt von meinem Geschäft, ich hab' gsagt, ich bin im Export, seriös, wie sie war, eine Magistra. Und der Bub, der war ganz zufrieden: so eine schöne Frau, wie sie war. Und ob's die Gnädigste glaubt oder nicht, sie hat mich geliebt fast wie ich sie."

„Warum soll ich das nicht glauben?" sagte meine Freundin verständnislos.

Diese Frage gefiel dem Granaten über die Maßen.

„Gnädigste sind sehr gütig zu mir, küß' vielmals die Hand! – Daß ich Ihnen also weitererzähl': Die Leopoldstadt, hab' ich gedacht, die brauchst du nicht mehr, is' eh eine heikliche Gegend, wo leicht was passiert, gibst sie dem Zisch. Der Zisch war nämlich der Zweite nach mir. Und pfeif auf Hernals, der Bezirk is' nix B'sonders, da schaffst dir den Komaszinsky vom Hals, ein windiges Bürscherl, aber voll Ehrgeiz, des sind oft die schlimmsten. Pfeif drauf, hab' ich gedacht, Ottakring reicht, ein großer Bezirk, wo du z'Haus bist, Ottakring tragt's."

Der Granat genehmigte sich abermals einen Schluck Kaffee, blickte kurz nach innen und fuhr in seiner Erzählung folgendermaßen fort:

„Also, daß ich Ihnen, Gnädigste, und Sie, lieber Herr, weitererzähl', wie das war: Drei Jahr' lang hab' ich g'lebt wie der Schneck im Salat, ein besseres Leben hab' ich nie nicht gehabt. Meine Frau war so schön und gut war sie auch, auf Italien sind wir und einmal nach

Frankreich; sie hat ein echtes Französisch gered't, und ich hab' sie wirklich geliebt. Und der Bub hat Matura g'macht und hat woll'n studiern, Theologie, stell'n S' Ihnen vor: Theologie! Ein braver Bub, das darf ich schon sagen. Und alles war bestens und direkt in Ordnung.

Hab' ich geglaubt. Denn die Welt is', wie sie ist, und nie, wie man möcht'. Und alles kannst haben von ihr, nur keine Ruh. Wer eine Ruh will, der gilt g'schwind als ein Schwacher, und schon is' er g'liefert. Ich hab' nicht aufpaßt vor Glück, das war es! Die Schuld is' bei mir, ich geb's zu, denn ich lüg' nicht, es zahlt sich nicht aus.

Was passiert is'? Ich sag's schon:

Einmal, da komm' ich nach Haus und ruf' meine Frau, und sie sagt nix. Und ich geh' in das Zimmer, und da is' sie g'leg'n: als eine Tote."

„O Gott!" sagte meine liebe Freundin erschüttert.

„Ja, das war schrecklich. Tot war sie, umbracht, mit einem Messer gestochen. Und ich hab' sie fast nicht erkennt, denn sie war zug'richt – also, ich will nicht beschreiben, aber wer immer das war, er hat sie zu'gricht, mit dem Messer natürlich, wie der Fleischer das Fleisch nicht. Und sie war vorher so schön!"

Wir schwiegen, denn da war nichts zu sagen. Hinten klickten die Billardkugeln, und der Kellner Josef Dworschak brachte frisches Wasser.

„Ja, so war das, ganz, wie ich's sag'. Und wissen die Gnädigste, und Sie, lieber Herr, was das Komischste war an dieser G'schicht? Daß ich mir 'dacht hab': es g'schieht dir ganz recht, du hast ja 'glaubt, es is' alles in Ordnung und die Welt so, wie du möchst. Das hast jetzt davon. Hätt'st besser aufpaßt statt dem, dann lebert sie noch, so eine schöne Frau, wie sie war.

Und drum habe ich weiter nix unternommen, hab'

nicht getobt und nicht g'schrien, sondern mir g'sagt: jetzt is' es aus, jetzt steigst du aus, soll der Teufel Ottakring holen, bleibst halt daheim, lernst Französisch oder schaust in die Bücheln, damit du sie nicht vergißt. Ein sonstiger Anspruch is' nicht vorhanden, weil ein Guter warst du ja nie.

Aber die Welt is', wie sie ist, und wer einmal drin is', den laßt sie nicht aus. Ein paar Tag später fahrt mein Bub mit dem Motorrad, was ich ihm g'schenkt hab' nach der Matura, gegen ein' Baum und is' tot. Theolog' hat er werd'n woll'n, stelln S' Ihnen vor: Theolog'!"

Wir schwiegen, denn da war auch nichts zu sagen. Der Granat blickte nach innen, trank sein Glas Wasser und zuckte die Achseln.

„Damit ich Ihnen erzähl'", fuhr er fort, „was dann war: Jetzt aber war Schluß. Zuviel is' zuviel: keine Frau mehr, kein Bub und ich womöglich noch schuld. Da bin ich auf und da bin ich los. Ganz allein bin ich los!"

Er hielt inne und sah sich um: der Horsti stand am Serviertisch bei den Billards, hatte einen Kaffee neben sich und dem Telefon stehen, der Hansi war draußen im Haustor und der Heinzi nirgends zu sehen. Der Granat nickte befriedigt, trank einen Schluck aus dem Wasserglas und fuhr in seiner Erzählung folgendermaßen fort:

„Z'erst natürlich zum Zisch, Novaragass'n, zweiter Bezirk. Gradaus, ganz allein, an sich eher blöd, denn einer wie ich geht niemals allein in ein' fremden Bezirk. Aber mir war das Wurscht, ich war voller Zorn, voller Wut, und da is' man wie Eisen. Ich also hinein in den Zisch sein Quartier, seine Buben die Händ' gleich am Messer, aber der Zisch, der hat g'wußt, daß ich nicht komm', was zu holen, er hat für sowas ein G'fühl, der Zisch. Kann mir denken, warum du da herkommst, hat er g'sagt, eine scheußliche G'schicht, aber ich schwör's, ich hab' nix damit z'tun, herzlichstes Beileid, sowas dürfert einfach nicht sein. Hörst, hab' ich g'sagt, Zisch, du hast nix damit z'tun, daß weiß ich ja eh, es is' nicht dein Stil, aber du bist für g'wöhnlich gut unterricht', also was is'? Leider is' nix, sagt der Zisch, kannst mir glauben, ich hab' sowieso umg'schickt, ob man was hört, aber da war nix, bedaure, ich hätt' dir gern g'holfen, war eine schöne Frau, deine Frau, schad' um die Frau. Na ja. Da bin ich halt weiter ein Haus, hinaus auf Hernals, schaun, ob der Komaszinsky nix weiß. Aber der hat sich g'furchten vor mir, und das mit Grund, weil bei dem G'schäft vor drei Jahr, da war er nicht koscher. Drum is' er mir aus, aber ich hinter ihm her, bei einem Loch ein, beim anderen aus, wie der Teufel hinter der Seel', die ganze Branche hat g'lacht über ihn, durch sowas verliert man schnell den Respekt. Und vom Komaszinsky die Buben, die waren fort wie der Schnee in der Sonn'. Einer von denen – jetzt is' er Kellner, da hinten geht er mit dem Kaffee – hat mir dann, aus lauter Zorn, wie sein Chef sich benimmt, den Zund geb'n: bei seiner Freundin unter der Tuchent, dort is' er, beuteln S' ihn durch, ja?

Ich nix wie hin, und der Komaszinsky – was soll ich sagen? Wie ich dann weg bin, war er bewußtlos, und dabei hab' ich keinen Finger nicht g'rührt, nur allweil ihn ang'schaut, sonst nix, ob Sie's glaubn oder nicht: nur ihn immer so ang'schaut."

„Ich glaub's!" sagte die Freundin.

„Da dank' ich der Gnädigsten vielmals, denn ich lüg' nicht, es zahlt sich nicht aus. Aber auch diese Visit' war ganz für die Katz: der Komaszinsky hat so wenig g'wußt wie der Zisch."

„Entschuldigen Sie", sagte ich, „daß ich Sie unterbrech' – aber was hat eigentlich die Polizei gemacht?"

,,Die Polizei?" sagte der Granat verächtlich. ,,Die hat ermittelt wie immer und nix g'funden wie meistens. – Also daß ich Ihnen, Gnädigste, weitererzähl':

Nachher hab' ich mich hing'setzt und endlich ang'fangt ins Denken, weil das Denken is' meine Stärke, müssen Sie wissen. Und ich hab' mir gedacht: wenn der Komaszinsky nix weiß und sogar der Zisch nix, dann is' Derjenigewelcher nicht aus dem G'schäft, weil in unserem G'schäft is' das relativ selten, daß keiner was weiß, wenn was passiert is'. Auf der anderen Seiten, hab' ich mir 'dacht, wer sonst, wenn nicht einer aus dem G'schäft, hätt' denn Grund, mir sowas zu tun, eine schöne Frau herzurichten wie der Fleischer kein Fleisch? Und wer sonst, wenn nicht einer aus dem G'schäft, weiß denn, wann ich nicht z'Haus bin? Und, was das Wichtigste is', wer sonst weiß, wie er mich trifft, daß es mir ordentlich weh tut?

Denken ist wichtig. Es bringt einen weiter. Wenn der Komaszinsky nix weiß, hab' ich 'dacht, und der Zisch nicht – und der Zisch is' g'wöhnlich gut unterricht' –, dann is' Derjenigewelcher nicht im Geschäft. Aber sagt das schon, daß er's nicht g'wesen is'? Früher einmal?

Da hab' ich g'spürt: So denkst richtig! Da denkst jetzt weiter!

Und ich hab' 'dacht: nur ein Junger kann's sein. Ein Alter kommt nicht auf solche Ideen. Wirklich bös, ich sag's, wie es is', sind nur die Jungen.

Aber welcher war Derjenigewelcher?

Ich hab' in mein' Gedächtnis geblattelt, aufblattelt ein' nach dem andern, meine Kollegen und Partner und Buben und alles, was so in Frag' kommt. Und natürlich, ich hab' ein paar gefunden, die auf mich einen Pik hab'n – ich war ja nie nicht ein Guter, da käm' man nicht weit in meinem Geschäft.

Am Schluß waren's dann vier oder fünf, denen ich die Schlachterei zutraut hab' an meiner Frau. Aber von denen war einer tot und der zweite in Stein und der dritte auch und der vierte in Deutschland und der fünfte – ja, der war dann Derjenigewelcher.

Der war jung und schlecht genug. Gerufen hab'n wir ihn Engerl, weil er so ein Typ war wie Milch und Blut und mit Lockerln am Kopf. Bei uns hat ja jeder sein' Namen, mich zum Beispiel heißen s' den Silbernen, weil ich – no, Sie sehn ja mein Haar!"

Das Große Kaliber genehmigte sich einen Schluck Kaffee, blickte gedankenvoll in die Vergangenheit und fuhr fort wie folgt:

„Ja, der Engerl, der war ein Schlechter. Eine Weil' lang war er bei mir, und ich hab' ihn g'halten – na, nicht grad als Sohn, aber fast so. Nach und nach hab' ich dann g'merkt, ah, der is' nix, der is' daneben. Ich hab' noch nix g'sagt, weil er, so unter der Hand, zwei, drei Pferderln hat laufen lass'n – die Gnädigste müssen verzeihen . . . "

„Naja!" sagte die Gnädigste ungnädig.

„Ich weiß schon, das is' was Schiaches", sagte der Granat betrübt, „und ich persönlich hab' mit so was nix z'tun, da könnt' ich schwör'n, aber wissen Sie, Gnädigste und Sie, lieber Herr: mit die Buben is' es halt schwer. Die sind auf so Pferderln wie wild, es bringt halt viel Geld und unter ihnen ein Renommee. Die Welt is', wie sie ist.

Aber daß der Engerl die Mäderln ans Gift g'wöhnt, nur daß s' drei oder vier Jahr' mehr anschaffen für ihn, denn länger geht's nicht – also, das hat mir nicht 'paßt. Sowas is' Ausbeuterei und über kurz oder lang gneißt es die Höh' – 'tschuldigen vielmals: wittert's die Polizei. Und dann: es war ihm nicht z'traun. Z'viel Rosinen im

Hirn, hätt' am liebsten selber Kaiser g'spielt, dieser Engerl. Da hab' ich ihn raustreten aus dem G'schäft, kurzer Prozeß, und weil er keine Ruh hat geb'n woll'n, sind meine andern Buben ein paarmal über ihn her – no und so weiter. Das sind g'schäftliche Härten, man kommt schwer drum herum.

Also der Engerl, hab' ich gedacht, ja, der war es, gar keine Frag'. Der sticht die schönste Frau ab wie nix – nur, warum er's nachher so her'gricht hat, das war mir unklar. Denn so schlecht er auch war, fürs Ästhetische hat er ein G'fühl g'habt: hat seine Mäderln immer so g'haut, daß man nix g'sehn hat danach. Aber, hab' ich mir denkt: das kriegst schon auch noch heraus.

Denn ich hab g'wußt: der Engerl kommt aus der Leopoldstadt, und wenn er Angst hat, dann geht er dorthin. Und daß er Angst hat, das war keine Frage – er hat mich ja kennt.

Ich also, natürlich allein, wieder hinunter zum Zisch. Wo is' der Engerl, sag' ich . . . "

An diesem Punkt des Berichtes aus einer anderen Welt jedoch machte sich die Gegenwart in etlichen teils sich überlagernden, teils überstürzenden Vorgängen störend bemerkbar:

Es wischte nämlich der Kellner Josef Dworschak Wassergläser balancierend an unserem Tisch vorbei und stieß dabei einen merkwürdig tierhaft klingenden Zischlaut aus, der den Silbernen augenblicklich in die Höhe schnellen ließ, fast im selben Moment schoß durch den Eingang ein kleiner junger Dicker herein, der bisher nur undeutlich agnoszierbar gewesene Heinzi nämlich, stoppte kurz an unserem Tisch, sagte atemlos:„ . . . er kummt mit zwei Wägen!" und schoß weiter, zwischen den Billardtischen hindurch, und zur Hintertüre hinaus; in der Gegenrichtung kam der Horsti vorbei, wies uns mit dem Kopf zu der Tür, durch die der Heinzi verschwunden war und blieb halbwegs zwischen uns und dem Eingang stehen, in dem nun der Hansi stand; beide hatten die Rechte in der Sakkotasche.

„Gemmagemma!“ sagte der Silberne, den unnachahmlichen Alarmruf gebrauchend, der in unzähligen Schlachten österreichische Regimenter zu fluchtartigem Rückzug veranlaßt hat: „Gemma!“

Zugleich versetzte er mir einen sanften Stoß, richtungsweisend zur Hintertür, packte meine Freundin am Arm und rannte mit ihr eilig dorthin. Ich blieb verwirrt stehen, denn mir paßte, was da geschah, überhaupt nicht – was ging denn das uns an? Ich war unbeteiligter Zeuge, sonst nichts. Aber der Silberne war mit ihr schon verschwunden, da blieb mir nichts anderes übrig, als zu folgen, außerdem gab mir auch der Hansi einen diesmal unsanften Stoß, flüsterte „Gemma, Zeit is' nicht!“, und schon liefen auch wir zwei an den ärgerlich aufblickenden Billardspielern vorbei durch die Hintertür, gelangten in einen finsteren Hausflur, tappten durch den, fanden ein offenes Haustor, durchquerten einen Hinterhof, wieder einen Hausflur, in dem es muffig roch, und erreichten durch ein ebenfalls schon geöffnetes Haustor – auch der Heinzi schien sich auf das Öffnen verschlossener Eingänge gut zu verstehen – endlich das Freie, die parallel zur Neubaugasse verlaufende Hermanngasse nämlich. Dort stand ein großes Auto mit laufendem Motor, darin saßen schon die Freundin, der Silberne und am Steuer der Heinzi, wir sprangen hinein, dann quetschte sich noch ein sechster dazu, der Horsti, der Wagen war glücklicherweise groß genug, der Heinzi gab Gas und fuhr los.

,,Gnädigste müssen gütigst entschuldigen!" sagte der Granat vorwurfsvoll. ,,Aber ich hab's ja g'sagt: man soll mit mir nicht in ein Café geh'n. Schon gar nicht in einem Bezirk, der nicht sauber is'."

,,Ah was!" sagte die Gnädigste vergnügt. ,,Es war sehr interessant."

,,Wenn der Komaszinsky einen Parkplatz g'funden hätt', wär's leicht noch interessanter worden!" murmelte der Heinzi. ,,Ein Glück, daß der so ein Trottel is'."

,,Und wo geht's jetzt hin?" erkundigte sich die Freundin.

,,Ich bring' die Herrschaften jetzt heim", sagte der Granat bestimmt. ,,Wie, bitteschön, is' die Adress'?"

,,Kommt überhaupt nicht in Frage!" sagte die Freundin noch viel bestimmter. ,,Ich will Ihre G'schicht' fertig hören, und von Schlaf ist jetzt eh die Red' nicht mehr. Was ist mit Fünfhaus? Ist das sauber?"

,,Was willst du in Fünfhaus?" fragte ich.

,,In Fünfhaus herrscht Ruhe", sagte der Granat.

,,Dann möcht' ich zum Brettschneider-Ferdi, wenn's recht ist. Der spielt in Fünfhaus."

,,O ja!" sagte der Granat erfreut. ,,Gnädigste kennen den Ferdinand? Das is' aber schön!"

,,Seine Frau ist eine Kroneggerin", sagte die Freundin. ,,Und ich bin in der zweiten Linie auch eine. Also bin ich dreimal ums Eck' verschwägert mit ihm."

,,Na sowas!" sagte der Granat respektvoll. ,,Was es nicht alles gibt!"

,,Der Brettschneider-Ferdi singt nicht", sagte mürrisch der Horsti, der wie ich offenbar lieber ins Bett gegangen wäre. ,,Der Brettschneider-Ferdi sitzt. Wegen der G'schicht' mit dem Köberle-Emil."

,,Der Brettschneider-Ferdi is' längst frei'gangen", sagte der Silberne. ,,Und spielt in Fünfhaus. Also . . . "

„Ich bin todmüde", sagte ich, denn ich war es wirklich; außerdem vertrage ich den Wein nicht, den man in den Heurigenlokalen ausschenkt, und hasse es, nachts durch die Stadt zu fahren, wenn sie leer ist und die Schaufensterpuppen im Neonlicht dastehen wie lauter tote Pompejaner, erstarrt in einer letzten gezierten Gebärde, und rings um sie ist es finster – ja, da reagiere ich allergisch, das hasse ich wie böse Träume; an weiteren Einblicken in die Wiener Unterwelt war ich gleichfalls nicht interessiert; unsere Flucht durch Hinterhöfe wie auch das sanft schnurrende silbrige Auto erinnerten mich peinlich genug an ähnliche Szenen aus Kriminalfilmen.

Und schließlich hatten alle diese Motive in den letzten Sekunden eine Art von Erkenntnisschock hervorgerufen, der in meine Müdigkeit eingeschlagen hatte wie ein Blitz, der eine Landschaft erhellte, die mir gänzlich fremd war: in meiner Überreiztheit erkannte ich plötzlich, daß es unter, neben oder außerhalb meiner Welt noch eine oder mehrere andere Welten gab, in denen silberhaarige Täter, zwielichtige Kellner, schöne Apothekerinnen und böse Engel nach Spielregeln agierten, welche mir völlig fremd waren; ich erkannte auch, schmerzhaft und schwindelerregend genug, daß ich von ihr, meiner Freundin und Gläubigen, mit der ich doch Tag um Tag (und manche Nacht dazwischen) Ellbogen an Ellbogen in unerhörtem Vertrauen gelebt oder zu leben gemeint hatte, viel zu wenig wußte, und so gut wie nichts von dem, was sie wußte, dieses heitere Geschöpf, das sich da plötzlich als kleine Undine entpuppte, aufgetaucht in meine Welt, aber aus einer anderen stammend.

Ja, es war dies ein richtiger Schock für mich und um so stärker, als er die geheimen Ängste bestätigte, die noch jeder Intellektuelle gehegt hat, nämlich die, daß die eigentlichen Zustände der Dinge gänzlich anders sein könnten, als er sie sich vorstellt oder sie sich ihm darstellen.

Und natürlich war's eine unmögliche Situation für einen Heiligen: keinen Boden mehr unter den Füßen zu haben und keine Kategorien, nach denen er, und sei's auch nur im stillen und für sich allein, urteilen kann.

„Wahrhaftig, ich bin todmüde", sagte ich, „und will jetzt schlafen."

„No geh!" sagte sie und drückte sich freundlich an mich. „Ein halbes Stünderl noch, ja?"

Seufzend gab ich nach. Sie hatte, das war nicht zu vergessen, einen Menschen vom Tode gerettet; und das verdiente gewiß, gefeiert zu werden.

„Zum Brettschneider!" befahl der Granat, und der metallisierte Jaguar schnurrte erst durch schwarzfenstrige Gassen, dann an grellhellen Szenerien à la Pompeji vorbei hinaus nach Fünfhaus, während mir elend zumute war und über meinem linken Auge eine Migräne zu bohren begann.

Ich war froh, daß der Legationsrat während des Großen Festes die Frage nach den Ursachen meiner Heiligkeit nicht weiter verfolgte, denn wahrhaftig, ich hätte sie ihm damals nicht beantworten können. Heute freilich könnte ich es, gänzlich und klar, aber nun wird man mir diese Frage nicht mehr stellen: sie ist, im Sinne des Wortes, gegenstandslos geworden.

Allerdings hätte ich Tuzzi die Vorgeschichte davon berichten können, und das wäre mir sogar lieb gewesen, denn vielleicht wäre im Gespräch mit diesem klugen und in mancher Hinsicht wissenden Mann mir noch Räselhaftes erhellt worden; ganz abgesehen davon, daß es mir gut getan hätte, mich einmal auszusprechen, denn in jenen Tagen litt ich schon an der Last, die vermutlich keinem Heiligen erspart geblieben ist, nämlich sich in seiner Heiligkeit ziemlich einsam fühlen zu müssen.

Aber es ist nicht dazu gekommen, auch war jene Vorgeschichte zu lang und zugleich zu banal und zu kompliziert, als daß man sie zwischen Ouzo und Retsina und unter Tellerplatzen hätte erzählen können.

Ich lernte sie in einem Zeitungsverlag kennen, in dem sie als Fotolaborantin und ich als Redakteur arbeitete, ehe wir dann gemeinsam unser eigenes kleines Unternehmen in der Neubaugasse begannen. Es dauerte Monate, ehe ich ihr auch nur ins Gesicht schaute, denn in jenem Betongehäuse, in dem der Verlag untergebracht war, hatte ein pervertierter Architektenverstand alles derart aufs Funktionelle abgestellt, daß Leute jahrelang in zwei nebeneinander liegenden Raumschachteln sitzen konnten, ohne einander anderswo als im Aufzug zu begegnen; andererseits hatte sie selbst nicht die geringste Anstrengung gemacht, irgendwem aufzufallen, auch nicht mit einem Wimperzucken teilgenommen an der laufenden Attraktivitätskonkurrenz der vielen anderen Sekretärinnen, Redaktricen, Laborantinnen und Buchhalterinnen, an diesem hochritualisierten Wettstreit um das auffallendere Kleid und das erotischere Gehabe, das die Männchen in der Kantine mit hämischer Kenntnisnahme und gockelhafter Erregtheit quittierten, nein, sie hatte sich nicht darum gekümmert, nicht aus mangelndem, sondern aus genügendem Selbstbewußtsein; denn sie wußte immer, daß sie die Siegerin blieb, wenn es notwendig war.

Wir grüßten einander gleichgültig-kollegial, wenn wir einander im Aufzug oder vor dem Kantinen-Büffet trafen; später waren wir etliche Male auch nebeneinander gesessen, um Bildseiten zu arrangieren; dabei war mir aufgefallen, daß sie nicht künstlich, sondern auf sehr erfrischende Weise natürlich roch; sie duftete gut nach trockenem Gras.

Das ging so eine Weile, bis sie dann eines Tages in die Kantine trat, prüfend die reichlich herumsitzenden Redakteure musterte, sich schließlich für mich entschied, zu mir herkam und mich nach der Übersetzung eines lateinischen Zitats fragte, das sie im Text einer Bildlegende gefunden hatte; um was für ein Zitat es sich handelte, weiß ich nicht mehr, jedenfalls war's mir geläufig; ich schrieb ihr die Übersetzung hin und korrigierte dabei einen läppischen Druckfehler. Keineswegs eine große Leistung von mir, jeder Unterstufen-Gymnasiast hätte das fertiggebracht.

Sie aber sagte hingerissen „Na sowas!" und sah mich an, als sähe sie mich zum erstenmal; daß einer aus einer so hochgebildeten Sprache wirklich was herauslesen konnte, entzückte sie; mag sein, daß dergleichen tatsächlich frappant oder gar zauberhaft wirkt, wenn man es zum erstenmal erlebt.

Und weiter war wiederum nichts – Tuzzi, wie hätte ich Ihnen das alles erklären sollen? –, außer, daß sie nun öfter um derlei Auskünfte zu mir kam und ich mich daran gewöhnte, von ihr darum gebeten zu werden.

„Sie sind ein sehr Gebildeter, was?" fragte sie dann bei einer solchen Gelegenheit und meinte das nicht als Kompliment, sondern ganz sachlich, nicht anders, wie man einen Bäcker fragt, ob noch Semmeln da sind. Da diese ernsthafte Frage nur eine ernsthafte Antwort zuließ, sagte ich ja, ich sei vermutlich ziemlich gebildet,

Bildung aber etwas Relatives, weshalb man also nicht grundsätzlich ja sagen könne, sondern . . .

Die Erläuterungen jedoch interessierten sie nicht, sie war – und das eben machte alles Spätere so kompliziert – stets fürs Eindeutig-Klare, wie sie es verstand. Also sagte sie ,,Danke!" und ging wieder an ihre Arbeit, ohne den Grund ihrer Frage mitgeteilt zu haben.

Gründe aber hatte sie, und die Frage nach meiner Bildung war nur Glied einer schon vorher begonnenen und nun sich weiterstrickenden Gedankenkette gewesen.

,,Weil Sie schon so gebildet sind", sagte sie bei unserem nächsten Zusammentreffen im Aufzug, ,,darf ich Sie wieder was fragen?"

,,Gerne", sagte ich, denn das Ratgeben wurde mir im Fall dieser so angenehm riechenden Fotolaborantin allmählich zur lieben Gewohnheit. ,,Was soll's denn diesmal sein?"

,,Ich möcht' gern wissen", sagte sie, mit der kleinen Falte der Entschlossenheit zwischen den Augenbrauen, ,,welche Bücher man lesen muß, wenn man gebildet sein will?"

,,Das ist eine Frage", sagte ich nach einer Pause, ,,die sich nicht zwischen Erdgeschoß und fünftem Stock beantworten läßt."

,,Ich verstehe. Dann darf ich Ihnen zum Mittagessen einladen?"

,,Sie mich?"

,,Klar ich Sie. Ich will ja was von Ihnen."

Sie brachte das ohne Lächeln vor, ohne den Versuch sogar, sich liebenswürdig zu machen, in völligem Ernst. Sie hatte ein Ziel vor Augen und war entschlossen, es zu erreichen, auf dem direktesten Weg, über Stock und Stein und, wenn's sein mußte, über eine Mittagesseneinladung an einen Mann anderen Alters sowie einer –

gesehen mit den Augen einer Fotolaborantin – unvergleichlich höheren Kastenzugehörigkeit.

Das alles gefiel mir sehr. Diese Laborantin besaß, was man in Wien so hübsch als ,,eigene Art" bezeichnet und womit nicht nur Individualität gemeint ist – die hat bald einer! –, sondern auch das Vermögen, Verhaltensweisen zu entwickeln, die dieser Individualität gemäß sind und doch die geltenden Konventionen nicht allzusehr strapazieren; solche Verhaltensweisen zu entwickeln ist schon viel schwerer, weil das nicht nur des Charakters, sondern auch der Klugheit bedarf. Ihre eigene Art nun resultierte aus der Direktheit des Tüchtigen und aus einer Zutraulichkeit, die ihr hätte gefährlich werden können, denn danach ist unsere Welt nicht; aber sie neutralisierte diese Gefahr durch den festen Willen, sich nichts schenken zu lassen und nichts zu verlangen, wofür sie nicht auch bezahlen konnte – und sei's mit einem Mittagessen; damit erfüllte sie die geltende Konvention.

Tags darauf führte sie mich in ein nahegelegenes kleines Gasthaus, mit dessen Wirtin – Helga hieß die und spielte später noch eine große Rolle in dieser Geschichte – sie befreundet war; dort aß man gut und hatte an einem Ecktisch seine Ruhe.

,,Warum wollen Sie denn gebildet sein?" fragte ich.

,,Man hat mehr davon, wenn man weiß, was was ist", sagte sie.

,,Aber nicht nur mehr Vergnügen", sagte ich, ,,sondern auch mehr Sorgen undsoweiter."

Ich meinte diese Warnung ernst (und tat, indem ich sie aussprach, schon einen winzigen ersten Schritt in Richtung späterer Heiligkeit), denn ich hatte, in anderen Zusammenhängen, schon viel nachgedacht über die damals geradezu greifbar werdende allgemeine Bildungsunlust, eine Unlust, welche auf den Universitäten und in maßgebenden politischen Gremien bisweilen fast zum Bildungshaß anschwoll, und mir dieses Phänomen nicht anders zu erklären gewußt denn als eine instinktive biologische Vorbereitung auf kommende böse Zeiten: nichts schirmt, ich hab's oft bemerkt, besser gegen Leid und Schmerz ab als Dummheit. Das gilt fürs Kollektiv genauso wie für das Individuum.

„Das hab' ich mir schon ausgerechnet", sagte die erstaunliche Fotolaborantin. „Umsonst gibt's halt nix. Also – wo soll ich zu lesen anfangen?"

So entschlossen begann sie ihren höchstpersönlichen Bildungsgang, und so entschlossen hielt sie ihn hinfort ein. Sie las in den Nächten, bis ihr das Buch buchstäblich aus der Hand fiel; sie las in jeder freien Minute; sie opferte auch ihre Urlaube den Büchern. Und da sie überaus intelligent und nur eben gänzlich unbelesen war, bereitete ihr das Lesen unbändige, ja wirklich sinnliche Lust – sie verglich sich selbst mit den Figuren aus Tausendundeiner Nacht, die mit einem Schritt aus dunklen Höhlen in blühende Gärten oder übervolle Schatzkammern geraten.

Tausendundeine Nacht nämlich war die erste Lektüre, die ich ihr vorschrieb; sie begann sie mit Ängstlichkeit, tat sich auch sichtlich ein paar Tage lang schwer, aber wenn es ein Buch gibt, das einem den Übergang vom Tratsch zur Literatur (im Sinne des Medizinalrats) leichtmacht, ist es Tausendundeine Nacht; so trat ein, was ich erhofft hatte: am dritten und vierten Tage hatte sie die Schwelle überschritten und Lesen gelernt.

Dann gab ich ihr die Odyssee und dazu ein paar Erklärungen, deren sie nicht bedurfte, denn wie ein lesewütiges Kind überlas sie einfach, was sie nicht verstand, blieb also nicht im mythologischen Unterholz stecken, behielt vielmehr das Ganze im Auge und verstand es auf ihre eigene Art vollkommen: sie bewunderte und liebte den vielgewandten Wanderer nicht sosehr seiner Heldentaten und Listen wegen („No und? Wenn er doch unbedingt hat heimwollen?"), sondern weil er von so vielen und so verschiedenen Frauen geliebt worden war („Und keine war bös auf ihn, wenn er abgesegelt ist – das ist Kunst!"), den Streit der Götter fand sie, gewiß nicht ohne Recht, lächerlich und unbegreiflich, nahm ihn aber als unvermeidlich hin, weil er der Lebenserfahrung ihrer Klasse entsprach („Oben streiten sie sich, und unten hat man nix wie Schwierigkeiten davon!"), wie sie überhaupt mit Leichtigkeit jeweils ein Alltagskorrelat zum sogenannten Klassischen fand, zu Scylla und Charybdis („Manchmal weißt nicht ein und aus") so gut wie zur bedrängten Lage der Penelope: „Das Haus wird leergefressen, wenn der Mann fort ist – genauso geht's meiner Freundin, der Kwapil, wo der Mann in Persien auf Montage ist; sie kommt nicht auf gegen seine Freund'." Nicht einmal die Grube, aus der die Schatten der Toten steigen, war ihr fremd, „denn wenn ich müd' bin und traurig, dann denk' ich an den Vater. Der ist nämlich im Krieg geblieben". Nur das Zwischenspiel mit den Sirenen verursachte ihr Kopfzerbrechen; daß der göttliche Dulder aus bloßer Neugier sich an den Mast habe binden lassen, wollte ihr nicht recht einleuchten; aber sie löste auch dieses Problem auf ihre Art, indem sie schließlich erklärte, daß er's wohl aus angeborener Noblesse getan haben werde, denn solcherart wäre wenigstens einer imstande gewesen, zu bezeugen, wie unglaublich schön der Gesang der Sirenen wirklich war. Ich weiß nicht, ob eine solche Exegese haltbar ist, aber einen besseren Einblick in den Charakter des Odysseus hat mir sonst niemand gegeben.

Dann verlangte sie, „was mir erklärt, was schön ist".

Ich brachte ihr, denn etwas Geeigneteres fiel mir nicht ein, Huysmans „A rebours" und hätte mich, kaum daß sie damit weggegangen war, am liebsten für diese meine Unbedachtsamkeit geohrfeigt. Denn selbst in Zeiten, in denen man die Werke des Marquis de Sade an jedem Bahnhofskiosk als Taschenbücheln kaufen kann, könnte dieser Autor auf ein unschuldiges Gemüt noch verwirrend genug wirken. Aber sie erwies sich glücklicherweise immun gegen das Gift in diesem Becher und fischte sich aus ihm geschickt nur die Perlen heraus, die allerdings unübertrefflichen Beschreibungen stofflicher Reize nämlich und die Anleitungen, wie man aus Wahrnehmung Lust gewinnt. Da sie durch und durch Pragmatikerin war, genoß sie diese Erfahrung nicht bloß, sondern nützte sie auch: ich bemerkte sehr bald, daß sich ihr Umgang mit der Literatur in neuen Frisuren und sehr viel passenderer Kleidung auswirkte. Nach ihrer Huysmans-Lektüre kaufte sie sich statt drei Kleidern jeweils nur mehr eines, das aber dafür das Dreifache kostete und dem man es dann ansehen konnte, daß es nicht nur mit den Augen, sondern auch mit den Fingern und vielleicht sogar der Nase geprüft worden war. Ich verstehe nicht sehr viel von Kleidern, und was eine passende Handtasche ist, ist mir schon immer ein Rätsel gewesen – aber daß diese Fotolaborantin sich innerhalb weniger Wochen aus ihren Jeans und Pullovern zu einer eleganten jungen Person herausmauserte, blieb mir denn doch nicht verborgen.

Ich hatte ihr während der Odyssee-Phase auf Gasthausservietten – denn wir saßen nun fast jeden Mittag im Helga-Beisel zusammen – das Prinzip des griechischen Tempels erklärt; daraufhin war sie in den Volksgarten gegangen, hatte den Theseustempel besichtigt und sich von der Büchergilde, deren Abonnentin sie geworden war, ein Bildwerk über allerlei Griechisches schicken lassen; aus diesen wenigen Materialien und der Odyssee gewann sie, da sie es mit Konzentration und Genuß tat, ein ziemlich hinreichendes Bild der griechischen Klassik.

Zur Abwechslung und als Kontrast gab ich ihr dann das Kopfkissenbuch der Dame Sei Shonagun: ,,Was vornehm ist: Schnee auf Pflaumenblüten. Ein bildschönes Kind, das Erdbeeren ißt. – Was ernüchternd wirkt: Ein Hund, der am hellichten Tage bellt. Ein neugebautes Kinderzimmer, nachdem der Säugling gestorben ist. Ein Feuerbecken ohne Feuer. – Was glücklich macht: Viele Romane, die ich noch nicht gelesen habe. Ich freue mich besonders, wenn ich einen hochmütigen Menschen kurz abfertigen kann. – Besonders glücklich aber bin ich, wenn einer glücklich ist, den ich liebe . . .“ Das lernte sie auswendig, das verleibte sie sich geradezu ein, ja sie wagte es sogar, diese Listen mit eigenen Erfahrungen zu ergänzen: ,,Glücklich bin ich, wenn ich eine zuwidere Arbeit hinter mich gebracht hab' und meinen Arbeitstisch aufräume. Wenn es nachmittag regnet und ich schlafen kann. Wenn einer ein Lied singt, das mein Vater gern gehabt hat. Wenn ich mir ein neues Kleid vorstell' und ich es dann in einer Auslage wirklich seh' . . .“ So wurde, was eine japanische Palastdame vor tausend Jahren zum Zeitvertreib auf Reispapier gemalt hatte, zum Vademecum einer Fotolaborantin des 20. Jahrhunderts; sicher wäre die Dame Sei Shonagun mit dieser Schülerin recht zufrieden gewesen.

Ein methodischer Bildungsgang war das natürlich nicht, auf den ich sie da von einem Tagesmenü zum anderen führte, eher schon ein Querfeldeingalopp über Strauch, Zaun und Graben, aber sie fiel dabei nicht aus dem Sattel, sondern hielt sich an ihrem gesunden Menschenverstand fest und maß weiterhin in aller Unschuld

Literatur nicht an Literatur, sondern an dem Leben, das sie kannte – und von dem verstand sie, sehr viel jünger als ich und viel weniger geschult, weit mehr als ich von dem meinen. Die peinliche Rolle des Pygmalion blieb mir erspart: nach einiger Zeit war ich es, der da lernte.

Die „Leute von Seldwyla" las sie amüsiert, aber unbeteiligt. „So ist das ja nicht", sagte sie und meinte damit, daß die Sachverhalte in einer Welt, in der wirklich gelebt wird, weit ungeordneter, unrhythmischer und zugleich einfacher wären als in diesem und in anderen Seldwylas, aber daß sie das so meinte, verstand ich erst nach jener Nacht im Elsahof. Von nun an ging ich diesen und ähnlichen Hinweisen auf die mögliche Existenz anderer oder eigentlicher Welten entschlossen nach – das Nachgehen und Spurenlesen, das konnte ich ja, das hatte ich als Journalist gelernt und entsprach sowieso meinen Neigungen. Und weil sie, meine Schülerin und nun auch Lehrerin, mich gerne und gleichmütig in die andere, in ihre Seite des Daseins führte, war ich einer der ersten, die erfuhren, wie entsetzlich weit wir, die Reflektierer, meine ich, und die Sichdenkopfzerbrecher, die Mandarine, die Administratoren, die Politiker, die Informationsverarbeiter und die Meinungsverabreicher, und die Ideologen erst recht, wieweit wir also tatsächlich von der Tatsächlichkeit schon entfernt waren. Wir hatten's uns angewöhnt, in einem absurden System von Gehäusen zu leben, das mit der Wirklichkeit nur mehr so viel oder so wenig zu tun hatte wie ein Schiff mit dem Tiefseegraben, über den es hinwegfährt, nämlich fast nichts mehr; wir schliefen und frühstückten in einem isolierten Gehäuse, ließen uns in einer anderen Isolationszelle aufs Pflaster hinab, fuhren mit einer dritten zu einer vierten, um dort Informationen zu empfangen und zu bearbeiten, die in einer fünften oder siebenundachtzigsten Beton- oder Aluminiumschachtel erstellt worden waren und die wir dann unsererseits weiter an eine sechste oder achtundachtzigste gaben, und dann ließen wir uns wie am Morgen, nur eben in der Gegenrichtung, am Abend wieder von einem Gehäuse ins andere bringen. Dies hielten wir für normal und empfanden es bis zu einem gewissen Grad sogar als ganz komfortabel, daß uns das Leben da draußen oder da unten nur mehr als Statistik oder als Abbild von Abbildern erreichte, durch sekundäre und tertiäre Informationen rhythmisiert und zu einem laufenden Programm gestaltet, das man beliebig ein- oder zwecks Entspannung sogar zeitweise ausschalten konnte – bis zu einem gewissen Grad, jawohl, es tauchten da nämlich schon ziemlich bald Störungen auf; denn je länger diese Programme liefen, die da in Gehäusen für Gehäuse gemacht wurden, desto statischer, rhythmischer und gleichförmiger gestalteten sie sich (das liegt wohl im Wesen jeglicher Informationstechnik), draußen oder unten aber ging's weiterhin und mehr denn je ungestaltet, aber tatsächlich zu, und das schlug gelegentlich doch als Interferenz in die laufenden Programme durch und verursachte individuelle Herzinfarkte und nervliche Zusammenbrüche, und unsere Techniker schienen immer länger zu brauchen, um die Programme jeweils wieder ins Laufen zu bringen . . .

. . . und dies alles ergibt, wenn man's zusammenrechnet, auch einen hinreichenden Grund dafür, daß jetzt ein Stand der Dinge nicht mehr vorhanden ist, weil die Dinge selbst ins Laufen gekommen sind, und zwar nicht hübsch neben-, sondern unprogrammierterweise durch- und leider auch aufeinander zu . . .

. . . und die Erkenntnis dieser Umstände verschaffte mir dann, nach jener Elsahof-Nacht, einige weitere schlaflose Nächte und trieb mich in einer Morgendämmerung dazu, „Bemerkungen zum nächsten Weltuntergang" zu verfertigen, zwölf Seiten oder nicht viel mehr, ein eilig heruntergeschriebenes kleines Manuskript – da muß mich wohl eine Interferenz erwischt haben, eine Eingebung oder Vision, ich schlief dann am Schreibtisch ein, was mir, denn ich mag solche Übertriebenheiten gar nicht, nachträglich ebenso fremd und widerwärtig erschien wie die „Bemerkungen" selbst; ich denke nicht gerne daran, obzwar . . .

Eine Hand legt sich sanft auf meine Schulter: der Brettschneider-Ferdi hält mir einen Tröster unter die Nase, eine flache Hüfttaschenflasche. Der Ferdi ist halt auch einer von da draußen oder da unten, die an das Naheliegende denken statt an ein laufendes Programm und sich infolgedessen von Interferenzen nicht in Schockzustände versetzen lassen. Wie freundlich und verständnisvoll er mich dabei anschaut – man sollt's nicht glauben, daß er einmal eine solche Dummheit gemacht hat. Ein Bankräuber? Der Ferdi? Na ja, er hat seine Dummheit gründlich gebüßt, freut mich, daß er jetzt wieder eine gesunde Gesichtsfarbe hat, anders als damals in Fünfhaus. – Ich habe Durst, aber in der Flasche ist vermutlich Wein, und den vertrage ich nicht, ich krieg' Kopfschmerzen davon, das heißt, die habe ich sowieso schon, aber er würde sie verschlimmern. Herzlichen Dank also, vielleicht später! – Die Störung ist wohl noch immer nicht behoben, der Kreis der Anwesenden löst sich auf, die meisten haben sich bereits, so bequem es unter den Umständen möglich ist, auf den Steinen oder Rasenbüscheln niedergesetzt, ich bin diesbezüglich also nicht mehr der einzige. Überall steigen jetzt die blauen Zigarettenrauchfäden auf.

Vorderhand kein besonderer Grund zur Beunruhigung, kritisch wird es erst am Abend, aber bis dahin ist ja noch eine Menge Zeit.

Mit Kafkas ,,Prozeß" und dem ,,Schloß" konnte sie nichts anfangen. Sie verstand das einfach nicht. ,,Ja, wenn ihm einer sagt, er soll nicht hineingehen, und er geht wirklich nicht hinein, dann ist ihm nicht zu helfen. Angst darf man halt nicht haben . . ." Womit sie wohl meinte, daß man sie zwar haben, nicht aber zeigen dürfe; dem Autor wurde sie mit diesem Urteil gewiß nicht gerecht, aber im Recht blieb sie auf ihre Art doch: was Kafka geschrieben hat, ist nicht Dichtung, sondern pure Ideologie, weil es auf eine einzige Prämisse aufgebaut ist, die nämlich, daß man Angst haben müsse; wenn man die nicht hat (oder ihr wenigstens nicht gehorcht), dann verblaßt, was auf ihr an Systemen errichtet ist, zum bloßen Schatten. ,,Dieser Sindbad zum Beispiel – der wär' schon ins Schloß hineingekommen!" sagte sie. ,,Und der Odysseus wieder heraus!" Wozu man wirklich nur sagen konnte: so gesehen, stimmte es.

Daraus lernte ich, daß außerhalb der mir geläufigen Programme Angst als ein Luxusgefühl gilt, das man sich einfach nicht leisten darf.

Sie erzählte mir, daß sie seit einem Jahr verheiratet sei. ,,Wir sind aber schon vorher zusammen gewesen", fügte sie hinzu; ich verstand nach einigem Grübeln, daß sie damit die Ernsthaftigkeit der Verbindung betonen wollte; auch sagte sie freimütig, daß sie ihren Mann ,,wirklich" sehr liebe, was sie offenbar weniger als notwendige, denn als zusätzliche Qualität betrachtete. Meine höfliche Erkundigung nach diesem Glückspilz brachte wenig zutage; es schien sich da um einen sympathischen, aber nicht gerade ehrgeizigen Jüngling aus einer wohlhabenden Vorstadtfamilie zu handeln, der seine Frau nur ungern einen Beruf ausüben sah, ziemlich eifersüchtig war, ein Liebhaber des Fußballsports und weiter nicht viel mehr, was mir alles nicht recht zu dieser entschlußfreudigen Fotolaborantin zu passen schien.

Ich brachte ihr Adalbert Stifter mit („Sehr, sehr schön! Wenn ich in Pension bin, les' ich es wieder!") und schickte sie – denn die Lektüre Shakespeares fiel ihr zunächst schwer – in eine Hamlet- und eine Macbeth-Aufführung; sie ging dorthin allein, weil ihr Mann nichts am Theater fand (aber er brachte sie hin und holte sie sorgsam ab), und kam aus den Vorstellungen so gewaltig beeindruckt heraus, daß sie sich anschließend durch alle anderen Shakespeare-Stücke irgendwie doch hindurchlas, mit dem unerwarteten Ergebnis einer abgrundtiefen Traurigkeit nicht über Othello, Romeo oder Lear, sondern über William Shakespeare himself: „Der arme Hund muß lauter miese Weiber gehabt haben", sagte sie erschüttert. „Wenn dem eine einzige ordentliche Frau begegnet wär' . . . !" Sie ließ offen, was dann geschehen wäre.

„Langsam fang' ich an, gebildet zu werden, mir scheint", setzte sie hinzu. „Denn manchmal tut's jetzt weh auch."

Aber ihre Kleider, ihr Auftreten verrieten gleichzeitig zunehmende Sicherheit; sie gewann an Bildung und bildete sich selbst.

Von Lyrik wollte sie nichts hören; in diesem Punkt blieb sie eine kleine Barbarin, mißtrauisch gegen das Subtile, an dem man sich nicht wärmen oder sattessen kann. „Da geh' ich lieber singen!" sagte sie störrisch.

Ich ärgerte mich über diese Dummheit, lernte aber daraus und aus anderen Indizien, daß es offenbar Lebensbereiche gab, in denen das Bedürfnis nach dem Delikaten gleich Null ist, und daß draußen sehr viel weniger Sentimentalität herrschte als auf meiner Klassenebene. (Nein, ich drücke das falsch aus: ich sollte nicht immer von „draußen" oder gar „drunten" reden, denn im Wirklichen drinnen sind wir vermutlich jetzt erst, und von einem „droben" kann, wie die Verhältnisse jetzt sind, sowieso nicht die Rede sein.)

Sie sprach den saftigen und vokalisch hochdifferenzierten Dialekt der Arbeiter und Gewerbetreibenden in den Außenbezirken; unter dem Eindruck der Bücher versuchte sie, sich hochdeutsch auszudrücken, aber das klang so dürr und angestrengt, als ob sie aus einer anderen Sprache übersetzte; ich redete ihr diese Versuche aus und verwies sie statt dessen auf die nächsthöhere Dialektstufe, auf das Mittelbürgerliche der Innenbezirke nämlich, das sie sich leicht aneignete, denn auch in Wien schafft der Dialekt zwar Klassenschranken, aber relativ durchlässige, insoferne nämlich, als die meisten Wiener nicht nur den eigenen, sondern in der Regel auch die Dialekte der jeweils niederen und höheren Klasse beherrschen; ich erleichterte ihr den Sprung, indem ich im Umgang mit ihr meinerseits vom Fasthochdeutschen meines Standes eine Stufe herunter ins Fastmittelbürgerliche stieg – solchermaßen verständigten wir uns miteinander ohne Schwierigkeiten, während sich die Hochdeutschen (der Medizinalrat) und die Schönbrunnerdeutschen (Tuzzi und der Fürst) an den vitalen Dialektfarben in der Rede unserer Freundin stets sehr erquickten, die anderen aber, deren Muttersprache weiterhin das Vorort-Wienerische blieb (der Silberne etwa oder der Brettschneider) ihre neue Art des Umgangs mit der

Sprache respektvoll als Beweis einer feineren und klassenspezifisch höheren Lebens- und Gefühlsweise empfanden.

Dafür lernte ich wiederum von ihr, daß man sich in ihrer Welt – je mehr ich über diese nachdachte, desto mehr neigte ich dazu, sie für eine „eigentlichere" zu halten – zur Strukturierung der eigenen Existenz nicht irgendwelcher laufender Programme bediente, sondern eines sich ständig ausdehnenden Netzes von Freunden und sogenannten Bekannten, die unterschieden wurden in zufällige, gute und sehr gute Bekannte und je nach dem Grade dieser Differenzierung beanspruchbar waren zum Zwecke einer Hilfeleistung, einer notwendigen Gefälligkeitserweisung oder sonstigen Lebenshilfe; dergleichen gab es, wie ich neidvoll feststellte, in meiner Klasse nicht: in der pflegte man allenfalls Freundschaften und stützte sich ansonsten auf Berufs- und Meinungszugehörigkeiten, wobei Sentimentalität, persönliche Überzeugungen und die laufenden Programme die Richtung bestimmten.

Nichts davon galt in der Welt meiner Freundin; Überzeugungen waren dort unwichtig, Sentimentalitäten nicht unbedingt notwendig; und die laufenden Programme blieben un- oder mißverständlich. Als Regulatoren dienten an ihrer Stelle Nützlichkeit, Notwendigkeit und ein beschränktes Maß an Subjektiv-Emotionellem, das sich auf die schlichte, aber praktikable Frage reduzierte, ob einem einer sympathisch war oder nicht.

Nach allem, was ich damals zu begreifen begann und später genauer erfuhr, funktionierte dieses Netz hervorragend und wird möglicherweise – dies ist eine der wenigen Hoffnungen, die man derzeit hegen darf – wenigstens einige Zivilisationselemente über die kommenden Eiszeiten hinüberretten.

Meine Freundin war voll integriert im Netz und blieb es auch weiterhin; ein anderer an meiner Stelle hätte vielleicht den Versuch gemacht, sie zur Emanzipation daraus zu verleiten, aber ich versuchte das nicht, denn es hätte zerstört, was nun einmal ihre eigene Art war; im Gegenteil ließ ich mich, vernünftigerweise, von ihr an das Netz anschließen; dies tat sie zunächst etwas zögernd, weil sie meinen Spott oder vielleicht sogar Abscheu fürchtete; ich fand denn auch wirklich allerlei in diesem System, was mir kräftig wider den Strich ging oder so unbegreiflich blieb wie die Vorstrafe des Brettschneider-Ferdi; aber ich ließ mir davon nichts anmerken, strengte vielmehr meine mir bisweilen nachgerühmte Einfühlungsgabe an und fand mich ganz gut hinein; das freute sie und bestärkte ihre Hochachtung vor mir außerordentlich, und nachdem sie den Vorgang an mir erprobt hatte, stellte sie das Netz mit Eifer und Grandezza hinfort auch ihren anderen Helden und Narren zur vollen Verfügung, was natürlich damit endete, daß wir uns alle darin irgendwie integriert fanden; ich muß aber zur Ehre meiner Freunde sagen, daß keiner von ihnen dies als absurd empfand oder je einen Taktfehler beging, obzwar der Fürst schon etwas verständnislos dreinschaute, wenn er sich plötzlich auf einer Ebene mit dem Brettschneider-Ferdi oder dem Silbernen wiederfand. Solche Unbegreiflichkeiten und einiges andere wurden schließlich aufgewogen durch die großen Vorzüge, die das Netz jedem Integrierten bot, nämlich für jeden Notfall eine Lösung parat zu haben: zu jeder Stunde war einer aufzutreiben, der etwas reparierte, Tapeten klebte, eine Besorgung erledigte, etwas schwer Aufzutreibendes im Handumdrehen doch herbeischaffte, Auskunft wußte, zufällig Beamter in jenem Amt war, in dem der wichtige Akt unerledigt herumlag, oder einen guten Bekannten hatte, der einen sehr guten Bekannten hatte, dessen Bruder oder Schwiegersohn dort saß; stets fand sich da die Möglichkeit, etwas Teures viel billiger zu beziehen, ein schwieriges Problem leichter zu machen – es funktionierte glänzend, das Netz, geräuschlos und mit hoher Effektivität; und beruhte genaugenommen doch nur auf der schweigenden Annahme, daß jemand, dem eine Gefälligkeit erwiesen wird, an anderem Ort und zu anderer Zeit jemandem anderen ebenfalls gefällig sein wird. Den Menschen, die in das Netz hineingeboren werden, bietet es Sicherheit; uns Spät-Integrierten verschaffte es wenigstens zeitweise Erleichterung unter dem zunehmenden Lebensdruck.

Eines Tages sagte sie, daß es schade sei, daß sie nicht Latein gelernt habe; darauf nahm ich mit ihr die ersten zwei oder drei Lektionen des „Liber Latinus" durch („Sicilia est insula"), und dann übersetzte ich ihr Wort nach Wort das Hadrian-Gedicht: Animula vagula blandula hospes comesque corporis – Seelchen, schweifendes, Liebes, Gast und Gefährtin des Leibes – quae nunc abibis in loca pallidula rigida nudula, nec ut soles dabis iocis – ins Finstere, Tiefe und Kalte mußt du nun gehn, wirst nimmer so froh sein wie einst . . .

Dies rührte sie sehr, vor allem, weil ein Kaiser es geschrieben hatte – „Auch nur ein Mensch, was?" – und obwohl wir diese Lektionen nicht fortsetzten, wußte sie doch, was lateinisch ist; sie hatte es mit den Poren aufgesogen.

Verliebte ich mich in sie?

Selbstverständlich, und sehr bald. Ein Mann kann nicht Tag um Tag neben einer hübschen jungen Frau sitzen, mit ihr bei Beuschl und Knödel über Dickens, bei Schnitzel mit Erdäpfelsalat über Poe oder bei gebakkenem Seefisch über Balzac sprechen, zusehen, wie jene junge Person dank seiner Mithilfe von Woche zu Woche ihren Verstand schärft und dabei erstaunliche optische Valeurs gewinnt, derart, daß sie von den Männchen in der Kantine schon nicht mehr abschätzend, sondern bereits mit leichtem Aufschrecken betrachtet wurde, nicht zu sprechen von der sich während dieses engen Umganges von selbst einstellenden Ver- und Zutraulichkeit – nun, der Mann, der da nicht auf den Gedanken käme, solche Beziehungen noch enger zu gestalten, der ist noch nicht geboren worden.

Ich zögerte jedoch (und das bedeutete, nachträglich gesehen, die nächste kleine Stufe zur Heiligmäßigkeit), weil ich, innengeleitet und sentimental, nicht Vorteile aus dieser mir so günstigen Situation ziehen wollte, vielleicht aber auch, weil ich Angst hatte, das schöne Gleichgewicht zwischen uns zu stören, diese Freundschaft, die weit über das hinausging, was ich, der ich doch viele Freunde habe oder gehabt habe, an männlicher Freundschaft je erlebt hatte; es kann aber trotzdem sein, daß eine andere Partie meiner Denkzellen schweigend hoffte, es würde dieses Verhältnis schon von selbst zu einem anderen Aggregatzustand gelangen – ähnlich mag sich das ja vielleicht auch Tuzzi erträumt haben.

Wie dem auch sei, ich zögerte, und zögerte zu lange. Denn während ich ihr – wir hatten aus Bildungsgründen ausnahmsweise das Mittagslokal gewechselt und saßen im Hauswirth – beibrachte, daß der Gast in einem besseren Restaurant seinen leergegessenen Teller nicht selbst wegstellt, sondern wartet, bis der Kellner ihn fortnimmt, sagte sie:

„Ich lasse mich jetzt scheiden."

„Warum?" sagte ich, ziemlich entgeistert, denn nichts hatte vorher auf diesen Entschluß hingedeutet. „Ich dachte, du liebst deinen Mann?"

„Tu' ich ja."
„Also: warum dann?"
„Weil er so zufrieden ist."
„Das versteh ich nicht."
„Wieso nicht? Er ist zufrieden und allerweil glücklich: weil er mich hat, weil er sich nicht anstrengen muß, denn seine Familie hat Geld, und weil ich eine gute Frau bin, die nix dagegen hat, wenn er am Sonntag zum Fußballmatch geht oder sich am Freitag mit seinen Freunden trifft."
„Ist das so schlimm, wenn einer zufrieden ist?"
„Schlimm ist es nicht, aber fad."
„Aber das ist doch noch kein Grund, sich scheiden zu lassen, um Himmels willen."
„Du meinst, daß ich mich nicht scheiden lassen soll?"
Was antwortet man auf eine solche Frage? Noch dazu, wenn sie aus heiterem Himmel kommt und man nicht Zeit gehabt hat, sie zu erwägen und eine ordentliche und begründete Antwort vorzubereiten?
Ich sagte:
„In solchen Sachen kann man nicht ja und nicht nein sagen. Da kannst nur du allein wissen, was zu tun ist. Und kannst nur du allein entscheiden."
„Eh klar", sagte sie. „Aber wenn du jetzt sagen tätst, nein, laß dich nicht scheiden, dann blieb' ich bei ihm."
„Das werde ich bestimmt nicht sagen."
„Und wenn du sagen tätst, ja, laß dich scheiden . . ."
„Das werde ich sicher erst recht nicht sagen."
In diesen Sätzen bildete sich das erste jener Rituale, die uns beiden später so wichtig wurden.
„Überlege es dir bitte gut", sagte ich.
„Du meinst: noch einmal?"
„Ja, noch einmal."
Aus irgendwelchen berufsbedingten Gründen sahen

wir dann einander zwei oder drei Tage nicht; ich war recht nervös und beunruhigt in dieser Zeit, verhandelte als mein eigener Staatsanwalt, Verteidiger und Angeklagter mit mir selbst, ob ich an jener Überlegung, die immerhin das Leben eines oder sogar zweier Menschen zu verändern geeignet war (sie veränderte dann mehr Leben, darunter auch das meine, aber das war damals noch nicht zu erkennen), als Verursacher Schuld hätte, schenkte mir dabei nichts, entschied jedoch schließlich als mein eigener Richter, daß selbst bei strengster Beurteilung höchstens von einer leichten Fahrlässigkeit die Rede sein könnte. Ein Dolus malus aber auszuschließen wäre – man kann jemandem den Wunsch nach Bildung schließlich nicht abschlagen, nur weil er sich dann, gebildeter als vorher, von seinem Ehepartner trennen wird.

„Ich hab's mir noch einmal überlegt."

„Und?"

„Ich hab's ihm schon gesagt: ich lass' mich scheiden."

„. . . Hm. Und er? Was hat er gesagt?"

„Er hat mir die Kleider weggesperrt."

„Du liebe Zeit! Er muß dich doch wenigstens gefragt haben, warum und wieso und welche Gründe du hast?"

„Hat er. Aber ich hab' ja eigentlich keine. Ich will nur eben."

„Du befindest dich da in einer dummen Situation."

„Im Gegenteil: ich fühl' mich großartig. Federleicht fühl' ich mich." Pause. „Und ich bin dir ewig dankbar dafür."

Darauf sagte ich nichts, denn ich verstand schon, daß sie nicht mich selbst meinte, sondern das, was ich in ihren Augen verkörperte: Bildung, Wissen oder überhaupt das Höhere.

Und dieses war der Augenblick meiner Heiligsprechung; ich spürte – und zwar spürte ich's einen kurzen Augenblick buchstäblich körperlich, um nicht zu sagen: physikalisch –, daß ich, schwupp, plötzlich etliche Dezimeter in die Höhe gehoben wurde, auf ein unsichtbares Piedestal hinauf, auf dem ich auch in Zukunft zu stehen haben würde, wenn ich den Glauben, den ich erweckt hatte, nicht enttäuschen und damit auch sonst gräßliche Verheerungen anrichten wollte.

Ich begriff sofort, was ich verloren, und wußte nicht, was ich dafür gewonnen hatte, außer daß dieser Gewinn allem Anschein nach irresistibel und ziemlich infinit, jedenfalls aber nichts war, was ich mir gewünscht hätte.

Ich weiß nicht, wie es anderen Heiligen in einem solchen Augenblick gegangen ist – ich jedenfalls war damals sehr traurig, und das blieb ich, wenn auch mit intermittierenden Gefühlsüberlagerungen ganz anderer Art, im Grunde bis heute.

Meine Traurigkeit verfestigte sich, als meine Schülerin (oder meine Gläubige; erst später kam ich auf den Gedanken, sie einfach Freundin zu nennen) mir die Schlüssel überreichte; sie hatte sich, was ihr als energischer Person, als ehemaligem Roten Falken und dank ihrer Parteizugehörigkeit nicht schwergefallen war, innerhalb weniger Tage eine neue Gemeindewohnung verschafft, diese mit Hilfe ihrer vielen mehr oder weniger guten Bekannten hergerichtet, halbwegs ausgestattet und wohnte auch schon drin: es war dies ein Musterbeispiel dafür, wie das Netz funktionierte.

„Das ist der Haustorschlüssel. Und das der Wohnungsschlüssel. Zweimal umdrehen, bitte."

„Was soll ich damit?" fragte ich. Ich verstand es wirklich nicht.

,,Was du willst: aufsperren oder nicht, reingehen oder nicht. Ich schlaf' im Zimmer links hinten."

,, . . . Ich verstehe das nicht", sagte ich. ,,Willst du damit sagen, daß ich zu dir schlafen kommen soll? Oder?"

,,Wenn du willst", sagte sie. ,,Im Wohnzimmer, rechts, liegt eine Schaumgummimatratze. Falls ich nicht daheim sein sollt': das Bettzeug dazu steckt in der Kommod' dahinter."

,,Das habe ich nicht gemeint", sagte ich. ,,Ich wollte wissen, ob du willst, daß ich mit dir schlafe?"

Sie sah mich ernsthaft und mit gerunzelter Stirne an, ein paar Sekunden lang.

,,Tätst du es wollen?"

,,Wollen tät' ich's schon", sagte ich und gebrauchte ebenfalls diesen seltsamen, vom Optativ zum Irrealis hinüberschillernden Konjunktiv, für den das Hochdeutsche keine auch nur annähernde Entsprechung besitzt; ihn auszudeuten und seine Anwendungsmöglichkeiten zu beschreiben würde lange Zeit benötigen, denn er stellt eine Sprechfigur dar, die das Schicksal selbst in sich beschließt. ,,Ja, wollen tät' ich schon. Aber ob ich nun wollen sollt', das ist die Frage."

,,Ich verstehe", sagte sie, ohne vorher nachgedacht haben zu müssen. ,,Mir geht's auch so. Aber du weißt schon . . ."

,,Was?"

,,Daß du nur sagen brauchen tätst, daß du willst."

,,Danke", sagte ich. ,,Und du sollst bitte wissen, daß auch du nur sagen brauchen tätst, daß du willst."

,,Ja, ich weiß es jetzt", sagte sie, und ich sah, daß sie so traurig war wie ich.

Und so entstand der dritte und wichtigste Teil unserer Privatliturgie; wir sprachen ihn fast nie laut – außer nach langen Trennungen und vor wichtigen Entschlüssen –, aber wann immer wir einander trafen, sagten wir es einander mit den Augen: daß wir's nur zu sagen brauchen täten, wenn wir's wollen täten.

Eine Gnade, mein Freund Tuzzi? Aber was unterscheidet die Gnade dann vom Glück? Gnade oder Glück, beide werden sie über die Verletzung der Normen verhängt; vielleicht sind sie beide nur zwei Seiten ein und derselben Sache; aber wenn dem so ist, ist dann Heiligkeit auch nur eine Art von Fluch? – Verdammt, ich begriff's nicht, ich kam nie dahinter. Aber jene Traurigkeit, die mich seither nimmer verlassen hat, scheint meine Vermutung zu bestätigen.

Die zwei Schlüssel habe ich stets bei mir getragen; ich habe sie oft benützt, manchmal auch, um bei ihr zu schlafen.

Es war spät, als wir in Fünfhaus und in dem Lokal einlangten, in dem der Brettschneider-Ferdi damals seine Anhänger um sich versammelte, oder vielmehr: so früh am Morgen, daß uns die Eingangstür erst geöffnet werden mußte, denn die Sperrstunde war längst vorüber. Daß uns geöffnet wurde, war selbstverständlich; der Granat wie auch die Freundin waren illustre Gäste.

Drinnen, hinter verhängten Fenstern, herrschte noch Leben, wenn auch ein durch langes Wachbleiben und den Wein verlangsamtes. Gut die Hälfte der Tische war noch besetzt, es roch nach heißer Gulaschsuppe, und im Hintergrund spielte einer, der Brettschneider nämlich, leise auf der Ziehharmonika. Als er sah, wer da eintrat, kam er ins Licht und begrüßte uns in verschiedener

Weise, nämlich den Silbernen submiss, die Freundin höflich-erkennend, mich mit flinken Augen auf meine Wertigkeit hin taxierend. An zwei oder drei Tischen standen, als sie den Silbernen erkannten, Leute auf und verschwanden still. Die anderen blieben sitzen, jedoch ergab es sich durch diskretes Zurseiterücken und Platztauschen wie zufällig, daß der Vorzugstisch in der Ecke frei wurde.

Dort nahmen wir Platz; der Silberne, vom Gast zum Gastgeber geworden, bestellte Wein und Mineralwasser und fuhr, von uns dazu aufgefordert, in seinem so lange unterbrochen gewesenen Bericht folgendermaßen fort:

,,Ich also wieder hinunter zum Zisch, allein wie vorher. Seine Buben natürlich gleich sehr nervös, logisch, denn es war dort bummvoll, eine Riesenpartie is' gelaufen, glatte zweihundert Blaue so auf dem Tisch, no ja, es war grad Messe unten im Prater, da rennt das Geschäft, und der Zisch, der war sauer, eine Störung, die hat man nicht gern, wenn das Spiel so gut rennt – aber schon sehr gut, man kann nicht umhin, Sie verstehen, sowas zu merken, wenn man vom Fach is'; und ich hab' mir so nebenbei g'sagt: schau, schau, der is' jetzt der Erste, der Zisch! Das hat man davon! – Nur mit der Ruhe, hab' ich gesagt, ich brauch' nix wie den Engerl! Aber, war's denn der Engerl? hat der Zisch g'sagt – ja, das könnt' sein! Und ich soll ihn liefern? Tut mir leid, Silberner, aber da bist an der falschen Adress', nicht, daß ich den Kerl auch nur schmecken könnt', aber das is' nicht mein G'schäft. Du brauchst ihn nicht liefern, hab' ich gesagt, den hol' ich mir selbst. Ich will nur wissen, wo steckt er? Die Auskunft, die gibst mir, und weiter brauch' ich sonst nix. Sonst nix? sagt der Zisch, das gibt's nicht, denn umsonst is' der Tod. Is' wahr, sag' ich, sehr wahr, aber ich will nix umsonst: Wenn ich den Engerl find', hab' ich hier unten bei dir nix mehr verloren. Ein drittes Mal siehst mich nicht, das kannst mir glauben! Und er hat mir's geglaubt, denn er hat gewußt, daß ich ihn nicht anlüg', denn das zahlt sich nicht aus. Und seine Buben sind los wie die Wiesel, und eine halbe Stund' später hab' ich es g'wußt: dort und dort steckt der Engerl, in dem und dem Loch, aber er is' nicht allein, sagt mir der Bub, er hat einen zweiten bei sich.

Von mir aus hätten's tausend sein können, es war mir Wurscht, so traurig, als wie ich war wegen der Frau und dem Sohn, ich hätt' Eisen zerreißen können mit nackerte Händ, so bin ich los.

Es gibt Gasserln da unten im Zweiten Bezirk, und in die Gasserln sind Häuserln, und in die Häuserln sind Zimmerln, und in die Zimmerln kriechen die Käfer herum, dem Teufel wär's dort z'schlecht. Und in einem von diese Zimmerln, da war der Engerl, und ich tret' die Tür ein, und da steht er, der Engerl, und g'schwinder als g'schwind sticht er mich an – er muß grad Gift g'nommen haben, der Kerl –, aber ich war fast so g'schwind wie er, nur halt auch bei Verstand: ich hab' ihn gleich beim erstenmal richtig erwischt, ein Stich nur, und schon war er hin.

Da war ich traurig, denn ehrlich, ich bin sonst nicht so, aber mit dem hätt' ich gern mich noch ein bisserl gespielt, ein Stünderl oder auch zwei.

Und wie ich so steh' und der Engerl liegt da, und unten aus der Hosen rinnt mir das Blut heraus, und das Messer hab' ich noch in der Hand, da fängt in der Ecken was an zu schrein. Ich schau hin, und da war einer, der Spitaler war es, so hat er g'heißen, weil er früher Pfleger war in Steinhof und dann haben s'ihn g'schmissen, weil er grausliche Sachen ang'stellt hat mit die Narrn, mit die armen. Das Letzte vom Letzten, der Kerl, schon mehr ein Vieh als ein Mensch, hätt' ich nicht 'glaubt, daß der Engerl mit sowas sich einläßt, aber das kommt, wenn man Gift nimmt, da sieht man halt unscharf. Und schreit, die Kreatur, der Spitaler, net i! schreit er, der Engerl hat s' g'stochn, die Frau, net i! Da war mir natürlich alles ganz klar, ich hab' nur gesagt: und du hast sie dann zug'richt? Und bin auf ihn zu, und seither is' er still."

Der Große Silberne hielt inne, blickte kopfnickend einwärts, trank einen Schluck mit Mineralwasser gemischten Weins, wischte den Mund mit einem seidenen Tuch und beendete dann seinen Bericht mit folgenden Worten:

„Ja, so war's, und ich lüg' nicht, denn das zahlt sich nicht aus. Ich hab' mir mit die Händ' den Bauch z'sammg'halten und bin auf die Wach', Anzeige erstatten. Und von dort in die Klinik. Ein bisserl Untersuchung nachher, aber nicht viel, weil es ja schließlich nur Notwehr war.

Und jetzt wissen die Gnädigste und Sie, lieber Herr, mit wem Sie sich gezeigt haben vor alle Leut'. Und dabei waren die Gnädigste mehrmals so gütig zu mir, haben mich kürzlich vom Tode gerettet, jawohl, und haben mir zugehört, die ganze Geschicht', die ich noch nie jemand erzählt hab'. Und ich erzähl' sie grad Ihnen, grauslich, wie sie schon is, aber jetzt wissen S' vielleicht, wer ich bin: kein Guter nämlich, ein Verbrecher, wie man so sagt, ein Totschläger halt."

„Ja, schon", sagte meine Freundin voll Anteilnahme. „Aber mir g'fallt das sehr, daß Sie Ihre Frau so geliebt haben. Ja, das gefällt mir!"

Daraufhin sah der Granat meine liebe Freundin lange und nachdenklich an, griff sodann in die Brusttasche, holte einen Crayon (zweifellos aus purem Golde) und einen Taschenkalender (in Krokodilleder gebunden) hervor, riß ein leeres Blatt heraus, kritzelte etliche Ziffern darauf und sagte:

,,Das is' meine Telefonnummer, die rufen Sie an, wenn Sie was brauchen, tags oder nachts und egal, was es is'. Und auf die andere Seiten schreib' ich eine zweite Nummer, denn es kommt vor in meinem Geschäft, daß man manchmal vielleicht nicht gleich greifbar is'. Es reicht, wenn Sie sagen, daß die Nummer von mir is', und Sie werden kriegen, was Sie grad wollen, in der Nacht wie am Tag. – Und es kann sein, was es will, bitte, Gnädigste, sich das genauest zu merken!"

Er reichte ihr den Zettel über den Tisch hin, und sie nahm ihn feierlich in Empfang, denn es war dies ein Geschenk von großem Wert, ein Geschenk, wie es ihr kein König hätte machen können, weil es alles Mögliche enthielt, bis hin allenfalls sogar zu einem Tod.

,,Sehr zum Wohl, die Herrschaften!" sagte der Silberne und hob sein Glas.

,,Prost!" sagte sie, hob das ihre, ließ es jedoch, innerlich sehr bewegt, dabei nicht bewenden, sondern stand auf von ihrem Sessel, beugte sich graziös über den Tisch und küßte den Silbernen wirklich und wahrhaftig mitten auf den Mund.

,,Servus Silberner!" sagte sie. ,,Und herzlichen Dank!"

,, . . . Servus!" sagte überwältigt der Silberne. ,,Nein sowas! Gnädigste, Maderl – dich gibt's ja gar net! Jetzt muß i singen! Ferdi, komm her da!"

Und schon schob der Brettschneider sich diensteifrig an den Tisch, und der Granat begann zu singen und sang erst ,,Die Arten der Liebe" und ,,Das letzte Bleamerl", welche beide sehr gefühlvolle Lieder sind, und dann fiel die Freundin mit einem klaren Sopran ein, und zu zweit sangen sie die Klage des armen Waisenknaben, der sich das Paradies nur als Friedhof vorstellen kann; und zu dritt, mit dem Brettschneider-Ferdi, stellten sie auf hochmelodische Weise klar, daß, wer nicht singt, kein Herz im Leib hat, und wer nicht trinkt, keinen rechten Verstand, und wer nicht liebt, der muß ins Kammerl gehn, muß dort im Winkerl stehn, vor lauter Schand'! Und es klang dies so schön und wahr, daß uns allen, auch mir, obwohl ich doch todmüde war, die Tränen in die Augen traten; ein besonderes Hochgefühl überkam uns, dermaßen, daß wir in diesen Sekunden ebensogut die ganze Welt umarmen wie das Lokal in kleine Holzsplitter zerlegen hätten mögen. Auch ich, der ich von starken Kopfschmerzen heimgesucht und am tieferen Einblick in die Psychologie der Wiener Unterwelt bestimmt nicht interessiert war, machte davon keine Ausnahme; wie ich überhaupt gestehen muß, daß meine Heiligmäßigkeit auch sonst durchaus nicht zu einer Befestigung meines moralischen Standards geführt hat.

„Außerordentlich verbunden", sagte der Große Silberne, voll dieses Hochgefühls, „bin ich dir, Gnädigste! Und daß du so schön singen kannst!? Weißt, Maderl, was ich jetzt tun werd'?"

„No?" sagte sie.

„Morgen mach' ich mich auf und hol' mir Hernals z'rück und Mariahilf und auch sonst noch was – nein, die Leopoldstadt, die nicht, die lass' ich dem Zisch, denn gelogen wird nicht. Aber sonst? Aber sonst!"

Zwei Sekunden später . . . – wir bedachten eben noch die Ankündigung des Großen Granaten und freuten uns über seine neue Fröhlichkeit; ich dachte auch, daß meine liebe Freundin hier einem Mitmenschen in schlechthin wundersamer Weise den Glauben an den wiewohl leider nicht aufs Sittliche gerichteten Sinn seines Daseins wiedergegeben hatte; das erwies sich nachher als ganz richtig, denn wenn ich auch bei späteren Begegnungen mit dem Silbernen nie mehr mit ihm von seinen geschäftlichen Angelegenheiten sprach – außer einmal am Frankfurter Flughafen, aber das betraf nur einen speziellen und unverfänglichen Aspekt –, so weiß ich doch, daß der gewisse Komaszinsky bald danach seinen Beruf wechselte und sich im Antiquitätenhandel etablierte – Gott schreibt halt gerade auch auf krummen Zeilen; der Granat bewies übrigens seit jener Nacht mit großer Beständigkeit, daß er nicht nur ein Mann der Unterwelt, sondern auch einer von Welt war: hinfort verging kein Freitagabend, ohne daß nicht der Hansi oder der Heinzi oder der Horsti bei meiner Freundin angeläutet und „mit viele Handküsse vom Chef" einen gewaltigen Strauß orangeroter Rosen abgegeben hätte –

. . . zwei Sekunden später also ging noch einmal die Tür auf und herein stampfte auf kolossalen Beinen, viele „Hoho!" und „No also!" schnaubend, der Medizinalrat, ließ sich ohne jeden Umstand krachend an unserem Tische nieder und begann sein schwarzes Monokel zu putzen.

„Weg!" sagte meine Freundin. „An meinem Tisch werden Sie nicht sitzen! Sie nicht!"

„Moment!" sagte der Medizinalrat. „Nur einen Augenblick, wenn gnädiges Fräulein gestatten . . ."

„Ich bin kein gnädiges Fräulein, sondern eine geschiedene Frau. Und gestatten tu' ich gar nix. Komm!" sagte sie zu mir und stand auf.

„Es is' mir sehr peinlich", sagte der Granat, „aber das da is ja eigentlich mein Tisch, Gnädigste."

„Wenn schon! Er hätt' dich fast umgebracht, weißt du das?"

,,Im Gegenteil", sagte der Silberne. ,,Ich war so ein Fall, den nur der Herr Medizinalrat hat schaffen können und sonst keiner."

,,Ist das wahr?" fragte sie.

,,Ja", sagte der Medizinalrat, ,,das ist wahr, meine Ungnädigste. Sie halten mich offenbar für eine herzlose Bestie, aber nichtsdestoweniger dürfen Sie mir glauben, daß wenigstens in dieser Stadt – ich rede nicht von Graz! – kein Arzt praktiziert, der unseren Freund unter den damals gegebenen Umständen und angesichts etlicher vorhandener Komplikationen so elegant aus dem bereits geöffneten Rachen des Todes undsoweiter."

,,Sie reden so geschwollen, wie Sie ausschau'n", sagte meine Freundin und setzte sich wieder. ,,Aber er hat recht: sein Tisch ist es. Und wenn er Sie nicht hinausschmeißt, werd' ich es auch nicht tun."

,,Ich bin glücklich, daß ich wenigstens insoferne . . ."

,,Glücklich brauchen S' noch lang nicht sein", sagte meine Freundin unerbittlich. ,,Denn die Schlamperei in Ihrem Spital muß erst ausgeredet werden."

,,Ich werde mich", sagte der Medizinalrat würdevoll und steckte sein Monokel vors Auge, ,,diesbezüglich selbstverständlich Ihrem Urteilspruch unterwerfen. Und keine Strafe, ich beschwör' es, wird mir zu hoch sein."

,,Ah so?" sagte meine Freundin nachdenklich. ,,Dann werd' ich Ihnen vielleicht eine Freundin von mir in die Ordination schicken. Kwapil heißt sie."

,,Es wird mir ein Vergnügen sein", sagte gravitätisch der Medizinalrat, ,,Ihnen diesen und jeden anderen Gefallen zu erweisen."

,,Wissen möcht' ich", sagte der Silberne, ,,wie der Herr Professor uns gefunden hat zu dieser Zeit?"

,,Ich hab' mir's ausgerechnet", sagte der Medizinalrat, ,,daß auch Sie hinter dieser Dame da her sein würden –

ich selbst, Ungnädigste, bin es seit Wochen, aber der da" (er zeigte mit dickem Daumen auf mich) „gab vor, nichts von Ihnen zu wissen, obwohl ihm die Lüge im Gesicht stand."

„Der da ist der Größte!" sagte meine Freundin feierlich. „Der da weiß schon, was richtig ist."

„Das freut mich für ihn", sagte etwas giftig der Medizinalrat. „Mir hat er damit viel Mühe verschafft. – Aber Sie, Verehrtester, sind nicht der einzige, der im Laufe der Jahre unter meinem Messer gelegen ist. Es gibt genug andere, die mir dafür ebenfalls gerne eine kleine Gefälligkeit zu erweisen bereit sind – etwa die, mir auf einer Suche nach einer gewissen Person ein wenig behilflich zu sein."

„Der Komaszinsky, was?" sagte der Silberne, und zu uns gewandt: „Da hätten wir ruhig im Elsahof auch bleiben können. Aber woher hätt' ich wissen sollen, was der Komaszinsky für Absichten hat? In einer Gegend, in der ich nicht daheim bin?"

„Macht nix!" sagte unsere Freundin. „Ferdi, spiel!"

Und der Brettschneider begann ein Vorspiel, und dann nahm ihm zu unser aller Verwunderung der Medizinalrat die Melodie aus dem Munde und forderte in erstaunlich wohltönend-leisem Baß eine kleine Kellnerin auf, aus dem warmen Bett zu steigen und ihr Kittlein anzuziehen, weil die Fuhrleute bedient sein wollen; und die Freundin sang spöttisch dawider, daß sie nicht dran denke, der Fuhrleute wegen im kalten Morgengrauen aufzustehen: „D' Fuhrleut', die hab'n no gar viel Zeit, hab'n krumpe Ross' und fahr'n net weit. I steh' net auf, ziag's Kitterl net an – was gengan mi di Fuhrleut' an?"

Es hätte dieses Lied ein stilvoller Abschluß der Ereignisse sein können, denn der Morgen kroch nun wirklich über die Stadt, und draußen donnerten schon die

Schwerlaster in Richtung Autobahn. Aber noch war's nicht aus, denn das letzte Wort und das letzte Lied gehörten, wie sich's gehört, dem Gastgeber, dem großen Kaliber, dem Silbernen, dem Herrn dieses und jenes Bezirks, der sich nun breit zurücklehnte und das hohe Lied seines Standes und Berufes zum besten gab.

„Wer a Granat will wer'n, der muß gar fruah aufsteh'n", sang der Granat und drückte damit aus, daß ein jeglicher Mann, der es im Rahmen des ihm vorgezeichneten Schicksals zu etwas bringen will – und möge es sein Geschick sein, in Hinterzimmern verbotene Glückspiele zu betreiben –, viel Mühe auf sich zu nehmen hat und mit großer Aufmerksamkeit nach den Quellen seines Unterhalts suchen muß; nicht darf er sich vor der Unbill des Lebens fürchten, nein, ins Leben hinaus muß er sich trauen, auf dem Posten muß er sein, mag es regnen oder schnein! Doch hat jede Mühsal ihren Lohn, auch die des illegalen Spielunternehmers. Wenn der zum Meister seines Handwerks Gewordene Einkehr hält bei seinesgleichen, wie sehr bewundern sie ihn dann, wenn an seinen langen, um das Weinglas gelegten Fingern die Diamantringe blitzen, Trophäen und Beweise verschwiegener und erfolgreicher Beutezüge, und die Musikanten spielen auf sein Geheiß die alten und herben Tänze: ja, das ist das Leben, das süße, das wahre!

Und wenn er gestorben sein sollte – „vielleicht", wie es in diesem Lied heißt –, dann muß er selbst dem heiligen Petrus noch was abzuknöpfen versuchen, denn ein rechter Mann hat, wie auf Erden, so auch im Himmel oder in der Hölle, seine Identität zu wahren, jedenfalls und überall.

So sang er, der Silberne, und nun wußte ich endlich, was ein Granat ist und warum unser neuer Freund so früh hatte aufstehen müssen.

Vergnügen hatte der Medizinalrat in den folgenden Wochen und Monaten keines von den Gefallenserweisen, die er meiner Freundin so leichthin gelobt hatte.

„Diese Dame Kwapil", erzählte er mir, „habe ich zwar dito vom Rande des Grabes zurückgerissen, aber offenbar lediglich darum, weil sie von den Göttern dazu bestimmt sein dürfte, mich dorthin zu bringen. Nein, sie krakeelt nicht und ist auch keine Querulantin – ach, wäre es nur dies! Der Fall ist vielmehr der, daß es dem allmächtigen Baumeister aller Welten beliebt hat, dieses Weib mit dem Instinkt einer Milbe zu begaben, die immer noch einen Winkel entdeckt, in dem sich Staub angesammelt hat. Und du glaubst nicht, wie viele staubige Winkel auch in einem so peinlich sauberen Spital wie dem meinen zu finden sind, wenn man nur den Instinkt dafür hat. Nicht, daß sie diesbezüglich Beschwerden äußerte oder verfaßte, o nein! Das Fürchterliche an dieser Frau ist vielmehr, daß sie die Dinge selbst in die Hand nimmt – aber eine Patientin, die knapp vor ihrer Operation den Gang vor dem Krankensaal aufwischt und drei Stunden nachher, nach einer ziemlich großflächigen Hemicolektomie nämlich, auf dem Fensterbrett steht, um die Scheiben abzuwischen, legt eine Art Vorbildhaftigkeit an den Tag, die eine Spitalsbelegschaft sehr schnell demoralisiert, überhaupt, wenn die Scheiben tatsächlich etwas schmutzig sind."

– – –

„Soll er sich doch freuen, daß er endlich eine saubere Bude hat!" sagte die Freundin ungerührt, als ich ihr davon erzählte. „Und außerdem ist die Kwapil die beste Saunawärterin in ganz Wien. Und das will was heißen!"

– – –

„Die Milbe Kwapil wurde entlassen", teilte mir zwei Wochen später der Medizinalrat mit, „aber meine und meiner Schwestern innigliche Freude währte nur allzu kurz, denn jetzt haben wir statt ihr einen gewissen Herrn Schieferl auf dem Hals; zweimal haben wir den Kerl waschen müssen, ehe seine Haut eine halbwegs natürliche Tönung angenommen hat."

– – –

„. . . Schieferl?" fragte die Freundin. „Nein, einen Schieferl kenn' ich nicht. – Aber vielleicht meint er den Wischperl? Den heißen wir so, weil er nicht laut reden kann, weißt? Ah ja, könnt' sein, daß der sich Schieferl schreibt. Ein lieber Mensch!"

– – –

„Der liebe Mensch hat eine sehr häßliche Inguinalhernie, soll sagen: einen abscheulichen, jahrelang vernachlässigten Leistenbruch. Außerdem haben wir ihm, frag nicht, warum, einen Katheder hineinstecken müssen. Jedoch ist das erstaunlichste an ihm sein Gebiß – sowas von einer Zahnprothese hast du noch nicht gesehen: mehrmals gebrochen und mit rostigem Draht zusammengebunden. Daß ein Mensch sowas aushält!?"

– – –

„. . . Der Mensch ist ungeheuer geschickt", sagte die Freundin, „der Wischperl: wenn's Klo rinnt oder der Staubsauger kaputt ist – er richtet alles. Alles!"

– – –

„Das Phänomen Schieferl ist ein unerschöpfliches", sagte der Medizinalrat, „und übertrifft alles bisher von mir Erblickte, gewisse grausige exotische Erfahrungen nicht ausgenommen. Wir haben jetzt spanische Wände um sein Bett aufgestellt. Warum? Weil diese unglaubliche Figur mit ihrem Drahtgebiß, ihrem Schmutz und ihrer alkoholbedingten leichten Demenz auf eine gewisse Kategorie von Frauen eine Wirkung ausübt, welche. . . Was soll ich dir sagen? Sie kommen daher wie läufige

Hündinnen, zu jeder Stunde des Tages und der Nacht, wahre Prachtstücke darunter, auch Blutjunges, sie mißachten jedes Besuchsverbot, sie entgehen den Zerberusblicken des Herrn Brosenbauer und sogar denen der Schwester Sigrid, sie scheuen nicht die interessierten Augen in den übrigen neunundzwanzig Betten des Saales, der Katheter wird zum Aphrodisiakum – das Bett des Patienten Schieferl zur Filiale von Sodom und Gomorrha . . . "

– – –

„Er ist halt ein lieber Kerl, der Wischperl, wenn er nicht besoffen ist", sagte die Freundin. „Aber das ist natürlich schon ein bisserl stark!"

– – –

„Sie war gestern da, die Königin", berichtete der Medizinalrat. „Und hat den Patienten Schieferl in ein unschuldiges Lämmlein verwandelt. Wie? Ich war leider nicht dabei, aber wenn der Bericht der Nachtschwester zutrifft, hat sie dem Mann nur gesagt, daß sie sich leider um einen anderen umschauen müssen wird für allfällige Reparaturen in ihrer Wohnung. Mag sein, daß sie's etwas schärfer formuliert hat – ich habe das ja schon erlebt; wie dem auch sei: am Bett des Patienten Schieferl beschränkt man sich nunmehr auf sittsames Händchenhalten. Dennoch: es ist schlimm. Wie lange, denkst du, wird die Zeit meiner Prüfungen noch dauern?"

„Keine Ahnung", sagte ich, denn ich fragte sie nicht nach solchen Sachen, und sie sah keinen Anlaß, mir dazu etwas zu sagen, außer daß der Medizinalrat sie täglich zum Abend- oder Mittagessen, ins Burgtheater, in die Oper oder sonst wohin einlud, aber von ihr stets nur die kühle Antwort erhielt, daß sie leider keine Zeit habe. Und die hatte sie wirklich nicht, denn wir mußten uns gerade in jenen Monaten wieder einmal durch einen

Berg von Arbeit wühlen und von einem Termin zum andern quälen; in ihrer knappen Freizeit las sie weiterhin sehr viel, hatte eben den ,,Mann ohne Eigenschaften" immerhin fast bis zur Hälfte bewältigt (was wenige von sich sagen können), ging nun die ,,Strudelhofstiege" an und wurde dabei, denn weiterhin vollzog sie diesen Bildungsprozeß nicht nur in, sondern vernünftigerweise auch an sich, immer hübscher; und weil unsere Plackerei uns damals Geld genug einbrachte, konnte sie sich's überdies leisten, im Trial-and-error-Verfahren ihre eigene Art von Eleganz zu fixieren, die, wenn ich nicht irre, als eine leicht ins Gaminhafte übergehende englische hätte definiert werden können. Und wenn sie doch einmal einen freien Abend und sich vergewissert hatte, daß er nicht von mir beansprucht wurde (denn dies gehörte zu meinen Vorrechten), dann war es meistens der Fürst, dem er geschenkt wurde. Aber das brauchte der Medizinalrat ja nicht zu wissen.

,,Jenen Schieferl bin ich endlich los", sagte der Medizinalrat wenig später, ,,und preise den Herrn dafür, denn es muß sich da, selbstverständlich ohne daß ich davon auch nur die geringste Kenntnis nehme, nächtlicherweise ja doch noch tatsächlich unbeschreiblich Entsetzenerregendes, geradezu buchstäblich Grauenvolles und auch sonst alle fürchterlichen und furchterregenden Schreckenssprachbilder des Herrn Thomas Bernhard weit hinter sich Lassendes abgespielt haben, will sagen: Ausgerechnet die Schwester Sigrid, man denke, scheint mit sich näherndem Entlassungstermin der unglaublichen Anziehungskraft des Patienten Schieferl zum Opfer gefallen zu sein und hinter der spanischen Wand nächtlicherweise gewisse durchaus nicht medizinisch indizierte Manipulationen – du verstehst. Die anderen Schwestern blicken sie seither merkwürdig schief an, tragen auch ein gewisses verstohlenes Lächeln zur Schau – brrr! Ich habe darauf bestanden, daß die Matratze, auf der dieses Wesen von einem anderen Stern gelegen ist, vernichtet wurde; wer weiß, ob sie sonst nicht zum Gegenstand eines finsteren Kultes würde. – Auf der neuen Matratze aber liegt wiederum ein Protegé unserer Hochgeehrten. Es beruhigt mich nach den Erfahrungen mit dem Patienten Schieferl außerordentlich, daß der Neue auf dem Bauch liegen muß, weil ich ihm einige kolossale Hämorrhoiden abgezwickt habe, was freilich die Stunde meiner absoluten Demütigung war; diese Hände" (er hielt sie mir vor die Augen: große, weiße und muskulöse Hände), ,,diese Hände, mit denen ich die Crème de la crème aufgeschnitten und wieder zugenäht habe, Dschingiskhane des Kapitals sowohl wie Heliogabale des Sozialismus – diese Hände schnitten einem langhaarigen Nichts, einem lästigen Kümmerling die Hämorrhoiden! Hör auf mit deinem höhnischen Lächeln, Freund, und erkenne wie ich, daß die Liebe eine Himmelsmacht ist. Sonst will ich übrigens gegen den bleichen Kümmerling nichts sagen – weder putzt er Fenster, noch treibt er Unzucht. – Allerdings murmelt er."

,,Was macht er?"

,,Er murmelt. Den ganzen Tag. Teils vor sich hin, teils in sich hinein. Dies ist, von jenen Hämorrhoiden abgesehen, sein besonderes Kennzeichen – außer einer pathologischen Ängstlichkeit, die ihn zusammenzucken läßt, wenn man ihm nur nahe kommt. Hast du eine Ahnung, um was es sich da handelt?"

,,Um ein Genie", sagte ich, ,,obwohl ich dir nicht sagen kann, inwiefern es eines ist. Man kann lediglich vermuten, daß es murmelnderweise ein Epos oder etwas Ähnliches gestaltet. Sei ein bisserl nett zu ihm, denn der junge Mann ist tatsächlich von Ängsten besessen; er könnte dir aus purem Schrecken unter den Händen wegsterben."

„Ich will's versuchen", seufzte der Medizinalrat. „Ihr zuliebe. Aber sie soll mich nicht unterkriegen: richte ihr bitte aus, daß sie mir selbstverständlich auch weiterhin Freunde schicken kann; freilich – wissen möcht' ich schon, wo unsere kleine Königin diese Gestalten aufklaubt; es muß das ein wahrer Höllenwinkel sein."

Von Höllenwinkeln konnte, versteht sich, die Rede nicht sein; der Schieferl, die Kwapil, das Genie und die lange Reihe jener, die noch folgten, waren einfach Teile des Netzes; und wenn die „kleine Königin" auch sicherlich viel Vergnügen darin fand, den Medizinalrat durch diese Individuen ordentlich zu läutern, so ging's ihr in der Hauptsache doch nur darum, dem Netz eine neue Hilfsquelle und Zufluchtsmöglichkeit anzuschließen, das Spital nämlich, selbst dabei aber an Prestige zu gewinnen; denn so unschuldig war sie nun auch wieder nicht, daß sie nicht eitel gewesen wäre und stolz auf ihre guten Beziehungen zu allerlei höheren Mächten, denen der Medizin zum Beispiel oder der Aristokratie oder der Politik (Tuzzi!) undsoweiter. Doch wirkte diese Eitelkeit nach beiden Richtungen, insoferne, als sie uns – nach Überwindung gewisser Hemmungen – ja mit gleichem Stolz das Funktionieren des Netzes und ihr tatsächlich hohes Prestige darin vorführte.

Und so gerieten wir, einer nach dem anderen, ich zuerst, der Medizinalrat dann, hierauf Tuzzi und das Genie und sogar der Fürst unvermeidlicherweise dorthin, wo von jeher schon der Granat, der Geschiedene, der Brettschneider und freilich auch die Kwapil, der Schieferl und unzählige andere Klienten und Subklienten der „kleinen Königin" zu Hause gewesen waren: in die Gasthäuser nämlich.

Denn so diffus das Netz auch sein mag, so kann es doch ohne Lokalisation nicht funktionieren, bedarf es also, um das soziochinesisch zu formulieren, gewisser Kommunikations- und Informationszentren, in denen Leistungen vermittelt, Kontakte aufrecht erhalten oder hergestellt, die Ausscheidungen des Weltgeistes und das Sickergut der laufenden Programme auf ihre Verwendbarkeit geprüft und das Gewirr der Dinge praktikabilitätshalber auf die einfachsten Nenner herunterreduziert werden können. Alles das und einiges mehr - wo sollte es vorgenommen werden, wenn nicht in den Gasthäusern oder genauer gesagt in jener Sonderform des Restaurationsgewerbes, die für Wien so typisch ist wie das Bistro für Paris oder das Pub für London, im Beisel also?

Tausende dieser anspruchslosen Lokale sind über die alten Bezirke unserer Stadt verstreut, als ein System von nur auf Rufweite entfernten Stützpunkten, Alarmstationen, Unterständen und Wachstuben des Netzes; diese militaristischen Vergleiche stammen nicht von mir, sondern merkwürdigerweise vom Ministerialrat Haberditzl aus dem Interministeriellen Sonderkomitee, einem durch und durch zivilistischen Menschen, der im Gefolge Dr. Tuzzis erst am Rande unseres Kreises auftauchte, später vielleicht sogar schon dazugehörte – der Kreis dehnte sich ja, insbesondere in den Tagen des Großen Festes, bis zur Unübersehbarkeit aus –, jedenfalls, Haberditzl war es, der damals jene generalstäblerischen Bezeichnungen gebrauchte, während er mit dem Legationsrat ein ziemlich geflüstertes Gespräch führte, das Tuzzi dann mit den Worten „Kein Wort jetzt mehr darüber, lieber Ministerialrat! Schneiden Sie bitte das

Thema bei der nächsten Kleinen Sitzung an!" beendete, worauf Haberditzl so beglückt und verwirrt dreinsah, als habe man ihm eben einen Orden für unbestimmte Verdienste angehängt. Ich zweifle nicht daran, daß jene zwar zufällige, aber intelligente Haberditzl-Bemerkung in späteren interministeriellen Überlegungen ziemlich ernst genommen wurde und die Pläne, die Tuzzi zur Konstruktion seiner neuen Substrukturen verwendete, in manchem Detail beeinflußt haben, denn . . .

. . . Ich merke, daß ich da wieder in eine Abzweigung eingebogen bin, die geradewegs hierher in die Gegenwart führt. Aber ich will die Gegenwart nicht erreichen. Nicht jetzt. Es gibt ohnehin zuviel davon, und nichts ist gut an ihr; auch Gegenwarten sind nicht mehr das, was sie früher waren (doch, da hat sich Entscheidendes verändert, derart nämlich, daß frühere Gegenwarten stets Ergebnis all ihrer Vergangenheiten waren, der längst zurückgelegten bis zur gerade erreichten, eben das aber seit einiger Zeit aufgehört oder sich geradezu umgedreht hat, sodaß Gegenwart jetzt nur mehr Beginn der nächsten Zukunft und der darauf folgenden Zukunft ist), die Anziehungskraft der Vergangenheit ist fast über Nacht von uns gewichen, und nun fallen wir wehrlos dem unheimlichen und widerwärtigen Sog der Zukunft anheim; aber noch habe ich einen kleinen Vorrat von Vergangenheit in mir, und solang ich den habe, werde ich vorsichtig und sparsam mit ihm umgehen; ich muß noch eine Weile davon zehren können.

Ja, wir schätzten es nach jenem Brettschneider-Abend, der Medizinalrat und ich (und später der Reihe nach auch die anderen Ritter und Narren), uns häufig eine Weile in dem einen oder anderen Beisel niederzulassen, um ein kleines Gulasch am Vormittag oder ein Achtel Wein am Nachmittag oder auch, wenn es sich so ergab, einen Alten Tanz am Abend oder in der Nacht zu genießen und das Funktionieren des Netzes zu studieren und gelegentlich zu bewundern. In eines davon hatte unsere Dame uns eingewiesen; es befand sich in ihrem Heimatbezirk, draußen jenseits des Gürtels, unweit ihrer und der ehemaligen Wohnung ihres Vaters, der im selben Lokal schon Gast des Vaters der jetzigen Wirtin gewesen war; nicht, daß sie es bis zu unserem Eintritt in ihre private Geschichte besonders häufig besucht hätte, nicht öfter als einmal in der Woche vielleicht, und nur, wenn sie zu müde war, um sich selbst etwas zu kochen, oder weil sie jemandem eine Nachricht hinterlassen oder von ihm eine Hilfeleistung erbitten wollte – aber doch war sie dort auf selbstverständliche Weise zu Hause: mit den gleichaltrigen Gästen war sie in dem selben Grätzel aufgewachsen, von den Älteren hatte sie sich als Kind zulächeln oder ausschimpfen lassen, und mit allen befand sie sich im Verhältnis latenter Gefälligkeitsbereitschaft, in das wir, initiiert von ihr, ohne weitere Einweihungsformalitäten einbezogen wurden.

Es wurde dann aber nicht dieses Beisel zum Treffpunkt unserer Versammlungen, denn die Kwapil und der Schieferl und einige andere dem Medizinalrat zur Läuterung auferlegt gewesene Patienten funktionierten jeden Aufenthalt dort zur ärztlichen Sprechstunde um: so zogen wir weiter, fanden dann eine taugliche Unterkunft in der Inneren Stadt und eine andere am Neubau, jenes Helga-Beisel, in dem ich die Fotolaborantin während der Mittagspause in das Gebildetsein mit allen seinen Folgen einzuführen begonnen hatte; das Lokal war in halber Höhe durch eine Holzwand in zwei Hälften geteilt, deren vordere die Schank enthielt und von der stehseideltrinkenden Plebs frequentiert wurde, während die hintere, durch Tischtücher als vornehmer ausgewiesene, alsbald von uns besetzt wurde, was nicht in organisierter, sondern sozusagen organischer Weise vor sich ging, denn ich und die Freundin mußten uns, als das Elsahof dem Trend der Zeit zum Opfer fiel, ohnehin um einen neuen Mahlzeiten-Ort umsehen, dem Legationsrat, dessen Wohnung nicht weit entfernt lag, war's nur recht, das vage Genie wäre meiner Freundin sowieso überallhin gefolgt, und der Medizinalrat wurde nicht erst gefragt; der hatte froh zu sein, nach der Entlassung des Genies aus dem Spital endlich halbwegs in Gnaden akzeptiert worden zu sein.

„Es scheint", hatte er vergnügt gesagt, „daß ich die Phase der Prüfungen mit Glanz hinter mich gebracht habe: deine interessante Partnerin hat allergnädigst eingewilligt, die nächsten philharmonischen Abonnementkonzerte an meiner unwürdigen Seite besuchen zu wollen, und meine demütige Anfrage, ob sich nicht vielleicht auch eine Wiederholung des Brettschneider-Abends arrangieren ließe, nicht von vornherein abgelehnt. Was sagst du?"

Ich trübte ihm die Freude über diesen Erfolg nicht mit der Erklärung, daß er ihn längst hätte haben können, wäre ich nur so entgegenkommend gewesen, ihm zu verraten, daß sie den Wunsch, in die erlauchten Reihen der Philharmoniker-Abonnenten einzutreten, schon längst gehegt hatte, einen nahezu und also auch von mir unerfüllbaren Wunsch, denn alles ist in Wien leichter zu kriegen als das – außer man ist zum Beispiel ein Arzt von bedeutendem Rang. Nun, der Medizinalrat hatte da endlich so etwas wie eine verwundbare Stelle an ihr gefunden, ich gönnte es ihm und war froh, daß zwischen diesen beiden mir aus verschiedenen Gründen nahestehenden Personen eine unerwartet spannungsfreie Relation entstanden war; meine Befürchtungen, daß der Medizinalrat verheerend in die besondere Existenz der Freundin eingreifen könnte, war seit dem Abend mit dem Silbernen gänzlich geschwunden; dieses Mammut wurde in ihrer Gegenwart zu einem sehr zahmen Tier, das nach ihrem Lächeln schnappte wie nach Zuckerstükken; im Musikvereinssaal und der Oper, wo sich der Medizinalrat bisher, um seinen Ruf als Exzentriker zu betonen, grundsätzlich nur in Begleitung sehr viel auffälligerer Schönheiten gezeigt hatte, gab dies Anlaß zu allerlei verwundertem und spöttischem Getuschel; was er mit arrogantem Achselzucken quittierte. So konnten wir denn alle zufrieden sein, der Medizinalrat, der Silberne, sie, die in der Verehrung des einen und der Bewunderung des anderen beträchtlich an Wert gewonnen hatte; und am Ende auch ich, weil ich nichts dazu oder dagegen hatte unternehmen müssen und wenigstens für eine Weile die Last der Heiligmäßigkeit ohne zusätzliche Sorgen tragen konnte.

. . . Wahrscheinlich hielten wir uns in diesen Gasthäusern so gerne auf, weil sie zu einer Zeit, da sie, die Zeit, schon außer Rand und Band geraten war und in die entgegengesetzte Richtung, also direkt auf uns zu galoppierte, zwischen Schanktisch und Holztäfelungen tatsächlich kleine Stücke der alten Normalzeit konservierten – nicht Zeitlosigkeit, das wäre zu viel gesagt, denn natürlich verätzte auch hier der Schweiß vieler Handflächen die Türklinken, streiften viele Mäntel kleine Partikelchen von Tischdecken und Garderobeständern, schabten unzählige Füße Atome von den schwarzgeölten Fußböden, zersetzte der Atem der Gäste und ihr Zigarettenrauch die Decken und Wände, ging also auch hier die stete Abnützung alles Seienden unerbittlich vor sich; aber sie schien sich da so langsam zu vollziehen, daß man schon der Illusion nachhängen durfte, hier wenigstens bliebe die Zeit stecken, habe sich gewissermaßen eingedickt wie eine gelierende Flüssigkeit. Wie viele Kirchen oder alte Hotels und Bahnhöfe waren dies Orte, an denen sehr viele nie geblieben, sondern nur eben gerade hinein- und gleich wieder hinausgegangen sind, eher als Bewegung, denn als Personen, kaum als Körper, sondern fast nur als Schatten wahrnehmbar, doch solcherart eine Atmosphäre unverbindlicher Scheinbarkeit herstellend, in die man sich einsinken lassen konnte wie in ein laues, den Tonus erschlaffendes Schlammbad. Und das war's vermutlich, was uns nun in jene Lokalitäten, die wir früher kaum besucht hätten, hineinlockte – verkrampft und verspannt waren wir damals ja alle, weil das alte animalische Sensorium in uns kommende Katastrophen vorauswitterte und die Nerven zusammenzog.

Vieles könnte ich erzählen, eine lange Beschreibung liefern von diesen nach dem Lorbeer des Beuschels und dem säuerlichen Urin der Biertrinker riechenden Räumen, von den Gewohnheitsalkoholikern, die schon am Vormittag an der Schank standen, endlose und unfruchtbare Gespräche über einen wesenlosen Gott führend („Eine Theologie des Hades", sagte der Medizinalrat einmal grüblerisch, „worauf würde die sich wohl gründen? Auf Erinnerungen an die Gegenwart, denke ich!"); oder von der Wirtin, der Helga, dieser jungen zahnlosen Riesin, die schon vorher drei Gasthäuser hintereinander besessen, jedes aber beim Stoß verspielt hatte, worauf sie sich dann durch harte Kellnerin-Arbeit wieder ein neues verdiente; als wir damals bei ihr einzogen, war sie gerade drauf und dran, wieder einmal alles auf den Siebener und das As zu setzen, aber da erwies sich's als gut, daß wir in Beziehung zu einem großen Unterwelt-Kaliber geraten waren: Der Silberne ließ ein Wörtchen umgehen, und die Helga fand hinfort keinen Tisch mehr, auf dem sie ihr Geld hätte verspielen können. Das machte sie für eine Weile melancholisch und unleidlich, dann verlegte sie sich aufs Wetten bei den Pferderennen und hatte dabei, anders als beim Kartenspiel, ganz unwahrscheinliches Glück, was sie erst recht erbitterte, denn sie wußte mit dem Geld nichts anzufangen.

Um den Mittag herum wurden die Schatten etwas körperhafter, denn da kamen die Handwerker mit ihren blauen und die Geschäftsleute mit ihren weißen Mänteln, maulfaul die einen, redefreudig die anderen, und verzehrten am Montag Rindfleisch mit Gemüsebeilage, am Dienstag Faschiertes mit Erdäpfelpüree, am Mittwoch Schnitzel mit gemischtem Salat, am Donnerstag Blut- und Leberwürste, am Freitag Seefisch oder Krautfleckerln, um den Gründonnerstag Spiegelei und Spinat, zu Ostern das Kitz, zu Martini die Gans, Fischbeuschelsuppe zu Weihnachten und G'selchtes zu Neujahr, am Aschermittwoch den Heringschmaus, im Winter Sauerkraut, im Frühjahr Salat, im Sommer gefüllte Paprikas, im Herbst alles vom Wild, zu jeder Zeit aber auch Kaiserschmarrn mit Zwetschkenröster, ein Krenfleisch oder Gulasch, Topfenknödel, gebackenen Kalbskopf oder Preßwurst in Essig und Öl, seltener ein Hendl, häufig jedoch einen Rinds- oder Kalbsbraten, vielfach auch

Palatschinken und Krautrouladen oder Linsen mit Speck; zu jeder Zeit aber tranken sie Bier, Wein und Kaffee und erfüllten während dieser Tätigkeiten die beiden Räume des kleines Lokals mit maximalen Annäherungen an die Realität.

Nach ein Uhr freilich war das vorbei, da wurde es still, und nur der eine oder andere Theologe des Hades schlich herein, um seinen Alkoholspiegel auf den Vormittagsstand zu bringen, ehe er wieder ziellosen Geschäften nachging.

Gegen drei, zu einer Zeit, in der in solchen Etablissements schon die Dämmerung einsetzt, tauchten die Wracks auf, die Strotter und Halbverrückten, die Hinichen, wie man sie in Wien nennt, und bisweilen, alle zwei Wochen im Durchschnitt, saß um diese Zeit am schlechtestbeleuchteten Tisch neben dem Durchgang zur Küche eine junge, ziemlich hübsche Frau und ließ sich vollaufen; der war etwas sehr Sonderbares passiert, was einen Rausch schon entschuldigte:

,,Das war vor zwei Jahren, ich hab' g'seh'n, wie's ihr passiert ist", erzählte mir die Helga. ,,Da sind sie ang'fahr'n, sie und ihr Verlobter. Sie steigt auf der Gehsteigseiten aus, er auf der Straßenseiten, damit er das Auto absperrt. Und während sie da steht und er dort, fahrt hinter ihm ein Laster mit Anhänger vorbei, viel zu schnell natürlich, die fahren ja wie die Teufel, diese Verbrecher. Und sie sieht, daß der Manfred in die Knie geht und sich über die Motorhauben legt (ich hab's auch gesehen, weil ich grad zufällig in der Tür g'standen bin, es war nix zu tun im Lokal). Sie rennt vor Schreck um's Auto herum, erwischt den Manfred und reißt ihn in d' Höh', und da hat der Manfred keinen Kopf nimmer. Der war einfach weg, der Kopf, haarscharf überm Hemd. Und sie, natürlich ganz außer ihr, beutelt ihn und schreit: ‚Manfred! Manfred! Sei net so komisch, Manfred . . . !' Dann sieht sie, daß ein paar Meter weiter weg was Rundes auf der Straßen liegt, läuft hin und hebt's auf: das war der Kopf vom Manfred. Es muß irgendwas herausg'standen sein bei dem Laster, was ihm den Kopf glatt abg'schnitten hat. Und sie halt' sich den Kopf mit beide Händ' vors G'sicht und schreit: ‚Hör auf Manfred! Mach keine Witz', Manfred!' – Seither sauft sie sich hie und da einen Rausch an, nachher is' sie zwei oder drei Täg weg, aber sie hat einen Chef mit Verständnis, es gibt ja noch gute Leut' auf der Welt. – Er war so ein lieber Mensch, der Manfred. Beim Begräbnis hab' ich so g'heult, daß ich mir die Zähnd hab' herausnehmen müssen, damit ich's nicht verschluck'."

Und der Schediwy kam vorbei, der einmal Millionär gewesen war und nun in den magistratischen Streusandkisten schlief, und die Schwester Mariana vom nahen Kloster, wo man nie erfahren hat, was für eine ganz harte Alkoholikern das war; und die G'füllte Josefa, die einmal, aber das muß schon lange her sein, das schönste Strichmenscherl von ganz Wien war; und der Kriminalbeamte, der sich zwischen zwei Erhebungen seinen doppelten Tribut-Cognac verabreichen ließ. Und der schöne Edi kam, der nicht nur das Gesicht eines alternden Heroen hatte, sondern auch einen Doktortitel, und dazu eine Asthma-Allergie, von der er aus Gott weiß was für psychosomatischen Gründen nur in chlorduftenden Schwimmhallen nicht geplagt wurde, weshalb er Hallenbadwärter geworden war und auf einem Stockerl neben dem Sprungturm saß, um aufzupassen, daß die Springer kein Malheur anrichteten; dabei pflegte er, weil er seines Asthmas wegen in den Nächten nicht schlafen konnte, kurz nach Dienstantritt schon einzunicken, worauf er dann oft das Gleichgewicht verlor und ins

Bassin fiel; aber die Trampolinspringer wußten das schon und paßten ihrerseits auf, daß der Edi nicht ersoff dabei, sondern nur wach wurde. Das ging schon seit Jahren so, alle im Bad wußten es, auch die Vorgesetzten, aber man konnte einen Akademiker ja nicht verhungern lassen, weil er Asthma hatte, und zu Schaden war bisher dabei schließlich niemand gekommen.

Oder der Herr Peter, der gehörte auch zu den regelmäßig Auftretenden in dieser Szene und war ein lebendiger Beweis dafür, daß das Netz gelegentlich zu hoher Toleranz und tiefer Anteilnahme auch gänzlich Außenstehenden gegenüber fähig war; als ihn das Schicksal zum erstenmal in dieses Beisel geweht hatte, war er keines deutschen Wortes fähig gewesen; nur daß er Peter oder Pieter hieß, vermochte er den damals Anwesenden zu vermitteln, und daß er ganz allein auf der Welt und ohne einen Groschen in der Tasche hierher gekommen war und nichts besaß außer einer Hose, Tennisschuhen, einem Wollhemd und einem allerdings sehr für ihn einnehmenden gutmütigen Lachen. Letzteres führte wohl dazu, daß ihm einer der Stammgäste Quartier in einem Werkzeugschuppen anbot, eine rüstige Seniorin ihm die Kleider ihres eben Verewigten überließ und jemand Dritter ihn so lange freihielt, bis er die kleinen Schulden zurückzahlen konnte – was der Herr Peter denn auch sehr brav tat, nachdem ihn ein Vierter aus dem Netz bei einem Maler- und Anstreicherbetrieb untergebracht hatte. Und schließlich verschaffte ihm die Fürsorge des Netzes sogar eine Frau, keine sehr schöne zwar und auch keine sehr junge, aber doch eine solide und lebenstüchtige, die aus dem Herrn Peter oder Pieter alsbald einen brauchbaren Mitmenschen machte, was er ihr, wie sie häufig und voll Stolz zu erkennen gab, mit viel Zärtlichkeit lohnte. Das Interessante an der Geschichte bestand darin, daß es sich bei dem Herrn Peter um einen Neger handelte, und zwar um einen von diesen ganz Pechschwarzen, die sonst, soweit ich weiß, nur im Kongo vorkommen.

Wenn aber die Dämmerung langsam in die kommende Nacht überging, sah man wieder die Geschäftsleute und Handwerker von mittags, ein Achtel oder auch ein Viertel Wein konsumierend, nach Arbeitsschluß und vor dem Familienleben, während die Hinichen langsam abzogen und an den hinteren Tischen das bessere Publikum, rüstige Pensionisten, ältliche Junggesellen und Witwen, zum Abendessen sich setzte. Dies war die wahre Stunde des Netzes, der in Empfang genommenen, weitergegebenen und hinterlassenen Nachrichten, des Tratschs, der Urteile und der gemeinsamen Nenner.

Nach dem Abgang der Abendesser und kurzzeitiger Öffnung der Fenster und Türen zwecks Abzugs wenigstens eines Teiles der schlechtgewordenen Luft veränderte sich die Szene ein letztes Mal, und zwar zum Höhepunkt hin, denn nun nahm der Nagl-Karl die Ziehharmonika aus dem Schrank und richtete sich die Mally-Trude das sowieso sorgfältig fixierte Haar, um alsbald damit zu beginnen, das Leben und Weben innerhalb des Netzes ins Allgemeingültige, nämlich in die Melodien der Alten Tänze und Lieder zu transponieren.

Und da fanden auch wir uns ein und zusammen, ein- oder auch zweimal in der Woche, wie sich's halt ergab, alle waren wir da neben- und nacheinander versammelt, die Ritter, Herren und Narren unserer lieben Dame, hörten andächtig der Trude zu, wenn sie das schöne Lied von der Liebe in der Fischerhütte oder von den Brombeerln sang, und dem Nagl-Karl, wenn er uns erklärte, daß man die Alten Lieder mit Kopfstimme singen muß und nicht allzu laut, denn es handelt sich da um eine echte Kunst, die man keineswegs verwechseln darf mit jenen Heurigenliedern, die gleichgültige Sänger vor ebenfalls gleichgültigen Besoffenen heruntersingen, weil's halt der Brauch so will.

Unter den Musikern nämlich, die in Wien ihrer Kunst nachgehen, gibt es eine kleine Anzahl – hundert mögen es sein, aber nicht viel mehr –, die eine eigene Kaste nicht nur innerhalb der Gesellschaft überhaupt, sondern auch ihres Standes bilden, weil sie sich beharrlich weigern, die Musik als Beruf oder Arbeit anzuerkennen, ja ihre Berufsmusiker-Kollegen sogar mit einer gewissen Verachtung ansehen, weil sie selbst imstande sind, Musik auf eine völlig anstrengungslose und in der Tat geradezu angeborene Weise zu betreiben, nicht anders, als sie atmen oder essen oder trinken; sie machen Musik nicht als eine Kunst, sondern weil sie anders nicht können und es ihnen so natürlich ist wie der Gesang der Vögel.

So bilden sie denn auch, Musikanten eher denn Musiker, unter den Musizierenden eine eigene Gilde oder Zunft, deren Rituale und besondere Verhaltensweisen noch niemand erforscht hat. Wer sich mit diesem merkwürdigen Menschenschlag ein wenig befaßt (ich tat's, weil die Freundin so auffallend gut Bescheid wußte um diese Dinge und ich dahinterkommen wollte, welche Zusammenhänge sich daraus ergeben mochten – und es ergaben sich viele!), der entdeckt bald, daß alle diese Sänger und Spieler von nur sechs oder sieben untereinander zudem noch versippten oder wenigstens verfehdeten Familien abstammen; um irgendein Eck herum war da jeder mit jedem, und mochte es im vierten oder fünften Grad sein, verwandt oder verschwägert, die Nagl mit dem Grossecker und die Niernsee mit dem Schneider undsoweiter, und wo sie nicht unmittelbar verwandt waren, hatten Adoptionsverhältnisse von urtümlicher Art die Verwandtschaft hinreichend ersetzt.

Und sie, die so vortrefflich die alten, kaum je niedergeschriebenen, nur von von Mund zu Mund weitergegebenen Texte kannte, daß selbst der Nagl und der Alte Losert und der Brettschneider sich manchmal verwundern mußten? Und die über alle melodischen Feinheiten und Achteltakt-Verzögerungen und die vielen Kniffe und Pfiffe dieser Kunst Bescheid wußte und unwillkürlich die Falte zwischen den Augenbrauen hatte, wenn die Kunstgriffe nicht richtig angewandt wurden?

„Sie is' eine Niernsee-Nichte", sagte der Karl anerkennend. „Und das heißt schon was!"

„Und sie hat, glaub' ich, eine Bockskandl-Tant' gehabt", sagte der Brettschneider-Ferdi.

„Das mit dem Niernsee stimmt", sagte sie, als ich sie danach fragte. „Aber das mit der Bockskandl-Tant', das war anders."

„Wie denn?"

„Mein Vater war auch einer", sagte sie. „Nur können sich die Leute heut' nicht so an ihn erinnern, weil er ja sehr jung gestorben ist im Krieg. Ein Grossecker-Enkel war er. Und also ist bei uns zu Haus den ganzen Tag gesungen und gespielt worden, von früh bis in die Nacht. Und wenn wir schon haben aufhören wollen, dann ist bestimmt die Tür aufgegangen und jemand aus der Freundschaft dagestanden: und schon ist es weitergegangen mit dem Singen und Spielen. Wenn nicht grad der Krach geherrscht hat."

„Warum hat er geherrscht?"

„Das wirst du nicht verstehen", sagte die Freundin, und ihr unschuldiger Hochmut verriet mir, daß sie eben auch ein Clans-Kind war und selbst ihren Heiligen ein bißchen über die Achsel ansehen durfte, wenn die Rede auf solche Dinge kam, von denen er nichts verstand, weil es sich da eben um ein Wissen handelte, das nicht erlernt und nicht recht mitgeteilt werden konnte, sondern nur durch Erfahrung zu erlangen war.

„Erklär's mir trotzdem."

„Na schön: der Vater hat eine hohe Stimm' g'habt, die Mutter einen hellen Sopran, einen sehr schönen Sopran, obwohl sie eigentlich eine Fremde war." Womit sie natürlich meinte, daß ihre Mutter nicht einer der Gilden-Familien entstammte. „Aber mit Tenor und Sopran allein ist nicht viel – nicht einmal die Hälfte schafft man da." Gemeint war: nicht einmal die Hälfte des aus vielen Hunderten von Liedern, Dudlern und Tanz bestehenden Repertoires eines solchen Musikers. „Also hat er sich eine Bockskandl zug'legt, ein bißl arg dick die Frau, aber sonst ganz lieb und eine Stimm', sag' ich dir! Ah, ich sag' dir: wenn die drei g'sungen haben, der Vater, die Mama und die Bockskandl-Tant', das war wie im Paradies! Eine bessere Terz hat's noch nie gegeben! Wenn die in Ottakring g'sungen hab'n oder im Sommer in Petersdorf – die Leut sind bis von Stammersdorf 'kommen, ja wirklich, über die Donau sind's herüber, damit's das hören haben können!"

Ich war beeindruckt, denn wenn sich Stammersdorfer nach Perchtoldsdorf aufmachten, mußte das schon wirklich seine guten Gründe gehabt haben.

„Wenn's so paradiesisch war – warum dann Krach?"

„Eh klar", sagte das Clans-Kind. „Weil sich der Vater mit der Bockskandl-Tant was hat anfangen müssen – damit's ihm nicht samt ihrer Terz davonrennt, verstehst? Nur die Mutter hat das partout nicht verstanden, sonst hätt's ja nicht immer Krach g'macht. Sie war halt eine Fremde, und da nutzt nix. Und du verstehst es wahrscheinlich auch nicht, ich aber schon."

Nun, ich verstand's wirklich nicht ganz; vor allem nicht, weil sich da kein Zusammenhang ergeben wollte zwischen dem Clans-Kind, das in allen Dingen dieser Kunst so beschlagen war – und unter den anderen Mitgliedern der Zunft sichtlich hohes Ansehen genoß, weil sie eine Niernsee- und Bockskandl-Nichte war –, und der unermüdlichen, zuverlässigen und harten Alltagsarbeiterin, die vor keinem noch so wichtigen Produktionsproblem zurückwich. Sie, die sich aufs Arbeiten besser verstand und darin länger durchhielt als jeder Mann – warum hatte sie die Geborgenheit und relative Glückseligkeit der Gilde verlassen? Ich fragte sie danach, sah aber, daß diese Frage sie schmerzte und daß da vielleicht sogar ein unaufgelöstes Kindheitstrauma vorlag, das irgendwie mit der Erinnerung an ihren Vater und dem Leid, ihre eigene Mutter nicht lieben zu können, zusammenhing; also drang ich nicht weiter in sie, gelobte mir aber, bei anderer Gelegenheit auf diese Frage zurückzukommen, nicht nur, weil ich mich als Heiliger verpflichtet fühlte, Bescheid auch darüber zu wissen, sondern weil mir dies alles – die Zusammensetzung unseres Kreises aus Männern so verschiedener Valeurs; unsere gemeinsame Verehrung des Clans-Kindes; die alten Tänze des Nagl-Karl und das Netz und die vielen Geschichten, die nun zwischen uns allen und rund um uns spielten – weil mir das alles, so scheinbar zufällig es sich auch aneinander fügte, doch auf einen gemeinsamen Punkt hinwies, in dem alles miteinander von Anfang an verbunden war, und wenn's nur aus dem einen Grund war, daß ja in unserem Lande und in unserer noch sonderbareren Stadt alles irgendwie mit allem verbunden ist; bisnun hatte ich diesen Punkt nicht gefunden (so wenig wie den anderen, nicht weniger wichtigen, den, in den dies alles münden und meine Heiligmäßigkeit rechtfertigen würde; aber der lag verborgen in der Zukunft und hatte erwartet zu werden); doch hatte ich manchmal das beunruhigende Gefühl, daß die gemeinsame Wurzel sozusagen unter meinen Augen läge, unmittelbar vor mir; dieses Gefühl verdichtete sich, wenn ich im Zimmer des Medizinalrates saß, er vor mir mit der ominösen Glasdose spielte und ich über ihn hinweg auf die Zeichnung aus Zwickledt blickte: da irgendwo steckte die Begründung für alles, was bisher geschehen war; aber sosehr ich mich auch bemühte und grübelte, ich kam nicht dahinter, noch nicht.

Die Geschichte vom Brettschneider-Ferdi, dem Köberle-Emil und einer gewissen Tamara habe ich teilweise selbst miterlebt, anderenteils von glaubwürdigen Leuten gehört, vom Kriminalinspektor Kasmader zum Beispiel und von anderen Leuten des Netzes, die nicht lügen, weil es sich nicht auszahlt; auch der Granat hat einiges dazu beigesteuert, und einige Erklärungen wurden mir sogar durch die Freundin zuteil; den Höhepunkt haben wir dann während des Großen Festes alle miterlebt – die Pointe davon oder den vorläufigen Schluß aber weiß nur ich allein.

Die Geschichte nimmt ihren Ausgang von der sehr unterschiedlichen Individualität ihrer zwei Hauptakteure: des Ferdi und des Köberle-Emil.

Den Brettschneider-Ferdi mag jeder, weil er etwas dumm ist und einem das Gefühl gibt, als müßte man ihm ein bisserl helfen, damit ihm nichts passiert; der Köberle-Emil hingegen ist ausnehmend gescheit, aber ihn mag keiner, obwohl er – und das haben mir sowohl der Kriminalinspektor Kasmader wie auch der Silberne in fast gleichlautenden Worten bestätigt – auf seine

Weise sicherlich eine Persönlichkeit ist und in seinen Kreisen einen großen Ruf hat, denn man kann ruhig sagen, daß es sich bei ihm um den bedeutendsten Zuhälter handelt, den Wien je gehabt hat, und nicht nur Wien, denn eines Tages war er mit seinen Mäderln und ein paar anderen Strizzis nach Hamburg gegangen und hatte den Brüdern dort oben gezeigt, was ein echter Wiener Brutal-Scharm ist; und wenn er nicht eines anderen Tages Hamburg ebenso plötzlich den Rücken gekehrt hätte (sie haben dort einen Nebel, erzählte er, daß ein jeder fast das ganze Jahr über Schnupfen hat – einfach keine Gegend für unsereinen!), dann würde ihm heute vielleicht ganz St. Pauli gehören; ein Wiener reüssiert ja schnell, wenn er einmal aus Wien herauskommt. Jedenfalls hatte der Emil viel Geld von dort mit heruntergebracht und verdiente auch jetzt noch genug davon, denn es liefen jederzeit die schönsten Pferderln für ihn, allerdings nicht ein einziges, das es aus Liebe getan hätte, sondern nur welche, die er dazu entweder gezwungen oder anderen weggenommen hatte. Zu seinem Vorteil muß allerdings gesagt werden, daß er zu den Mäderln nicht kleinlich war: soundsoviel Prozent von dem, was sie ihm brachten, legte er für sie bei der Postsparkassa aufs Konto, und nach zehn Jahren in seinen Diensten gab er ihnen das Geld, das sie sonst nie hätten halten können, und ließ sie hinfort machen, was sie wollten. Die meisten brachten es geschwind wieder durch, aber die eine oder andere hat sich doch eine Parfümerie gekauft oder eine Boutique aufgemacht, und das kommt in dem Milieu eher selten vor. Trotzdem war das höchste der Gefühle, das der Köberle bei anderen Menschen hervorzurufen vermochte, ein gewisser Respekt, aber sicher keinerlei Zuneigung.

Der Brettschneider-Ferdi wiederum, den wie gesagt

jeder mag, war mit einer Frau verheiratet, die viel älter als er und vermutlich selbst in ihren jüngeren Tagen schon viel zu groß und dick gewesen war, als daß ein Mann sich nach ihr umgedreht hätte, aber ohne sie wäre der Ferdi nie das geworden, was er ist, nämlich einer der größten Heurigensänger, den man in den tausendeinhundert Heurigen der Stadt finden konnte, denn er stammte nicht wie die anderen Musiker der Zunft aus einem der großen Clans, und da kann einer noch so begabt sein, wenn er nicht durch einen solchen Namen legitimiert ist, dann kommt er nur sehr schwer zu einem Publikum von echten Kennern, wie es jeder Künstler braucht, ganz abgesehen davon, daß ihm auch die gewissen Kniffe und Griffe und anderen Überlieferungen der Zunft nicht zugänglich gemacht werden. Vermutlich wäre er ein Frustrierter geworden, der beim Heurigen höchstens, wenn's den Herrn Musikern gerade paßte, ein bisserl mitsingen hätte dürfen, ehe er zu randalieren begann, wenn nicht seine nachmalige Frau ihn bemerkt, eine heftige Liebe zu dem netten Burschen entwickelt und ihn schließlich geheiratet hätte. Diese Frau stammte nämlich wirklich aus einem der Clans, dem der Kronegger nämlich – der Kenner weiß, was das bedeutet! – und war selbst eine passable Sängerin. Von da an ging's mit dem Brettschneider-Ferdi steil aufwärts, er wurde rasch bekannt, Publikum stellte sich ein, die Wirte waren froh, wenn er ihnen wenigstens für einen Frühschoppen zusagte, und die Kenner waren übereinstimmend der wohlüberlegten Meinung, daß der junge Brettschneider das größte Natursängertalent sei, daß es seit den Zeiten des großen Niernsee gegeben habe.

Leider stieg das dem Ferdi etwas in den dummen Kopf, er wurde anspruchsvoll, sang nicht für jeden, der es wollte, sondern nur für Leute, von denen er glaubte, daß sie seines Könnens würdig wären, und auch nur dann, wenn er wußte, daß sie ihm nachher mindestens zwei, drei Grüne zustecken würden; außerdem wurde er eitel, ging zum Maßschneider und trug Samtwesten. Aber singen, ah ja, singen tat er wunderschön, so leicht und selbstverständlich wie ein Vogerl im Wald. Eben ein echter Natursänger, der Brettschneider.

Und dann kam der Moment, an dem der Köberle die Lebensbahn des Ferdi kreuzte, und dies in mehrfacher, auch hintergründiger Weise, wie das eben in der Natur eines schlechten Menschen liegt, der ja immer mehrere Zwecke im Sinn hat, wenn er ein Ziel verfolgt.

Einesteils ging der Köberle-Emil dem Ferdinand zweifellos aus Gründen des Kunstgenusses nach, denn wenn er auch ein Unguter war, so liebte er nichtsdestoweniger den Naturgesang beim Heurigen geradezu leidenschaftlich; es mag ja sein, daß anderswo wirklich nur die guten Menschen ihre Lieder haben, auf Wien trifft das sicherlich nicht zu, denn hier lieben auch die Bösen ein gut vorgetragenes altes Lied und stillen das Bedürfnis danach beim Heurigen wie so viele andere Leute auch; ich habe es mehr als einmal erlebt, daß schweigsame muskulöse Herren, auf denen etliche hundert Jahre lasteten, wie kleine Kinder vor sich hinweinten, weil der Ferdi oder ein anderer Großer der Kunst sich mit seinen Liedern tief in ihre Herzen hineingewunden hatte.

Der Köberle war insbesonders ganz versessen auf das „Stolze Herz", welches ein ziemlich ausgefallenes Lied ist, nein, nicht eigentlich ein Lied, sondern eher ein Vortragsstück, das nicht einmal eine wienerische Melodie, sondern eine rumänische Zigeunerweise als musikalische Grundlage hat, auf die später irgendwer einen höchst dramatischen Text über einen Mann dichtete, der sich von einer hochmütigen Schönheit schmählich abgewiesen sieht: „Dein stolzer Blick hat mir das Herz versehrt, doch deine Lieb' hast du mir stets verwehrt!" – weshalb er in die weite Welt hinausflieht; nach Jahren kommt er als Reichgewordener zurück und trägt der stolzen Schönheit, die er nie hat vergessen können, wieder seine Liebe an. Aber sie weist ihn noch immer kalten Blickes zurück, und da gerät er endlich doch in großen Zorn, singt eine Art Verfluchung und endet mit den entschlossenen Worten „Jetzt bin ich da! Daß ich zur Lieb' dich zwing!" Und das bringt der Ferdi tatsächlich so enorm effektvoll heraus, daß es die Zuhörer heiß und kalt überläuft. Nach diesem Vortragsstück also war der Köberle geradezu süchtig, und wo immer der Ferdi saß und sang, brauchten die Gäste nur darauf zu warten, daß irgendwann in der Nacht die Tür aufgehen und der Emil hereinkommen würde – und das war stets ein des Wartens tatsächlich wertes Ereignis, weil der Eintritt des Emils fast einer Art Zimmer-Sonnenaufgang glich. Er ließ sich nämlich, weil er ein Albino war, die Haare golden färben, und wenn ich „golden" sage, dann meine ich auch Gold und nicht vielleicht Blond. Wie ein Friseur sowas macht, weiß ich nicht, aber es sah jedenfalls großartig aus, so als ob der Emil einen goldenen Helm auf seinem Schädel hätte. Und das war noch nicht alles; im Winter trug er einen kostbaren dicken Nerzmantel am Leibe und im Sommer weiße Anzüge mit schwarzem Nadelstreif, weil er fand, daß solche Sachen einen Albino zwar nicht schöner machten, aber ihm ein persönliches Image gaben. Und das war noch immer nicht alles: weil der Emil so nebenbei einen kleinen Diamantenhandel trieb und das ja an sich verboten ist, wenn man es ohne Gewerbeberechtigung und Steuererklärung tut, deklarierte er kurzerhand seine Brillanten als Schmuck und trug sie auf dicken Ringen und Armbändern und in den Manschetten stets mit sich herum und hatte auch auf der Brust ein vielkarätiges Kreuz hängen, für das sich der Papst nicht geniert hätte; das war ein sehr praktischer Einfall, denn wenn einer einen Stein kaufen wollte, konnte er sich sozusagen am lebenden Objekt aussuchen, was er haben mochte, und der Emil brach den Stein dann einfach mit dem Taschenmesser aus dem Kreuz oder dem Armband heraus und fertig; und darum glitzerte der Emil wie ein Christbaum. Versteht sich, daß so mancher diesen Christbaum gerne einmal abgeräumt hätte, aber keiner traute sich an ihn heran, denn abgesehen davon, daß der Emil mit dem Messer ziemlich schnell bei der Hand war, hielt er sich auch noch zwei Leibwächter, die ständig hinter ihm hergingen oder ihn im Rolls-Royce zum Abkassieren fuhren. Einer davon hatte immer – ich habe das selbst gesehen! – eine Rolle von Tausendernoten bei sich, und wenn der Emil ihm winkte, wickelte er einen herunter und zahlte damit; der Ferdi jedenfalls bekam immer seinen Blauen, wenn er das „Stolze Herz“ gesungen hatte, und manchmal auch zwei.

Der Granat, dem der Köberle übrigens nach Möglichkeit aus dem Wege ging, zuckte verachtungsvoll die Schultern, wenn er diese Protzerei sah. Davon hielt er nichts.

Nun lebte der Köberle von seinen Mäderln und Diamanten gut genug, hatte wohl auch sonst noch ein paar Sachen laufen, aber entweder war ihm alles noch immer zu wenig oder hatte er das Gefühl, wieder einmal etwas Besonderes leisten zu müssen, denn Hamburg lag ja nun doch schon wieder ein paar Jahre zurück – wie dem auch sei, eines Tages beschloß er, ganz was anderes zu probieren, etwas, was gänzlich aus seiner Routine fiel, nämlich einen Bankraub am Freitagnachmittag, wenn die vielen Geschäftsleute aus der Ottakringer Straße die Losung in die Filiale brachten und das ganze Geld dann dort von einem Auto zur Zentrale überstellt wurde.

Dazu aber brauchte er den Brettschneider-Ferdi, der damals noch bei einem Heurigen am Wilhelminenberg sang.

Denn der Emil hatte die Sachlage so genau studiert, wie man das aus dem Fernsehen lernt, und dabei festgestellt, daß es da eine einzige, aber entscheidende Schwierigkeit gab, und zwar den Herrn Kriminalinspektor Kasmader. Der ging nämlich immer vom Kommissariat zur Filiale, wenn das Geld aus dem Haus geführt wurde, stellte sich dann dazu und wartete mit der Hand in der Sakkotasche, in der er die Dienstwaffe hatte, bis der Wagen wegfuhr. Dann wanderte er wieder zurück ins Kommissariat. So spielte sich das schon seit Jahren ab, Freitag um Freitag, genau auf die Minute – und jeder Beliebige hätte sich den Geldsack schnappen können, wäre nicht als einziges Hindernis dieser Kriminalbeamte da gestanden.

Nun wär's an sich eine Kleinigkeit gewesen, dem Kasmader eine über den Kopf zu geben und ihn damit auszuschalten, aber das traute sich der Emil nun doch nicht, denn bekanntlich vergißt sich alles, außer der tätliche Angriff auf einen Polizisten; wer sowas anstellt, der hat keine Ruhe mehr, und wenn's bis zum Jüngsten Tag dauert.

Also dachte sich der Emil eine feinere Tour aus und kam auf die Idee, daß vielleicht der Brettschneider-Ferdi dem Kasmader auf dessen Weg vom Kommissariat zur Filiale zufällig begegnen und ihn ein bisserl aufhalten könnte. Denn abgesehen davon, daß in Ottakring eh jeder jeden kennt, war der Ferdi auch noch mit dem

Kasmader in die Schule gegangen und der Kasmader außerdem ebenfalls einer, der wußte, was ein schönes altes Wiener Lied ist und daß man einen echten Natursänger schätzen muß.

Als er das alles herausgefunden hatte, tauchte der Emil beim Ferdi auf, glitzerte enorm, zeigte sich vom „Stolzen Herz" noch mehr angegriffen als sonst, stopfte dem Ferdi drei Blaue ins Stecktüchl-Tascherl, nahm ihn dann beiseite und sagte so und so und es wäre ja nur so eine kleine Gefälligkeit und da würde bestimmt überhaupt nichts passieren, aber dreißig Perzent vom Gewinn, damit könnte sich der Ferdi übers Jahr selbst ein Wirtshaus leisten, und das wär' doch was, hm?

Der Ferdi sagte nicht ja, freilich sagte er auch nicht nein, weil ihm die Vorstellung, ein singender Wirt zu werden, doch sehr einleuchtete; er wand sich und drehte sich und stellte sich noch dümmer, als er sowieso schon war, nicht aus moralischen Gründen, sondern weil er sich einerseits fürchtete und andererseits den Kasmader als einen Kenner der Wiener Musik hochschätzte – na ja, der Köberle merkte bald, daß das mit dem Ferdi nicht so einfach war, wie er sich's vorgestellt hatte.

Aber er wußte natürlich, wo der Ferdi seinen schwachen Punkt hatte. Und ein paar Tage später, als er wieder seinen Zimmer-Sonnenaufgang vorführte, hatte er nicht nur seine beiden Leibwächter dabei, sondern auch die Tamara.

Ich war an jenem Abend auch dort und kann bezeugen, daß es eine in jeder Hinsicht aufregende Szene war – nicht nur, was den Emil samt seinem Glitzerimage betraf, sondern auch hinsichtlich der Tamara und der daraus sich ergebenden Folgen. Denn die Tamara, die zwar sicher keine geborene Tamara war, sondern wahrscheinlich eine Elfi oder Fritzi oder Dorli oder wie man in Wien als Mädel halt sonst heißt, die war wirklich ein Prachtweib, gar keine Frage, überhaupt wenn man sie zum erstenmal und am Abend sah, groß, gerade und so kalt wie Gefrierfleisch, aber mit Knöcheln wie ein Reh: in jeder Hinsicht das beste und teuerste Pferd, das der Köberle im Stall hatte.

Der Eintritt der Tamara erregte also allgemeine Beachtung, aber keine freundlichen Gefühle, denn wenn es auch das gute Recht der Tamara und des Emil war, wie alle anderen Leute zum Heurigen zu gehen, so gehörte es sich doch entschieden nicht, daß sie dort miteinander erschienen, das verstieß einfach gegen die guten Sitten; was auch der Emil wußte, denn er hat sowas nie vor- und nie mehr nachher gemacht. Aber einen Menschen wie ihm ist halt jedes Mittel recht, wenn er sich was in den Kopf gesetzt hat.

Es waren sich aber alle Gäste darin einig, daß der Ferdi an diesem Abend besonders schön sang, wovon die Ursache natürlich die Tamara war, die ihre falschen Wimpern aufklappte und dem Ferdi mit sinnlicher Stimme sagte, daß sie noch nie so schön singen gehört habe und sie käme sich direkt vor wie im Paradies. Und ob er nicht noch dieses Lied und vielleicht jenes auch noch singen könnte, was der Ferdi gerne tat, denn einer so hingebungsvollen Bewunderung, wie die Tamara sie ihm vorspielte, kann auch das selbstbewußteste Talent nicht widerstehen; er sang wie eine Nachtigall, und die Tamara zitterte mit den Nasenflügeln und machte die schönen Augen weit auf, und der Ferdi war von seinem eigenen Gesang und diesem Weibsbild so hingerissen, daß er in einem Meer von Wonne schwamm.

Nach einer Weile fand der Köberle-Emil, daß er seinen Zweck erreicht hätte und daß es an der Zeit wäre, der Ferdi-Maus den Tamara-Speck wieder wegzunehmen, ließ sich von seinem Leibwächter fünf Blaue geben, was in der Gilde seither als Rekord gilt, steckte sie dem Ferdi zu und sagte, er möge zum Abschied wie immer das „Stolze Herz" vortragen.

Da aber geschah etwas sehr Merkwürdiges, denn als die Tamara begriffen hatte, worum es in diesem Lied ging, lehnte sie sich zurück, sah erst den schmetternden Ferdi an und dann den Emil, der ganz versunken zugehört hatte, und dann machte sie den Mund auf – und begann so zu lachen, daß der Ferdi mitten im Lied abbrach und ihr Lachen im ganzen Lokal zu hören war.

Der Köberle schreckte erst zusammen und dann auf, riß die Tamara an den Haaren grob in die Höhe und zerrte sie hinter sich her aus dem Lokal. Sie lachte dabei immer noch.

Jedoch erreichte der Köberle-Emil, was er wollte: obwohl die ganze Geschichte so durchsichtig war wie nur irgendwas, fiel der Ferdi auf die Tamara so gründlich herein, daß es ein wahrer Jammer war. Schon tags darauf holte er sie vom Strich herunter, handelte mit dem Köberle eine Art Abstandsgeld wegen Verdienstentganges aus, ließ seine Frau, die Kroneggerin, der er doch alles zu verdanken hatte, einfach in der Wohnung sitzen, zog zur Tamara und erschien hinfort auch nicht mehr im Lokal, sondern bildete sich ein, er würde sich, populär, wie er zu der Zeit schon war, sein Geld schon im Radio oder mit Langspielplatten ersingen, wovon natürlich die Rede nicht sein konnte, machte auch sonst allerhand dumme Sachen, fuhr etwa, während seine Frau sich zu Hause die Augen ausweinte, mit der Tamara nach Pörtschach – und war nach ein paar Wochen total am Sand, was soviel heißt, daß er keinen Groschen mehr in der Tasche hatte und es jetzt auf einmal als die einfachste und naheliegendste Lösung von der Welt empfand, durch ein bisserl Reden mit dem Kasmader schnell zu einem Haufen Geld zu kommen. Er war eben sehr dumm, der Brettschneider-Ferdi; aber Frauen können schließlich auch aus hochgescheiten Männern ebensogut Kretins wie Götter machen.

Der Geldraub ging völlig daneben. Zwar hatte der Ferdi den Kriminalinspektor Kasmader richtig abgepaßt, war aber dabei so aufgeregt, daß ihm überhaupt nichts einfiel, worüber er mit dem Inspektor hätte sprechen können; so stotterte er schwitzend irgendwas zusammen, worauf der Kasmader, kein Schwachkopf, sondern ein erfahrener und mehrfach vom Herrn Polizeipräsidenten belobigter Beamter, sofort begriff, daß da etwas Verdächtiges im Gange war, dem Ferdi den Ellbogen in den Magen stieß, daß der die Engel singen hörte, und mit gezogener Dienstwaffe um die Ecke zur Filiale lief, wo sich zwei oder drei Maskierte schon mit den Sparkassenangestellten um die Geldsäcke rauften. Denn man hatte in der Filiale entweder geglaubt, daß der Kasmader sowieso bereits zur Stelle wäre, oder nichts daran gefunden, die Verladung in Gottes Namen halt auch einmal ohne polizeilichen Schutz durchzuführen.

Es kam zu einem kleinen Schußwechsel, bei welchem der Kriminalinspektor Kasmader eine leichte Streifwunde am linken Unterschenkel erlitt, wodurch er außerstande gesetzt wurde, die Verfolgung der flüchtenden Verbrecher aufzunehmen, aber der Geldraub konnte durch dieses tatkräftige Verhalten des Beamten tatsächlich vereitelt werden, was eine abermalige Belobigung nach sich zog und ein neuerliches Hohngelächter Kasmaders über die 200-Schilling-Prämie, die ihm auch diesmal wieder ausgezahlt wurde.

Der einzige, den sie schnappten, war der Ferdi.

Und er blieb auch der einzige, denn obwohl alle damit

Befaßten selbstverständlich genau wußten, wer hinter dieser Sache steckte, war dem Köberle-Emil nichts zu beweisen, weil die Tamara, die als Zeugin vor Gericht erscheinen mußte, zu keiner Aussage zu bewegen war – was ihr keiner übelnahm, denn andersherum wäre das ein glatter Selbstmord gewesen; und der Ferdi schwieg auch und bekam dann als einziger Beteiligter zwei Jahre unbedingt.

Über dieses Schweigen des Ferdi ist unter den Liebhabern seines Gesanges viel gerätselt worden; manche fanden, das wäre wieder einmal ein Beweis für seine Dummheit gewesen, denn hätte er ausgepackt, wäre der Köberle-Emil endlich für eine hübsche Weile aus dem Verkehr gezogen worden; andere sagten, man müsse dieses Schweigen verstehen, denn der Köberle würde sich beim Ferdi fürs Reden sauber revanchiert haben; und es gab auch welche, die meinten, der Ferdi habe nur deswegen nicht geredet, weil er unter einer Art Schock gestanden sei und überhaupt nicht begriffen habe, was da bei der Filiale und nachher bei Gericht vor sich ging. Ich persönlich glaube – und war darin einer Meinung mit dem Inspektor Kasmader –, der Ferdi hätte den Köberle ohne weiteres eingetunkt, wenn er damit nicht zugleich unvermeidlicherweise auch die Tamara mit hineingerissen hätte.

In der Zeit, die der Ferdi im Gefängnis saß, bemühte sich aber, man mußte das mit höchster Anerkennung vermerken, seine Frau, die große und dicke Kronegger-Tochter, um ihn ganz außerordentlich. Sie verzieh ihm nicht nur die Affäre mit der Tamara, sondern kam den Ferdi auch trösten, wann immer sie zu ihm durfte, und hielt das Andenken an seinen Gesang wach, indem sie alle Kenner und Liebhaber seiner Kunst um einen Beitrag zu den hohen Rechtsanwaltskosten anschnorrte, den auch keiner verweigerte (selbst der Kriminalinspektor Kasmader spendierte einen Hunderter), und tat überhaupt, was sie nur konnte, um dem Ferdi das Leben im Gefängnis zu erleichtern. Dies rief allgemein Rührung hervor und die oftmalige Feststellung, daß man heutzutage schon sehr weit gehen müßte, um einer Frau ähnlich guten Herzens zu begegnen.

Der Ferdi erwies sich für diese große Liebe denn auch sehr dankbar, als er entlassen worden war und nach jener Pause, die eine bleiche Gesichtshaut braucht, um wieder Farbe anzunehmen, in den Kreis der Kenner und Liebhaber echter Wiener Musik zurückkehrte; nicht nur, daß er viel schöner sang als vorher, sogar unglaublich viel schöner, wie die ältesten Fachleute bezeugten, er sang seither Abend für Abend als drittes Lied unabänderlich ,,Die treue Gattenlieb'" und blickte dabei mit rührend tränenverschleierten Augen in jenen Winkel, in dem seine Frau saß; sie ließ nämlich den Ferdi keinen Augenblick mehr aus den Augen, damit er nicht wieder in dumme Geschichten hineingeriet, außer zwischen sechs und sieben, wo der Ferdi seinen Spaziergang in die frische Luft machen mußte, damit er genug Sauerstoff zum Singen im Blut hatte – da ging sie nicht mit, weil sie fürs Spazierengehen halt doch schon ein bisserl zu stark war. Und alle Gäste wußten, was es bedeutete, wenn der Ferdi von der treuen Gattenlieb' sang, und waren ebenfalls gerührt, denn man müßte ja wirklich weit gehen heutzutage, um sowas zu finden.

Ich war sehr beeindruckt von dieser Geschichte; dies sei doch ein unverfälschtes, garantiert echtes Stück Realität unter- oder außerhalb des laufenden Programms, fand ich, elementar sozusagen und in sich stimmig.

,,Wundert mich, daß du sowas sagst!" sagte meine Freundin skeptisch, als wir eines frühen Morgens während des Großen Festes zu dritt, denn der Silberne war dabei, in einem Beisel neben dem Naschmarkt saßen und unsere gereizten Mägen mit einem kleinen Gulasch heilten. „Ja, wenn die Kroneggerin wenigstens ein bisserl fescher wär' . . . Und der Köberle? Hoffentlich derennt's den noch einmal, den falschen Schuft."

„Der is' geschlagen genug", sagte der Silberne philosophisch. „Der hat den Krebs in die Drüsen. Hast du das nicht gewußt, Gnädige?"

„Ja, dann . . .!" sagte die Freundin.

Auch das Genie stammt in gewissem Sinne aus dieser Beisel-Fauna, insoferne nämlich, als es von unserer verehrten Dame im Helga-Wirtshaus entdeckt wurde, während es vor dem Schanktisch stand und hilflos der schimpfenden Wirtin ins Gesicht sah, nahezu katatonisch erstarrt vor Verlegenheit und Ängstlichkeit, weil die Zehngroschenstücke und Schillinge, die es aus den vielen Taschen seiner amerikanischen Armeejacke zusammenklaubte, nicht ausreichten, die zwei Salzstangen und das Viertel zu begleichen, welche von ihm schon verzehrt worden waren. Die Helga war sonst nicht so, als einer guten Haut wär's ihr sicher nicht drauf angekommen, „Zahlst halt das nächstemal!" zu sagen, aber der starre Blick aus den blutunterlaufenen Augen des Burschen reizte sie zu immer lauterem Schimpfen, schon fingen auch die kleinen Bürger ringsum an, böse Bemerkungen zu machen über junge Leute, die zwar Bärte haben und sich die langen Haare nicht waschen, aber nicht einmal so viel arbeiten, daß sie ihre Salzstangeln bezahlen können; möglicherweise wehte auch gerade der Föhn, kurz, die Erregung war eine beträchtliche, es wackelte bereits der Watschenbaum, und es wäre eine vielleicht sehr ärgerliche Szene entstanden, hätte sich nicht die Freundin des armen Kerls erbarmt und mit Schärfe gerufen, man solle ihn gefälligst in Ruhe lassen, die zwei Salzstangeln samt dem Viertel gingen schon auf ihre Rechnung; da sie und ihr damaliger Mann (der nachmalige Geschiedene) ja im Netz und dem Helga-Wirtshaus im besonderen voll integriert waren, war diese Bürgschaft sofort und allgemein akzeptiert worden, und die Helga, der das alles schon leid tat – und die mir diese ganze Geschichte später erzählte, denn ich kannte meine Freundin damals noch nicht – , lud den Bärtigen, der nun das Gute ebenso willenlos wie vorhin das Böse über sich ergehen ließ, sogar auf eine gebakkene Leber ein, die er ausgesprochen heißhungrig verzehrte, während unsere Freundin ihm dabei zusah und besänftigend auf ihn einsprach. Denn da sie ihn nun einmal unter ihren Schutz genommen hatte, fühlte sie sich, durchaus netzkonform, auch verpflichtet, das weiterhin zu tun.

Alles andere über das Genie weiß ich nur von ihr, denn es war unfähig, mit mir oder anderen Männern ein Gespräch zu führen, weil es sofort zu zittern begann oder in krampfhafte Erstarrung verfiel, wenn einer von uns es nur ins Auge faßte; sie war der einzige Mensch, zu dem es sich gelegentlich zu reden traute, aber auch dann schien es sich eher in einem stoßweisen Gestammel als in zusammenhängenden Sätzen zu äußern.

Immerhin brachte sie aus ihm heraus, daß es im Donawitzer Hüttenrevier aufgewachsen, in irgendeine Hilfsschule geschickt und anschließend im Eisenwerk von anderen Arbeitern zum wehrlosen Aggressionsobjekt erniedrigt worden war. Dadurch war der Bursche wohl in jenen kläglichen Schockzustand gefallen, aus dem er sich nie mehr ganz befreite. Doch war er eines

Tages diesen Quälereien und seinen auch sonst miserablen Lebensbedingungen entflohen, in der Wiener Psychiatrie gelandet, dort aber glücklicherweise als harmloser Fall wieder entlassen und schließlich irgendwie nach Wien und durch Wien hindurch bis über Floridsdorf hinaus verschlagen worden.

Da drüben, jenseits der Donau und noch ein Stück weiter oben, wo die nördliche Stadtgrenze in die Ebene ausufert, hat sich unbemerkt eine neue Art von Landschaft geformt, eine Umkehr- oder Negativlandschaft gewissermaßen, die sich im selben Maß, in dem sich die Stadt wieder zurückzieht, ihrerseits ausdehnt:

Über die Abfall-Moränen der Stadt . . .

– über die schon lange nicht mehr bestellten Felder . . .

– über die verlassenen Schottergruben . . .

– über die Hügel des Aushubs . . .

– über die zerbröckelnden Betonpfeiler begonnener Bauten, die nie mehr beendet werden . . .

– über rostige Bleche, vergilbendes Plastik . . .

– über Stahlfedern, Nägel und Draht; über Scherben jeglicher Art und Ziegel und Kacheln und Knochen und zersplitterte Bretter und kaputte Maschinen und Papier und löchrige Gefäße und armlose Puppen und zerfressene Bücher, zerbrochene Möbel und all die unendlich vielen anderen Bestandteile und Instrumente und Beweismittel der laufenden Programme . . .

. . . darüber weht nun der unausstehliche Wind des Marchfelds, rieselt der Sand, bildet der Flughafer seine unfruchtbaren Felder und huschen hindurch die Ratten und Mäuse und manchmal ein Hase:

so wird aus dem Dschungel die Tundra, und weil die Zeit jetzt verkehrt läuft, wird hinterher wohl das Eis noch kommen.

Nur zwei Menschen haben den äußerst sonderbaren Bau, den der Außenseiter dort sich errichtete, je gesehen. Sie natürlich, denn solange das möglich war, fuhr sie allwöchentlich einmal hinüber, ins Transdanubische, um ihrem Schützling etwas Essen zu bringen oder ein Kleidungsstück, was beides ihm gewiß nicht so wichtig war wie die Flasche Wein, die sie ihm auch mitbrachte; mit Alkohol nämlich mußte diese vertrackte Existenz versehen werden, obwohl oder weil ihr schon ein paar Schlucke Wein genügten, um sich betrunken zu machen; denn wenn unser Genie keinen Wein mehr hatte, trieb es ihn über kurz oder lang ja doch in die Stadt hinein, wo er dann unter tausend Ängsten herumstrich, bis ihn endlich die Verzweiflung der Sucht ins nächstbeste Gasthaus drängte; was dann regelmäßig – bei der Helga wär's ja um ein Haar auch so passiert – mit Verwirrung und anschließender, oft tagelanger katatonischer Verstörtheit zu enden pflegte.

Und sonst bin's nur ich, der sein Ouevre kennt, denn ein einziges Mal bin auch ich, der Freundin zuliebe und aus Neugier, mit ihr hinausgefahren; an diesen Tag denke ich mit Bewunderung und Abscheu.

Wir fuhren nicht sehr weit über Floridsdorf und Leopoldau hinaus, auf der damals sehr belebten Straße nach Gänserndorf, wenn ich mich richtig erinnere, bogen hinter einem alleinstehenden Siedlungshaus nach links in eine Seitenstraße ein, welche nach ein paar Hundert Metern ihren Belag verlor und sich in einen holprigen und schon mit Gras bestandenen Fuhrweg verwandelte; der führte zu einer riesigen Grube, aus der man seinerzeit vermutlich das Material für die Erweiterung der Bundesstraße herausgebaggert hatte und die nachher als mehr oder weniger wilde Mülldeponie verwendet und schließlich samt ihrem Zufahrtsweg vergessen worden war; ebensolche Gruben öffneten sich daneben und dahinter, voneinander nur durch schmale, eben noch befahrbare Erdwälle getrennt: eine vulkanische und labyrinthische Wüstenei, in der ich den Bau des Genies – falls ich ihn je wieder suchen müßte, was ich nicht will – kaum mehr finden würde; jene bestimmte Grube gleicht so vielen anderen Abschnitten dieses Niemandslandes, daß sie sich in ihm völlig verliert.

Am Rande einer solchen Grube also hielten wir den Wagen an und stiegen in eine Einsamkeit aus, wie sie vollständiger nicht sein konnte, obwohl wir doch nur etliche hundert Meter von der Bundesstraße entfernt waren und die Wohnblocks am Stadtrand noch deutlich sichtbar waren. Aber das Vorüberpfeifen der Autos schien hier schon zum Geräusch des Windes zu gehören, der in langen Wellen über die Kraterlandschaft fegte, und die Satellitenstädte vor dem südlichen Horizont glichen im fahlen Licht der diesigen Sonne weißen, schon vergletscherten Steilgebirgen.

Es könnte sein, daß es dieselben Wohnsilos waren, die ich vorhin neben der schwankenden Silhouette des Medizinalrats gesehen habe; sicher bin ich mir da allerdings nicht, denn diese Betongehäuse aus den sechziger und siebziger Jahren stehen an allen Stadträndern und gleichen einander alle.

An diesen Architekturen – wenn es sich da noch um Architektur handelt – hätten wir's auch ablesen können, daß das Klima härter wurde, an diesen kalten Steilwänden und kantigen Kunstklippen, die da plötzlich, ohne Zusammenhang mit dem Vorangegangenen und schon Dastehenden, aus den Landschaften und den Städten emporwuchsen, Konstruktionen aus durchwegs kalten und abweisenden Materialien, aus Glas, Stahl, Beton und Aluminium; wie hätte sich das sonst erklären lassen, als durch einen jähen Kälteeinbruch in unsere eben noch so üppig-dschungelhaft wuchernde Zivilisation? Damals war's ja auch, daß die Dichter plötzlich wehleidig wurden und zu wimmern begannen wie Kinder, die sich vor der Nacht, der Finsternis und der Kälte fürchten; ich habe sie übrigens nicht gemocht, diese räudigen Hölderlins, diese sich schamlos exhibierenden Egozentriker und Sichmännlichdenrotzmitdemhandrückenwegwischer – aber doch, Dichter waren sie, Propheten auch, man hätte ihren Schriften schon einiges ablesen können, einiges Zukunftweisendes, insbesonders das, was auf unheilvolle Zukünfte wies; dafür hatten sie die besten Sensorien, das steht außer Zweifel. Oder wir hätten aus den Schlagersendungen im Radio was lernen können; in denen zeigte sich's, schreiend, beschwörend, summend und ächzend, daß der Bedarf an Liebe, sprich: Wärme, bereits ein ungeheurer war und über jedes Maß weiter anschwoll. Aber wir hörten nicht hin, ließen uns nicht belehren, verblieben vielmehr in unseren Gehäusen, schirmten uns hinter dem laufenden Programm ab, genossen die Dschungelwärme, und fröstelten nur ganz kurz, wenn uns bisweilen ein eisiger Hauch streifte, der uns eigentlich hätte anzeigen sollen, daß da oder dort unterdessen schon die Kälte eingebrochen war.

„Falls er sich nicht zeigen sollte, der Bub", sagte die Freundin, während wir zwischen Disteln und Schutt und über einen der Trenngrate zwischen den Gruben in das Gelände eindrangen, „solltest du ihm nicht zu bös sein. Er hat hier außer mir noch keinen Menschen gesehen. Und du weißt ja, wie er ist."

„Das weiß ich nicht", sagte ich. „Aber es würde mich beruhigen, wenn wenigstens du es genau wüßtest. Denn ich bin mir nicht so sicher, daß er nicht einmal eine Gabel oder sowas erwischt und plötzlich Amok zu laufen beginnt."

„Bitt' dich! Der? Der ist doch harmloser als ein Wickelkind! Ich versteh' gar nicht, daß du sowas sagen kannst!"

„Schon gut, schon gut. Wenn du für ihn die Hand ins Feuer legst . . . Aber könntest du mir erklären, warum wir uns da dauernd im Zickzack bewegen? Ein paar Schritte links, ein paar Schritte rechts . . ."

„Nein, sondern drei Schritte gradaus, dann einer rechts. Dann drei gradaus und einer links. Undsoweiter. Anders geht es nicht, weißt du: er hat die ganze Gegend mit Hindernissen vollgestopft."

In der Tat, das hatte er. Jetzt, wo mir's gesagt worden war, erkannte ich es auch: da lauerten und lagen und starrten und drohten gleich neben dem unkenntlichen Pfad Löcher, die einem die Knöchel brechen konnten;

Drahtschlingen und Stolperdrähte;

Glasscherben und Blechreste, die jede Schuhsohle zerschnitten haben würden;

rostige Nägel und Eisenstacheln, verborgen in Quekken-Büscheln;

Sägeblätter, eingeklemmt in Hüfthöhe zwischen Steinen und in Erdhaufen;

Schleifen von Stacheldrahtrollen unter dünnen Sandschichten . . .

. . . und viele andere schneidende, stechende, kratzende und verwicklungsträchtige Dinge, die das Gelände tatsächlich völlig unpassierbar für jeden machten, der das Geheimnis der Schritte nicht kannte; selbst wir brauchten eine gute Viertelstunde, um eine Strecke zurückzulegen, die in gerader Linie keine fünf Minuten erfordert hätte. Der Mann mußte monatelang an diesen Hindernissen gearbeitet haben und überdies ein geradezu abnormes Gefühl für das Wesen des Zufalls besitzen: denn nichts in diesem infernalischen Hindernissystem deutete darauf hin, daß es künstlich arrangiert worden war, sondern es lag jede Einzelheit so da oder richtete sich so auf oder breitete sich so aus, als hätte die Physik des Zufalls und nichts anderes sie eben so hingelegt oder aufgestellt oder verteilt.

,,Er ist eben ein Genie", sagte die Freundin zufrieden; sie sah nicht das Unheimliche darin, sondern nur das Spielerische daran. ,,Aber das ist noch gar nix. Wart ab, bis wir da unten sind! Da wirst staunen!"

Wir standen nun am Rande einer weiteren Schottergrube, der dritten oder vierten schon, seit wir das Auto verlassen hatten, aber kaum sich von der vorhergehenden unterscheidend: voll von Mist und Abfall, der sich an den Rändern, wo ihn die Lastwagen hinuntergekippt hatten, bis über die Hälfte der Grubenhöhe auftürmte, gegen die Mitte hin etwas verflachte, hier und dort noch ein Stück Erde freigab, um sich auf der anderen Seite, wo hauptsächlich Autowracks zu liegen schienen, wiederum wie eine abscheulich erstarrte Brandungswelle bis zum oberen Grubenrand aufzuschichten.

,,Dort hinunter?" sagte ich. ,,Muß das sein? Ehrlich gesagt: vor Ratten graust mir."

,,Ich hab' da noch keine gesehen. Komm nur."

Ich folgte ihr widerstrebend; wir stiegen in flacher Schräge entlang des Abhangs hinunter bis zu einem Stapel ausgeweideter Eiskasten und Waschmaschinen, wohl von einem Reparaturgroßunternehmen hierhergebracht, hinter dem Berge um Berge von anderem widerlich korrodierendem Unrat lagen. (Ich habe immer gefunden, daß der Anblick solcher kaputter Industrieprodukte einen Ekel eigener Art hervorruft, der sich nicht mit dem vergleichen läßt, den man angesichts anderer Verwesungsprozesse empfindet, sondern die Nerven viel tiefer angreift als organische Fäulnis und Verwesung.)

„Überwind dich", sagte die Freundin und zeigte auf einen Spalt in dem weißen Blechstapel. „Und glaub mir: es lohnt sich."

Sie bückte sich und verschwand in dem Spalt.

Ich nahm mich zusammen und folgte ihr.

Es geschah, was sie vorausgesagt hatte: ich staunte.

Nein, der Ausdruck ist zu schwach: es wäre besser, ich würde von Verblüffung, Hingerissenheit und Erschrecken sprechen.

Denn unter dem regellosen wüsten Durcheinander des Abfalls war hier ein – ja was: ein Bau? eine Architektur? eine Höhle? jedenfalls ein räumliches Gebilde von strengster und zugleich hinreißend graziöser Ordnung geschaffen worden.

Was oben Außenseiten von Waschmaschinengehäusen gewesen sein mochten, waren hier Innenseiten kleiner Kuppeln oder Teile anmutiger Gewölbe; was vorhin als Eisenschiene sperrig in die Luft geragt hatte, war da unten eine sich leicht durchbiegende Säule; irgendein Textilrest, der an der Oberfläche als schmutziger Lappen begann, hing nun als geduldig in Fäden und Schnüre aufgelöstes Riesenspinngewebe funktionslos, aber schön zwischen Säulen und einer Art von Pfeilern, die sich auf unbestimmte Art geschmeidig um sich selbst zu drehen schienen und teils aus spiraligen Bettfedern, teils aus ineinanderverschachtelten leeren Konservendosen bestanden; wiewohl sich selbst bei genauerem Hinsehen nicht genau feststellen ließ, ob das nun tatsächlich die gleichen Spiralen und Büchsen waren, über die wir mehrfach gestolpert waren, oder ob es sich um ganz andere Dinge handelte, die nur zufällig an jene erinnerten; was ähnlich auf die Spiegelscherben zutraf, die den Boden und, soweit solche vorhanden waren, auch die Wände in unglaublich dekorativen Anordnungen bedeckten, ohne jedoch mit irgendeinem Ornament, das ich je gesehen hatte, die geringste Ähnlichkeit aufzuweisen; diese fremdartige Anlage war unvergleichbar mit allem Bekannten, und wenn ich von „Pfeilern" und „Kuppeln" und „Wänden" spreche, so sind das nur verlegene Annäherungswörter, denn sie stellten weder dies noch jenes dar, sondern etwas grundsätzlich anderes, was zu definieren mir nicht möglich war.

Ich überquerte etwas, was wie ein aus dunkelgrünen Flaschenscherben bestehender Bach aussah, aber sich plötzlich aus der übrigen Spiegelfläche erhob, sodann in einer durch irgendwelche Öffnungen gedämpft hereinfallenden Lichtbahn erst frei in der Luft schwebte, um schließlich über einen jener Pfeiler hinauf und verkehrt über die Decke zu fließen; ich ging an einigen weiteren Säulen (oder was immer sie sein mochten) vorbei und wurde dabei des Phänomens gewahr, daß dieses räumliche Gebilde (was noch die beste Definition ist, die ich dafür finden konnte) buchstäblich atmete, weil es bei jedem Schritt, den ich tat, bald zusammenzuschrumpfen, gleich darauf aber sich auszudehnen schien. Durch welche Art von Stereometrie das bewirkt wurde, blieb rätselhaft, doch trugen die Farben, die das Genie seinen Kreationen verliehen hatte, sicher das ihre zu dieser Illusion bei. Die eingetrockneten Reste unzähliger weggeworfener Farbkübel und Lackdosen waren verwendet worden, um faszinierend-aufregende Resultate zu erzeugen: entgegen aller Logik hatte das Genie, manisch seinem unbegreiflichen Gestaltungskodex folgend, die schweren und dunklen Farben manchmal den Decken, gelegentlich aber auch den Wänden und tragenden Elementen bis zur Brusthöhe herab zugeteilt, die hellen aber meistens für die unteren oder lastenden Teile verwendet, so daß der Raum bald sich schwebend aufzulösen, bald sich gewissermaßen zu verdichten schien; darin herrschte ein unbestimmter Rhythmus, der sich auf den Betrachter übertrug, so daß ich zwanghaft in kurzen Abständen sowohl die Länge meiner Schritte wie auch die Dauer meines Ein- und Ausatmens änderte – was keine angenehmen, aber doch recht interessante Gefühle in mir produzierte.

Übrigens war die ganze Konstruktion kleiner, als die fremdartige Optik es vortäuschte: es bedurfte nur etlicher Schritte, um uns wieder unter halbwegs freien Himmel und in den inneren Teil der Miststätte zu bringen, wo die Schichten des Abfalls weniger hoch waren und zwischen isolierten Hügeln gelegentlich sogar die Talsohle freiließen. Während wir über sie hinweg den Weg zur gegenüberliegenden Grubenseite beschritten, bemerkte ich, obwohl vom Eindruck jenes bizarren Raumgebildes noch halb benommen, daß der Geist, der es geschaffen hatte, auch hier schon am Werk war: auf Traversen lagen wie zufällig Stücke von Wellblechen, was schon die Ahnung eines Kuppelbeginns oder Dachansatzes ergab; an einigen Stellen deuteten zerbrochene Bierflaschen vage an, daß sich hier eines Tages der sonderbare Glasbach von vorhin fortsetzen würde – freilich, mehr als Vermutungen waren das nicht, und viel tiefer als in die Erkenntnis, daß der Mann eben eine besondere, ja unheimliche Vertrautheit mit dem Wesen des Zufalls (wenn der überhaupt ein „Wesen“ hat) besitzen mußte (oder von ihm besessen war), bin ich auch später nicht in das Verständnis dieses Abfallweltgenies eingedrungen.

In der Mitte der großen Grube und gegen ihre südliche Steilwand hin war der Abfall da und dort von Flugsand und Unkraut schon tröstlich überwachsen.

,,Schau genauer hin", sagte die Freundin, ,,das ist nämlich sozusagen sein Gemüsegarten."

Darauf hingewiesen, sah ich wirklich Erdäpfelstauden, Karottenschöpfe, Bohnen und genug anderes Gemüse; aber das Genie hatte es nicht in Reihen, Gruppen oder Beete geordnet, sondern über das ganze Gelände verteilt und wiederum mit Pedanterie darauf geachtet, daß auch die Pflanzen wie zufällig wuchsen, etwa so, als hätten hier die Samen und Keime, wie sie im Großstadtabfall gelegentlich enthalten sind, unbeabsichtigte Wurzeln geschlagen. Damit noch nicht genug, war jedes dieser Pflanzenbüschel – langsam bekam ich doch einen Blick für die hiesige Eigentümlichkeit – von jeweils ähnlichem Unkraut umgeben oder kamoufliert worden: neben den Kartoffeln wuchsen Stechapfelbüsche, neben den Karotten wilde Möhren, die Ranken von Bohnen verschlangen sich mit denen der Zaunrübe undsoweiter. Ich erinnere mich, daß mir diese Kombination einen sehr unangenehmen, ja geradezu widerwärtigen Eindruck machte; von Gärtnerei etwas zu verstehen und darin eine glückliche Hand zu haben, gehört nun einmal zu meinen nicht vielen Eitelkeiten, und die sanfte Gesetzlichkeit eines ordentlich betreuten Gartens, in der das Gehörige neben dem Angebrachten steht, war mir immer lieb gewesen. Das hier aber, mit seiner künstlich hergestellten Nachbarschaft von Würzigem und Übelduftendem, von Giftigem und Eßbarem war die Verhöhnung, die Travestie der Idee von einem Garten; es kam mir widernatürlich, ja obszön vor.

. . . freilich, um Kartoffeln und Dill, Karotten und Petersilie habe ich mich, als ich meinen eigenen Garten bebaute, nicht gekümmert; als Amateur auf diesem Gebiete waren mir Blumen wichtiger gewesen, und ehe ich den Garten aufgab, weil mir der Beruf zu wenig Zeit dafür ließ (manchmal fuhr ich dann doch hinaus, versuchte über den Zaun zu sehen und kränkte mich, weil der neue Besitzer die Beete allmählich verkommen ließ; nur die Clematis brachte alljährlich immer größere Violettwolken hervor), hatte ich etliche Jahre lang recht schöne Erfolge damit gehabt; tatsächlich war's mir gelungen, ihn von März bis in den späten Oktober hinein blühen zu lassen, und auch diese Lücke hatte ich noch schließen wollen, mit einem Zaubernuß-Strauch, der im Dezember, mit Seidelbast, der im Jänner blühen sollte, und mit Chrysanthemen, die . . .

. . . ich habe vorhin einen Strauß von lila Chrysanthemen gesehen. Jetzt fällt's mir wieder ein: ich dachte noch, daß es sich da um Freilandchrysanthemen handeln müsse, nicht um Glashausgewächse, nein, um eine besondere Sorte mit großen lila Blütenköpfen, die bis in den Dezember hinein ausdauern und vom Frost nicht zerzaust werden, sondern weiterblühen, bis der Boden zentimetertief friert. Es war mir damals nicht gelungen, eine Pflanze zu erhalten, obwohl ich in einigen Gärtnereien nachgefragt hatte – schade, sie hätten gut zu den Mahonien gepaßt, die an der hinteren Mauer wuchsen –, nun, es spielt jetzt keine Rolle mehr. Auch das ist vergangen und in Sicherheit.

Aber es war angenehm, zwei Minuten lang einen Umweg in den alten Garten gemacht zu haben.

,,Gib zu, daß das eine Sache ist!" sagte die Freundin zufrieden.

,,Ich geb's zu", sagte ich ehrlich und sah, neuerlich verblüfft, auf die Konstruktion oder die Struktur oder was das eben war, vor dem wir nun standen.

Ich hatte schon beim Abstieg in die Grube bemerkt, daß die gegenüberliegende Steilwand, der wir uns nun auf der Sohle des Kraters näherten, hauptsächlich von abgewrackten Autos bedeckt gewesen war; aber dieses Blechdurcheinander begann sich, je näher wir kamen, zu ordnen und schloß sich nun vor unseren Augen zu einer etwa drei Meter hohen und ungefähr zehnmal so langen Fläche, die in einigen fließenden Schwüngen wie eine Front oder sogar Fassade vor dem Abhang stand. Das Genie hatte hauptsächlich die Heckteile der Autos als Baumaterial verwendet; sie traten teils wie große Buckel aus der Wand heraus, teils waren sie umgekehrt wie kleine Höhlen in sie hineingesetzt. Das ergab einen Wechsel von vorspringenden und daher belichteten Teilen und verschatteten Einbuchtungen – und eben das war es, was die Wand schon aus mäßiger Entfernung unerkennbar machte, weil es sie im herrschenden Dunstlicht auflöste und in der Umgebung verschwimmen ließ.

Um so eindrucksvoller war das Ding, wenn man unmittelbar vor ihm stand – voll Plötzlichkeit, unidentifizierbar und auf eine barbarische Weise prächtig.

,,Was sagst?" fragte die Freundin.

,,Ich weiß nicht, was ich dazu sagen soll", sagte ich. ,,Sowas hab' ich noch nie gesehen, wahrhaftig."

,,Und dabei bist du viel herumgekommen!" sagte sie, um damit die Bedeutung meiner Aussage zu verdoppeln.

Das Genie hatte sich übrigens bis jetzt tatsächlich nicht gezeigt.

Ich trat einige Schritte zurück, um die Wand besser

überblicken zu können, und suchte in meiner Erinnerung nach irgendeinem Analogon, mit dem sie zu vergleichen gewesen wäre, fand aber keines; es mochte zufolge seiner Buckel und seiner Krümmungen allenfalls an ein gewaltig vergrößertes Stück Reptilienhaut gemahnen, andererseits ließen seine zahlreichen spiegelnden Fenster von Ferne an Vieläugig-Insektenhaftes denken – aber eben nur von ferne und vielleicht und wenn überhaupt; im Grunde war es nichts als es selbst, und vielleicht nicht einmal das.

„Ein Fall von Schizophrenie am Ende?" fragte der Medizinalrat am nächsten Montag, als ich ihm davon berichtete. „Ich bin darin freilich kein solcher Kenner wie mein hochgeschätzter Kollege Navratil, aber in den Kreationen vieler Geisteskranker tauchen doch häufig solche Übergänge von einem ins andere auf; und ebenso dieser nicht zielgerichtete, sondern vom Zufall bewegte Trieb, sich Griff um Griff ins Nichts hineinzuhanteln."

Nein, auch damit hatten diese Dinge in der Abfallgrube nichts zu tun gehabt, mochten sie auch zur Genüge nicht normal gewesen sein.

Eine der zum Ornament gewordenen Autotüren ließ sich öffnen. Wir bückten uns und traten ein, in eine Höhle, die gleich hinter jener kurios-kostbaren Kulisse in die Grubensteilwand gegraben und flüchtig abgepölzt worden war. Nach dem vorhin Gesehenen war dies hier zunächst enttäuschend: der Raum enthielt nichts als eine Bettstatt, einen eisernen Ofen und einen Kleiderständer, an dem eine jener US-Armee-Parkas hing, die das Genie zu tragen pflegte, auf einer zerlemperten Kommode standen ein paar verbeulte Töpfe; allen diesen Gegenständen sah man ihre Herkunft aus den Mistablagerungen nur allzu deutlich an; aus zerrissener Kartoffelsack-Jute flüchtig zusammengeheftete Vorhänge machten den Eindruck, als befänden sich dahinter andere, ähnliche Hohlräume.

Die Freundin packte ihre Mitbringsel aus, Konservendosen, Brot und die Weinflasche, blickte mit gerümpfter Nase auf das verwahrloste Bett und machte sich stillschweigend daran, etwas Ordnung in die Schlamperei zu bringen.

Ich schlug derweil, denn sonst gab es in dieser postindustriellen Höhle nichts zu sehen, einen der aufgetrennten Säcke zurück, fand aber dahinter nichts als – in einigem Abstand – einen weiteren Jute-Vorhang. Ich berechnete flüchtig, daß die Autoblechfassade um das Vier- oder Fünffache länger war als dieser armselige Raum, kam zu dem Schluß, daß also hinter den braunen Stoffbahnen mit dem Aufdruck ,,Zuckerfabrik Leopoldsdorf" noch viel Platz vorhanden sein müßte, und schob auch den zweiten Vorhang beiseite.

Tatsächlich hatte das Genie auch hier schon zu bauen begonnen, und zwar ein Ding von abermals ganz anderer Art, so etwas wie ein aus allerlei Gelump zusammengeflicktes Szenenbild, welches ein Zimmer darstellte, das ich kannte – jenes Zimmer nämlich, in dem ich allmontäglich den Medizinalrat aufsuchte. Ja, dies waren die Regale, das dort die Fensterwand, da rechts standen die tiefen Fauteuils, nicht die ledernen Originale natürlich, sondern Nachahmungen aus Sackleinen, das über Holzgestelle modelliert war, plumpe Nachahmungen übrigens und auch nicht annähernd die Perfektion erreichend, welche das Genie in den anderen Konstruktionen bewiesen hatte, vielmehr von einer geradezu peinlichen

Ungeschicklichkeit zeugend, weder in den Maßen noch in den Details stimmend, aber doch und immerhin, es war dies unverkennbar eine Imitation des medizinalrätlichen Dienstzimmers. Auch der Schreibtisch meines Freundes war da, reproduziert durch ein Möbelstück von ähnlicher Dimension, und hinter ihm hockte, und dies allerdings benahm mir für ein paar Sekunden wirklich den Atem, eine Karikatur des Medizinalrates, wie er hinter seinem Schreibtisch zu sitzen pflegte, während er die fatalen Gelatinekapseln in ihrer Glasdose rotieren ließ; genauer besehen, hatte diese aus Seegras und zerfetzten Kleidungsstücken zusammengebastelte und dann mit einer dicken Gipsschicht überkleisterte Figur freilich doch nichts Karikaturistisches an sich, sondern stellte nicht mehr als einen armseligen und ganz dilettantischen Versuch dar, mit unzureichenden Mitteln und ungenügendem Können ein Stück Realität wiederzugeben; verstreute Abfälle und Behelfe wiesen darauf hin, daß an dem Objekt immer noch gearbeitet wurde.

In einer anschließenden Szenerie – von dieser nur durch einen weiteren Vorhang getrennt – sah ich mich selbst auf die gleiche unzulängliche Weise reproduziert, in einer für mich vermutlich typischen Geste über einen Tisch gebeugt und nach einem Telefonhörer greifend; ich war aber nicht sehr erschrocken über diese Begegnung mit meiner Widerspiegelung aus Matratzenfüllung und Gips, nicht so sehr, wie ich es wohl gewesen wäre, hätte das Ding eine boshafte Verzerrung oder auch eine unvermutete Ähnlichkeit aufgewiesen, wovon die Rede nicht sein konnte; nach der ersten Überraschung fühlte ich mich eigentlich eher bestürzt und beschämt, so, als ob ich einen Blick auf etwas Verborgenes getan hätte, das ich keinesfalls sehen hätte dürfen. Dennoch ging ich weiter und fand noch zwei ähnliche Figuren, von denen die eine deutlich den Fürsten darstellte, während sich aus der anderen, unfertigen vielleicht eines Tages das Phantom des Silbernen entpuppen mochte. In diesen beiden Fällen fehlten die Requisiten, weil das Genie weder den Ferdinand Maria noch das Große Kaliber je in ihrer persönlichen Umgebung gesehen hatte, während es ja mein Büro gut kannte und das luxuriöse Dienstzimmer des Medizinalrates während seines Spitalsaufenthaltes kennengelernt haben mochte, denn zu den Marotten meines alten Freundes gehörte es, daß er seine Patienten wenigstens einmal vor seinen Schreibtisch kommandierte. Allerdings überraschte es mich, daß das Spiel mit den Gelatinekapseln offenbar nicht nur in meiner Anwesenheit stattfand; wie sonst hätte das Genie ihn sonst gerade bei dieser Betätigung darstellen können?

Ich warf noch einen Blick in die nächste und letzte Abteilung der Höhle, machte dann aber rasch kehrt und ging zurück, weil ich etlichen Geräuschen entnahm, daß die Freundin ihre Sorgfaltspflichten erledigt hatte und sich anschickte, nach mir zu suchen.

Ich sagte ihr, es sei schon spät und Zeit, zum Auto zurückzugehen, ehe die Dämmerung den Hindernis-Weg zum Problem werden lasse. So krochen wir denn durch die Autotür hinaus, durchquerten die große Grube und jenes unglaubliche Foyer, das nun, da die Sonne unterging und die Schatten tiefer wurden, noch unbegreiflicher wirkte, stiegen den Steilhang hinauf und begaben uns wieder auf den Dreischritte-Weg.

Warum sagte ich ihr nichts von den jämmerlichen und armseligen Versuchen des Genies, mit den Figuren ihrer Freunde eine Wirklichkeit (oder vielleicht das Leben selbst) nachzubilden, die es nicht verstand, ja offenbar noch weniger verstand als ich jene, in der es lebte? Ich sagte ihr nichts, denn es hätte sie dann vielleicht die Neugier verleitet, zurückzukehren. Und dann hätte sie auch den letzten jener Höhlenräume zu Gesicht bekommen, jenen, in den ich nur einen flüchtigen Blick geworfen hatte: einen kleinen Tempel, eine Kult-Höhle, in der das Genie (daß es sich um eines handelte, bezweifle ich nicht mehr) seine vertrackte und zwangshafte Erfindungsgabe auf die Spitze getrieben und mit den Protuberanzen einer barbarisch flammenden Ornamentik ein kaum daumennagelgroßes und übrigens unscharfes Foto zum Range eines Fetischs erhoben hatte, als wäre dies das wahre Zentrum des Weltalls. Dieses Foto war eine Zeitlang in unserem Büro herumgelegen, weil man ja Fotos von Lebenden, mit denen man täglich zu tun hat, nicht leicht wegwirft oder gar vernichtet; das Genie mußte es dann, ohne daß wir's bemerkt hatten, heimlich mitgenommen haben. Es zeigte das kleine, lächelnde, halb abgewandte Gesicht unserer lieben Freundin.

Es würde sie beunruhigt haben, davon zu wissen, denn es ging das über ihr Maß und ihre Art weit hinaus. Darum und weil mir nichts so wichtig war wie ihre Unverletztheit, verschwieg ich es ihr.

Das Genie zeigte sich erst, als wir schon beim Auto angelangt waren und noch einen Blick zurückwarfen: da stand es am Rande seiner Grube, sprang von einem Bein auf das andere und schwang vor dem grünen Abendhimmel oben und vor dem schwarzen Fladen der Stadt unten die Weinflasche – zum Dank, zum Abschied, zur Entschuldigung oder weil ihm vor Verlegenheit nichts anderes einfiel.

Wenn ich die Augen aufmachte – ich mache sie aber nicht auf –, dann würde ich ihn sicher da hinten stehen sehen, am Rande der Gruppe, wie vorhin, einen häßlichen jungen Menschen mit ältlichem Gesicht und dem Ausdruck eines Halbdebilen, der Sinnloses vor sich hinschwätzt. Ach, hol der Teufel den Kerl! Er ist ein Genie, ich weiß, aber ich mag ihn nicht, mochte ihn nie, und so eindrucksvoll seine Abfallunterwelt auch sein mag, so abstoßend finde ich sie – in der Erinnerung noch mehr als damals. Ich sollte Mitleid mit ihm haben, mich um ihn kümmern; nun, vielleicht hat Tuzzi oder der Medizinalrat eines, ich nicht; auch Heiligkeit hat ihre Grenzen.

Außerdem wär's wahrscheinlich ein überflüssiger Gefühlsluxus meinerseits, denn wenn ich mir die Sache recht überlege, spricht eigentlich alles dafür, daß dieser Typ mit seinen Höhlen, seinem widerwärtigen Gemüsegarten und seinen Zufallsadaptationen sowieso viel besser fürs Zukünftige eingerichtet ist als ich. Er wird schon davonkommen, so oder so oder irgendwie, man muß da gar nicht besonders besorgt sein.

Soll ich mir jetzt überhaupt noch um irgendwen Sorgen machen? Um den Medizinalrat? Gewiß, er hat vor nicht langer Zeit beliebt, gewisse Befürchtungen auszusprechen: von langsamer Erkaltung und von erlöschender Neugier und dem Altern unserer Welt. Aber was besagt das schon, bei einem solchen Schwadroneur? Sicher, er leidet jetzt sehr, aber schließlich hat er schon manchen Winter vorher durchgestanden und sich all seine Zeit aufs Überleben gut trainiert; seine Neugier, die lebensspendende, wird noch genügend Nahrung finden demnächst, und Schamanen wie ihn wird man bald mehr brauchen als vieles andere. Tuzzi? Auch um den muß ich keine Angst haben: der wird schon allein von seinem Pflichterfüllungstrieb unter jeglicher Bedingung aufrecht gehalten – und wenn er barfuß zum Nordpol wandern müßte, um einen wichtigen Akt zu erledigen. Der Lipkowitz? Der ist vielleicht ein Gefährdeter, ja. Aber sicher bin ich mir dessen keineswegs; diese Chromosomen sind seit langer Zeit auf Widerstandsfähigkeit gezüchtet worden; da könnte es noch viele Reserven und Anpassungsfähigkeiten geben. Der Große Silberne? Diesen Säbeltiger schert Kälte nicht, den wird sie erst richtig lebendig machen. Die anderen? Der Brettschneider, der Geschiedene, der Hansi und Horsti und wie sie alle heißen? Die haben ihr Netz, das ihnen doch, mögen Verluste vermutlich auch unvermeidlich werden, eine gewisse Sicherheit selbst bei extremen Temperaturen gewährleisten dürfte: es sind das alles ja geschulte Sicheinrichter, von Kindheit aufs Fort- und Davonkommen konditioniert, Gras im Wind.

Mit mir ist das anders. Ich bin einer von diesen wärmeliebenden Einzelgängern, die sich, obwohl nicht eigentlich Dschungelwesen, in den Treibhaustemperaturen der sechziger und siebziger Jahre ganz gut zurechtgefunden haben. Zu einem Killer habe ich mich, wie manche anderen, freilich nicht ausgewachsen, auch war ich kein Zertrampler, keiner von den Giftdrüsenträgern, die damals so flotte Vermehrung genossen. Denen allen bin ich ausgewichen, und sie sind's mir, ich kann das mit Befriedigung vermerken. Nicht übermäßig kräftig, war ich doch hinreichend stark; nicht ausgesprochen schnell, hatte ich doch Wendigkeit und Schläue genug, um mich meiner Haut wehren oder sie retten zu können. Narben habe ich davongetragen, aber die sind, bis auf eine, so ziemlich verheilt – ich hoffe, daß jene, die ich verursachte, es auch sind. Im ganzen, ja, das muß ich doch ehrlich sagen, war das Leben in diesem

Dschungel so übel nicht, es gab darin Süßes und Salziges genug, um einen satt zu machen, wenn man nur den Sümpfen und den Fallgruben und den Giftzähnen aus dem Weg ging. Freilich war's eine Existenz, die auf Mißtrauen und steter Präsenz beruhte, und eben das hatte, als der Dschungel über sich selbst hinauswucherte und die Temperaturen immer noch weiter anstiegen, das Dasein zunehmend schwieriger gemacht und schließlich mehr Kraft verbraucht, als man durch noch mehr Beute ersetzen konnte. Mag sein, daß eine gewisse allgemeine Müdigkeit, eine durch Überdruß verschärfte Erschöpfung mitgewirkt haben, das Ende des Dschungels herbeizuführen. Ich jedenfalls bin es müde. Und ich habe Angst vor der Kälte. Ich bin nicht vorbereitet auf sie.

Das Genie steht drüben und murmelt ausnahmsweise nicht vor sich hin, sondern trinkt, Kopf nach hinten gelegt, aus dem Tröster des Brettschneider. Hoffentlich ist wirklich Wein drin und nicht ein stärkeres Getränk, sonst wären die Folgen unberechenbar; ich bin immer noch nicht ganz sicher, daß dieser Bursche nicht plötzlich einen Amoklauf starten oder sonst was Irres anstellen könnte.

Der Fürst steht neben dem Medizinalrat.

Keine Schüsse unten im Tal, sondern Stille.

Hingegen steigt jetzt, hinten, in Richtung Leopoldsdorf, dort, wo die Satellitenstädte sind, schwarzer Rauch in die Höhe, eine steile, sich verbreiternde Säule.

Der Geschiedene unterhält sich leise mit den Schneider-Brüdern.

Der Legationsrat flüstert mit dem Silbernen. Der Silberne nickt und sagt etwas zum Horsti (oder Hansi oder Heinzi), welcher daraufhin verschwindet. Nun sagt der Silberne etwas zu Tuzzi, worauf Tuzzi andeutungsweise die Achseln zuckt.

Mir geht es etwas besser, scheint's. Die Kopfschmerzen haben nachgelassen. Ich atme tief ein, um Sauerstoff ins Blut zu pressen, eine selbsterfundene Methode, die mir schon oft geholfen hat; sicherheitshalber streichle ich die Hautfalte zwischen rechtem Daumen und Zeigefinger, das soll nach irgendeinem Akupressursystem ebenfalls . . .

Irgendwas in diesem Bild stimmt nicht.

Was stimmt nicht?

Ach ja, natürlich: daß Tuzzi und der Silberne miteinander sprechen.

Der tadellose hohe Beamte und das – immerhin! – anrüchige Große Kaliber?

Wahrlich, die Welt geht aus den Fugen. „Bemerkung Nr. 12 zum nächsten Weltuntergang: . . . es werden seltsame Allianzen eingegangen."

Ich muß doch noch einmal in jene verwirrte und widerwärtige Nacht zurückkehren, in der mich die Hysterie übermannte oder der Geist oder sonstwas – oder war's eine von diesen Realitäts-Interferenzen, die immer häufiger ins laufende Programm durchschlugen, manchmal als eine Art von Sendepause, in der man von der Zeitung oder mitten in einem Gespräch oder vom Anblick des Schreibtisches hochschreckte und sich verzweifelt fragte, was geht denn das alles mich an? was hab' denn ich mit alledem zu tun?, und manchmal, wie in jener Nacht, sich darin äußerten, daß man überkommen wurde von einem Geraune aus phylogenetischer Bodenlosigkeit . . .

. . . wahrhaftig, genau dies passierte mir, als ich da des Nachts nach elf beim Schreibtisch saß, vom Vesparax schon ein bißchen betäubt, unaufmerksam der „Musik zum Träumen", zusammengestellt von Paul

Polanski, zuhörend, plötzlich aber ganz anderes erlauschend, das Sausen eines fernen Windes und das Geheul weit entfernter Hunde oder vielleicht auch Wölfe, ferner ein leises Ächzen und grollendes Lallen, möglicherweise von an Steintoren stöhnenden Zwergen respektive von Felsen sich lösenden Riesen; vieles wußt' ich auf einmal, Fernes schaut' ich, wenn auch undeutlich, Windzeit und Wolfszeit und mit Blut gefüllte Gruben, an denen Schatten einander trafen und zu erzählen begannen, und einen Bruchteil davon schrieb ich auf in jener schlaflos-widrigen Nacht, viel zu wenig, wie ich heute weiß, aber zu unglaublich und schlimm klang das Geraune der Schatten, und man weiß ja, wie das ist, wenn man allzu Bestürzendes hört, es schieben sich da biopsychische Filter vors Denken, die nur eine gewisse Informations-Quantität durchlassen, damit nicht irgendwelche Sicherungen in den Engrammen durch- und Löcher in den Cortex brennen: zwölf Maschinschreibseiten also oder nicht viel mehr waren es, die ich in vier oder fünf Fotokopien in den Tagen danach wahllos an die nächsten Besucher weitergab, worauf ich die Sache so schnell vergaß wie andere Albträume. Ich war dann sehr erstaunt, daß sich das Zeug unter der Hand gewissermaßen weiterfraß, denn bald darauf erhielt ich, was einer wie ich ja wohl als sehr ungewöhnlich bezeichnen muß, eine Einladung in die Rotenturmstraße und saß dann in einem riesigen, stillen Zimmer der Eminenz gegenüber, die ganz reizend über alles mögliche plauderte und nur nebenbei fragte, ob das, was ich da geschrieben hätte, auch die Gedanken meiner Freunde wären, womit sie ein Exemplar meiner „Bemerkungen" meinte, das sie auf dem Tisch vor sich liegen hatte; ich weiß nicht mehr, wie ich diese Frage beantwortete (vage wahrscheinlich, denn ich hatte meine Freunde nach ihrer Meinung nicht gefragt, und es ist ja auch schon lange her – fünf oder sieben Jahre vergehen rasch in letzter Zeit), aber ich erinnere mich gut, daß ich das Palais in der Rotenturmstraße erleichtert, um nicht zu sagen: getröstet verließ, weil mir die Eminenz gewissermaßen eine unausgesprochene Bestätigung dafür gegeben hatte, daß zwischen den Söhnen Abels und Kains für eine Weile Frieden und vielleicht sogar richtige Liebe herrschen könnte; und obwohl mir die Sache mit den Fotokopien etwas unheimlich vorkam – ich weiß auch heute nicht, welche Hand sie auf den Tisch dort gelegt hat – , befriedigte es mich doch, daß das Zeug auch auf dem anderen Ufer wahrgenommen wurde. „Bemerkung Nr. 3: Da die Regierungen sich zunehmend auf nichts anderes berufen können oder wollen als auf sich selbst bzw. ihre legitime Entstehung, sehen sie sich, ebenfalls zunehmend, gezwungen, Entscheidungen auszuweichen, da diese ja nicht im Namen eines Prinzips anderer Art getroffen werden können, und statt Taten administrative Maßnahmen zu setzen.“ – „Bemerkung Nr. 4: Da Über-Ordnungen nicht mehr anerkannt werden, erweisen sich auch die von ihnen ursprünglich abgeleiteten Sicherheitsmechanismen der Zivilisation als zunehmend störungsanfällig. Entführungen, politische Geiselnahmen und Erpressungen werden zu Mitteln der Politik oder beginnen sogar die Politik zu ersetzen.“ – „Bemerkung Nr. 7: Zerfall der Interdependenzen: Die Regierungen versuchen, den immer häufiger auftretenden Störungen eines Systems, das nur dann funktioniert, wenn jedes seiner Teile funktioniert, durch administrativ-dirigistische Maßnahmen abzuhelfen. Da sie jedoch nur punktuelle Korrekturen vornehmen können, verwirren sie die Interdependenzen noch mehr; wodurch sich die ohnehin schon chiliastisch verstörte öffentliche Moral weiter verschlechtert . . .“ – Ich kann verstehen, daß es der Eminenz gefallen hat; etliche von jenen Freunden, die sie im Auge hatte – und auch denen wurde das Manuskript (habet suum fatum libellum) zugetragen, ohne daß ich wußte, wie –, fanden weniger Freude an den Bemerkungen und warfen mir Fortschritts-Verrat und Böseres vor. „Bemerkung Nr. 9: Interferierende Phase: Selbstverständlich wird im Verlaufe dieser Entwicklung die Forderung nach regulierenden Autoritäten immer lauter. Es stellt sich aber heraus, daß die noch existierenden Autoritätsstrukturen bereits so verunsichert sind, daß sie zur Lösung der hydragleichen Problematik nicht mehr taugen." – „Bemerkung Nr. 12: Es bilden sich autoritäre Substrukturen. Es werden seltsame Allianzen eingegangen, die versuchen, Teile der Autorität zu bewahren oder an sich zu reißen."

Tuzzi und der Silberne sind einander vordem nur ein einziges Mal begegnet; dieses Zusammentreffen zweier grundverschiedener, jedoch bedeutender Charaktere habe ich, wiewohl ziemlich zufällig, verschuldet; die eigentliche Ursache dafür aber lag doch bei unserer lieben Freundin und ihrer etwas komischen Leidenschaft für alles, was gut duftete. Denn sie war ein sinnlicher Mensch, der die Welt gerne sah, schmeckte, hörte und fühlte, vor allem aber gerne roch.

Darum waren Blumen und Parfüms die Geschenke, die ihr die meiste Freude bereiteten; an anderen, auch kostbaren Dingen freute sie sich kaum; in ihrem Wäschekasten stand eine Seifenschachtel voll ziemlich teuren Schmucks, der ihr im Laufe der Zeit von irgendwelchen Männern geschenkt worden war (ich zweifle übrigens nicht daran, daß solche Irgendwelche auch während der Zeit unserer Freundschaft häufiger vorkamen, als ich es, weil ich es nicht wissen wollte, wußte; aber es handelte sich da durchwegs um unwichtige und nur den Hintergrund des Geschehens durchwandernde, schnell wieder verschwindende Schatten, der Erwähnung kaum wert); sie trug diesen Schmuck nie, und wenn sie ihn in Perioden der Geldlosigkeit – die bei ihr häufig waren – nicht einfach verkaufte, dann nur, weil man Geschenke eben nicht verkauft; als ihr der Silberne am Jahrestag seiner „Rettung", wie er es nannte, einen eher protzigen Brillantring und der Maria später aus Anlaß seiner Verlobung ein zwar nicht so kostspieliges, aber unverkennbar durch langen Familienbesitz veredeltes Armband schenkten, sagte sie nur gelassen Dankeschön und legte es zu dem Übrigen.

Mit gewissen Arten von Blumen aber – mit stark duftenden vor allem – konnte man sie in eine Art von erotischer Verzückung versetzen; und weil sie dabei regelmäßig ein reizendes Schauspiel bot, war's kein Wunder, daß ihre kleine Wohnung stets voller Blumen war und beim Eintritt so manchem Mann den Atem verschlug, denn es rochen hier an jedem Tag des Jahres Lilien nach Kirchenorgeln, Astern auch im Frühling nach scharfwürzigem Herbst, von den orange Rosen des Silbernen, von den dunkelroten des Fürsten und erst recht von den weißen des Legationsrates ganz zu schweigen; was alles dem Medizinalrat, kaum daß er in diese Pracht eingetreten war, stets sofort zum Fenstergriff trieb – aber das wurde ihm, als er einmal in die Runde der Ritter aufgenommen war, ebenso großmütig verziehen wie uns anderen unsere Eigenheiten. Ihr selbst verschafften diese dicken Duftwolken nicht Kopfschmerzen, sondern erhöhten ihr Lebensgefühl.

Auf den Zauber der künstlichen Parfüms ist sie, wie ich vermute, von ihrer Huysmann-Lektüre aufmerksam gemacht worden; obwohl sie sich selbst niemals parfümierte, denn sie war stolz auf ihren guten Körpergeruch (sie riecht nach Tannengrün und Ährengold, sagte mir einmal Tuzzi, dem, wenn er vertraulich auf unsere Freundin zu sprechen kam, Metaphern einfielen, die aus dem Munde eines Legationsrates ungewöhnlich klangen; ich assoziierte eher Heu-Duft), so schien es sie doch irgendwie zu befriedigen, Batterien von sündteuren französischen Parfüms zu besitzen; alle ihre Freunde hatten strengsten Auftrag, bei allfälligen Ausland-Flügen in den Dutyfree-Shops dieses oder jenes Riechwasser zu besorgen, was denn auch alle und immer gehorsam taten: der Fürst brachte „Diorissima", der Medizinalrat „Mitsuko" und der Legationsrat „Arpège"; bei mir war sie auf „Jolie madame" abonniert.

„Sie teilt sich's eben ein", sagte der Silberne, als wir einander an jenem Abend im Dutyfree-Shop des Frankfurter Flughafens trafen und die beiderseitigen Einkäufe verglichen. „Eine ordentliche Person, das!"

Unter den vielen Hervorbringungen eines durch allzuviel Technologie verblödeten Erfindungsgeistes konnte der Frankfurter Flughafen als eine der scheußlichsten gelten, als eine in jedem Detail gegen sämtliche abendländisch-humanistische Traditionen gerichtete Demonstration des neuen Barbarentums.

Es war jedoch diese den Gefühlswert einer Digitaluhr mit dem Charme eines Kunststoff-Totalitarismus verbindende Anlage hervorragend dazu geeignet, in den zahlreich dorthin verschlagenen Österreichern die normalerweise nur lauen patriotischen Gefühle bis zur

Weißglut anzuheizen; ich kenne nicht wenige Leute, die durch einen ausreichend langen Zwischenaufenthalt in Frankfurt in eine Gemütsverfassung versetzt wurden, welche ihnen nach der Ankunft in Wien das Küssen der Schwechater Flughafenpiste als eine durchaus nicht übertriebene Handlung erscheinen ließ – so stark vermochte eine wirklich funktionelle Architektur auf Menschen zu wirken!

Obwohl wir beide auch nicht gerade enge Beziehungen unterhielten – der Silberne seiner Diskretion wegen, mit der er sich als ein Nichtguter von den ehrsamen Bürgern möglichst fernhielt; ich, weil ich an genaueren Einblicken in die Unterwelt nicht interessiert war –, freute ich mich doch herzlich, einen Landsmann in dieser fremdartigen Wüste zu treffen; wie viele andere Männer waren wir am Morgen frisch rasiert von Wien abgeflogen und wollten nun mit dem notorischen Flug Nr. OS 406 (ab Frankfurt 21.10 Uhr, Ankunft Wien-Schwechat 22.25 Uhr) zurück, jetzt mit Bartstoppeln im bleich gewordenen Gesicht und dem fiebrig-erschöpften Blick im Auge, mit dem Jäger von geglückten Ausflügen in unwirtliche Gegenden heimkehren. Beide waren wir etwa zwei Stunden zu früh daran, beiden schien uns die Vorstellung, mit einem ordentlichen Abendessen die nervös gewordenen Magennerven zu besänftigen, sehr verlockend. Also wandten wir uns dem teuersten der Flughafen-Restaurants zu.

Es war dies eines von den in Amerika und Deutschland häufigen, anderswo seltener vorhandenen Restaurants, in dem der verderbte Stilwille der siebziger Jahre seine äußerste Ausprägung gefunden hatte, eine perfekte Kunststoff-Imitation nämlich nicht eines realen Vorbildes, sondern der Vorstellung von Vorbildern: es sah nicht wie ein vornehmes Pariser Etablissement der Jahrhundertwende aus, sondern wie die konzentrierte Vorstellung mehrerer begabter Bühnenbildner von einem solchen Lokal – in hohem Maße gespenstisch also. Außerdem aß man dort zwar teuer, aber nicht gut.

Dennoch, der Hunger und die Verlockung, die leere Wartezeit mit einem gemütlichen Gespräch zu füllen, trieben uns in das Lokal hinein.

Es war, als wir es betraten, voll besetzt von durchwegs bleichgesichtigen und bartstoppeligen Männern mit Aktenköfferchen, dunklen Augenringen und Jägerblikken – kein Wunder, denn andere Fluggäste speisten in solchen Restaurants schon darum nicht, weil sie die sündteuren Rechnungen ja nicht auf Firmen-Spesenlisten setzen konnten. Ich, der ich in überfüllten Räumen von leichter Platzangst angefallen werde, war versucht kehrtzumachen; der Silberne aber sah im Hintergrund des Raumes doch einen Tisch, an dem nur ein einziger Gast saß, denn er gehörte zu den Menschen, die auch im stärksten Andrang noch eine Eintrittskarte, einen Parkplatz oder sonst Zutritt finden.

„Hier noch frei?“ fragte er und ließ sich schon nieder, ehe der Sitzende noch bejahen und ich in ihm den Legationsrat Tuzzi erkennen konnte. Tatsächlich, Tuzzi war's, der hier saß – das Aktenköfferchen fehlte nicht –, mich als einen Landsmann in der Fremde herzlich begrüßte und es somit unumgänglich notwendig machte, ihm auch den Silbernen vorzustellen, einen Menschen, mit dem Bekanntschaft zu schließen für einen Legationsrat normalerweise gänzlich undenkbar gewesen wäre; denn ein Legationsrat gehört einer Kaste an, welche Existenzen vom Schlage des Silbernen ja eigentlich nur aus Akten zur Kenntnis nehmen darf. Daß ich da gezwungermaßen einen Brahmanen dazu veranlaßte, einem Unberührbaren die Hand zu reichen, war mir denn auch so außerordentlich peinlich, daß Tuzzi es mir angesehen und seine Schlüsse daraus gezogen haben muß; immerhin brachte ich wenigstens genug Geistesgegenwart auf, den Silbernen als „Direktor" vorzustellen und dazu die Worte „Import und Export" hinzumurmeln, was sich im nachhinein nicht einmal als sehr falsch erwies, denn der Granat hatte eben damals seine Geschäfte bereits ins Großdimensionierte ausgeweitet: er dürfte in jener Affäre um den Bau von Ferienkolonien auf der arabischen Halbinsel, einer von märchenhaft enormen Provisionen überstrahlten Geschichte, wenigstens eine Hand stecken gehabt haben; und irgendeiner aus der Musiker-Gilde, die ja alles weiß, was in Wien an Heimlichem und Unheimlichem vorgeht, erzählte mir, daß der bis dahin nur bescheidene heimische Edelstahlhandel nach einer Amsterdam-Reise des Silbernen einen unglaublichen Aufschwung genommen und nebenbei auch dem Köberle-Emil schwere Verluste eingetragen habe; nun, kontrollieren konnte ich's nicht, und sehr wichtig sind diese Dinge ja jetzt nicht mehr.

Ich war aber nicht der einzige, den diese Begegnung in Verlegenheit setzte; ebenso peinlich war sie auch dem Silbernen als einem durchaus sensiblen Menschen, freilich nicht so sehr des Legationsrates wegen, denn der konnte ihm gleichgültig sein, sondern meinetwegen; daß er mich da in einen sozusagen psychosozialen Konflikt brachte, hatte er im selben Augenblick verstanden, in dem ich bei der Vorstellung Tuzzis Titel gemurmelt hatte. Aber natürlich hatte der Silberne nicht wissen können, wer der einzelne Mann an diesem Tisch war, ungeschehen war die Sache nun nicht mehr zu machen – also begnügte er sich wohl oder übel damit, mir einen entschuldigenden Blick über den Tisch zu schicken und sitzen zu bleiben.

Der Legationsrat wiederum, viel zu diskret, um sich näher über den Charakter der Ex- und Importgeschäfte meines Direktors zu erkundigen, freute sich ehrlich, nicht allein bleiben zu müssen (übrigens war er der einzige Gast in diesem Raum, der keinerlei Spuren von Müdigkeit oder gar einer Verknitterung aufwies; es gehört nun einmal zu der geheimnisvollen Qualität dieses Standes und Ranges, stets frisch rasiert zu wirken und selbst an den Hosenbeinen Falten nur dort aufzuweisen, wo sie der Schneider und nicht das Schicksal hingesetzt hat). Von welchen Geschäften Tuzzi in diese uranische Umgebung versetzt worden war, blieb übrigens ebenfalls unklar; doch speichert ein vordem in seiner Profession erfahren gewesener Journalist ständig Informationseinheiten genug, um, wenn eine bestimmte Person zu einem bestimmten Zeitpunkt an einem für diese Person ungewöhnlichen Ort auftritt, aus dieser Gleichung allerlei Schlüsse ziehen zu können; beim Anblick Tuzzis liefen sie auf die Bruchlinie zu, die sich eben damals deutlicher denn je zwischen dem Norddeutschen und dem Bayerischen bemerkbar machte, eine Linie im geopsychologischen Raum, die von jedem dem Komitee für Interministerielle Sonderfragen zugeteilten hohen Beamten schon lange mit Nachdenklichkeit gemustert wurde.

Tuzzis Vergnügen an dieser Begegnung aber und daß wir anscheinend alle und jeder auf seine Weise unsere deutschen Geschäfte erfolgreich abgeschlossen hatten (mir war's erfreulicherweise gelungen, etlichen arroganten Verlagsherren Abmachungen einzureden, die sie später – vergeblich! – bitter bereuten: ja, ich wußte schon, wie man im Dschungel Beute macht!), diese und ähnliche Emotionen also überlagerten sehr schnell die anfängliche Verlegenheit und versetzten uns bald in eine nicht ganz angemessene Heiterkeit, die wir durch die Bestellung einer großen Weinmarke zu fundieren beschlossen.

„Dieser Chateau Lafite", sagte der Legationsrat eine Stunde später und hielt das Weinglas (eine peinlich genaue Imitation eines Murano-Glases aus dem 17. Jahrhundert) gegen ein (im Stile einer französischen Weltausstellungs-Laterne von 1873 verkleidetes) Neonlicht, „ist wirklich hervorragend. Von französischen Weinen verstehe ich nämlich, das bringt der Außendienst halt so mit sich, ziemlich viel – mehr, unter uns gesagt, als selbst der verehrungswürdige Medizinalrat. Diese Farbe! – Zwar sah ja auch das Steak americaine blendend aus . . ."

„Aber geschmeckt hat es wie Schaumgummi!" sagte der Granat.

„Zwar war der Salat raffinierter garniert als jede Salade nicoise an den sonnigsten mittelmeerischen Küsten . . ."

„Aber geschmeckt hat er wie Papier!" sagte ich.

„Zwar haben die Pommes . . ."

„Na ja", sagte der Granat, „die haben geschmeckt, wie Pommes halt immer schmecken, nach Fett und Küchendunst, statt nach Erdäpfeln."

„Aber der Wein hier", sagte Tuzzi, „der ist tadellos. Das einzig Echte in dieser Umgebung! Zum Wohl, meine Herren!"

„Das Service ist auch gut", sagte der Granat, womit er recht hatte, denn Kellner und Teller kamen schnell und verschwanden lautlos, und jegliches Ding und Glas lag auf dem Platz, auf den es gehörte; nur das Essen ließ zu wünschen übrig. „Das ist bestens, das verstehen sie halt, diese Deutschen: wenn sie was organisieren, dann klappt es auch."

„Ja", sagte der Legationsrat. „Obzwar das nur insoweit stimmt, als es ein Vorurteil ist, also statistisch gesehen lediglich meistens." Dabei lächelte er, möglicherweise in Erinnerung an die diskreten Affären, die er während der vergangenen Tage betrieben haben mochte.

„Ich habe", sagte der Granat, „vor den Deutschen allerweil ein bisserl eine Angst gehabt. Das geb' ich zu."

„Wie das?" fragte der Legationsrat und blickte meinen Begleiter aufmerksamer an als bisher. Sicherlich hatten ihn die Vokalisation und gewisse grammatikalische Eigentümlichkeiten in der Sprache des Silbernen bereits veranlaßt, den sozialen und individuellen Hintergrund des Sprechers erraten, um nicht zu sagen: durchschauen zu wollen. Und gespannt wartete ich auf die Finten, die der Legationsrat alsbald schlagen würde, um die genauere Beschaffenheit dieses neuen Bekannten festzustellen, denn ich kannte Tuzzis hochdifferenzierte Strategien in der Kunst der Menschenbehandlung; weniger angenehm war mir die Erkenntnis, daß er in einer seiner Zerebralwindungen sicher bereits auch darüber nachdachte, welcher Art wohl die Verbindung zwischen mir und diesem Ex- und Importeur sein mochte, denn daß das Verbindende die Freundin war, konnte er zu diesem Zeitpunkt ja noch nicht wissen.

„Wie diese Deutschen reden können zum Beispiel!" fuhr der Silberne fort. „Wenn man es nicht gewohnt ist, haut's einen zuerst direkt um, sobald ein Deutscher ins Reden anfangt, nicht wahr? Fließend, kann man da nur sagen! Ausgesprochen fließend! Und immer mit dem Anfang zuerst, dann eins nach dem anderen, bis am Schluß der Schluß kommt. Und immer weiß so ein Deutscher, wo er hinkommen wird! Ja, unsereiner kann da nur staunen und sich fürchten, solang er's nicht gewohnt ist!"

,,Völlig richtig beobachtet", sagte Tuzzi. ,,Die Leute hier neigen allerdings ein bisserl zur Logorrhoe."

,,Heißt man das so?" fragte der Granat. ,,Ich weiß sowas nicht, weil ich nicht sehr gebildet bin. Ich bin nämlich einer, der das Seine erst sehr spät gelernt hat."

,,Macht nichts", sagte Tuzzi. ,,Nur Dinge, die man spät lernt, sind es wert, gelernt zu werden."

Diese offenbar geistreiche Bemerkung störte mich; geistreich zu sein ist nicht Stil des Legationsrats. Der Granat jedoch bedachte sich eine Weile und sagte dann:

,,Tut mir leid, aber das versteh' ich leider auch nicht."

,,Wie sollten Sie?" sagte der Legationsrat fröhlich. ,,Diese Behauptung bedeutete ja nichts!"

Da erst begriff ich mit Bewunderung, daß Tuzzi eine erste Finte so blitzschnell geschlagen hatte, daß selbst ich, der ich doch diesen vortrefflichen Mann einigermaßen zu kennen glaubte, auf sie hereingefallen war; doch freute ich mich, daß mein Silberner sich von ihr nicht hatte täuschen lassen.

,,Ha!" sagte der zufrieden. ,,Jawohl, ich versteh', was Sie meinen! Ganz meine Methode!"

,,Was?" fragte ich.

,,Das Entgleisenlassen, wie der Herr Legationsrat es jetzt bei mir probiert hat. – Sie haben nämlich eine ganz andere Technik, diese Deutschen: sie reden allerweil nur gradaus, wenn sie reden. Vom Anfang bis zum End'. Kein Ausweichen gibt es da und keinen Aufenthalt, auch wenn sie wissen, daß der andere weiß, wohin's läuft. Damit können sie unsereinen erledigen, solang man das nicht begreift. Da sind sie zum Fürchten."

Der Granat machte eine Pause, trank Wein und fuhr folgendermaßen in seinen Ausführungen fort:

,,Aber es gibt einen schwachen Punkt darin. Weil, es funktioniert nur so lang, als der andere mittut."

,,Ich verstehe, was Sie meinen", sagte Tuzzi.

,,Das ist mir eine Ehre, Herr Legationsrat", sagte der Silberne. ,,Seitdem ich das begriffen hab', ist jeder Deutsche bei mir der Zweite. Ich lass' ihn einfach entgleisen. Und wenn man's ein bisserl geschickt macht, begreift er am End' nicht einmal, was da passiert ist."

,,Ach nein?" sagte Tuzzi wohlgelaunt. ,,Können Sie mir Ihre diesbezüglichen Methoden näher erläutern? Auch unsereiner lernt gerne noch was dazu."

,,Das tät' mich zwar wundern", sagte der Silberne höflich, ,,wenn ich Ihnen was lernen könnt'! Aber ich erzähl's Ihnen gern, wie ich das mach'. – Natürlich muß man ein bisserl individuell vorgehen, quasi von Fall zu Fall, auch unter den Deutschen ist einer nicht wie der andere, obzwar die Unterschiede kleiner sind als bei uns. Das g'scheiteste ist, man läßt sie erst einmal reden, bis sie richtig im Schuß sind. Zuhören darf man dabei aber nicht, das wär' eine Verschwendung von Kraft. Denn die unwichtigen Sachen sind ja unwichtig, über die wichtigen aber muß man sowieso extra noch reden."

,,Aus Ihnen spricht in der Tat profunde Erfahrung", sagte Tuzzi. ,,Zum Wohl!"

,,Danke!" sagte der Granat, trank einen Schluck Chateau Lafite und formulierte weitere Erfahrungswerte wie folgt:

,,Nein, ich hör' ihm erst gar nicht zu, sondern schau' mir den Deutschen derweil an, taxier' ihn, sag' manchmal ‚Glauben Sie?', ‚Tjaja' oder ‚Hm, hm' oder sowas, daß er noch mehr auf das Gas steigt. Immer schön im Schuß halten, so einen Deutschen, damit er Kraft abgibt! Geduld muß man haben, die Nerven bewahren!"

,,Sehr gut!" sagte der Legationsrat und verhehlte nicht, daß er an meinem Silbernen zunehmend Gefallen fand. ,,Wie geht es weiter?"

„G'schwind und brutal", sagte der Granat, „ist das beste! Wenn also der Deutsche so richtig im Schuß ist, dann leg' ich zum Beispiel ein besorgtes Gesicht auf, schau ihm scharf auf das Hirn und frag, warum er plötzlich so blaß ist? Ob er vielleicht schon einmal einen Infarkt gehabt hat? Oder ob's ihn nicht stört, daß es im Zimmer so komisch riecht? Oder halt was Ähnliches. Es hängt vom Typ ab und davon, was einem einfällt. Hauptsache, er kommt aus dem Gleis, kennt sich nicht aus und tut sich schwer mit der Konzentration."

„Ausgezeichnet geschildert!" sagte Tuzzi. „Ich persönlich finde diese Methode allerdings ein wenig riskant: ein nervös gewordener Verhandlungspartner neigt leicht zu unberechenbaren Kurzschlußhandlungen."

„Richtig", sagte der Granat, „und ich seh' schon wieder, Herr Legationsrat, daß Sie ein Kenner in solchene Sachen sind. Wenn's um Größeres geht, dann muß man raffinierter arbeiten. Das ist schon klar."

„Ehe wir zu diesen Geheimnissen höheren Grades kommen", sagte Tuzzi, „sollten wir vielleicht den Kaffee bestellen."

Dies geschah, und der Silberne fragte uns, ob er sich erlauben dürfe, den Herrn Legationsrat und mich zu einem Cognac einzuladen. Da diese Frage zwar nicht ganz comme il faut, in ihrer schlichten Geradheit aber durchaus gewinnend war, erlaubten wir es ihm und bewunderten gleich darauf einmal mehr das deutsche Organisationstalent, welches in Sekundenschnelle und lautlos Kaffee wie Cognac in bequeme Griffweite zauberte.

Der Granat trank erst einen Schluck Kaffee und sodann, um den Geschmack dieses Kaffees loszuwerden, schleunigst einen Schluck Cognac, worauf er den Faden seiner Darstellung folgendermaßen wieder aufnahm:

,,Wenn es um wirklich wichtige Geschäfte geht und man einen starken Deutschen vor sich hat, dann muß man aufs Ganze gehen und ihn ausreden lassen bis zum bitteren End', auch wenn es noch so fad ist, weil man ja eh weiß, wo's hingeht. Hie und da ein bissl mit dem Kopf schütteln, damit er Tempo zugibt, ist schon das Äußerste, was man tun darf."

,,Meine britischen Kollegen", warf Tuzzi ein, ,,haben schon vor Jahrhunderten die Methode ausgearbeitet, deutlich zu gähnen, während der Verhandlungspartner spricht."

,,Nicht schlecht", sagte der Granat. ,,Könnt' man einmal probieren."

,,Tun Sie's lieber nicht!" sagte Tuzzi. ,,Denn diese Methode hat den verflixten Nachteil, daß man leicht selbst ins Gähnen kommt, wenn man nicht ein Brite ist. Allgemeines Gähnen aber wirkt nicht gerade günstig aufs Verhandlungsklima."

,,Hören Sie schon auf!" sagte ich und gähnte leicht.

,,Ich wollte ja nur auf das weithin unbekannte, jedoch historisch bedeutsame Faktum verweisen", sagte Tuzzi, ,,daß der Untergang des britischen Empire möglicherweise von dieser Verhandlungsmethode mitverschuldet wurde."

,,Nein, was es nicht alles gibt!" sagte der Granat. ,,Ja, solchene Sachen weiß man halt, wenn man ein Gebildeter ist!"

,, . . . ach ja? Hm. – Zurück zu dem starken Deutschen, den Sie also auf den Schienen seiner Rede bis zur vorbestimmten Endstation sausen lassen. Dort ist er nun und wartet auf Ihre Gegenrede. Wie legen Sie diese an?"

,,Überhaupt nicht", sagte der Granat, ,,denn die wär' ja das, was er will – und drum kriegt er sie nicht. Sondern das Gegenteil."

„Und das wäre?"

„Zum Beispiel bitt' ich ihn höflich, ein bisserl zerknirscht vielleicht, daß er mir das alles noch einmal sagt, weil ich's leider nicht ganz verstanden hab'."

„Glänzend!" sagte Tuzzi. „Glänzend! Wenn auch zeitraubend."

„Umsonst ist der Tod, wie wir Ungebildeten sagen, Herr Legationsrat."

„Aber selbst der kostet das Leben, wie ich als Gebildeter hinzusetzen darf. Das heißt also: Sie versuchen, den Gegner zu ermatten?"

„Jawohl. Unter uns gesagt: die meisten Deutschen sind leicht zu ermatten. Zuviel Kraft schon im ersten Schwung – für einen zweiten bleibt da nicht viel übrig. Außerdem kommt noch die Angst dazu, beim zweitenmal vielleicht versehentlich was anderes zu sagen als beim erstenmal. Sowas macht unsicher. Natürlich kann man's jetzt auch bei einem starken Deutschen, wenn er erst einmal geschwächt ist, mit dem Entgleisenlassen probieren. Ich sag' da zum Beispiel wieder: ‚Ich seh' Ihnen ja an, daß Sie ein bisserl müd sind, na ja, so ein Wetter, das schlägt sich aufs Herz, aber wenn Sie imstand wären, mir das Ganze noch einmal ein bisserl ausführlicher zu erklären . . . ?' Sowas greift auch den Stärksten an. Man kann aber natürlich auch im Gegenteil, wenn er ausgeredet hat, eine Weile gar nix sagen, sondern nur so dreinschauen, als ob man sich ganz was Besonderes denken tät' – und dann, wenn er schon ganz sierig is' auf die Meinung, dann seufzt man und sagt: Das is' halt das Malheur, daß sich auch sympathische Menschen mit solchene Sachen abgeben müssen! Ein wahres Gfrett sowas, Handkuß der Gnädigen, vielleicht sieht man sich ein anderes Mal, wenn man keine Geschäfte machen muß, gelt ja?"

,,Abscheulich!" sagte Tuzzi anerkennend.

,,Aber wirksam!" sagte der Granat. ,,Jedenfalls meistens. Denn in dem Land da will sogar ein Gauner als ein anständiger Gauner dastehen, ja, es is' schon ein merkwürdiges Volk, das. Natürlich könnt' ich Ihnen noch ein paar andere Methoden erzählen, aber . . ."

,, . . . aber es wird langsam Zeit für uns", sagte Tuzzi. ,,Ich muß ja auch noch einen Sprung in den Free-Shop machen. Herr Ober, zahlen!"

Und schon stellte (o unvergleichliche Perfektionslust Germaniens!) der Ober das Tablett mit der Serviette darauf und der in diese Serviette eingelegten und vom Kassen-Computer sauber ausgedruckten Rechnung vor wen hin? Nicht vor den noblen Legationsrat, nicht vor den leger gekleideten Journalisten, sondern vor den, der in dieser Runde einem Geschäftsmann am ähnlichsten sah, nämlich den Silbernen.

,,Nein, Herr Ober!" sagte Tuzzi sanft. ,,Ich möchte meine Rechnung extra haben."

,,Ich auch!" sagte ich.

,,Vom Cognac abgesehen!" sagte der Silberne. ,,Der geht auf mein Konto."

Der Kellner (Spanier, Portugiese oder Südfranzose) sah uns bestürzt an, sagte ,,Weiß bitte nicht, ob geht!" und glitt geräuschlos samt Tablett (echtes Silber?) auf dem Kunststoffteppich (schallschluckend) hinüber zu der Dame (bildschön), die auf dem Kassen-Computer (first class design) die Spezifikationsnummern (exakt) der bestellten Speisen (s. o.) eintastete, sobald sie an ihr vorübergetragen wurden. Die junge Dame (bildschön) besah sich die Rechnung (Normwerte), den Kellner (Gastarbeiter), uns (Fremdlinge) und ihre Maschine (mikroprozessoriert) und geriet in Verwirrung (nicht einprogrammiert); schon stand ein zweiter Kellner

(Franzose, Portugiese oder Spanier) hinter ihr, dessen Serviertablett (Teakholz?) der Kontierung bedurfte.

„Ich glaube", sagte der Granat, „daß es jetzt interessant wird; die sind hier nämlich darauf eingestellt, daß immer einer die Rechnung gleich für den ganzen Tisch zahlt – weil's eh auf Spesen geht. Und jetzt tun sie sich schwer mit dem Auseinanderdividieren."

Ein dritter Kellner (Portugiese, Franzose oder Spanier), mit Tellern und Schalen beladen, tauchte aus dem Gang zur Küche auf, durfte jedoch wie schon der zweite eine unsichtbare Linie nicht überschreiten, weil sich die schöne Programmiererin samt dem Zahltablett-Träger zur nächsten Stufe der hiesigen Hierarchie, nämlich zum Chef de salle (Franzose) begeben hatte, der angesichts des Falles ein bedenkliches Gesicht machte und düstere Blicke auf unsere Gruppe warf.

„Erlauben die Herren vielleicht, daß ich . . .?" sagte der Granat.

„Nein!" sagte ich, „noch ist Königgrätz nicht gerächt!"

„Ich denke auch, daß wir diese Sache durchstehen sollten", sagte Tuzzi vergnügt.

Der Chef rutschte auf unsichtbaren Gummirollen unter seinen Sohlen heran, en suite gefolgt vom Zahltablett-Kellner und der Programmiererin, die in der Nähe an Reiz verlor, weil sie nicht sehr gut roch.

„M'sieurs wünschen . . .?"

„Getrennte Rechnungen, M'sieur le directeur!" sagte der Legationsrat kühl. „Et un peu vite, s'il vous plaît, M'sieur!"

Der Chef wagte (Mordlust im Auge, doch Öl in der Stimme) die Frage, ob die Herren in Anbetracht dessen, daß jeder von der Suppe bis zum Kaffee die gleichen Dinge konsumiert hätte, nicht einfach die Summe dritteln könnten, da nun einmal versehentlich – rein versehentlich! – alles auf ein Konto gesetzt worden sei?

Hinten rief jemand „Zahlen bitte!" An den Nachbartischen wandten sich uns die Augen zu. Hinter dem Computer stauten sich noch mehr essentragende Mittelmeermänner.

Nein, sagte der Granat, so einfach könne man die Rechnung nun doch nicht in drei gleiche Teile zerlegen, denn die drei Cognacs, bitte sehr, die gingen auf seine Rechnung, gelt ja?

Hierauf ließ sich der Chef Papier und Bleistift reichen und ging schwer atmend daran, mit Hilfe der Programmiererin die komplizierte Rechnung von Grund auf neu zu erstellen.

Dem Kellner beim Computer begannen unter der Last der Suppen und Steaks die Arme zu sinken. Auch kühlten die Speisen aus. Etliche weitere „Zahlen!"-Rufe wurden hörbar, und im Eingang tauchten – Schrecken jeder Gastronomie! – etliche Schweden auf, die, wie alle Schweden im Ausland, berserkerhaft entschlossen waren, sich hier und jetzt noch mehr anzutrinken, als sie es schon getan hatten.

„Tempo, Tempo!" sagte der Silberne. „Wir werden bald aufgerufen."

Der Chef beendete seine Divisionen. Die Schöne roch schlecht. Der Granat rechnete blitzschnell aus, daß die Summe der drei nun vorliegenden Einzelkonti um eine Mark und 83 Pfennig höher war als die Gesamtrechnung. Der vor Haß schwitzende Chef fiel in sich zusammen und begann noch einmal zu rechnen.

Die nächste Rechnung ergab ein Manko von einer Mark und 83 Pfennig zu Ungunsten des Etablissements, jedoch wurde der Chef vom Silbernen belehrt, daß er keineswegs Leute vor sich habe, die sich was schenken ließen, sondern schon aus prinzipiellen Gründen auf korrekten Ziffern bestehen müßten.

. . . als die Ziffern endlich stimmten, schrie die häßlich gewordene Schöne mit den Kellnern und das Kellnervolk mit ihr, zog aus der Küche der Geruch nach Angebranntem herein und hatten die Schweden das Lokal in ein Irrenhaus verwandelt.

„Der Fall ist exemplarisch", sagte der Legationsrat zu mir, während wir hochbefriedigt den Schauplatz unserer Destruktionslust verließen. „Denn in diesem System der Interdependenz, in dem sich die Welt heutzutage befindet, funktioniert alles nur so lange, als eben alles funktioniert. Eine einzige lose Schraube genügt, um dieses System zu zerstören."

„Das ist ein Plagiat", sagte ich und blieb stehen. „Wissen Sie das?"

„Der Satz stammt in der Tat nicht von mir", sagte Tuzzi. „Aber ich weiß nicht, von wem er stammt. – Hoppla! Sollten am Ende Sie das verfaßt haben?"

„Ja", sagte ich. „Es ist das die Bemerkung Nr. 2 aus einem Manuskript, das . . . Zum Teufel! Wie sind denn Sie an das Manuskript gekommen?"

„Sie also haben das geschrieben?" sagte Tuzzi, so erstaunt, daß ich nicht wußte, ob ich dieses Staunen übel- oder doch lieber als Kompliment nehmen sollte.

„Ja!" sagte ich „Wenigstens weiß ich jetzt, wohin die dritte Kopie gelangt ist."

„Wahrhaftig, dies ist ein Abend der Wunder. Nehmen Sie mir mein Staunen nicht übel – wenn Sie wüßten, welche Mühe wir uns schon gegeben haben, den Verfasser zu finden . . . nun, darüber werden wir noch ausführlich zu reden haben – ich rechne damit, mein Lieber."

„Ich werd's mir überlegen", sagte ich steif.

,,Gewiß, gewiß . . . Übrigens, Ihr Direktor oder was er sonst ist: ein bemerkenswerter Kopf; ich möchte ihn nicht zum Feind haben. Schade, daß wir einander nicht mehr begegnen werden."

Dies, nebenbei hingesagt, während der Silberne ein paar Meter von uns entfernt sich von einem plötzlich aufgetauchten Horsti in den Mantel helfen ließ, gab mir zwar zu verstehen, daß der Legationsrat das Ex- und Importartige am Silbernen richtig diagnostiziert hatte, entschuldigte mich aber aufs höflichste dafür, daß ich zufälliger Verursacher dieser Begegnung gewesen war; doch enthielt die Bemerkung zugleich die Bitte, keine zweite Begegnung mehr herbeizuführen.

,,Der Mann gefällt mir", sagte andererseits ein paar Minuten später der Granat, als Tuzzi hinter dem Schranken des Dutyfree-Shops verschwunden war. ,,Schad', daß ich den nie mehr sehen werd'."

Damit sagte er fast das gleiche, was auch Tuzzi gesagt hatte.

,,Du lieber Himmel!" flüsterte wiederum etliche Minuten nachher der Granat, als wir schon in der Maschine saßen, und deutete auf den Ecksitz jenseits des Zwischenganges: dort holte Tuzzi eben eine Riesenflasche ,,Arpège" und eine Stange Menthol-Zigaretten aus dem Plastiksack, um sie in seinem Kabinenköfferchen zu verstauen. ,,Der Mann und dieses Parfüm . . .? Täten Sie's mir glauben, daß ich die ganze Zeit über das G'fühl g'habt hab', daß auch der da . . .?"

Ich sagte nichts. Aber ich wußte ja, was der gemeinsame Nenner gewesen war, der drei so sehr verschiedenen Männern etliche Stunden gegenseitiger freundlicher Achtung und auch die Lust zur Vernichtung einer Scheinwelt geschenkt hatte.

,,Die ganze Zeit über", sagte der Granat, ,,hab' ich so

ein G'fühl g'habt! Ja, sie is' eine Hexe, ich sag's Ihnen! Sie holt auch aus der Entfernung aus ihren Männern alles heraus, was in denen drinsteckt. Und dazu noch etliches, von denen einer gar nicht weiß, daß er's hat."

Dieses Gespräch ist bis heute das einzige geblieben, das zwischen diesen beiden Mitgliedern der Runde geführt wurde; denn wenn sich auch später, während des Großen Festes etwa, Begegnungen oder Überkreuzungen nicht ganz vermeiden ließen, so wußten es doch beide, der Silberne so gut wie der Legationsrat, immer einzurichten, daß der eine verschwand oder schon verschwunden war, wenn der andere auftauchte, so daß sie sich wie zwei Planeten verhielten, die zwar um dasselbe Zentralgestirn kreisen, dies aber in maximalem Abstand tun; wozu noch kam, daß der Silberne seine Bahnen so vorsichtig zog, daß er keines anderen Umlauf störte, auch mit mir sozusagen über weite Distanzen sprach und nur mit dem Medizinalrat, der als ein wahrer und reifer Menschenfreund von den Menschen nichts hielt, weshalb ihm denn alle gleich waren (lieb oder unlieb), ohne Zeugen umging; aber da handelte es sich für Außenstehende um eine regelrechte Arzt- und Patienten-Relation, an der nichts auszusetzen war.

Und nun? Tuzzi und das Große Kaliber?

Ja, wenn die Interdependenzen durcheinandergeraten, dann werden sonderbare Allianzen plötzlich möglich.

Die Buben des Silbernen haben übrigens Funkgeräte bei sich. Und zwar nicht diese kleinen Amateur-Walkie-Talkies, sondern solide, professionelle Dinger, wie sie beim Heer gebraucht werden.

Tuzzi und der Silberne . . . nun, immerhin kann man sich beschützt fühlen.

Als der Medizinalrat nach Abbüßung seiner Sünden in Gnaden angenommen worden war, der Fürst jedoch sich damit abgefunden hatte, die Gesellschaft unserer Freundin nicht ohne Garnierung durch seltsame Leute genießen zu dürfen (seltsam in seinen Augen, meine ich; übrigens glaube ich, daß er der einzige war, der tatsächlich glaubte, im Granaten einen bedeutenden Ex- und Importeur vor sich zu haben; oder aber war er der einzige, der dies glaubhaft zu glauben vorgab), näherte sich unser Mikrosolarsystem seiner Vollendung; Gesetzmäßigkeit stellte von selbst sich ein; wo immer die Sonne stand, kreisten ihre Planeten um sie wie nach vorbestimmtem Plan: Am häufigsten erschien der Medizinalrat am Horizont, fast so häufig wie der Fürst, abgesehen natürlich vom Genie, das so mondhaft stetig zur Stelle war, daß man sein Vorhandensein bis zum Übersehen als selbstverständlich hinnahm; das Gestirn Tuzzi erschien mit großer und dank seiner Regelmäßigkeit berechenbarer Pünktlichkeit, der Große-Silberne-Planet hingegen zufolge der unterschiedlichen Kompliziertheit seiner auf alle außer dem Medizinalrat bezogenen Epizyklen stets unvorhergesehen, aber dennoch immer im richtigen Moment; die kleineren Planeten, als da etwa der Brettschneider-Ferdi oder die Helga und etliche andere waren, tauchten gewissermaßen nach Bedarf an unserem Horizont auf; im Laufe der Zeit zogen die größeren Planeten allerlei Trabantenhaftes in diese Sphäre, so Tuzzi den liebenswürdig-melancholischen Ministerialrat Haberditzl, der Medizinalrat den einen oder anderen von ihm herzlich verachteten, aber für eine Weile hinlänglich interessanten Kollegen oder Patienten; aber dies waren kometen- oder sternschnuppenhaft vorübergleitende Phänomene, nicht vergleichbar dem eigentlichen Planetensystem, geschweige denn dem der stabilen Galaxie des Netzes, das sich im Hintergrund wölbte und uns tröstlich bestätigte, daß wir nicht allein waren in der Kälte dieses Daseins.

Mir blieb es vorbehalten, den letzten größeren Wandelstern zu entdecken, dessen Existenz uns lange Zeit unbekannt geblieben war, weil er seine Kreise so bescheiden im Rücken der Sonne zog, daß sich Konjunktionen mit uns anderen Planeten nicht ergaben.

Daß ich ihn überhaupt entdeckte, hing damit zusammen, daß ich – für nicht lange Zeit, leider – die Schlüsselgewalt, deren Übertragung meine Heiligsprechung besiegelt hatte, mit anderen teilen mußte. Denn es ergab sich von selbst, daß wir aus Notwendigkeit und Neigung Orte und Punkte suchten und fanden, an denen wir einander treffen konnten, ohne daß es dazu vorhergegangener Verständigung bedurfte; organisiert waren diese Treffen fast nie, konnten es auch kaum sein, denn wir alle arbeiteten schwer, lange und ohne die Sicherheit, eine Arbeit pünktlich beginnen oder beenden zu können; infolgedessen regelten wir unsere Begegnungen nicht zeitlich, sondern örtlich: mittags aßen wir, wenn sich's gerade ausging, bei der Helga, abends in der Herklotzgasse beim rühmenswerten Herrn Kellner, der in dieser düsteren Gegend aus einem heruntergekommenen Beisel ein erstklassiges Etablissement mit weiterhin bürgerlichen Preisen entwickelt hatte, uns auch mit Rundschreiben auf wichtige Neuerungen seiner Speisekarten aufmerksam zu machen sich regelmäßig höflichst erlaubte; in vielen Nächten wiederum trafen wir einander dort, wo der Nagl-Karl oder der Brettschneider-Ferdi oder die Schneider-Brüder sich mit ihren jeweiligen Wirten noch nicht zerstritten hatten – aber der wichtigste Kreuzungspunkt unserer Umlaufbahnen verlagerte sich, zum großen Vergnügen unserer Freundin, schließlich in ihre winzige Wohnung, und dies gerade darum, weil die Inhaberin selbst so selten zu Hause war; allzu oft konnten dort Blumensträuße nicht abgegeben werden, weil sie sich in der Neubaugasse noch durch widerwärtige Layout-Probleme hindurchkämpfen mußte; und viel zu oft standen die , die keinen Schlüssel hatten, vor der verschlossenen Tür, obwohl ausgemacht gewesen war, daß sie unsere Freundin zum Abendessen oder zum Konzert abholen sollten – Unbequemlichkeiten, die bisweilen freilich nicht nur auf unbestreitbare Arbeitsüberhäufung zurückzuführen waren, sondern oft genug auch auf die Großzügigkeit, die unsere Dame in allen Dingen, die mit der Zeit zusammenhingen, an den Tag legte; ihr kam's nie drauf an, auf irgend etwas oder irgendwen unverhältnismäßig viel Zeit zu wenden, darin war sie verschwenderisch, ja sogar verschwendungssüchtig bis zum Übermaß; aber diese Eigenschaft, die sie mir als Mitarbeiterin so wertvoll machte, schuf jenseits des Beruflichen manche Schwierigkeiten – selbst so taktvolle Männer wie Tuzzi, so tolerante wie der Fürst oder so blind vernarrte wie der Medizinalrat fanden es denn doch etwas peinlich, mit einem Smoking am Leib und Blumen in der Hand in einem zugigen Stiegenhaus herumstehen und unbestimmte Zeit auf das Herannahen kurzer energischer Schritte lauschen zu müssen; daß die Bewohner der nachbarlichen Wohnungen – sämtliche zum Netz gehörend – die wartenden Herren glücklicherweise nicht als skandalöse Erscheinungen, sondern bald als Gute Bekannte einer besonders Guten Bekannten ansahen und einluden, sich's derweil im Eßzimmer bequem zu machen und Kaffee zu trinken, mochte im Sinne zwischenmenschlicher Kommunikation zwar positiv zu werten sein, war aber nicht gerade das, was die Besucher sich wünschten.

So wurde dann, zunächst als Provisorium, später als ständige Einrichtung, der Wohnungsschlüssel an der Innenseite der Eingangstüre an einem Stück Spagat so aufgehängt, daß der Wissende ihn von außen durch den Schlitz des Briefeinwurfs herausziehen und die Tür aufsperren konnte.

Was er dann weiter machte, blieb jedem Besucher überlassen: er konnte die mitgebrachten Blumen in die Vase stellen und sich Kaffee kochen oder eine Patience legen oder, was der Medizinalrat gerne tat, auf der gewissen Matratze im Wohnzimmer ein Schläfchen absolvieren, denn wenn die Hausherrin sich schon verspätet hatte, mochte es zwanzig Minuten oder ebensogut zwei Stunden dauern, ehe sie heimkam; der Legationsrat gewöhnte sich's mit der Zeit sogar an, stets irgendwelche Notizen mit sich zu tragen, aus denen er bei solchen Gelegenheiten ein Memorandum oder sonstwas fertigte, was Konzentration und Ruhe erforderte; die Bedingungen dazu waren in dieser Wohnung vorhanden, denn ihre Fenster gingen zum Innenhof eines großen Gemeindebaus hinaus, in dem es still wie in einem Dorf war; und das Mobiliar, das mit wenig Geld und nicht viel Stilkenntnis, aber mit sicherem Instinkt für geordnete Verhältnisse bei Altwarenhändlern gekauft worden war, atmete, dunkelbraun und rundlich, das aus, was der Fürst anerkennend als „begabten Wohngeist" bezeichnete und viel besser nicht definiert werden kann, denn es bedarf in der Tat einer Begabung oder sogar des Genies, um zwischen vier Wänden einen Raum zu schaffen, in dem man vollkommen zu Hause ist (ich habe diese Begabung nicht, meine Wohnungen waren immer ungemütlich).

Es blieb nicht bei solchen Gelegenheitsbesuchen. Der disponible Schlüssel, die Matratze und die unbekümmerte Freizügigkeit der Gastgeberin hatten zur Folge, daß das Wohnzimmer seinen eigentlichen Zwecken entfremdet und zu einem Gast- und Herbergsraum verwandelt wurde, dessen Vorzüge man nicht nur in unserem eigenen Planetensystem, sondern auch in Teilen des Netzes zu schätzen lernte.

Es gewann die Schaumstoffmatratze nachgerade fast symbolhafte Bedeutung: als eine stets bereite Asylstätte für jeden, der von unseren Freunden als Freund akzeptiert worden und eines Zufluchts- oder Besinnungsortes bedürftig war.

Nach einer Weile waren es schon viele, die sich irgendwann des Schlüssels bedienten: durchreisende Freunde und Freunde von Freunden, die von auswärts (von Saloniki, Klein-Reifling oder London) kamen und (nach Ybbs, Paris oder Bukarest) weiterreisten; andere, die ihre Schlüssel verloren oder vergessen oder aber Krach mit ihren Frauen oder Freundinnen oder sonst einen Grund hatten, eine Nacht nicht zu Hause oder im Hotel zu verbringen – wer immer in eine solche Bedrängnis geraten war oder entdeckt hatte, daß er hier für ein paar dunkle Stunden den Forderungen der laufenden Programme entrinnen konnte, fing sich den Schlüssel aus dem Briefschlitz, trat leise ein, warf einen Blick auf die Küchentüre (wenn sie geschlossen war, bedeutete das, daß die Hausherrin im dahinterliegenden Schlafzimmer schlief oder aus anderen Gründen keinesfalls gestört sein wollte), ging ins Wohnzimmer und legte sich dort zur Ruhe.

Auch ich habe oft genug die Tür zu dieser Insel der Kleinen Glückseligkeit aufgeschlossen, bin eingetreten, habe mir die Schuhe ausgezogen, mich auf der dunkelroten Lagerstätte ausgestreckt, gewartet, bis der Genius der Behausung, eine hochbeinige sanfte Katze, von irgendwo herangeschlichen kam, um sein bescheidenes Kraul-Opfer zu fordern, habe mich dann aufs Ohr gelegt zu Zeiten, die eigentlich nicht zum Schlafen bestimmt waren, und eine Stunde geschlafen, um eine kleine Wunde aus dem alltäglichen Dschungelkrieg vernarben zu lassen oder einer gelegentlichen Erschöpfung Herr zu werden.

Allmählich entdeckten wir – der Medizinalrat und ich –, daß es da, neben uns und den nur sporadisch Erscheinenden, noch einen geben mußte, der zwar regelmäßig vorbeikam, von uns aber noch nicht gesichtet worden war; wir schlossen dies aus dem Geruch nach Pfeifentabak.

Natürlich hätten wir unsere Gastgeberin fragen können, wer da zwischen den vielen Blumen nicht Zigaretten rauchte wie Tuzzi und ich, und nicht Zigarren wie der Medizinalrat; aber wir fragten nicht. Schweigende Diskretion war eine der Kräfte, die unser System in Ordnung hielt. Aber es bereitete uns Kopfzerbrechen; mir, weil da wieder ein Unbekannter ins Spiel kam, dem Medizinalrat aus demselben Grund und weil er eifersüchtig war (und sich dessen nicht einmal schämte).

Notwendig wäre es aber nicht gewesen, daß wir uns dieser Sache wegen sorgten; es war weiter nichts dran.

Denn eines Nachmittags roch es, als ich die Tür aufschloß, besonders kräftig nach englischem Pfeifentabak, und in der Küche stand an der Abwasch vor einem Riesenstoß von Tellern und Töpfen ein gutaussehender blonder Mann in der Mitte der Dreißiger, mit starken Muskeln und von jener gutmütig-phlegmatischen Traurigkeit gekennzeichnet, die man an vielen Wienern bemerkt. Er war keineswegs überrascht, als ich eintrat, sondern sagte nur, indem er mit dem Ellbogen auf den Geschirrstoß deutete, im Tone der Entschuldigung:

„So sauber sie auch ist: Geschirrabwaschen hat sie nie wollen!"

Das stimmte. Das ansonst fast übertriebene Sauberkeitsbedürfnis unserer Freundin hatte eben diesen blinden Fleck; so gerne sie mit Tellern und Töpfen hantierte, denn sie kochte, wenn sie Zeit fand, leidenschaftlich gern, so zuwider war's ihr, das Geschirr nachher wieder zu säubern; verantwortungslos wie nur ein liederlicher Junggeselle, hilflos wie ein Strohwitwer, stellte sie das schmutzige Geschirr einfach in die Abwasch, und wenn die zu voll wurde, ins Waschbecken, und wenn auch das gefüllt war, in die Badewanne, es dem Schicksal überlassend, diese Arbeit für sie zu erledigen. Das Schicksal half dann auch tatsächlich immer; manchmal erbarmte sich eine freundliche Nachbarin des Durcheinanders, später machten sich die Schlüsselbenützer eine sportliche Ehre daraus, die Hausherrin der Komplikation zu entheben, irgendwo eine fremde Badewanne suchen zu müssen, weil die eigene gerade voll von Gabeln, Tellern, Messern, Löffelchen, Reindeln und Tassen war.

Aber wer war dieser Pfeifenraucher?

Etliche Sekunden lang schauten wir einander an, bis klarwurde, daß ich dabei der Stärkere blieb. Dann sagte er mit gutmütig-melancholischem Achselzucken:

„Ich bin nämlich der Geschiedene."

„Ah so!" sagte ich und betrachtete ihn mit Sympathie. Immerhin war ja ich (unschuldig und quasi nur in gewisser Hinsicht) der Verursacher seines Geschiedenseins.

„Und Sie?" sagte der Geschiedene und lächelte melancholisch. „Sind Sie ihr Freund?"

„Sagen wir: Freund schon, aber nicht in der Hinsicht, die Sie vielleicht vermuten. Leider."

„Das ‚leider' sagen Sie mit Recht!" sagte der Geschiedene. ,,Sie ist nämlich eine großartige Frau. Übrigens – wenn Sie schon da sind, könnten Sie mir ja auch helfen. Wenn Sie das Geschirr trocknen wollen?"

Ich hasse Geschirr, das nicht trocken und sauber ist, aber aus Gründen der Solidarität und des Mitgefühls nahm ich das Handtuch und half wirklich.

,,Und ‚großartig' ist nicht einmal das richtige Wort", fuhr er fort. ,,Sie ist die Größte, verstehen Sie? Außer ihr gibt's keine. Ich hab' jetzt eine Siamesin. Eine schöne. Vielleicht heirat' ich sie sogar."

,,Siamesinnen sollen sehr liebenswürdig sein", sagte ich tröstend. ,,Und sehr erotisch."

,,Das sind sie. Aber gegen sie? Da schenk' ich Ihnen ganz Siam dafür."

Eine Weile arbeiteten wir schweigend.

,,Sie lieben Sie also immer noch?" sagte ich dann.

,,Natürlich", sagte er melancholisch. ,,Haben Sie je einen gesehen, der sie nicht liebt?"

,,Nein", sagte ich wahrheitsgemäß.

,,Sehen Sie? Und ich hab' sogar überhaupt nichts anderes getan. Ich hab' sie ausschließlich nur geliebt. Ich stamm' nämlich aus einem reichen Haus."

,,Aha."

,,. . . und hab' mir es also leisten können, nichts anderes zu tun, als ihr jeden Wunsch von den Augen abzulesen, buchstäblich. Blumen. Fortgegangen, wenn ich das Gefühl gehabt hab', daß sie allein sein will. Dagewesen, wenn ich gespürt hab', daß sie nicht hat allein sein wollen. Übrigens: ich koch' auch sehr gut. Ins Konzert gegangen – obwohl ich total unmusikalisch bin. Und immer Liebe, Tag und Nacht. Für jede andere wär's das Paradies auf Erden gewesen."

,,Ich glaube es Ihnen", sagte ich höflich.

,,Aber wahrscheinlich können Sie sich nicht vorstellen, wie sie mich dafür geliebt hat. Es ist keine wie sie, wissen Sie? Und dann, von einer Stunde auf die andere, stellt sie sich plötzlich vor mich hin und sagt, sie will sich scheiden lassen."

,,Unglaublich!" sagte ich.

,,Ich fragte sie ganz blöd: warum? Sie sagt: halt so. Ich sag': um Gottes willen, was hast du für einen Grund? Sie sagt: keinen. Ich sag': ist ein anderer da? Sie sagt: nein. Ich sag': willst vielleicht nicht mehr mit mir schlafen? Sie sagt: wenn du willst, selbstverständlich schon, warum nicht, es war ja immer sehr schön mit dir. Ich sag': aber dann brauchst dich doch nicht scheiden lassen, da geh' ich halt ein paar Tage weg, so lang, bis du mich wieder willst. Oder ein paar Wochen. Oder Monate. Oder ein Jahr. – Sie sehen, wie verrückt ich nach ihr war; ich hätte alles gemacht, wofür sich ein Mann sonst in Grund und Boden schämen müßte. Aber sie sagt: das wär' bestimmt nicht gut für mich, denn nach einer Weile tät' ich ja doch draufkommen, daß ich mich in Grund und Boden schämen müßt', und so eine Erniedrigung tät' sie mir nie an, nie. Also müßt' ich doch auch einsehen, daß eine Scheidung viel besser wäre. Natürlich hab' ich sie immer wieder gefragt, warum sie mich nicht mehr liebt. Aber was denn, was denn! hat sie geantwortet – ich lieb' dich ja eh! Ist ein anderer Mann da? hab' ich gefragt. Nein, sagt sie, es ist kein anderer da!

Und es war auch kein anderer da", sagte der Geschiedene und sah mich nachdenklich an, ,,außer Ihnen. Ich hätt' Sie damals fast umgebracht, wissen Sie?"

,,Wirklich?" sagte ich schwach.

,,Naja, ich hab's eh nicht getan. Aber überlegt hab' ich's mir wohl. Erinnern Sie sich an das Durchhaus, durch das Sie in der Nacht immer zu ihrem Auto gegangen sind? Ich hätt' Ihnen dort einfach das Genick brechen wollen; ich bin ziemlich kräftig und gut trainiert, es hätte keiner was bemerkt. Nicht einmal Sie selbst. Oder haben Sie gespürt, daß ich zweimal hinter Ihnen gestanden bin? In der Stiegenhaus-Ecke mit der großen Vase? Neben dem Ausgang?"

„Nein", sagte ich und setzte mich auf den Rand des Bidets, denn eine andere Sitzgelegenheit gab's nicht in dieser Küche, deren eine Hälfte in ein Badezimmer verwandelt worden war. „Aber viel Sinn hätte es nicht gehabt, mich umbringen."

„Ich weiß. Es ist mir bald klargeworden, daß Sie nicht ihr Geliebter waren oder sowas, sondern ganz was anderes – ich bin lang genug hinter Ihnen her gewesen. Sie sind da wohl wie der Pontius ins Credo geraten, wie?"

„Man könnte es so nennen", sagte ich unbestimmt.

„Sie macht mit einem, was sie will, nicht wahr?"

„Ich würde eher sagen: aus einem."

„Richtig. Die Frage ist nur: will sie's eigentlich? Oder passiert's ihr nur?"

Da fingen wir schon an, gute Freunde zu werden.

„Es könnte sogar noch komplizierter sein", sagte ich, „nämlich: daß sie aus einem nicht das macht, was sie will, sondern das, was er selbst eigentlich will. Zumindest habe ich manchmal diesen Verdacht."

„Das hat was für sich", sagte der Geschiedene. „Aus mir hat sie jedenfalls – ich muß schon sagen! – ja, aus mir hat sie einen Mann gemacht! Und zwar eben dadurch, daß sie mich von einer Stunde auf die andere hat stehenlassen. Nie wäre ich sonst auf die Idee gekommen, Technik zu studieren, eine Firma zu gründen, Vorsitzender in der Innung zu werden undsoweiter. Ja, sie macht aus einem, was man will, samt Siamesin. Aber auch, was sie will."

Er begann zu lachen. „Vor Jahren hat sie mich sogar zu einem Mädel gemacht. Es ist wert, daß ich das erzähle: Wir waren bei den Roten Falken, als Zwölf- oder Dreizehnjährige. Und sie die Führerin, natürlich. Im Lager ist dann ein Wettbewerb abgehalten worden – Laufen, Schwimmen, Singen und so Sachen halt. Unsere Gruppe war in jeder Disziplin die erste, für die anderen war nichts zu machen gegen uns. Es war schon ein bisserl peinlich wegen der Solidarität und – na, wie das bei den Roten so ist, man hat's dort nicht gern, wenn manche dauernd besser sind als die anderen. Die Lagerleitung ist infolgedessen auf den Einfall gekommen, auch noch Volkstanzen in den Wettbewerb aufzunehmen, damit wir wenigstens einmal verlieren. In unserer Gruppe hat's nämlich nur Buben gegeben, weil sich gegen sie kein Mädel hat halten können. Nur ein Dutzend Buben und sie, das war unsere Gruppe. Und was hat sie gemacht? Die Hälfte der Buben als Mäderln verkleidet – mit ihren Sachen und mit anderen, die wir uns in den anderen Zelten besorgt haben. Was soll ich Ihnen sagen? Wir sind auch im Volkstanzen die ersten geworden. – Was meinen Sie: Ist sie eine Zauberin?“

„Das könnte sein“, sagte ich. „Ich hab' auch schon daran gedacht.“

„Wenn ihr ein Mann, den sie hat stehenlassen, Jahre nachher das dreckige Geschirr wäscht – da muß schon was Unerklärliches dahinter stecken . . .“ sagte der Geschiedene sehr nachdenklich und hatte damit sicherlich recht.

So saßen wir, er auf dem Rand der Badewanne, ich auf dem Bidet, rauchten zusammen, schwätzten und fanden einander sehr sympathisch.

Dann kam sie, aus der Neubaugasse, wo ich sie Stunden zuvor bei ihrer Arbeit im Stich gelassen hatte, freute sich, daß zwei ihrer guten Freunde das Geschirr gesäubert hatten, ließ, vor Vergnügen laut singend, die endlich wieder leere Wanne vollaufen, schüttete Hände voll Rosmarin hinein, warf uns hinaus ins Wohnzimmer, badete ausgiebig, wickelte sich dann in einen Frotteemantel und nahm uns auf der berühmten Matratze an die dreihundert Schilling beim Würfelspielen ab. Ihr gelang es stets und mit signifikanter Häufigkeit, den allerletzten Wurf für sich entscheiden zu lassen. Jeder Spieler weiß, daß solche Würfe irgendwie nicht mit rechten Dingen zugehen können.

Meines Wissens (und als der zuständige Heilige hätte ich es ziemlich sicher gewußt, wenn es anders gewesen wäre) ist keiner der vielen Männer, die im Laufe der Jahre ihr müdes, erhitztes, verwirrtes, berauschtes oder sonstwie versehrtes Haupt auf diese Polster legten, je in die Sünde oder die Dummheit verfallen, das schweigende Gesetz zu verletzen und an die Türe hinter der Badeküche auch nur zu klopfen, wo, im Schlafzimmer, die vollkommene Freundlichkeit wohnte und atmete (und manchmal auch ein bißchen schnarchte). Geradezu absurd wäre dies gewesen, obwohl doch unter all diesen Männern kaum einer war, der nicht entweder davon geträumt hätte, von ihr geliebt zu werden oder, wenigstens, geliebt worden zu sein. Hingegen bildeten sich nach und nach gewisse Formen des Dankes oder der Opferspende heraus; so gehörte es zum guten Ton unter den Privilegierten, am Morgen frische Semmeln und Milch zu holen, Kaffee zu kochen und durch die geschlossene Türe hindurch zu melden, daß es Frühstück gebe. Als hohe Ehre galt es, wenn man daraufhin eingeladen wurde, am Rande ihres Bettes sitzend mit ihr zu frühstücken, obwohl unsere liebe Freundin nach dem Erwachen keineswegs zur Konversation geneigt war, sondern mit dem Ausdruck einer gereizten Mörderin in die Welt zu blicken pflegte – ein Zustand, der sich nach dem ersten Schluck Kaffee freilich augenblicks änderte.

Leider wurden diese Verhältnisse allgemach ziemlich unübersichtlich, denn es tauchten mit der Zeit zwischen den Freunden und den Freunden der Freunde auch noch deren Freunde auf, und am Ende war von manchem Gast, der irgendwann einmal, tags oder nachts, den Schlüssel aus dem Briefschlitz zog, nicht einmal mehr gewiß, wer ihm die Adresse verraten hatte – bei den beiden bärtigen Jungmalern aus Norwegen zum Beispiel oder dem distinguiert wirkenden Polen, der unter Hinterlassung eines goldenen Siegelringes verschwunden war. Aber nichts davon brachte meine Freundin je aus der Ruhe, nicht einmal die dunkelhäutige Balkan-Familie, die achtundvierzig Stunden lang auf der Matratzen-Insel gesiedelt und neben Hammelfett- und Slibowitz-Düften auch einen kostbaren bosnischen Teppich zurückgelassen hatte, der hinfort der Liegestatt morgenländischen Zauber verlieh.

Nur einmal, ein einziges Mal, war sie ratlos; weshalb denn ich, lang nach Mitternacht, telefonisch zu Hilfe gerufen wurde.

„Was soll ich nur mit dem da machen?“ sagte sie, als ich in ihr Zimmer stürzte, und zeigte zornig in den dämmrigen Teil des Wohnzimmers, wo auf der Matratze ein unbeweglicher Umriß sichtbar wurde, der sich, nachdem ich die Stehlampe eingeschaltet hatte, als ein Asiate in orangegelbem Wickeltuch und tiefem Meditationszustand erwies und einen starken Kontrast zu dem bunten Bauernkasten hinter ihm bildete.

„Teufel auch!“ sagte ich und brach wieder einmal den

Schwur, mich über nichts mehr zu wundern, was sich hier zutragen würde. ,,Wo kommt der denn her?"

,,Keine Ahnung. Aber wenn ich draufkomm', wer mir den da geschickt hat – den ermorde ich mit der Nagelschere!"

Der Lama – oder was immer er gewesen sein mag – hatte sich weder durch meinen Eintritt stören lassen, noch nahm er nun wahr, daß von ihm die Rede war. Unbeweglich in seinem Lotos-Sitz verharrend, blickte er in sich oder sonst unbekannte Dimensionen hinein, mit halb geschlossenen Lidern, unter denen nur das Augapfel-Weiß erkennbar war.

,,Macht er Schwierigkeiten?"

,,Die Schwierigkeit besteht darin, daß er gar nichts macht, außer eben dazusitzen. Seit drei Tagen komm' ich nicht in meinen Kleiderkasten hinein. Wenn ich ihn wenigstens dazu kriegen könnt', ein bisserl auf die Seite zu rücken, daß ich die Tür aufbring' . . ."

Ich war auf Schlimmeres und Bedrohlicheres gefaßt und selbstverständlich bereit gewesen, in offene Messer zu rennen oder sie aus Feuergluten und ich weiß nicht welchen Gefahren noch zu retten. Aber dieses Problem hier überforderte mich. Wie schafft man einen in tiefe Meditation oder gar Trance versunkenen Asiaten aus einer Wohnung hinaus? Mit wessen Hilfe? Der Polizei? Der Fürsorge?

,,Aber das schlimmste daran ist, daß der Mensch da seit drei Tagen nicht einen Bissen gegessen hat. Vielleicht trinkt er wenigstens Wasser, wenn ich nicht da bin, das weiß ich nicht – aber Essen? Keinen Bissen! Seit drei Tagen!"

Erst jetzt sah ich, daß er vor sich einen Holznapf stehen hatte, der mit Steirischem Wurzelfleisch gefüllt war – einer Spezialität des Hauses.

,,Er rührt einfach nichts an!" klagte es hinter mir. ,,Was ich schon alles probiert hab': Schnitzel und Eingetropftes und Gulasch und Würstel – aber er ißt nichts. Nix! Wenn das so weitergeht, hab' ich demnächst einen verhungerten Tibetaner in der Wohnung. Und was mach' ich dann mit ihm?"

Um einen Tibetaner handelte es sich nicht, sondern, der bräunlichen Hautfarbe nach zu schließen, um einen Südostasiaten – einen Burmesen vielleicht oder einen Malayen. Jedenfalls war diese Figur in ihrer völligen Entrücktheit beeindruckend, so grotesk die Situation auch war.

,,Du solltest es", sagte ich, ,,mit etwas Vegetarischem versuchen. Es dürfte sich da um einen Lama oder einen Mönch handeln, und zwar um einen buddhistischen, der wahrscheinlich kein Fleisch zu sich nimmt."

,,Wie die katholischen Pfarrer am Freitag, was?"

,,Nein. Nach der Meinung dieser Leute haben auch Tiere Seelen, die wie die unseren auf Wanderschaft sind. Darum darf man Tiere nicht töten, verstehst du?"

,,Verstehe", sagte meine Freundin. ,,Also Gemüse?"

,,Man könnte es damit versuchen."

,,Ich hab' keines zu Hause, außer ein Salathäuptel. Aber von Salat wird man nicht satt. Meinst, daß er Eiernockerln ißt?"

,,Mit Salat? Probier es damit. Das scheint mir jedenfalls der Mühe wert zu sein."

Sie probierte es, und der Erfolg blieb nicht aus. Am Morgen danach saß die gelbe Figur zwar genauso weltentrückt da wie all die Tage vorher, aber das Schüsselchen vor ihr war leer und sauber, ,,als ob er die Nokkerln inhaliert hätt'", wie die Freundin es nicht sehr vornehm, aber präzise beschrieb.

In der folgenden Woche – denn sieben Tage lang saß

der Fremdling unbewegt auf der Matratze – füllte sich seine Schale mit Topfenstrudel, Reisauflauf, Karotten („wegen der Vitamine!"), mit Krautfleckerln, Palatschinken, Linsen, Semmelknödeln und Mohnnudeln.

Am achten Tag erhob sich der Gast, verbeugte sich mehrmals vor seiner Gastgeberin, ergriff ihre Hände, faltete sie vor sich auf, beugte sich nieder, legte seine Stirn hinein, ließ dann die vier Hände fallen, lächelte, verbeugte sich noch einmal und ging ab.

Folgendes sagte, nachdem sich die Türe hinter der orangenen Kutte geschlossen hatte, meine Freundin in einem Atemzug: (ANDÄCHTIG) „Jessas, war das schön!" – (BESORGT) „Hoffentlich schad't ihm die viele Mehlspeis' nicht bei der nächsten Seelenwanderung." – (ERSCHRECKT) „Hörst, ich muß selbst ganz schön zug'nommen haben bei der Diät!" – (ERNSTHAFT) „Von mir aus hätt' er ruhig noch dableiben können." – (NACHDENKLICH) „Wenn ich seelenwandern müßt' und ich könnt' mir's aussuchen – weißt, was ich werden möcht? Ich möcht' wieder ich werden."

Und dies alles hätte vielleicht komisch sein können, war's aber nicht, denn während sie das sagte, hatte sie nasse Augen, und was mich betrifft, so fühlte ich einen leisen Stich: Mit einem wirklichen Heiligen in Konkurrenz treten zu müssen, darauf war ich nicht vorbereitet gewesen.

Der Geschiedene wurde von mir den anderen Herren und Narren vorgeführt und von ihnen als vollwertiges, wenn nicht sogar als Ehrenmitglied in die Runde aufgenommen; schließlich war er ja einmal mit der kleinen Leuchtfigur, unserer winzigen Zauberin, unserem Zentralgestirn, in die engste Berührung von allen geraten, grausam dabei verletzt worden und dennoch bereit, weiterhin für diese Person zu zeugen: das sicherte ihm unser aller Sympathie und kameradschaftliches Mitgefühl, was er auch verdiente, denn er war ein sympathischer Bursche, der sich seinen Hintergrund erst zu schaffen anschickte, weil ein Sohn aus reichem Vororthaus einen solchen normalerweise nicht hat; wir waren aber brüderlich bereit, ihm dabei zu helfen, indem wir ihn in unsere verschiedenen Sphären einführten, damit er dort Erfahrungs- und Erkenntnis-Speck ansetze. Insbesondere ließ sich der Maria das sehr angelegen sein, was uns andere eher wunderte, denn wenn es in diesen Zeiten für einen Lipkowitz zwar schon angehen mochte, sich für eine geschiedene Frau zu engagieren, so hätte er doch wenigstens dem geschiedenen Mann gegenüber noch etwas Distance wahren sollen – so dachten wir Bürger und Plebejer im stillen, aber der Fürst dachte das offenbar gar nicht, sondern ließ sich mit dem Geschiedenen in ein fast schon freundschaftliches Verhältnis ein. Was unserer Feundin sehr recht war; mag sein, daß sie mit dieser Integration ihres Geschiedenen in unsere Runde einen doch vorhanden gewesenen Rest schlechten Gewissens getilgt fühlte.

Und damit war unser Mikrosolarsystem komplett und zu voller Harmonie gebracht worden. Je nach Temperament gelassen oder hitziger, eilig oder geduldiger, laut oder leiser, zogen wir unsere Bahnen und Kreise und Epizyklen um den gemeinsamen Punkt unserer Liebe, Freundschaft und Besorgnis, entfernten uns, um wiederzukehren, ließen unsere Kreise auf wohlberechnete Weise einander schneiden oder voneinander begleiten und wurden nicht müde, dieses System zu vervollkommnen und uns darüber zu freuen. Es war, was uns da gelang, in der Tat so etwas wie ein Kunstwerk.

Wie lange es dauerte? Monate? Ein Jahr? Oder zwei? Wie zur Zeit mein Zustand ist, scheine ich zur Zeit kein rechtes Verhältnis mehr zustande zu bringen; die Maße stimmen mir nicht mehr: manches, was de facto nur Minuten gedauert haben dürfte, scheint mir, dem Erinnerer, ein Stück vorübergegangener Ewigkeit gewesen zu sein, andere Vorgänge wiederum, die Monate oder Jahre in Anspruch genommen haben mögen, schmelzen im Rückblick zu glasbrockenhaften Sekundenbildern zusammen. Es könnte also sein, daß jene glückliche, ja geradezu süße, um nicht zu sagen: pythagoräische Harmonie auf Jahre hin angehalten hat.

Von Dauer war sie nicht. Von Dauer konnte sie nicht sein, denn sie verlangte zuviel Kraft und Disziplin, Präsenz, Fürsicht und Selbstbescheidung; im stillen war's mir all die Zeit hindurch so klar wie bang, daß irgendwann einmal der beachtliche Vorrat an diesen Kardinaltugenden an einer Stelle aufgezehrt sein würde; ein Glied von vielen ist nun einmal das schwächste, an dem reißt dann die Kette.

Und es waren ja nicht wirklich Planeten, die da verzückt im leeren Raum kreisten, sondern Menschen, schlimmer noch: Männer, die in aller Lieb' und Freundschaft auch Rivalen waren und im Grunde ihrer Seelen darauf lauerten, bei günstiger Gelegenheit auszubrechen aus der harmonischen Umlaufbahn und in kürzester Linie loszugehen auf ein bestimmtes Ziel. Und es in Besitz zu nehmen.

Nämlich sie.

Vorderhand freilich, monate- oder jahrelang, widerstand sie dem unmerklich zunehmenden Druck der Wünsche, Hoffnungen und Emotionen mit Leichtigkeit; sie zähmte alle und benachteiligte keinen; sie freute sich über jeden und forderte jeden heraus, sich mit ihr über jeden anderen zu freuen, was dann auch jeder gewissenhaft, wenn auch manchmal mit leiser Verzweiflung, tat.

Vor allem aber war sie klug genug (oder auf so gescheite Weise dumm, wie nur kluge Frauen das vermögen), aus nichts ein Geheimnis zu machen; sie war indiskret bis zur Gewissenlosigkeit und jederzeit bereit, der ganzen Runde voll Liebe zu erzählen, daß ihr dieser oder jener einzelne – zum Schluß waren's fast alle – tags zuvor seine Liebe gestanden oder ihr sonst alles gesagt und zugeschworen hätte, was bei solchen Gelegenheiten versprochen und gesagt wird; aber sie wußte solche Dinge irgendwie heiter zu verfälschen, daß es ganz unglaublich klang, derart, als hätte ihr wer das Tadschmahal schenken wollen oder sie mit sonst was Märchenhaftem zu erfreuen versucht; womit sie den jeweils Betroffenen, ohne ihn bloßzustellen, zwar in den Rang eines wunderbaren Kavaliers und leuchtenden Beispiels erhob, das wir anderen gebührend zu bestaunen hatten, sich selbst aber zugleich in ein Patt stellte, dem beizukommen nicht möglich war. Auch wandte sie viel Witz an, um ihre Freuden nicht mit einem einzigen, sondern stets mit allen zu teilen; so hatte der Medizinalrat viel weniger Vergnügen vom Besuch der Philharmonikerkonzerte, als er sich's erhofft haben mochte, denn seitdem er an der Seite unserer Freundin im Musikverein erschien, waren dort auch der Fürst und der Legationsrat sehr häufig anzutreffen; andererseits durfte sich der Lipkowitz nicht wundern, daß er, wenn er unsere Königin zu einer Burgtheaterpremiere führte (die Lipkowitz-Zweyensteyn hatten, versteht sich, seit Generationen eine Premierenloge inne), aus dem Parkett herauf den Medizinalrat oder den Geschiedenen winken und seine Vorfreude auf ein spätes Souper zu zweit schon wieder zunichte werden sah.

Nur ich hatte da meine Ausnahmeposition; ich wurde regelmäßig gefragt, ob es mir denn auch recht sei, wenn sie ins Theater oder sonstwohin ginge oder ob nicht noch dringende Arbeit vorhanden wäre, die das verbiete. Und ob ich nicht wünschte, daß sie statt dessen mit mir allein zur Helga oder zum Brettschneider oder wohin immer ginge?

Aber ich war ja der Heilige. Selbstverständlich und endlich.

Dabei übersahen wir alle – auch ich, der es doch als erster hätte merken müssen, weil ich sie vermöge unseres Berufes am häufigsten sah, aber ebenso der Medizinalrat, der zufolge seiner Profession ein Auge dafür hätte haben sollen –, daß sie dieser Beanspruchung einfach physisch nicht mehr gewachsen war. Nach wie vor arbeitete sie täglich in der Neubaugasse ihre zehn oder zwölf Stunden ab, und „täglich" hieß bei uns nur allzuoft auch Samstag und Sonntag, seit meine kleine Firma wieder einmal in einen verzweifelten Knäuel von Terminen, technischen Schwierigkeiten und Vorfinanzierungskomplikationen zu geraten drohte, weil die Bedingungen für selbständige Unternehmer wieder ein wenig mörderischer geworden waren. Das aber, was ihr und uns immer wichtiger wurde, das Entdecken und Erforschen in den uns bis nun unbekannt gewesenen Paradies-Archipelen der Freundschaft, Liebe und Geselligkeit, das mußte sich überdies und daneben und hintennach bis in die Nächte und in die Morgen hinein vollziehen; und auch darin hatte sie das meiste zu leisten; denn die Wege dorthin wußte halt nur sie.

Die Folge davon war ein Zusammenbruch aus purer körperlicher Erschöpfung.

Der Medizinalrat, aus allen Poren Schuldbewußtsein schwitzend, machte mir einen fürchterlichen Krach, berief die Runde ein und trug die Diagnose vor, daß da ein Herzinfarkt gerade noch ausgeblieben sei; er verordne der Patientin eine mindestens monatelange Ruhe- und Schlafkur in stiller, störungsfreier und klimatisch erfrischender Umgebung; der Süden mit seiner Helligkeit käme dafür nicht in Betracht; günstig dafür erschiene ihm ein komfortables Hotel an der Nord- oder Ostsee.

Das stieß jedoch auf Schwierigkeiten, denn nicht nur fand unsere Freundin die Vorstellung, allein und von ihren natürlichen seelischen Ressourcen abgeschnitten, in irgendeiner nördlichen Gegend einsam umherzuwandern, keineswegs gesundheitsfördernd, sondern hatte sie auch – wie immer – kein Geld dazu; obwohl sie ziemlich gut verdiente, verbrauchte sie stets den letzten Groschen, denn seitdem sie sich hatte bilden lassen, schätzte sie Qualität auch im Alltäglichen sehr, aber Damenhandtaschen oder Damenschuhe von Qualität scheinen nun einmal in einer ganz unverhältnismäßigen Weise teuer zu sein; daß sie sich ihren Urlaub jedoch von uns nicht finanzieren lassen würde, wußten wir; sich was schenken zu lassen, war nun einmal nicht ihre Art.

Die Lösung brachte der Lipkowitz. Seit Jahren sei er, hörten wir von ihm, schottischen Verwandten einen Besuch zur Moorhuhnjagd schuldig. Diesen Besuch müsse er sowieso irgendwann einmal abstatten; in dem betreffenden Schloß oder Castle ginge es, wie er wisse, garantiert ziemlich langweilig zu; die Gastfreundschaft dort werde ohne weiteres auf jedermann ausgedehnt, den er mitbrächte; seine Geschäfte erlaubten es ihm zufällig, diesen lange geplanten und sowieso unumgänglichen Besuch eben jetzt zu absolvieren – und man könnte solcherart vielleicht mehrere Fliegen mit einer Klappe schlagen . . .

Wir waren nicht sehr begeistert von diesem Vorschlag; die anderen nicht, weil sich der Fürst da, obwohl in aller Öffentlichkeit, einen Vorteil zuspielte, der den anderen bisher nicht gegönnt gewesen war, nämlich den einer langen und infolge der Entfernung unkontrollierbaren Ein- oder vielmehr Zweisamkeit mit dem Gegenstand der allseitigen Verehrung (noch dazu in unnachahmlich fashionabler und stilvoller Umgebung – ein schottisches Castle, immerhin und allerweil!); und ich erst recht nicht, weil sich selbstverständlich das alte Sauhatz-Syndrom rührte und mir auch die Vorstellung, so lange allein im Büro sitzen zu müssen, zum Frösteln widerwärtig war.

Aber nach Lage der Dinge und Verhältnisse war der Lipkowitz-Vorschlag vernünftig und daher schlechterdings nicht abzulehnen.

So flog unsere Freundin zwei Tage nachher mit dem Ferdinand Maria von Lipkowitz und auf Zweyensteyn nach Schottland zur Moorhuhnjagd. Es war noch Winter, aber der Frühling nicht mehr fern.

,,Nein", sagte der Medizinalrat etliche Wochen später; wir standen auf der Stadionbrücke und betrachteten, nicht sehr konzentriert, die Möwen, die flatternd vor uns in der Luft standen und vergeblich bettelten; unten im Donaukanal trieben immer noch oder schon wieder Eisschollen in Richtung Schwarzes Meer. ,,Nein, ich bin nicht eifersüchtig. Welcher Mann dürfte eifersüchtig sein, wenn eine, sagen wir: Kaiserin oder Alleinherrscherin irgendeinem anderen den Vorzug gibt? Eifersüchtig kann man auf etwas sein, was einem eigentlich gehören oder was man besitzen könnte beziehungsweise sollte, etwas, worauf ein Anspruch wenigstens denkbar ist. Auf eine Kaiserin oder so was hat man keinen Anspruch. Denn das Erheben eines solchen kostet in solchem Fall unter Umständen den Kopf."

Wir gingen schweigend weiter, über die Uferstraße und in die Kleingarten-Kolonie hinein. Es war ein Weg, den wir schon öfter an Sonntagvormittagen gegangen waren, denn der Medizinalrat wohnte dort unten, und gelegentlich, wenn am folgenden Montag unser Regeltreffen nicht zustande kommen konnte, holte ich ihn am Sonntag vorher dort ab, um mit ihm durch die Schrebergärten in den dahinterliegenden Prater zu spazieren und ein wenig Peripatetik zu treiben. Es hing diese Wegwahl mit einem besonderen unter den vielen Interessen des Medizinalrates zusammen, mit jenem nämlich, das er Gärten, Parks und überhaupt der gestalteten Natur in jeder Form widmete; gelegentlich schrieb er unter einem klangvollen Pseudonym sogar Historisch-Philosophisches in dieser Richtung – ziemlich langweilige Sachen, meiner Meinung nach, denn Schreiben war nicht seine Stärke, aber es trug ihm im Verlauf mehrerer Jahrzehnte den Ruf ein, eine der bedeutendsten lebenden Kapazitäten auf dem Gebiete der Hortikultur zu sein; welchen Ruf er, gerade weil der so unnütz war, höher schätzte als seine wahrhaftig nicht kleineren und dabei doch viel nützlicheren ärztlichen Leistungen. Großartig und exzentrisch, wie er alles betrieb, ließ er sich auch diese Liebhaberei hübsch was kosten, indem er etwa zu bestimmten Zeiten des Jahres nach Kyoto, Ravello, Südamerika oder sonstwohin flog, wo ein berühmter Garten grade blühte oder vergilbte und sich von seiner schnellvergänglich-erlesensten Seite zeigte; die Vorsteherdrüsen östlicher Potentaten sonderten genug Honorare ab, um ihm auch solche Ausschweifungen zu erlauben. Aber dann hatte er eines Tages entdeckt, daß die Beweise für seine Theorien sozusagen unmittelbar vor seinem Haustor lagen.

„. . . ich kenne die Gärten der Medici“, so etwa hatte er mich auf früheren Spaziergängen belehrt, „und die Parks des Freiherrn Pückler-Muskau und den Garten von Bomarzo, und weiß als einziger, wie die Hängenden Gärten der Semiramis tatsächlich ausgesehen haben. Aber in Kenntnis all dessen sage ich dir, daß sie nicht wundervoller sind als diese winzigen Schrebergärten hier, mit denen Straßenbahner und Amtsgehilfen und Gaswerkpensionisten samt ihren teils dicken, teils mageren Eheweibern aus nicht viel mehr als aus Nichts, nämlich aus zehn mal zehn Metern verdorbener Erde, mit ebenfalls nichts als etlichen Stecklingen und soviel Samenkörnern, wie in einer Hand Platz finden, eben das geschaffen haben, was sich die Architekten der großen und reichen Gärten in ihren Träumen zu schaffen vorgenommen hatten, nicht aber wirklich fertigbrachten, weil ihnen dumme Fürsten oder Könige oder verdrehte Mönche so lange dazwischenredeten, bis am Ende ein Kunstwerk draus wurde oder eine Repräsentationskulisse, was zwar auch sehr schön sein kann, nicht aber mehr der Absicht entspricht, in der ursprünglich jeder Garten angelegt wird, nämlich um ein Abbild des Paradieses herzustellen, aus dem wir einst vertrieben worden sind. Davon findest du nichts in Versailles und nichts in Schönbrunn, und nicht einmal in Kyoto sähest du es, hier aber hast du es, denn jedes dieser Hundertquadratmeter-Vierecke ist eben das: ein Modell des Garten Eden; nicht jenes Paradies, wie sich's ein Priester oder Dichter oder allenfalls auch wir es uns vielleicht denken mögen, sondern wie ein subalterner Beamter oder ein

Eisenbahnschaffner, also ein Mensch, es sich vorstellt; vier mal vierzig Fuß um ein magisches Quadrat, innerhalb dessen nicht der Wille des Amtsvorstandes oder des Kontrolleurs gilt, sondern nur der eigene und – vor allem – der des Lieben Gottes. Oder, da diese Gärtner meistens Sozialdemokraten sind, der Wille jener weiter nicht genau definierten Macht, die trotz aller Ideologie Bäume knospen, blühen und im Herbst viele Früchte tragen läßt, welche man dann essen, einmachen oder verbotenerweise zu Schnaps brennen kann, die aber in jedem Zustand ganz unvergleichlich gut schmecken, weil man weiß, daß keine fremde Gifthand sie berührt hat; wer aber solche Früchte herangezogen hat, der gewinnt, wenn er sie genießt, die Erkenntnis, daß hervorragend ist, was er gemacht hat: solcherart weiß er, was gut und was böse ist. Auch hat er eine kleine Hütte, in die er sich vor dem Regen zurückziehen kann, und siehe, die Tropfen dringen nicht durch das selbstgezimmerte Dach, sondern erzeugen auf diesem ein trommelndes Geräusch, bei dem einzuschlafen vermutlich ein unbeschreibliches Vergnügen ist, wie andererseits das über die Stirnseite hinausreichende Vordach einem anderen Herzenswunsch Erfüllung bietet, nämlich im Freien und doch vor der Sonne geschützt, umgeben von Blumen und Laub sowie guten Freunden und Nachbarn, in Hosenträgern und ohne Krawatte, barfuß vielleicht oder in bequemen Pantoffeln, den Wonnen des Tarockspiels zu obliegen, bis drüben die Sonne hinter dem Schlot des Fernheizwerkes versinkt und im Osten der Mond über der Autobahnbrücke glänzt. Ja, so sieht das Paradies aus – und über das, mein Freund und Bruder, haben wir uns, als wir jünger waren, und noch dümmer als heute, sehr lustig gemacht und haben den Begriff des Schrebergartens zum Synonym heruntergemacht für einen, der angeblich kleinen Geistes wäre. Und leider haben wir damit auch noch Erfolg gehabt, denn hinter dieser billigen und dummen Aufklärerei rasseln jetzt die Bulldozer und die Caterpillars einher und räumen eine Sammlung solcher Paradiesmodelle nach der anderen hinweg; auch hier wird über kurz oder lang irgend etwas Widernatürliches aus Beton stehen."

So etwa pflegte der Medizinalrat mich an den Sonntagen peripatetisch zu belehren. Diesmal aber hatte er mich nicht darum zu einem Spaziergang bei notorisch schlechtem Wetter förmlich gezwungen – windig war es und kalt, und es schneite leicht.

„Meine Therapievorschrift war falsch", sagte er, „falsch nicht im medizinischen Sinne, natürlich, aber dennoch schädlich. Moorhühner in Schottland! Mit dem Lipkowitz! Ausgerechnet Moorhühner in Schottland jagt sie, diese Gans, statt hier neben mir oder meinetwegen uns auf der Brücke zu stehen und Möwen zu füttern! Sie soll schleunigst zurückkommen! Sie soll sich in mein Spital legen, ich bring' sie schon wieder auf die Beine, ohne Moorhühner, ohne Schloß im Hochland. Schick ihr ein Telegramm!"

„Nein."

„Sie würde kommen, wenn du ihr ein Telegramm schicktest. Da bin ich sicher."

„Ein Grund mehr, ihr keines zu schicken. Schlag dir das aus dem Kopf, Herr Medizinalrat."

„Überleg's dir. Es könnte nämlich sein, mein Lieber, daß es auch für sie sehr viel besser wäre, heute und hier mit mir Möwen zu füttern, statt mit diesem liederlichen Fürschten unschuldige Moorhühner zu morden. Sei still und sag nichts, ich weiß selber, daß man angesichts des Lipkowitz den ganzen Kavalierstugenden-Katalog herunterbeten kann: Grandezza, Desinvoltura, Fortitudo und Souplesse hat er in Fülle – und außerdem ist er, man sollt's nicht für möglich halten, ein frommer Christ auch noch, bei San Jago und der Heiligen Jungfrau, und sowas ist ja heutzutage gar nicht genug zu bewundern und zu bestaunen. Aber ich, der ich lange genug Arzt war, um über dies und das und etliches mehr Bescheid zu wissen, ich weiß, was du nicht weißt, nämlich daß unter diesen Zweyensteynern und Lipkowitzen, Stammbaum hinauf oder Stammbaum hinunter, eine gewisse Neigung zum Exzentrischen deutlich wird, eine auffällige Häufung von Maria-Theresien-Orden, abseitigen Begabungen, späten religiösen Berufungen, verfrühten Todesfällen und ähnlichen Sachen, nichts geradezu Krankhaftes, das nicht, aber doch entschieden Atypisches, abweichend von jedem Durchschnitt zu einer grundsätzlichen Melancholie hin, wenn du mich verstehst."

Doch, ich verstand es recht gut; das Aglaja-Geschöpf fiel mir ein, wie es vor unserer Schule auf seinen Bruder gewartet hatte, um dann Arm in Arm mit ihm abzugehen, und wie es später in der Karlskirche von einem unsichtbaren Sockel gefallen war. Und es erhob sich in mir vage die Frage, wo wohl das nächste Postamt wäre, in dem man ein Telegramm aufgeben könnte.

„Nein, es ist nicht gut", sagte der Medizinalrat, während wir in die Kleingartenanlage hineingingen. „Eine Melancholie, wie der Fürscht sie mit sich herumschleppt, eine solche jahrhundertelang entwickelte und gehätschelte Melancholie: das ist Gift, pures Gift für jeden, der nicht von Kindheit an daran gewöhnt wurde. Unsere kleine Kaiserin, die dumme Gans, wird zugrunde gehen in diesem schwarzen Saft. Und das übrige – diese Schlösser, in die sie sich verkriechen! Hinten Bäume, vorne Bäume, Bäume links und Bäume rechts, und rundherum eine Mauer! Und die Sprache! Stelle dir das vor, wenn sie anfängt, im Lipkowitz-Tonfall daherzureden – ein abscheulicher Gedanke! Das meine ich in vollstem Ernst!"

„Du sprichst ja, als ob sie ihn heiraten würde", sagte ich schwach.

„Sie wird", sagte der Medizinalrat. „Denn anders tut's ein Lipkowitz nicht. Und du weißt, daß unsere kleine Gans vor nichts zurückschreckt, wenn sie glaubt, daß sie einem eine Freud' erweisen muß, ohne die er nicht leben kann. Da nimmt sie keine Rücksicht."

Nun war ich wirklich fast reif fürs Postamt, denn was der Medizinalrat sagte, war konsequent und nichts anders als meine eigene, durch ihn laut gewordene Furcht. Jedoch bemerkte er glücklicherweise nicht, daß ich schon halb und halb entschlossen war, umzukehren.

„Nein, eifersüchtig bin ich nicht", sagte er leise und dringlich, „oder jedenfalls nicht auf den Fürschten. Aber süchtig bin ich, leider muß ich dir's sagen, süchtig nicht nach ihrer Liebe, denn was sollte sie mich alten Mann schon lieben, sondern süchtig nach ihrer Freundlichkeit und ihrer Courage und ihrer Lebenslust und der Freude, die sie hat, wenn man ihr Blumen schenkt. Ich bitte dich, Bruder: hol sie zurück aus diesem moorhuhnverseuchten Schottland!"

Dies gab den Ausschlag, aber nach der anderen Seite: das Bruderwort zur Verstärkung seiner Bitte hätte er nicht aussprechen sollen, denn es gab allzuleicht zu erkennen, daß er mich da mit dem Hinweis auf eine besondere Beziehung bestechen wollte; er war seinerzeit Meister vom Stuhl in der „Argo zu den goldenen Äpfeln" gewesen und wollte mich nun daran erinnern, wie ich, blinzelnd nach längerer Dunkelheit, gerade vor und über mir zwischen viel Smoking-Schwarz und festlich wirkendem Weiß und Blau sein großes Gesicht erblickt hatte, das Gesicht eines bis zur Häßlichkeit charaktervollen Mannes mit kurzem weißen Haar und einem schwarzen Monokel vor einem Auge. Er wußte, daß man dergleichen nicht vergißt; und sicher hätte ich ihm tatsächlich jede andere Bitte daraufhin nur zu gerne erfüllt – nur eben diese nicht. Er hätte nicht versuchen sollen, mich auf solche Art zu bestechen.

„Nein, mein Lieber", sagte ich, „ich werde das nicht tun. Du bist klug genug, um halbwegs Bescheid zu wissen über die merkwürdige und schwierige Beziehung zwischen mir und dieser Gans . . ."

„Sie ist keine Gans", murmelte der Medizinalrat erbittert. „Ich verbiete dir solche Worte!"

„. . . und darum solltest du auch begreifen können, daß ich es mir nie verzeihen würde, ein zweites Mal und noch dazu auf so grobe Weise in dieses Leben einzugreifen. Einmal Schicksal gespielt zu haben, bedrückt mich genug. Bedaure, Bruder Medizinalrat, aber aufs Postamt geh' ich wegen dir nicht."

„Ich hab's auch nicht erwartet", sagte der Medizinalrat nach einer Weile. „Sondern nur gehofft. Vergiß es, sprechen wir von anderem."

Mir wurde, während wir da langsam und ziellos auf den mit schwarzer Schlacke bestreuten Wegen zwischen den Miniaturparadiesen hin- und hergingen – es fielen Schneeflocken auf die Schlacke und zergingen gleich –, so traurig zumute, daß mich fast Übelkeit überkam, weil mein Freund noch mehr von sich enthüllt hatte, als selbst er es wußte; es fiel mir ein, was er mir angedeutet hatte und wovon viel Gerede umging in der Stadt, daß er mit seiner Frau nicht gut lebte und seine Kinder nicht viel taugten; aber ich hatte bis jetzt nicht gewußt, daß seine Einsamkeit ihn so schmerzte und daß er sich, darin war er wohl ehrlich gewesen, nicht so sehr nach Liebe sehnte, sondern nach etwas, was seltener ist als diese, nach Freundlichkeit nämlich. Die gab ihm keiner, wir nicht, weil wir ihn dazu viel zu sehr respektierten, seine Kollegen nicht, weil die ihn haßten, und nicht einmal seine Patienten, die ihn vergötterten. Ja, er tat mir leid, dieser große einäugige Mann, und es war irgendwie schrecklich, daß er nun wieder anfing von den Gärten, die eigentlich Paradiese wären, und sich dabei mit jedem Wort noch mehr entblößte; außerdem brachte er mir endlich zu Bewußtsein, daß ja auch ich einen unersetzlichen Freundlichkeitsverlust erleiden würde, wenn die Sache mit dem Maria diesen wirklich keineswegs auszuschließenden Verlauf nähme. Auch ich war süchtig. Ich war's vor ihm schon gewesen.

Also versuchte ich seinen Redefluß zu unterbrechen, wußte aber nicht recht, wie, sah zufällig durch das Gitter des übernächsten Schrebergartens lila Chrysanthemen in großen Buketts, auf denen etwas Schnee lag, wunderte mich neidisch, daß dergleichen blühte, trat näher an das Gitter heran und fand, als ich das kleine Grundstück solcherart überblickte, ein glaubhaftes Motiv für eine Unterbrechung des medizinalrätlichen Monologs.

„Dieser Garten hier", sagte ich, „hat wenig mit einem Paradies zu tun. Der schaut arg aus, findest du nicht?"

Das Gärtchen, auf das ich des Medizinalrats Aufmerksamkeit mit so abschätzigen Worten lenkte, mußte wirklich jedem Menschen von Geschmack greuelhaft erscheinen: nicht nur enthielt es eine meterhohe Windmühle, deren Gehäuse aus Beton und Kieselsteinen bestand, ferner einen Gartenzwerg, der sich sinnend auf eine Schaufel stützte, sondern auch ein nierenförmiges

Wasserbecken von unbeschreiblich himmelblauer Farbe, mit einigen Zelluloid-Schwänen. Umgeben waren diese Dinge von einem Rasen, der so gepflegt war, daß er eher an einen Spannteppich als an Grashalme erinnerte; und im Hintergrund des Sammelsuriums stand, gelb und blau lackiert, das dazugehörige Schreberhäuschen. Sonst enthielt die Parzelle nur ein paar Ribiselstauden, einige niedrige Cotoneaster und als einzige Wohltat für empfindliche Augen jene allerdings wunderschönen Chrysanthemen, die nur mit vielen gärtnerischen Tricks dazu gebracht worden sein konnten, so unzeitig zu blühen. Die Nachbargärtchen ringsum wirkten dagegen selbst ohne Laub auf den Büschen und Bäumchen geradezu wuchernd.

„Ja, das schaut schlimm aus“, sagte der Medizinalrat und trat näher. „Wenigstens auf den ersten Blick.“

„Nicht auch auf den zweiten?“

„Ich weiß nicht“, murmelte der Medizinalrat. „Ich weiß nicht . . . eigentlich sollte noch irgendwo ein Gipsfuchs hervorlugen. Oder ein Hahn krähen.“

„Wenn du zwei Schritte nach rechts machst“, sagte ich belustigt, „kannst du ihn sehen, den Hahn. Er kräht keramisch hinter den Ribiselstauden dort.“

„Tatsächlich? Tatsächlich! Und er kräht vermutlich vor Vergnügen über deine Arroganz, mein Lieber.“

„Das beweise mir!“ sagte ich, froh, den Medizinalrat vom Thema abgelenkt zu haben.

„Gerne. Falls du es wirklich nicht wissen solltest: der Hahn ist ein Symboltier des Sonnenfeuers, überhaupt, wenn es wie hier ein rotgelber ist.“

„Ich bezweifle, daß in diesem Fall . . .“

„Die Windmühle hingegen“, fuhr mein Begleiter fort – und daran, daß er sein schwarzes Monokel aus dem leeren Auge nahm und es zu putzen begann, erkannte ich, daß er jetzt ins Dozieren geriet –, „ist, wie leicht begreiflich, eine Verbildlichung des Elementes Luft. Der Gartenzwerg? Zwerge leben im Erdinneren – also Erde."

„Dann stellt also dieses gräßliche Nierenbecken das Element Wasser vor."

„Klarerweise", sagte der Medizinalrat. „Und da hast du nun alle vier Urelemente beisammen: Erde, Wasser, Luft und Feuer. Ich hoffe sehr, daß du nicht so blöd bist, dies für einen Zufall zu halten? Oder?"

„Nein", sagte ich. „Soviel weiß ich von diesen Dingen schon, daß ich's nicht für einen Zufall halte."

„Na schön. Dann beachte bitte auch, daß diese Rasenfläche zwar ein symmetrisches Viereck bildet, der Besitzer oder Pächter der Parzelle aber den Einfall gehabt hat, in dieses Viereck einen wie mit dem Zirkel ausgemessenen Kreis aus Trittsteinen einzulassen. Viereck und Kreis – sagt dir das was?"

„Ja", sagte ich. „Das Viereck ist die Welt, der Kreis Symbol des Kosmos. So haben es die alten Chinesen, welche bekanntlich ein Kulturvolk waren, die Ägypter und die Pythagoräer gewußt."

„. . . und Mircea Eliade, den du offenbar gelesen hast", sagte der Medizinalrat befriedigt. „Schließlich beachte gefälligst den einzigen Baum, der da vor der Hütte steht, so jung und schmal zwar, daß man ihn noch fast übersieht, aber doch wohl dazu bestimmt, über all die anderen Sachen hier in die Höhe zu wachsen, betrachte ihn als eine Yggdrasil, die Oben und Unten, Götter und Menschen verbindet, vermöge seiner Wurzeln notabene auch mit der Unterwelt. – Herzlichen Dank dafür, daß du mich mit diesem Wunder bekanntgemacht hast – das hat mir in meiner Kollektion bisher gefehlt: ein Schrebergarten, der mehr ist als selbst ein

Abbild des Paradieses, nämlich ein Inbild des Weltganzen! Es ist beeindruckend. Ich sage dir: höchst beeindruckend! Ich werde einen Essay darüber verfassen."

Ich schwieg, wie er es wünschte, also beeindruckt.

,,Schade", sagte der Medizinalrat nach angemessener Weile, ,,daß ich nicht weiß, wie ein Mann aussieht, der aus so unverdorbener innerer Anschauung und mit so miserablen Materialien ein derartiges Wunder zu schaffen imstande ist . . ."

Wie auf ein Stichwort öffnete sich da die Tür des Gartenhäuschens und heraus trat der Demiurg dieser Welt, sah uns und sah mich an, grüßte mich mit einer kleinen Verbeugung, lächelte und verschwand wieder in der Hütte. Ich hätte ihn fast nicht wiedererkannt, so aufgerichtet und selbstbewußt stand er in seinen Grenzen.

,,Du kennst ihn?" sagte der Medizinalrat interessiert. ,,Wer ist das?"

,,Er ist ein Kellner", sagte ich, ,,heißt Josef Dworschak und hat uns bis vor kurzem im Elsahof in der Neubaugasse Kaffee und Würstel serviert. Aber er schaut viel besser aus jetzt."

Alle sind sie gekommen, alle sind sie da.

Ja, auch der Herr Josef Dworschak ist da. Denn da hinten liegt ein Strauß lila Chrysanthemen, die der Dworschak auf geheimnisvolle Weise zu jeder Zeit blühen lassen kann.

Und der elegante Mann mit dem Schnurrbart und den Mongolenaugen, der jetzt mit dem Legationsrat leise Worte wechselt: ist er's? Der Lama auf der Matratze damals hat keinen Schnurrbart gehabt. Aber um wen sonst sollte sich's handeln?

Alle sind sie da.

Sie stehen und sitzen in einem immer größer werdenden Kreis und sind nun ganz still.

Sie hören auf die Schüsse, die nun wieder, lauter als vorhin, vom Donauufer heraufgellen.

Und um Ihre Füße wächst langsam das Gras empor.

Das hab' ich immer geliebt, das Gras.

Schau es dir an, habe ich mir oft gesagt, dieses Gras, wie es wächst! Wie es über alles wächst, alles birgt und verbirgt, vergessen macht und erhält.

Es gibt welche, sagt man, wo die hintreten, dort wächst kein Gras mehr? Da muß ich lachen. Denn am Ende liegen sie darunter, und es wächst über ihnen.

„He!" sagt eine Stimme. „Was ist denn los mit dir? Schläfst du? Ist dir schlecht?"

„Nein", sagt meine Stimme, „mir ist nicht schlecht. Aber ich habe vielleicht ein paar Minuten geschlafen. Brauchst dir keine Sorgen zu machen, Herr Medizinalrat. Geht schon wieder . . ."

„Na ja, na dann?" brummelt die Stimme mißtrauisch.

Sie passen schon auf. Ich kann wirklich unbesorgt sein, wie?

Der Rückweg über die Stadionbrücke gestaltete sich dank dieser Ablenkung weit erträglicher für mich; zwar begann der Medizinalrat wieder von der Gans, der Königin, zu sprechen, führte dieses Thema aber vom Besonderen dermaßen ins Allgemeine, daß es ihn (und mich) nicht allzusehr schmerzte:

„Weil sich uns vorhin so überraschend die Elemente zeigten: Ich habe beobachtet, daß sich in den meisten Frauen das Erdhafte, das sie ja alle haben, mit dem Element des Wäßrigen mischt, manchmal auch mit dem der Luft. Sie aber – keine Angst, daß ich dich wieder mit meinen Ängsten belästige! – sie aber stellt einen jener raren Fälle vor, in denen Erdiges mit Feurigem zusammengeraten ist. Solche Frauen verändern sich kaum in der Zeit: sie altern so wenig wie ein aus Erde gebranntes Gefäß; gefährdet sind sie nicht durch Verwesung oder Verstockung, sondern durch Zerbrechen. Persönliche Erfahrung jedoch hat mir bewiesen, daß Männer wie wir, die mit solchen Frauen Umgang haben, der Regel nach hervorragende Qualität besitzen; hingegen haben andere Männer, die an den Frauen vor allem das Fließende, Schwebende, wohl auch Weich-Teigige lieben, vor solchen Salamandern des weiblichen Geschlechts Angst und halten sich nicht lange in ihrer Nähe, wie du möglicherweise schon beobachtet haben magst."

„Mehrfach", sagte ich und erinnerte mich an gewisse Blicke und Verlegenheiten an den Tischen der Zeitungshaus-Kantine. Außerdem fiel mir ein, daß Tuzzi einmal nebenbei bemerkt hatte, daß unsere Freundin aus „Filigranit" bestünde, was eine hübsche Feststellung und zudem vermutlich das einzige Wortspiel war, das sich der Legationsrat in seinem Leben je geleistet hat.

„Allerdings ist die Gesellschaft solcher Feuer-Frauen in gewisser Beziehung nicht ungefährlich, darauf mach' ich dich nachdrücklich aufmerksam. Man hat sie nach einiger Zeit mit einer ziemlich heftigen Abneigung gegen Frauen von anderer elementarer Zusammensetzung zu bezahlen."

„Auch darin hast du recht", sagte ich und war froh, daß der Medizinalrat seine Contenance wieder gefunden hatte. Man blickt nicht gerne in die Seele jener, die man hoch zu achten gewohnt ist.

Eine Woche später war sie wieder da, munterer denn je, platzend vor Energie und enormer Lust am Dasein. Ich, vom Flugplatz aus als selbstverständlich erster angerufen, saß in dem Ehrenplatz – dem kleinen Biedermeierfauteuil, der nur ganz besonders hochgeschätzten Gästen, also mir, vorbehalten war –, während sie zwischen Koffern und Kasten hin und her rutschte wie ein Schilangläufer, was sich aus dem Umstand ergab, daß ihre Füße . . .

. . . ihre Füße! Ein Mann hätte einen davon leicht in seiner Hand unterbringen können; sie war stolz darauf, die Schuhnummer 35 zu haben, und fand unerschöpfliches Vergnügen daran, in teuren Schuhsalons endlose Reihen luxuriösen Schuhzeugs zu probieren und am Ende zu finden, daß alles zu groß, zu plump und zu derb für sie war . . .

. . . daß also ihre Füße in Männerpantoffeln der Größe 43 steckten, die vielleicht ursprünglich (selbst der Heilige wußte da möglicherweise nicht alles) einem unbekannt gebliebenen und schon vorbeigegangenen Geliebten gehört hatten, nun aber den Gästen der Matratze zur Verfügung gestellt waren, Schlapfen, in denen sie selbst gelegentlich gerne über den Fußboden schleifte, entzückt über den vielen Platz, den ihre Zehen darin fanden, unbekümmert darüber, daß bei solcher Fortbewegungsart die Anmut zu kurz kam.

„Wie war's also in Schottland?"

„Herrlich. Ich sag' dir, nirgendwo schläft man so gut wie in Schottland, Darling. Wenn's nach mir ging', schlafert ich nur mehr in schottischen Schlössern."

„Ach nein?"

„Der Nebel, weißt? Und wenn's draußen so naß ist . . . Du, dort haben sie noch natürliches Feuer im Kamin – gibt nix Besseres zum Schlafen!"

,,Hast du Moorhühner geschossen?"

,,Hör auf! Ich bin doch keine Mörderin! Außerdem hab' ich ja geschlafen. Mindestens achtzehn Stunden pro Tag."

,,Allein?"

,,Was glaubst denn? Am End' mit dem Maria?"

,,Warum nicht? Findest du den Gedanken so absurd?"

,,Nein. Aber der ist ein vornehmer Mann, der Maria. Wenn der eine Frau liebt, geht er nicht ins Bett mit ihr, bevor geheiratet wird. – Glaubst, soll ich ihn heiraten?"

Da war's nun also gekommen, wie der Medizinalrat es vorausgesagt hatte. Und da war nun auch wieder die gefürchtete Frage an den unfreiwilligen Heiligen. Und die war diesmal nicht im Irrealis und nicht einmal im Konjunktiv gestellt worden. Die klang jetzt konkret.

,,Ob ich ihn heiraten soll, hab' ich gefragt?"

,,Zieh dir bitte endlich etwas an", sagte ich. ,,Es gehört sich nicht, daß du so nackt vor mir herumläufst."

,,Oho!?" sagte sie, ließ ihre hübschen Brüste wippen und sah mich aufmerksam an. ,,Was ist denn los mit dir?"

,,Und mach bitte nicht so unkeusche Bewegungen!" sagte ich ärgerlich. ,,So was wirkt ja irritierend!"

,,Ja?" sagte sie und wippte weiter. ,,Gefall' ich dir, Darling?"

,,Laß dieses alberne ‚Darling'. Ich weiß schon, daß du in schottischen Schlössern schläfst."

,,Du weißt", sagte sie nach einer Pause ernsthaft, ,,daß du nur schnalzen brauchst? Und wenn's im Winter um vier Uhr früh ist?"

,,Und du weißt, daß du nur mit dem kleinen Finger winken müßtest", antwortete ich.

Ich liebte sie sehr in diesem Augenblick, denn indem

sie in unser Ritual verfiel, gab sie mir zu erkennen, daß sie begriffen hatte, wie mir zumute war; und einiges mehr.

,,Ich weiß. Und ich tät' dich ungeheuer lieben. Unheimlich. – Sag mir, warum wink' ich dann aber eigentlich nicht?"

,,Weißt du's nicht?"

Sie wippte wieder, aber diesmal mehr in Gedanken. ,,Ja und nein. Es muß damit zusammenhängen", sagte sie, ,,daß man einen Geliebten ja ziemlich leicht haben kann. Und sozusagen jeder Mann ein Geliebter sein könnte, verstehst du?"

,,Nein. Oder ja. Sprich weiter."

,,Ich meine: wenn du mein Geliebter wärst, würde ich mich auch bei dir benehmen wie bei einem Geliebten. Ich würde dir zum Beispiel nicht mehr alles erzählen. Einem Geliebten sagt man eben nicht alles – nicht, daß einem mies ist oder daß man Angst hat, da könnt' ein Knoten in der Brust sein oder daß man müde ist und nur schlafen möcht' oder daß man sich geärgert hat über die oder den. Wem sollt' ich sowas erzählen, wenn du plötzlich mein Geliebter wärst? Geliebte gibt's immer. Aber wo treib' ich dann einen auf, den ich wirklich brauch'? So wie dich? Verstehst du mich?"

,,Doch, mein Schatz. Ich versteh's. Und fühle mich sehr geehrt."

,,Geehrt? Na ja. Versprich mir: schnalz, wenn du nicht mehr anders kannst."

,,Ich verspreche es", sagte ich. ,,Und du, bitte, wenn's soweit ist, wirst du winken! Und jetzt zieh dir um Gottes willen endlich was an. Der heilige Antonius würde schon längst schnalzen, wenn er an meiner Stelle säße."

,,Bin eh schon dabei", sagte sie und schlüpfte in etwas

Morgenmantelartiges, dem man es ansah, daß es nicht allzu häufig getragen wurde. Auch wechselte sie die Männerpantoffeln gegen eine Fünfunddreißigergröße aus.

,,Und jetzt streichelst mich bitte."

Das verlangte sie immer, wenn sie müde und ich zufällig – oder nicht zufällig – bei ihr war, oder wenn sie über etwas Schwieriges und Kompliziertes ins reine kommen oder auch, wenn sie mir nur einfach etwas sehr Wichtiges berichten wollte.

Ich saß im Lehnstuhl, sie setzte sich auf die Matratze und legte den Kopf auf meine Knie, schloß die Augen, ließ sich von mir sanft über Stirn, Schläfen und Augenlider streicheln und redete schnell und leise vor sich hin, was ihr ein- und während des Redens zufiel, ohne Anstrengung, ohne Nachdenken und ohne Scham. Ich war der einzige, vor dem sie sich diese völlige Öffnung ihres Ichs erlaubte; und vielleicht waren diese Minuten, in denen ich meine Finger über jene harte kleine Stirn gleiten ließ und mit ihnen der Rundung der Augäpfel unter den geschlossenen Lidern nachging, eine hinreichende Entschädigung für die Entbehrungen meiner Heiligmäßigkeit. Erstaunliche Dinge bekam ich da bisweilen zu hören, an denen die Dame Sei Shonagun ihre helle Freude gehabt hätte. ,,. . . Weißt, daß man das Leben riechen kann?" hatte es einmal geheißen. ,,Riecht sehr gut, das Leben, nur am Montag riecht's ein bisserl sauer, aber der Freitag schmeckt nach Nelken und Zitronen, und der Samstag riecht nach Honig und der Mittwoch nach Rauch, der Donnerstag freilich hat manchmal was Ranziges, wenn die Arbeit zuviel wird. Und manchmal denk' ich mir, du wirst mir's nicht glauben, daß ich sowas denk', daß vielleicht auch der Tod eher etwas Schönes ist, ganz süß und warm, ungefähr wie ein

Mohnstrudel, der grad aus dem Ofen kommt, oder so, wie wenn man lang, lang schläft, ohne daß man Angst haben muß, es weckt einen wer auf, sondern man wacht vielleicht hie und da von selber auf und irgendwas streichelt einen, so lieb wie du, und man denkt sich, ach, hast ja noch Zeit, dreh dich um, schlaf weiter . . ."

Und während sie so vor sich hinredete, wurden die vor Müdigkeit in mikroskopisch kleine Fältchen zerknitterten Häutchen der Lider unter meinen Fingerkuppen glatt wie Blattgold, und meistens schlief sie ein dabei; dann trug ich sie in ihr Bett wie der Vater sein Kind, deckte sie zu, löschte das Licht und verließ leise die Wohnung.

Sie stand sich recht gut mit dem kleinen Bruder des Todes, dem Schlaf; sie genoß es zu schlafen, wie sie Essen und Trinken, den Geruch ihrer Blumen, ihre Freundschaften und die Musik genoß, und gehörte zu jenen Menschen, die jederzeit und überall und, wenn sie Zeit haben, zwei Tage und zwei Nächte durchschlafen können.

Dies freilich gelang ihr fast nie, weil es zuviel Arbeit gab, zuviel Freundschaft und zuviel in die Nacht und den Morgen hineinreichendes Leben. Darum war dies wahrscheinlich der einzige Punkt, in dem sie sich selbst und uns gerne ein wenig beschwindelte: daß sie nämlich zu oft vorgab, schon ausgeschlafen oder noch nicht schläfrig zu sein; heimlich mag sie ihr Leben lang darunter gelitten haben, daß die Nächte nicht doppelt so lang waren, um auch noch ausgiebigen Schlaf herzugeben.

So saßen wir an jenem Nachmittag ihrer Rückkehr zusammen, Brüderchen und Schwesterchen, und erzählten einander, was zu erzählen war, ich von den Freunden in Wien und ein wenig auch von der Verstörtheit des Medizinalrats, sie mir von dem schottischen Schloß, vom schottischen Regen, von schottischer Dudelsackmusik und vom Lipkowitz.

„. . . natürlich will er mich heiraten. Klar will er, es wollen's ja alle, der Medizinalrat ging' fort von Wien mit mir, hat er gesagt – einfach weg, nach Tokio oder Singapur oder sonstwohin, aussuchen könnt' ich mir, was ich will . . ."

Der alte Schurke! Er mußte tatsächlich außer sich sein, wenn er so verzweifelte Träume spann; davon hatte er mir, Wochen zuvor auf der Stadionbrücke, wo die Möwen gekreischt hatten, nichts gesagt.

„. . . aber der spinnt doch, wenn er wegen mir alles aufgeben will. Wegen mir!? So einen kann man lieben. Aber nicht heiraten. Nach Tokio! Warum wollen mich die alle gleich heiraten? Das ist ja grad, als ob sie Angst hätten vor mir. Bitte, der Maria, der ist anders. Von mir aus hätt' er ruhig mit mir schlafen können da oben in Schottland, mir wär' das Wurscht, aber ihm? Na ja, er ist eben ein Fürst, allerweil, und bei denen ist das halt wahrscheinlich anders. Wenn ich ihn heirat' – ich sage, wenn! –, dann wär' ich eine Fürstin. Sowas reizt schon irgendwie. Ich könnt' zum Beispiel nach Schottland schlafen fliegen, wenn's mir grad paßt. Und der Dudelsackpfeifer . . . hehe! Wissen möcht ich schon, was die Leut' in der Gegend dort sagen, wenn er ihnen jetzt das Weana G'müat vorspielt! Das hab' ich ihm nämlich beigebracht, damit die dort endlich einmal hören, was Musik ist. – Und einen Vorteil hätt' der Maria schon: dem sein Schloß muß groß genug sein, daß er euch alle dort unterbringen kann. Und wenn er wirklich so reich ist, wie er mir vorkommt, dann könntet's ihr immer bei mir sein –, ich zahl' alles. Und das hab' ich ihm schon gesagt, dem Maria, daß ich auf meine Freunde selbstverständlich nicht verzicht'; und siehst, das ist schon ein

Plus für den Maria, der würde sich das als einziger gefallen lassen, während alle anderen . . . selbst der Tuzzi, der ist mir da viel zu sehr Diplomat, der denkt sich alles im voraus schon zurecht. Der Maria nicht. Nur, warum er mich deswegen gleich heiraten muß, der Tepp? Oje, bin ich müd' von der Fliegerei. Ich glaub', ich werd' gleich einschlafen, dann trägst mich ins Bett und deckst mich zu, gelt?"

Aber diesmal kam sie nicht zum Einschlafen, denn in diesem Moment schepperte draußen an der Wohnungstür der Schlüssel, und gleich darauf klopfte mit einem Riesenstrauß orange Rosen der Silberne – weiß der Himmel, wie er in Erfahrung gebracht hatte, daß sie zurückgekommen war –, und kaum war eine halbe Minute vergangen, schepperte es wieder, und mit einem monumentalen Bukett blauer Schwertlilien in den Händen trat der Medizinalrat ein, wünschte heimlich den Silbernen und mich zum Teufel, was sicher, wenn auch auf vermutlich feinere und frömmere Weise, auch der Lipkowitz tat, als er drei Minuten später mit dunkelroten Rosen eintraf, weil er trotz seiner ungemeinen Souplesse doch gewisse Schwierigkeiten hatte, angesichts dieser nicht erwarteten Männergesellschaft die herzliche Begrüßungsumarmung in angemessen freundschaftlicher Weise entgegenzunehmen (übrigens stellte ich mit Befriedigung fest, daß die herzlichste mir zuteil geworden war); dann läutete das Telefon, und dreißig Minuten später war mit weißen Rosen der Legationsrat zur Stelle, inzwischen bereits der Silberne eben darum verschwunden, statt dessen aber der Geschiedene mit einem Veilchenstrauß und das Genie mit leeren roten Händen erschienen, während fast gleichzeitig mit Tuzzi der Brettschneider-Ferdi auftauchte, und zwar nicht allein, sondern in Begleitung etlicher sehr guter Bekannter aus dem Netz, und dann erkundigten sich die Nachbarn – jene, die schon oft Blumen für die Nachbarin übernommen, Botschaften ausgerichtet und wartende Verehrer unserer Dame zum Kaffee eingeladen hatten – nach der Ursache des Trubels, wurden ebenfalls hereingebeten und durch die Teilnahme an einer dermaßen interessanten und ungewöhnlichen Gesellschaft für frühere Dienste vollauf entschädigt; in der winzigen Küche wurde alsbald zu kochen begonnen, und zwar – zur allgemeinen Überraschung unter der Anleitung des Legationsrates, der aus den wenigen Vorräten im Eiskasten und dem Allerlei, das aus den anderen Wohnungen des Gemeindebaus beigebracht wurde, ein wirklich wohlschmeckendes, wenn auch im Laufe der nächsten Stunden sich infolge wechselnder Zutaten sehr veränderndes Gericht komponierte, das, wie er behauptete, den schönen Namen „Die Geheimnisse der östlichen Provinzen" trug, chinesischer Provenienz war und nur von österreichischen Diplomaten, die in einem gewissen afrikanischen Staat zum Außendienst verdammt gewesen waren, gekocht werden könne; ob wahr oder nicht, es schmeckte gut; die Getränke hingegen wurden von einem schnell organisierten Zubringerdienst herbeigeschafft, den der Fürst mit viel Sachverstand leitete; im Schlafzimmer etablierten sich zwei Pokerpartien, eine auf dem Bett, die andere auf dem Fußboden; weiterer Zustrom von Leuten des Netzes und Liebhabern der Volksmusik führte zur Erweiterung der Festräume ins Stiegenhaus und auf die Stiege – noch lange nachher wurde unter den Kennern heftig darüber disputiert, ob es angängig sei, daß ein Heurigensänger, und sei es auch einer vom Range des Brettschneider-Ferdi, während seines Vortrages über Treppenstufen auf- und abwärts schreiten dürfe wie ein Operettentenor, jedoch war man sich doch einig darüber, daß der Ferdi wieder einmal ganz hervorragend gesungen hätte und durch die Akustik des Stiegenhauses dabei wirkungsvoll unterstützt worden wäre. Irgendwann gegen Mitternacht brachten der Heinzi und der Horsti – oder war's der Hansi? – einen Riesenkübel voll Gulasch herangeschleppt, was mir bewies, daß der Silberne weiterhin ein achtsames Auge auf das Geschehen hatte, und kurz danach geschah es im Wohnzimmer, wo sich die Creme der Gesellschaft rings um unsere Gastgeberin geschart hatte (die in dem Trubel mit leuchtenden Augen nichts anderes tat, als zu strahlen), daß der Medizinalrat den gewissen Biedermeierlehnstuhl bestieg, den Fürsten mit furchtbaren Blicken aus seinem Einauge musterte und mit dröhnender Stimme den Ring des Polykrates zum besten gab, wobei gerade im entscheidenden Augenblick, nämlich bei den Worten „Noch keinen sah ich fröhlich enden, auf den mit immer vollen Händen . . ." der Stuhl zusammenbrach und der Medizinalrat donnernd auf seinen Mammuthintern fiel, was wir alle gerne sahen (was den Stuhl betrifft, so geschah da eine Art Wunder: seine Teile verschwanden noch in dieser Nacht; am übernächsten Tag stand das Möbel nicht nur frisch geleimt, sondern auch neu tapeziert vor der Wohnungstür; das Netz vermag solche Unbegreiflichkeiten zu bewirken, wenn es gut gestimmt ist).

So fing's an und so ging's weiter, es war ein großartiger Abend und dann eine runde, barocke, nach allen Seiten von Musik und Gelächter überquellende Nacht, die erste des Großen Festes; denn als der Morgen kam, dachte keiner daran, nun aufzuhören, sondern wir zogen hinaus in die große graue Stadt Wien, eroberten sie und legten sie unserer Freundin zu Füßen. In den folgenden sieben Nächten und vollen sieben Tagen –

denn wahrhaftig, nicht weniger lang dauerte das Große Fest – erteilten die Geister der Stadt uns Männern gewaltige Macht und ließen uns leichthin durch Mauern gehen, wohin immer wir wollten: Türen öffneten sich vor dem Lächeln des Legationsrates, Gesellschaften taten sich nach einem Wort oder Zeichen des Medizinalrates auf und umschlossen uns herzlich, Domestiken beugten sich im Anblick des Fürsten, gewisse Lokale aber sperrten nach unserem Eintritt die Türen, wenn der Silberne es flüsternd befahl.

Nicht an alles mehr erinnere ich mich, was in jenen Tagen und Nächten sich ereignet hat, denn die Bilder vertauschten und vermischten sich und gingen ineinander über und überschnitten sich wie in einem von freundlich-verrückten Genien gedrehten Film, auch verschwand bisweilen der eine oder andere, um irgendwo ein paar Stunden zu schlafen oder eine unerläßliche Arbeit zu erledigen, dafür traten andere Figuren auf, liefen eine Weile mit und verloren sich wieder; ich wunderte mich kaum, als ich den Legationsrat irgendwann im Cut und den Medizinalrat zwischendurch in seinem Ordinationsmantel erscheinen und verschwinden sah, denn auch ich verließ da und dort das Fest, das sich in Kurven und Spiralen durch die ganze Stadt hindurchbrannte, und sprang eine Weile darnach an einem anderen Punkt als dem, wo ich es verlassen hatte, wieder in es hinein.

Unter Anleitung des Fürsten besetzten wir eine Wohnung am Opernring, wo ein Tizian, ein Rubens und mehrere Klimt-Gemälde hingen, die in keinem Fachwerk verzeichnet waren, weil die unbekannten Besitzer – Angehörige einer Zweyensteyn-Linie, nehme ich an –

es niemals für wichtig gehalten hatten, sich über diesen Besitz zu wundern. Dort lagerten wir uns auf knöcheltiefe, teuerste Teppiche, stützten die Köpfe auf Diwan- und Sesselpolster aus kalter chinesischer Seide, zweihundert Jahre alt und wie neu, tranken dunkelgelben Wein, lauschten und tauschten Meinungen, die erleuchtet waren von Schläfrigkeit und banal wie die Ewigkeit.

„Wie geht's Ihnen denn, Herr Medizinalrat?" fragte der Fürst, denn er konnte sich wie wir alle nicht genug verwundern über die gewaltigen Mengen von Eßbarem und Trinkbarem, die dieser weiße Elefant im Laufe des Festes bereits vertilgt hatte.

„Danke", sagte der Medizinalrat. „Ich fühle, wie das Skelett in mir langsam zu Tage drängt."

„Das tut mir leid", sagte der Fürst betreten.

„Nicht doch. Es muß Ihnen nicht leid tun. Denn ich kann Ihnen erfreulicherweise mitteilen, daß es mir teilweise hervorragend geht."

„Das freut mich", sagte der Lipkowitz verständnislos.

„Es braucht Sie das nicht zu freuen", sagte der Medizinalrat heiter, „obwohl ich's natürlich reizend von Ihnen finde, daß Sie sich darum sorgen, wie es Ihrem Arzt geht."

Damit gelang ihm, was er wollte und brauchte, nämlich die Aufmerksamkeit der Anwesenden auf sich zu ziehen, oder in diesem Falle: derer, die eben wach waren, denn einige, der Geschiedene zum Beispiel und das Genie, aber auch die Herren Zwerschina, Schneider Franz und Schneider Karl, die uns schon eine längere Strecke des Weges mit Ziehharmonika, Geige und Doppelgitarre begleitet hatten, waren in verschiedenen Ecken und in verschiedenen Stellungen bis auf weiteres eingeschlafen.

,,Sei lieb", sagte unsere liebe Freundin, setzte sich neben mich und legte den Kopf in meinen Schoß, ,,sei lieb und streichle mich."

,,Soll ich wirklich?"

,,Wer soll's sonst?" fragte sie und schloß die Augen. Ich hob die meinen und sah in die meiner Freunde; es war plötzlich still geworden im Raum. Und alle sahen mich nachdenklich an, und alle voll Neid. Dies freute mich auf sehr unheilige Weise.

Also streichelte ich ihre Stirn und die Schläfen, besonders vorsichtig aber die durchschimmernde Haut der Lider, auf denen sich viele kleine Fältchen zu zeigen begannen, denn zu diesem Zeitpunkt hatte das Große Fest schon ziemlich lange gedauert.

,,Ich bitte Sie, Herr Medizinalrat, mir das Rätsel Ihres teilweise hervorragenden, teilweise schlechten Befindens gütigst lösen zu wollen", sagte schließlich der Fürst.

,,Gerne", sagte der Medizinalrat. ,,Die Lösung ergibt sich aus der Erkenntnis, daß jeder Mensch mehrere Existenzen gleichzeitig zu führen imstande oder auch – die derzeit herrschenden Zeitbedingungen in Anschlag gebracht – gezwungen ist. So bin ich beispielsweise im Augenblick mit meiner ärztlichen Existenz ziemlich unzufrieden, denn meine Patienten vermehren sich, während meine Lust, sie zu behandeln, immer geringer wird. So gesehen, geht es mir also schlecht. Hingegen bin ich in meiner Sub- oder Nebenexistenz als Sammler barocker Wachsfiguren – eine Existenz zweiter oder dritter Ordnung nur, aber für Stunden doch eine ausschließliche – derzeit höchst zufrieden, weil es mir gelungen ist, um ein paar Schillinge einen kleinen heiligen Michael zu erstehen, der mit seinen Füßen eine rote Koralle tritt, die von Natur aus wie ein sich windender Teufel gebildet ist. Napolitanisch, um 1700."

,,Ja, über sowas kann man sich freuen", sagte der Fürst verständnisvoll.

,,Wiederum bin ich", fuhr der Medizinalrat fort, ,,als animalisches Wesen irritiert, weil ich gelegentlich Schmerzen in der Leistengegend fühle und ein aus meiner medizinischen Existenz herüberreichendes Wissen mir zuflüstert, es könne dies ein ebensogut fatales wie belangloses Symptom sein. Da ich jedoch nicht nur Medizinalrat, Sammler und Lebewesen bin, sondern außerdem noch in den Existenzformen des Nachdenkers, Agnostikers, Tarockspielers, Lesers und Nichtstuers bisweilen glücklich und gelegentlich unglücklich, als Zoon politikon ein cholerisches Temperament, als Liebhaber aber ein sehr hilfloser Melancholiker bin . . ."

Unter den Lidern meiner Freundin zuckte es.

,, . . . da ich als Mann der Aufklärung selbstverständlich an den Sieg der Vernunft glaube, als Wissenschaftler aber vernünftig genug bin, um einen baldigen Untergang dieser unserer jetzigen Welt für ziemlich sicher zu halten, ferner jede dieser Existenzen von Stimmungen, vom Luftdruck und hormonellen Vorgängen sehr schnell bis in ihr Gegenteil verändert werden kann, ich in gewissen Hinsichten – besonders was meine Ängste betrifft! – nicht eigentlich jetzt, sondern in meinen eigenen Vergangenheiten, oder, ja auch dies: in meinen Zukünften lebe, kann ich, um zu einem Schluß zu kommen, am Ende nur flehend die Hände heben und ausrufen: Ich bitt' Sie, fragen S' mich nicht, wie 's mir geht!"

,,Hm!" sagte der Legationsrat nachdenklich. ,,Was mich betrifft, so befinde ich mich augenblicklich in der Existenzform eines ausgesprochen Neugierigen. Weshalb ich Sie denn frage: Wie viele solche Existenzformen eines einzigen Individuums sind wohl denkbar? Oder auch: Wie viele hält es aus?"

„Das ist eine ernste Frage!" sagte der Medizinalrat. „Ich versuche tatsächlich seit geraumer Zeit, einen Katalog meiner Daseinstypen aufzustellen, komme aber zu keinem Ende damit; zum Beispiel ist mir gerade eben klargeworden, daß ich auch eine Existenz führe, für die das Feiern großer Feste ein entscheidendes Kriterium ist; und bin damit bei der Nummer eintausendzweihundertsiebenunddreißig angelangt. Aber es beschleicht mich allmählich das Gefühl, daß ich de facto über eine bis an das Unendliche heranreichende Reihe von Existenzmöglichkeiten verfügen könnte."

„Da hoff' ich aber sehr", sagte Tuzzi, „daß diese Reihe wirklich nur heranreicht an das Unendliche und sich nicht am Ende tatsächlich als unendlich erweist. Denn in diesem Fall wären ja Sie selbst unendlich und somit der liebe Gott persönlich."

„Das ist es, was mir in meiner Existenzform als denkendes Wesen, in der ich mich etliche Male am Tag aufhalte, derzeit große Sorgen bereitet", antwortete der Medizinalrat, und über uns alle senkte sich bei diesen Worten für einen Sekundenbruchteil ein kalter Schauer – für einen Sekundenbruchteil nur, denn unsere liebe Freundin sprach unter meinen streichelnden Fingern hervor und geschlossenen Auges sofort in großer Gelassenheit die Worte:

„Ah, da machen S' Ihnen lieber keine Sorgen! Bis dahin is' es noch lang."

„Gottseidank!" sagte der Medizinalrat nach einer Weile. „Sie haben, wie immer, das einzig Mögliche gesagt, was sich zu solchen Dummheiten sagen läßt. Langweilen wir Sie mit unserem Gerede, liebe Freundin?"

„Ah wo!" sagte die Freundin, setzte sich auf, bedankte sich bei mir mit einem schnellen Kuß, sah äußerst entspannt und froh aus und war wieder wach wie ein Fisch im Wasser, ein Vogel im Baum und ein Wind in der Morgenfrühe. „Haben Sie eine Ahnung, wie ich mich freu', daß ich so gescheite Freunde hab'?!"

Daraufhin erhob sich ein großes freundliches Gelächter, wir leerten die Gläser auf ihr Wohl und zogen wieder hinaus, um weitere Stücke der großen Stadt zu erobern und ihr vor die Füße zu legen.

Es wurde finster und es ging die Sonne auf, es wehte dann und wann der Wind, oben zogen die Wolken über den Himmel und unten zogen wir von dahin nach dorthin, in ausladenden Kurven von Bezirk zu Bezirk, durchhin und querdurch, hinauf und treppab, durch Zimmer und Stuben und Keller und Säle. Voll Freundschaft standen wir Arm in Arm nachts im Stadtpark und hörten die Nachtigallen der Stadt, die Amseln, schluchzen; im Morgengrauen aßen wir Buren- und andere Würste am Naschmarkt, schwitzten unter Gelächter uns nüchtern in einer Sauna und schliefen über den Mittag hinweg in den Zimmern des Bristol, ich weiß nicht, wer die Rechnung beglich.

Ins Hawelka zogen wir und aßen die Mitternachtsbuchteln, die hinlänglich und rühmlich bekannten, so viele, daß kein anderer Gast in dieser Nacht Buchteln bekam.

Dort spann sich das Gespräch um die Multilife-Theorie des Medizinalrats weiter, wie denn überhaupt das ganze Fest dieser Tage ein Fest auch der Mitteilung war, ein Teppich von Reden und Gegenreden, von Tratsch und Spekulation und eilends laufendem Schmäh.

So sagte der Ministerialrat Haberditzl im Hawelka – ja, aber wie eigentlich kam der Ministerialrat Haberditzl, den vorher keiner von uns gekannt hatte, dazu, im Hawelka etwas zu uns zu sagen?

Wahrhaftig, ich weiß es nicht mehr: in jenen sieben Tagen und Nächten gab es halt so viele, die sich für eine Kurve oder zwei uns anschlossen und irgendwann wieder verließen; einmal waren es drei spanische Parterreakrobaten, schöne schwarzhaarige Burschen mit weißen Zähnen und voll Galantheit, die kein Wort Deutsch sprachen (aber der Medizinalrat sprach fließendes Spanisch), lange und lustig an unserem Tisch saßen und unserer Freundin zu Ehren und als Gastgeschenk um vier Uhr morgens im großen Rondeau des Volksgartens eine Extragalaprivatvorführung präsentierten, ein Feuerwerk von Flicflacs und Salti und durcheinanderwirbelnden Rädern; ein anderes Mal, in der ,,Eden", bedauerte unsere Freundin es sehr, die einzige Tänzerin unter all den Männern zu sein; da stand eine Viertelstunde später eine schweigende Riege hervorragend schöner Mädchen da und tanzte mit uns, bis wir sie, an Weiterem nicht interessiert, dankbar entließen; niemals habe ich erfahren, wer diese Reserven herbeibefohlen hatte – der Medizinalrat? Tuzzi? der Silberne? oder der Fürst? Es passierte viel Zauberhaft-Ungeklärtes auf unserem Zug.

Der Ministerialrat Haberditzl jedenfalls war es, der im Hawelka die Theorien unseres weißen Elefanten ohne Humor, doch mit Aufmerksamkeit zu persönlicher Kenntnis nahm und nach kurzer, aber gründlicher Überlegung sozusagen amtlich beurteilte:

,,Daran, daß wir gezwungen sind – oder verleitet; aber das kommt auf eins hinaus –, mehrere Leben zu gleicher Zeit zu führen, daran ist viel Wahres. Diese Masse von Informationen über uns selbst, immer mehr werden sie – die allein müssen ja ein Bewußtsein, daß man auf mehreren Ebenen neben- oder übereinander lebt, zur unausweichlichen Folge haben. Ja, das stimmt schon. Freilich, die theologische Konsequenz, die der Herr Medizinalrat aus solchen Einsichten zieht, die halt' ich für falsch: denn wenn auch die unendlich fortschreitende Differenzierung vermutlich eine der Eigenschaften Gottes ist – die Schizophrenie ist ja doch eher eine des Teufels. Und da kann ich nur sagen: Apage, apage!"

„Ein Hauch von Unheimlichkeit haftet der Sache wohl an", gab der Medizinalrat zu. „Aber das wird die Verlockung, nicht länger ein einziges Leben, sondern eine Doppel-, Tripel- oder Mehrfachexistenz zu führen, ein Multilife eben oder, wenn Sie sich's heraldisch vorzustellen belieben: das Dasein eines geflügelten Amphibiums, das nach Lust oder Bedarf von einem ins andere Element emporsteigt oder untertaucht – ja, das würde diese Verlockung kaum neutralisieren. Im Gegenteil! Denn daß sich diese Verlockung überall breitmacht, das werden Sie mir wohl zugeben: sehen Sie sich die Reklamen im Fernsehen, sehen Sie sich die illustrierten Magazine, die Reiseprospekte undsoweiter an. Mögen Sie's Schizophrenisierung oder, wie ich, Vervielfältigung des Existenzbewußtseins nennen – es ist dies eine der möglichen, der sehr wohl möglichen Entwicklungen, die das menschliche Bewußtsein einschlagen kann."

„Jeder sein Jekyll und Hyde, was?" sagte der Legationsrat.

„Oder auch sein eigener verkleideter Harun al Raschid", sagte der Fürst.

„Oder sein eigenes Gespenst!" sagte die Freundin leise zu mir. „G'scheitsein kann manchmal recht grauslich sein, find' ich."

Aber diese Bemerkung war an den Heiligen gerichtet, und kein anderer als ich hörte sie.

„Schad', daß ich Ihnen leider nicht widersprechen kann", sagte Haberditzl betrübt. „Irgendwas dergleichen ist schon im Gange, ja, das g'spürt auch so ein phantasieloser Beamter wie ich. Aber es wird das ein rechtes Durcheinander geben, fürcht' ich. Der Mensch ist schon mit seinem einzigen Leben ein kompliziertes und unberechenbares Wesen – wie erst mit mehreren? Und wenn dann erst solche mehrere mit anderen mehreren Existenzen zusammenstoßen, da muß ja ein Durcheinander entstehen von Verwirrungen, Mißverständnissen – schlimm wäre das. Wirklich schlimm!"

„Darum eben", sagte der Medizinalrat und vertilgte mit einem einzigen Zuschnappen seines riesigen Mundes die letzte Mitternachtsbuchtel, „bedarf dies alles der Systematisierung, gesellschaftlicher Sanktion und legistischer Institutionalisierung."

„Wie sollt' denn so was aussehen?"

„Dergestalt, daß die Sozietät ihren Mitgliedern nicht nur das Recht einräumt, in mehreren Existenzformen zu leben, sondern auch für den Schutz dieser verschiedenen Leben sorgt. Wohingegen das Individuum, das solche Rechte beansprucht, seinerseits die Pflicht übernimmt, in jeder dieser seiner Existenzen die allgemein gültigen sowie die für die jeweilige Existenzform im besonderen einzuhaltenden Gesetze zu wahren, andererseits den Wechsel von der einen zur anderen Form gewissen vom Gesetz zu bestimmenden zeitlichen und räumlichen Regeln unterwirft."

Der Medizinalrat lehnte sich mit berechtigter Zufriedenheit in die verschlissenen Polster des Hawelka zurück: selbst seiner einzigartigen Eloquenz entsprangen nicht immer solche Formulierungskaskaden. Meine Freundin hingegen blickte ihn mißbilligend an, was aber der Selbstzufriedene nicht bemerkte, ja sie hatte sogar die kleine Zornfalte zwischen den Augenbrauen stehen; daß sie also die Ausführungen des Medizinalrates sehr mißbilligte, wunderte mich freilich weniger als der Umstand, daß sie diese Ausführungen überhaupt verstanden hatte; aber sie hatte wohl andere Möglichkeiten als wir Männer, etwas zu begreifen.

„Das mag ja alles ganz interessant und von mir aus sogar reizvoll sein", sagte der Ministerialrat verwirrt. „Aber administrativ ist das nicht zu bewältigen."

In einer Gemeindewohnung an der Gumpendorferstraße tranken wir Kaffee. Die Wohnung war vom Vorbis in den Schlafraum hinein mit riesigen Ölporträts von Offizieren eines schwarz-silbern uniformierten k. u. k. Kavallerieregiments tapeziert; selbst im Klosett hing eines. Warum der junge Mann, dem die Wohnung gehörte, diese Bilder sammelte, weiß ich nicht; er hatte keinen Vorfahren, der bei jenem Regiment gedient hätte. Die Sache blieb rätselhaft und poetisch.

Tee hingegen servierte uns die koreanische Gattin meines Freundes, des berühmten Pianisten, der uns in seiner dämmrigen Wohnung in der Schönlaterngasse auf einem von seinen dreiundzwanzig Klavieren Schubert-Sonaten vorspielte und uns hernach durch einen sowohl heiteren wie auch ernsthaft gemeinten und durch musikalische Proben belebten Vortrag mit dem bisher geheimgebliebenen symphonischen Schaffen des Carl Czerny bekannt machte, welcher selbst Kennern nur noch als Verfasser einer viele Kinder-Generationen gequält habenden Klavier-Geläufigkeitsschule bekannt ist. Der Pianist stand nicht an, die Meinung zu verfechten, daß diesem verdächtigen Czerny redlicherweise neben Beethoven und Mozart der Rang eines Groß-Olympiers eingeräumt werden müsse; bei dieser Aussage blickten seine Augen fanatisch. Ich persönlich war tiefer beeindruckt von einem Biedermeier-Flügel mit eingebauter Tschinelle.

Von diesem Besuch musikalisch angeregt, fuhren wir hinaus in ein Café in Hernals, wo die Herren Kirk und Schneider jun. mehrere Wiener Lieder, darunter „Die alte Uhr" und „Dem Herrgott sein Meisterstück" in tief ans Herz greifender Weise interpretierten, worauf der Herr Dürrmayer Leopold, der ebenfalls ein bedeutender Kenner auf diesem Gebiet ist, seinerseits eine Pièce zum besten gab und sich singend als „der schönste Mann von Wien" vorstellte, „jetzt wissen S', wer ich bin!"

Von dort oder anderswoher gerieten wir in eine äußerst kostspielig wirkende Villa am westlichen Stadtrand, deren Inhaber, einer von den großen bösen Wirtschaftswölfen, uns, wie der Medizinalrat versicherte, gewiß gerne empfangen würde, denn es handelt sich hier um einen einsamen Menschen. Dieser Mensch aber hatte sich an jenem Abend das berühmte Kammermusikorchester des Landes in die Villa bestellt, um seine Einsamkeit zu mildern. Verloren horchte er in einer riesigen Hall, während hinten auf dem Stiegenabsatz zum Wintergarten das Orchester Mozart spielte, und blickte uns so böse an, daß wir uns wieder empfahlen und statt dessen eine künstlerisch verlotterte Wohnung heimsuchten, in der ein guterhaltener Greis soeben mit zarter Gebärde aus hundert Lacknäpfchen und -schüsselchen ebensoviele indonesische Leckerbissen servierte. Seine Gesellschaft bestand aus einem so schönen wie dummen jungen Freund, einer athletisch gebauten Sozialdichterin, deren ständiger Begleiter uns von den Gütern erzählte, die er einst besessen habe, wodurch er unschwer als Ungar zu definieren war, denn jeder Ungar erzählt alsbald von seinen „Gütern", wenn man ihn nur läßt; ferner waren anwesend der Verfasser eines nicht weniger als achtfachen (!) Schüttelreims, im Haupt- oder Nebenberuf renommierter Atomphysiker („ . . . er führe dann vom Wiener Prater kesse Soubretten über Kretas Kraterpässe", an diese Zeile erinnere ich mich; aber es gelang mir nie mehr, die anderen zu finden), eine junge protestantische Geistliche, die einem führenden sozialistischen Theoretiker erzählte, daß die Zehn Gebote Ausdruck eines patriarchalisch-feudalistischen Klassengeistes seien und daher demnächst durch andere, weniger repressive und dem soziologisch-ökonomischen Wissensstand der Jetztzeit angemessenere Formulierungen ersetzt werden müßten, was der sozialistische Theoretiker nicht gerne hörte; es war jedoch auch eine malende Astrologin wie auch ein international bekannter Kybernetiker vorhanden, der mir mit Hilfe einer auf eine Papierserviette geworfenen hyperbolischen Kurve demonstrierte, daß es zwischen den allerneuesten Technologien und den letzten theologischen Auffassungen vom Tode beeindruckende Zusammenhänge gäbe; schade, daß die Erläuterungen meine Fassungskraft überstiegen; ich habe heute noch das Gefühl, als ob da der Welt etwas sehr Wichtiges vorenthalten geblieben ist, obwohl ich nicht sagen könnte, inwiefern und wesbezüglich. Und schließlich gab es da jenen Smokingträger mit den dichten Bartstoppeln, der schon seit Tagen auf Sauftour war, von einem zum anderen ging, um mit ihm anzustoßen und ihn glückselig-gutmütig anzulächeln; von dem wußte ich aus meinen Journalistenjahren, daß er wegen zweifachen Totschlages vierzehn Jahre gesessen hatte; aber das wußte nur ich, denn er war rein zufällig, aus purem Versehen in diese Party hineingeruscht – oder nein, nicht in diese, sondern in jene andere, in der auch mein alter Freund, der Feen-Forscher und Regierungsrat i. R., ferne die naive Malerin mit dem dämonischen Blick, die hysterische Innenarchitektin mit dem Mannequin-Look sowie viele andere ebensowenig oder ebensosehr aufregende Personen zu besichtigen waren, wie man sie auf jeder größeren Gesellschaft in der Inneren Stadt oder in den westlichen Bezirken findet. Entgegen auch hierzulande häufig geäußerten Meinungen ist Wien ja vollgestopft mit sonderbaren Dingen und ganz besonderen Menschen; nach meiner persönlichen Überzeugung leben mindestens 17 von jenen 33 Gerechten, welche die Existenz der Menschheit vor dem Angesicht Gottes rechtfertigen, in Wien und seiner näheren Umgebung, aber freilich auch 43 von den 69 Großen Unheiligen; manchmal habe ich mich in gänzlichem Ernst gefragt, ob die Ausgänge der unterirdischen Spiegelreiche vom Linken Weg (und vom Rechten ebenfalls) und die Tore von Agartha und Shamballah nicht zwischen Nagler- und Blutgasse in diese Welt münden; am Tage Armaggedon mag's offenkundig werden.

Doch trieben wir auch Dummheiten, fuhren in der Prater-Geisterbahn, tanzten Sirtaki im ,,Rhodos" und ließen uns im Ahtletik-Center vom Medizinalrat Karate-Scherze zeigen, spielten mehrere Stunden Tarock, sahen uns den Sonnenuntergang vom Bisam- und den Sonnenaufgang vom Laaer Berg an, ließen zweihundert Luftballons steigen, und immer wieder, versteht sich, kehrten wir auf unseren Fahrten durch Tag, Nacht und Traum auch beim Nagl-Karl ein und beim Brettschneider-Ferdi.

Bei dem aber erlebten wir das grandiose Finale der Geschichte, die da vordem zwischen ihm und dem Köberle-Emil begonnen hatte.

Es ging nämlich dort, gleich nachdem wir einen Platz gefunden hatten, gegen Mitternacht die Türe auf und herein kam – zum ersten Mal, seitdem sie den Ferdi wegen guter Führung vorzeitig ausgelassen hatten! – golden strahlend und in Brillanten glitzernd der Köberle, diesmal ohne Tamara, versteht sich, das war ja damals wirklich nur ein Ausnahmefall gewesen, aber natürlich mit seinen zwei Leibwächtern und in einem neuen Nerz.

Kam also herein, setzte sich an den Tisch, sagte „Servus, Ferdi, g'scheit, daß d' wieder da bist, dein Singen is' mir stark ab'gangen, Ehrenwort! Sing mir was!"

Es war dies ein sehr aufregender Augenblick, und wir alle, einschließlich des zufällig ebenfalls anwesenden Kriminalinspektors Kasmader, waren gespannt, wie der Brettschneider-Ferdi sich jetzt benehmen würde; im Hintergrund erhob sich schon die Kronegger-Tochter wie ein dicker Drachen, um mit Feuer und Gift auf den Emil loszugehen, falls ihr Ferdinand in Gefahr geraten sollte.

Aber der lächelte, sagte „Servus, Emil!" und sang das alte Lied vom grauhaarigen Hauer, der beim Fenster herausschaut und ein altes Lied singt, und dann das von den Fuhrleuten auf den Straßen, die gerne einen Wein trinken, und anschließend noch einen lustigen Dudler.

Dann sagte der Emil, „schön singst, Ferdi! Und jetzt singst mir das ‚Stolze Herz', gelt!"

Und da sagte der Ferdi nein.

Der Köberle-Emil hielt das für einen Spaß und sagte noch einmal, daß er jetzt gerne das „Stolze Herz" hätte.

Aber der Ferdi sagte wieder nein.

Der Köberle begriff noch immer nicht, was da eigentlich los war, schnippte mit dem Finger über die Schulter, ließ sich einen Blauen reichen, stopfte den dem Ferdi ins Tascherl und sagte, er habe gemeint, daß der Ferdi das „Stolze Herz" singen solle.

Der Ferdi jedoch sah dem Köberle grad ins Gesicht

und sagte kalt, nein, Emil! Das sing' ich dir nie mehr! Da kannst dich am Kopf stell'n, ich sing's nicht mehr. Und dir schon gar nicht!

Jetzt erst begriff der Köberle, daß ihm da was passierte, was ihm noch nie passiert war, und daß da sein Ruf auf dem Spiel stand, und er fuhr auf und griff in die Tasche, und seine beiden Leibwächter kamen auch vom Tisch hoch, und hinten wuchtete die Kroneggerin empor – und wer weiß, was nicht alles noch passiert wäre, wenn diesmal nicht der Kriminalrevierinspektor Kasmader plötzlich schallend zu lachen angefangen hätte und diesmal sämtliche im Lokal vorhandenen Personen und wir alle in dieses Lachen eingestimmt hätten und so lange lachten, bis der Köberle mit seinen zwei Adjutanten das Lokal mit wütenden Blicken, aber sonst geradezu fluchtartig verließ.

Dies haben wir erlebt – die Freundin, der Medizinalrat, der Silberne, ich und einige andere Teilnehmer des Großen Festes. Wie wir gelacht haben, als der Emil das Lokal räumte!

Kurz darauf hörte ich, daß seit jenem Abend der Köberle keinen Zimmer-Sonnenaufgang mehr veranstaltete beim Heurigen und daß es auch sonst ziemlich bergab ging mit ihm; der Silberne erzählte mir auch, daß seiner Meinung nach in dem großen Diamantkreuz, das der Emil auf der Brust trägt, schon mehr Glas als Edelsteine steckten. Übrigens und um genau zu sein: der Silberne war der einzige, der an jenem Abend nicht gelacht hatte; er sagte, der Fall Köberle als Beweis dafür zu nehmen wäre, daß die Welt so sei, wie sie sei; wäre die Mutter des Köberle nicht zu früh gestorben und der Vater nicht ein Säufer gewesen und wäre der Emil nicht bei einer Nachbarin aufgewachsen, die ihrerseits . . . ach, es war dies eine schreckliche Geschichte unterhalb des Netzes und der laufenden Programme, in einer untersten Unterwelt spielend, in der stets Nacht herrscht. Und immerhin, sagte der Granat, auch wenn ich ihn nicht mag, den Emil, er hat sich heraufgearbeitet von dort zum Nerzmantel und zum Rolls-Royce – ist das vielleicht nichts? Wo er doch auch noch den Krebs hat?

Der Ferdi aber sang wieder täglich und immer noch besser; wir sind freilich in der kurzen Spanne Zeit nach dem Großen Fest nur mehr ein- oder zweimal hingegangen – und dann gar nicht mehr, denn sein Publikum wurde nun schon durchsetzt von allerlei Schauspielern und Intellektuellen und Jetsettern, die einfach nicht mehr jene gewisse Stimmung aufkommen ließen, die wir vordem so geschätzt hatten. Im Hintergrund aber sitzt weiter Abend um Abend seine Frau, die Kronegger-Tochter, und nickt zufrieden und voll Glück, wenn der Ferdi die ,,Treue Gattenlieb'" anstimmt und dabei gerührt in ihre Richtung schaut.

Und nur ich wußte – außer den beiden natürlich –, daß der Ferdi täglich zwischen sechs und sieben keineswegs Sauerstoff tankte, sondern schnurstracks in das Hotel marschierte, dessen Entree einem Fenster meiner Wohnung gegenüberliegt und in das knapp vorher immer schon die Tamara hineingegangen war.

Ich bin mir nicht ganz sicher, wer in dieser Geschichte eigentlich die Rolle des Schurken spielt; aber entscheiden möchte ich es nicht müssen.

Daß er aber heute da ist, wie alle anderen, der Brettschneider-Ferdi, das finde ich in Ordnung. Doch, das finde ich. Er gehört dazu, wenn ich auch nicht weiß, wieso.

,,Gott schreibt gerade auch auf krummen Zeilen!" sagte ich – das Fest war gerade im ,,Rhodos" in der Kaiserstraße gelandet – in Erinnerung an die Köberle-Episode in der Nacht vorher.

,,So heißt es", sagte der Ministerialrat Haberditzl betrübt. ,,Aber derzeit schreibt er offenbar lieber krumm auf graden Zeilen."

,,Sie haben recht", sagte der Medizinalrat, und wir alle dachten daran, während wir feierten, daß in Südostasien schon wieder ein Volk ein anderes ausrottete, an die neuesten und so rätselhaften Entwicklungen im Nahen Orient, an den letzten, nein: den jüngsten Zusammenbruch der Stromversorgung, an die heimische Kriminalitätsrate, deren unerklärlich sprunghafte Steigerung in den letzten Monaten die Schlagzeilen der eben gekauften Zeitungen beherrschte, ferner an die neuerdings wieder ganz seltsam undurchsichtige Lage im Ostblock und an manches andere.

Aber wir dachten nicht sehr genau daran; irgendwas klappte mit den Informationen nicht mehr so recht, nicht, daß es keine mehr gegeben hätte, im Gegenteil, es gab schon viel zuviel davon, aber irgendwie erreichten sie uns nicht mehr, kamen sie nicht mehr an, blieben sie sozusagen zwischen den Sendern der laufenden Programme und den Rezipienten in der Luft hängen oder versickerten in Zwischenräumen, selbst Genocide nahm man, wenn sie nur weit genug entfernt vor sich gingen, bloß aus den Augenwinkeln wahr, wie überhaupt vieles, was gestern noch nahe geschienen hatte, wieder in gehörige Entfernung, bisher Entferntes einem aber plötzlich an die Haut rückte: dies wurde durch die neuartige Optik der biopsychischen Filter bewirkt, die sich nun ganz allgemein vor die Augen des Publikums schoben. Heute, da alles schon bald vorbei und passiert und alles unwiederbringlich verloren sein wird für immer, kann man das Phänomen leicht definieren: damals ereignete es sich, daß die Zeit für eine Weile tatsächlich stehengeblieben war, erstarrt in einer Futurgegenwart, in welcher alle Entscheidungen bereits gefallen, aber noch nicht exekutiert waren; exekutiert werden sie erst jetzt.

Die Wahrheit ist wohl, daß wir damals die Multilife-Theorie des Medizinalrats praktisch erprobten; denn nichts anderes war unser Großes Fest als der Versuch, von dieser erkaltenden Ebene zu anderen hinunter oder hinauf zu leben; Angst setzte sich damals zwar schon in uns allen fest, aber noch wirkte sie als eine Droge, die temporär – sieben Tage, sieben Nächte lang! – unser Lebensgefühl beschleunigte. Sie war es, denke ich, die das Große Fest so heiter und ausgelassen machte, obwohl oder weil wir in unseren Hinterhirnen schon spürten, daß wir über all jenes Zeitphänomenale hinweg bereits an den Rand der Welt fuhren, Argonauten mit einer kleine Medea in ihrer Mitte, die noch herzlich lachten konnten, wenn an den Horizonten die Hälse neuer Brontosaurier in die Höhe stiegen und bisher unbekannte Pteranoda Schatten warfen.

„Ach, wissen Sie", sagte der Legationsrat, „ich bin in ein Alter gelangt, in dem einem das Rechthaben kein Vergnügen mehr bereitet."

„Ich", sagte der Medizinalrat, „der ich gut zehn Jahre älter bin als Sie, lieber Freund, habe schon jenes Alter, in dem das Rechtbehalten nur mehr schmerzt."

„Behalten Sie oft recht?" fragte der Legationsrat.

„Fast immer", sagte der Medizinalrat.

Noch spielte das Bouzouki-Trio im „Rhodos" nicht, noch war die Freundin, die sich irgendwo ein wenig schlafen gelegt hatte, nicht zurückgekehrt, noch waren wir Männer unter uns. Da schwankte aus der Ecke, in der es sich bis dahin verkrochen hatte, das Genie heran, blieb wankend vor uns stehen, sehr wankend, denn es war im festlichen Durcheinander unserer Kontrolle entglitten und hatte zu viel Wein getrunken, deutete mit einem roten Zeigefinger auf uns und sagte mit einer unvermutet lauten, obwohl krächzenden Stimme: „Damals, ja damals: wir hatten vor den Gesichtern die Masken, die alten: Löwe und Luchs, Windspiel und Wolf. Nicht alle waren wir da, nicht alle, aber genug: Löwe und Luchs, Windspiel und Wolf, Schlange und Stier." Bis hierher hatte er rhythmisch akzentuiert, wenigstens klang es so, aber nun fiel er plötzlich in holprige Prosa, sagte schnell und mit einem Ausdruck, der Haß oder doch etwas Ähnliches verriet: „. . . ja, das müssen Sie sich vorstellen: war waren gar nicht vollzählig, verstehen Sie? Ein paar waren unten in den Teichen, ein paar andere oben in der Höhle, die Drachen füttern, verstehen Sie? Und dann sind die Flugzeuge gekommen, eine Staffel hinter der anderen. Da haben wir dann zu tanzen begonnen. Eine schwere Arbeit. Man schwitzt so hinter diesen alten Masken, verstehen Sie? Aber es hat funktioniert. Jawohl! Die Flugzeuge sind stehengeblieben in der Luft. Und dann? Dann sind sie abgestürzt. Bumm! Wusch! Krach!"

Daraufhin fiel das Genie zusammen, erbrach sich und schlief in einer dunklen Ecke seinen Rausch aus.

„Wovon hat der eigentlich geredet?" sagte der Ministerialrat.

„Offensichtlich von einer anderen Welt", sagte der Legationsrat. „Von welcher, weiß ich freilich nicht. Aber da er davon geredet hat, muß sie wohl irgendwo vorhanden sein."

Da der Legationsrat nicht zu Spekulationen phantastischer Art neigt, machte uns diese Feststellung ziemlich beklommen.

Aber dann kamen die Bouzokiasten und die Freundin, und der Medizinalrat tanzte mit ihr Sirtaki, was wie der Tanz eines Mammuts mit einem kleinen bunten Vogel aussah, und wir dachten nicht weiter daran, daß wir Angst hatten.

Wir sprachen untereinander auch über die Freundin, wir alle. Und einmal ist Tuzzi ja doch noch auf die Frage meiner Heiligmäßigkeit zurückgekommen – sehr vorsichtig, sehr freundschaftlich, und so taktvoll, daß ich keine Antwort zu geben brauchte.

„. . . Das Problem besteht darin; sie liebt uns alle so sehr, daß sie jedem von uns die Vorstellung vermittelt, er sei die Idee von sich selbst; ihre Liebe bringt mich wahrhaftig bisweilen dazu, zu meinen, daß unser Doktor samt seinem enormen Gehirn und seinem dicken Bauch und seiner Hoffnungslosigkeit mehr ist, als er ist, mehr als sowieso der Arzt aller Ärzte, Asklepios selbst oder Odin mit dem einen Auge; und unser seltsamer Freund mit dem Silberhaar erscheint mir, weil er Gnade vor ihren Augen gefunden hat, nicht als der Gauner, der er ist, sondern als ein Pluto, der sowohl richtet als sich's auf seine Weise richtet. Der Fürst, nun, er mag als Apollo hingehen, wobei zu beachten ist, daß Apollo seinen Lieblingen kein Glück gebracht hat. Ich selbst komm' mir manchmal, wenn sie mich anstrahlt, vor wie Hermes – von Ihnen, lieber Freund, schweige ich, denn ich weiß, daß sie Ihnen Altäre errichtet, auf denen sie Ihnen ohne Wimperzucken das Liebste, was sie hat, uns nämlich, zum Opfer brächte, wenn Sie's verlangten."

„Ich verlange es nicht", sagte ich, „obwohl ich jeden von euch schon ins Pfefferland gewünscht habe."

„Natürlich verlangen Sie's nicht", antwortete der Legationsrat, „denn sowas darf ein Heiliger nicht."

Aber er sah mich dabei mit seinen gescheiten Augen so freundlich an, daß ich ihm seine Ironie auf der Stelle verzieh; er hatte ja auch nur die Wahrheit gesagt.

Siebenmal ging die Sonne auf und siebenmal ging sie unter: so lange dauerte das Große Fest.

Als sie zum achtenmal aufging, hatte der Medizinalrat wieder einmal rechtbehalten.

Ich saß in seinem Zimmer, sah über ihn hinweg auf die Kubin-Zeichnung mit dem Leichenwagen, die irgendwie irgend etwas mit alledem zu tun hatte, und mir gegenüber saß mein alter Freund, blickte aus seinem Auge auf die Glasdose und weinte wie ein Kind: denn unsere Freundin hatte sich in der letzten Nacht entschieden, den Lipkowitz zu heiraten.

Ich saß da, schaute auf die Zeichnung, empfand verwundert nicht viel mehr als Kopfschmerzen von allzuviel Wein, dachte mir jedoch, der Schmerz über ihren Entschluß würde schon noch kommen. Sie hatte mich selbstverständlich – selbstverständlich? Ja: selbstverständlich – zwischen Retsina und Ouzo gefragt, ob sie's tun sollte. Wiederum (zum wievielten Mal?) hatte ich nicht nein gesagt und nicht ja, befand mich also immer noch im Stande meiner schauerlichen Heiligmäßigkeit und hatte weiterhin zu warten, bis mir der Sinn davon bekannt würde. Aber ich erinnerte mich, wie ich, müde und hellsichtig vom ungewohnten Alkohol, eher Erleichterung als Schmerz empfunden hatte, als sie allein auf die Tanzfläche hinausgegangen war, um ihre Entscheidung allen, die dawaren, laut und knapp bekanntzugeben: „Daß ihr's alle wißt: ich heirat' den Maria!"

Es war vorauszusehen gewesen, daß sie dem ständig wachsenden Druck, den die Narren mit ihrer Liebe auf sie ausübten, erliegen würde, wenn sie ihm nicht Widerstand entgegensetzte. Das eben hatte sie getan, indem sie den Kreis herzhaft (wenngleich vielleicht auch schon ein bißchen verzweifelt) an seiner schwächsten Stelle sprengte – und die war, wie sie es schon vorher gefühlt hatte, gewiß der Lipkowitz.

Der Schmerz angesichts eines großen Verlustes stellte sich dann doch noch ein, aber es zeigte sich in den folgenden Tagen, daß die neue Situation zunächst keine einschneidenden Veränderungen mit sich brachte und sogar zu Hoffnungen Anlaß gab, es würde sich so arg viel möglicherweise gar nicht, oder wenn, dann nur auf lange Sicht hin ändern.

Unsere liebe Freundin nämlich dachte offenbar nicht im entferntesten daran, ihre bisherige Lebensführung oder ihren Beruf aufzugeben. Durch den langen Schlaf im schottischen Schloß sehr erholt und im Feuerbad des Großen Festes salamandrisch gestärkt, ging sie ihrer Arbeit in unserem Neubaugassen-Büro nach wie zuvor, zog ihre Trabanten schnell zurück in die gewohnten Bahnen und gab unbekümmert jedem, den Maria eingeschlossen, zu verstehen, daß sie es auch in Zukunft so oder so ähnlich halten würde, stellte auch Überlegungen an, ob sie nicht weiter, allenfalls mit geringen Zeiteinschränkungen, mit und bei mir arbeiten könnte, zerbrach sich übrigens vorderhand den Kopf über dieses

Problem nicht sehr, sondern ließ die Dinge auf sich zukommen.

Dem Lipkowitz konnte das zwar nicht recht sein, denn so hatte er sich's gewiß nicht vorgestellt, aber er trug selbst dazu bei, diesen Schwebezustand zu verlängern, denn seiner Meinung nach bedurfte eine Heirat im Hause Lipkowitz-Zweyenstein einer längeren Verlobungszeit, was uns allen, auch unserer Freundin, etwas lächerlich vorkam, jedoch sehr recht war; die anderen Herren und Troubadoure sahen unerwartete Fristen sich auftun und schöpften neue Hoffnung; nach anfänglichem Zögern begannen sie sogar wieder mit ihren Blumenopfern, ohne lang zu fragen, ob dererlei jetzt noch taktvoll wäre oder nicht.

Jeder andere Mann anstelle des Lipkowitz hätte in dieser Situation versucht, sie schleunigst zu beenden: er versuchte es nicht, und ich denke, daß er dazu schlicht und einfach nicht fähig war; eine Heirat ohne Verlobung überschritt offenbar seine Vorstellungsmöglichkeiten, diese Verlobung aber konnte wiederum nicht stattfinden, ehe nicht sämtliche anderen Zweyensteyn und Lipkowitz und Lipkowitz-Zweyensteyn rechtzeitig und in gebührendem Abstand davon verständigt und teilweise dazu eingeladen und auch sonst noch allerlei Arrangements getroffen waren; vor dieser Verlobung in aller Form gestand sich der Fürst jedoch selber keine Rechte über seine präsumtive Verlobte zu, ja er nahm sich nicht einmal das kleine Recht heraus, eifersüchtige Blicke auf weiße und orangene Rosen zu werfen. Das war gewiß so sehr kavaliersmäßig gedacht, wie der Träger eines großen Namens wahrscheinlich denken muß; uns anderen lieferte es gleichwohl viel Stoff zum Lächeln und Achselzucken, während unsere Königin, die einer Schicht entstammte, in der Frauen und Männer sich für eine Weile zusammentun, um dann entweder beisammen oder eben nicht mehr beisammen zu bleiben und damit basta, so viel Diskretion als nahezu rätselhaft empfand; aber sie war's ja nicht gewesen, die auf Verlobung und Heirat gedrängt hatte, also ließ sie den Maria verfahren, wie er wollte, und führte ihr Leben weiter, wie es ihr gefiel: mit viel Freude unter vielen Freunden.

So ging der Frühling vorbei, der ungewöhnlich kühl war, und nach ihm ein verregneter Frühsommer. Dann kam ein heißer und dumpfer Juli, und mit ihm nahte endlich und unausweichlich der Tag der Verlobung.

Nun tauchte eine neue und nicht weniger lächerliche Unumgänglichkeit auf, nämlich die Begleitung, die unsere Dame zur Verlobungsfeier zu führen hatte. Daß es ohne Begleitung nicht abgehen würde, leuchtete uns zwar ein; das wäre ja, meinte der Medizinalrat, als wollte man ein Christenkindlein unter den Augen sadistischer Patrizierinnen den Löwen vorwerfen. Nur, wer sollte sie begleiten? Unsere Freundin hatte nun einmal keine Familie (von einer Mutter abgesehen, die sie nicht mochte, und dem glücklicherweise nur ganz entfernt mit ihr verschwägerten Brettschneider-Ferdi); die sorgenvollen Erkundigungen des Fürsten und die schadenfreudigen der anderen Freunde förderten nicht einmal einen halbwegs stattlichen Onkel zutage, der einen noch so ungefähren Familien-Hintergrund oder -Willen hätte repräsentieren können.

Schließlich wurde in einer gemeinsamen Sitzung entschieden, ihr eine Ehrengarde ausgesuchter Freunde auf den schweren Weg mitzugeben, um ein Manko wettzumachen, das in ihren Augen durchaus keines, sondern eher ein Vorzug war: „Ich bin ich“, sagte sie stolz, „da sieht man es! Während der Maria, der arme Hund, allerweil ein Lipkowitz sein muß!“

Sie selbst hätte auf die Aussucherei gerne verzichtet und am liebsten alle mitgenommen, auch ihren Geschiedenen, auch das Genie und selbst den Silbernen, sah aber ein, daß solches nicht möglich war und daß leider auch die Schneider-Brüder und der Zwerschina nicht zur Feier dieses Tages würden aufspielen können. So wurden denn nach einigem Hin und Her, nach etlichen kleinen Zornausbrüchen auf ihrer und mit viel taktvoller Beharrlichkeit auf der Seite des Fürsten, der Medizinalrat, Tuzzi und ich beauftragt, gleichsam als Vertreter von Wissenschaft, Politik und Sonstigem den Segen zu spendieren, der da aus Gründen hocharistokratischer Traditionspflege auf Teufel komm heraus gespendet werden mußte.

In Anbetracht der Umstände war dies die beste Lösung, aber gut war sie nicht, weil keiner von uns dreien Freude an dieser Berufung haben konnte; denn wenn auch der Heiratstermin, auf den es ja hauptsächlich ankam, noch gar nicht fixiert war, so bildete doch diese alberne Verlobung einen weiteren Schritt dorthin. Die Sorge um unsere Medea und der Schmerz um sie rührten sich wieder.

Dementsprechend schlecht war die Stimmung in dem riesigen Auto, in dem uns der Medizinalrat zu dem Lipkowitz-Schloß in der Tullner Au hinauschauffierte; Tuzzi schwig und grübelte vor sich hin; ich schwieg auch und hatte ein schlechteres Gewissen denn je, weil auf einmal so vieles darauf hindeutete, daß ich in den Gang der Dinge diesmal doch hätte eingreifen sollen; der Medizinalrat schimpfte ohne Unterbrechung Verwünschungs-Girlanden vor sich hin, die nur allzu scheinbar anderen Verkehrsteilnehmern galten, und die Verursacherin all dieser Emotionen schließlich sah in einem neuen schwarzen Kleid zwar reizend aus, begnügte sich aber damit, den Medizinalrat gelegentlich anzulächeln; immerhin bemerkte ich mit aufkeimender Freude, daß sie hie und da die Unterlippe ein wenig vorschob; ich wußte, was das bedeutete, nämlich den stillen Vorsatz, die kommenden Ereignisse mit Würde und auf eigene Art durchzustehen, wie immer sie verlaufen würden, ohne Rücksicht auf sich selbst oder jemand anderen, bis zum guten oder bitteren Ende. Und ich dachte, daß ebendiese unschuldige Rücksichtslosigkeit eine der Eigenschaften war, mit denen sie uns alle so sehr bezauberte; besonders aber den Fürsten, denn der war ein Mann, in dessen Denken und Handeln die Rücksichtnahme einen beherrschenden Platz einnahm; ich fragte mich nebenbei, ob es nicht ebendiese seine Eigenschaft war, die wiederum ihre Neigung zu ihm halbwegs erklärbar machte.

Nein, diese Mercedes-Fahrt stand unter keinem guten Stern. In Langenzersdorf gerieten wir in einen Verkehrsstau und stockten darin bis zur Autobahnauffahrt Bisamberg; hinter Korneuburg mußten wir, abermals im Schrittempo, eine Unfallstelle mit zwei blutüberströmten Toten passieren; dabei fuhr vor uns ein Wagen krachend in die Stoßstangen des Autos vor ihm, woraus ein neuerlicher Aufenthalt entstand – lauter schlimme Vorzeichen und schuld daran, daß wir unser Ziel um eine Stunde zu spät erreichten.

Der Lipkowitz empfing uns an der Zufahrt des Schlosses mit sichtlicher Erleichterung und zuckte nicht mit der Wimper, als der Medizinalrat ihn taktlos genug fragte, ob ihn die Sorge um seine Verlobte oder die Ungeduld der hochfürstlichen Verwandtschaft mehr bedrückt habe oder ob's nur eine kleine Migräne sei? Tatsächlich machte der Fürst ein wenig den Eindruck, als ob ihm das drückend schwüle Wetter ziemlich zusetzte; er fragte uns, ob wir uns zu erfrischen wünschten, die Freundin, die endlich zur Sache kommen wollte, lehnte dankend für uns alle ab und warf nur einen Blick in einen der vielen Barockspiegel des Foyers, worauf wir schon, sie am Arm des Fürsten voran und wir drei hinterher, in den sogenannten Großen Salon und in ein Kräftefeld hineingingen, das ungeachtet seiner relativen Kleinheit vor Spannung geradezu hörbar knisterte.

Es waren zwei alte Tanten des Lipkowitz da, die ich unter anderen Umständen bestimmt für recht sympathische Frauen gehalten hätte, die hier und jetzt aber so nicht auf mich wirkten; ein drittes Tantenwesen befand sich in Begleitung eines unscheinbaren Mannes; ich identifizierte sie mit Mühe und leichtem Entsetzen als die Aglaja-Schwester des Lipkowitz, denn sie war schwammig geworden und sichtlich schon desinteressiert an der eigenen Person. Jedoch kam ich nicht dazu, mich diesem unangenehmen Schock zu widmen, weil ich dem Bruder des Lipkowitz vorgestellt wurde, einer naturwissenschaftlichen Kapazität, die eigens aus Amerika hierhergeflogen worden war, weil sie nun einmal unumgänglich zur Verlobung des Bruders gehörte. Er sah dem Fürsten auf den ersten Blick sehr ähnlich, bis man eine effeminierte Übergepflegtheit an ihm merkte, durch die gerade diese Ähnlichkeit fast widerlich oder unnatürlich wurde; der Mann war nicht angenehm. Es waren sodann zwei Cousinen mittleren Alters vorhanden, die einander von Zeit zu Zeit flackernde Blicke voll grundsätzlicher Indignation zuwarfen, ein mumienhafter Onkel, der den Medizinalrat sofort in ein Gespräch über Leberkrankheiten ziehen wollte, von diesem aber brutal zurückgeschlagen wurde, und etwa sechs oder acht weitere Personen, ebenfalls Verwandte oder engste

Freunde der Familie, die sich uns aber mehr als dunkle Anzüge und kleine Abendkleider denn als Individualitäten darstellten.

Bald darauf standen der Fürst und unsere Freundin in der Mitte des Salons und ließen die anderen Gäste der Reihe nach an sich herantreten; der Medizinalrat zeigte ostentatives Desinteresse, lümmelte auf dem entferntesten Barocksessel, vertrieb mit drohenden Zigarrenqualm-Wolken jeden, der ihm nahen wollte, und gab sich keinerlei Mühe, seine miserable Laune zu verbergen. Tuzzi kannte natürlich die meisten Anwesenden und glitt so höflich wie elegant von einer Gruppe zur anderen. Ich Republikaner kannte hier selbstverständlich niemand, fühlte mich unter so vielen Aristokraten unbehaglich, arbeitete mich aber doch im Gefühl, daß die Herstellung zwischenmenschlicher Beziehungen das einzige war, was diesen Abend vielleicht noch retten konnte, angestrengt durch zwei Dutzend Komplimentwechsel und viel Konservationsgeröll hindurch, bemerkte, daß die beiden Cousinen, ehe ich an sie herantrat und auch als ich sie wieder verließ, einander flackernde Blicke zuwarfen, ließ mir von der Mumie langatmig erklären, daß die schwüle Hitze im Raum die Folge der heurigen Gelsenplage sei, deretwegen man die Fenster leider geschlossen halten müsse, geriet mit dem genialen Lipkowitz-Bruder in ein Gespräch über ökologische Fragen, das mich bei anderer Gelegenheit vielleicht sogar interessiert haben würde, drückte da eine Hand und machte dort vor einem kleinen Großen Kleid eine Verneigung, fühlte, daß mein Hemdkragen im Nacken schweißnaß wurde, und entfernte mich immer mehr vom Zentrum des Ereignisses, von ihr und dem Fürsten also, in eine der dunkleren Ecken des Salons, wo eine weiß-goldene Sitzgarnitur stand, auf der man sich mit

Hilfe einer Zigarette vielleicht ein bißchen erholen konnte.

Und dort saß ein Mädchen, nein: ein Wesen, das vor Jahrzehnten in meinen Gefühlen eine unklare, aber jedenfalls sehr verwirrende Rolle gespielt hatte, seither aber nicht gealtert war, sondern feenhaft jung wie eh und je und mit seiner weißen Haut und vielen blonden Haaren schöner geblieben war als alle anderen Mädchen, viel jünger als damals in der Karlskirche, so jung wie in jenen längst vergangenen Tagen, in denen sie, ein durchgedrücktes Bein vor sich hingestellt, das andere in Kniehöhe an den Zaun gestemmt, am Parkgitter vor der Schule auf ihren Bruder gewartet hatte.

„Die Aglaja!" sagte ich fassungslos.

„Stimmt, ich bin die Aglaja!" sagte das Wesen mit einer klaren, ja klirrenden Stimme, die ich, wie mir einfiel, noch nie gehört hatte. „Und wer sind Sie?"

„Ich bin mit Ihrem Bruder in die Schule gegangen; nein – natürlich nicht mit Ihrem Bruder. Es muß wohl Ihr Vater gewesen sein, der damals mit mir in die Schule gegangen ist, das heißt, natürlich ist er's nicht gewesen, er ist ja auch jetzt noch Ihr Vater – verzeihen Sie, ich bringe da Zeiten und Personen etwas durcheinander . . ."

Verwirrt, ja bestürzt, sah ich hinüber zu den anderen Gästen und versuchte, unter ihnen die dicke und geschmacklos gekleidete Frau herauszufinden, in die sich die andere, die Aglaja von damals, verwandelt hatte; denn einige Sekunden lang beherrschte mich wirklich die peinliche Vorstellung, versehentlich in eine zeitverschobene Parallelwelt hineingeraten zu sein.

Ich bin froh, daß sie nicht hier ist; seltsam, daß die Begegnungen mit diesem geradezu monströs schönen Mädchen immer etwas Schreckhaftes für mich hatten, wie die Schlange, die plötzlich auf dem Waldweg vor einem liegt, die Sekunde, in der man etwas nicht Aufzuhaltendes auf sich zurasen sieht, oder der Schwindel am Rande des Abfalls; an jenem Verlobungs-Abend hatte sich das Absurde dieser Empfindung noch verdoppelt, weil sie sich ja nicht mehr nur auf eine, sondern auf die Erscheinungsform zweier verschiedener Personen bezog. – Ja, es sind alle da, außer ihr. Aber sie fehlt nicht.

Das Mädchen war meinem Blick gefolgt.

„Ich verstehe", sagte ihre klirrende Stimme, „was Sie meinen: Sie soll mir sehr ähnlich gewesen sein, die Tante. Ich weiß es. Wahrscheinlich werde ich dafür später dann ihr ähnlich werden. Scheußlich, wenn man so seine eigene Zukunft vor sich sieht, nicht wahr?"

„Aber ich bitte Sie!" sagte ich schwach und überlegte, ob ich das Mädchen als „gnädiges Fräulein" ansprechen sollte, unterließ es aber; schließlich war es noch ein halbes Kind und außerdem die Schwester, nein, die Tochter eines Schulfreundes. „Das dürfen Sie so nicht sagen. Wie und was ein Mensch wird, das hängt nicht von ihm allein ab, sondern von vielen Umständen und Einflüssen . . ."

„Sie wollen sagen: wenn meine Tante nicht einen Trottel geheiratet hätte, sähe sie heute besser aus?"

Das hatte ich zwar gemeint, aber sagen hatte ich es nicht wollen.

„Es hängt also", fuhr das Mädchen fort, „für eine Frau viel davon ab, mit welchen Männern sie zusammen ist, nicht wahr?"

,,Es ist ja auch für einen Mann nicht unwesentlich, an welche Frau er gerät", sagte ich lahm. Ich fühlte mich durchaus nicht auf der Höhe meiner Konversationskünste angesichts dieser erschreckend schönen Siebzehnjährigen.

,,Ich rede nicht von Männern", sagte sie. ,,Ich mag Männer nicht, sie schwitzen so."

,,Das pflegt bei solchen Temperaturen so zu sein . . ."

,,Das pflegt nicht immer so zu sein", sagte das Wesen. ,,Zum Beispiel nicht bei uns. Nicht bei mir, nicht bei meinem Vater. Es liegt in der Familie. Degenerierte Drüsen oder sowas. Wir spüren die Hitze nicht. Wenn sie zu groß wird, fallen wir einfach um. – Sie hat wohl gute Männer gehabt?"

,,Wer?"

,,Sie. Meine zukünftige Stiefmutter."

,,Wie kommen Sie auf solche Gedanken?"

,,Sie ist nicht halb so schön wie ich."

,,Ich weiß wirklich nicht . . ."

,,Obwohl sie gut aussieht. Aber der Papa ist verrückt nach ihr. Also hat sie was anderes an sich. Persönlichkeit vielleicht? Ja, Persönlichkeit. Aber die kriegt man, haben Sie vorhin gesagt, nicht von allein. Sondern zum Beispiel von Männern – wenn man eine Frau ist."

,,Ich habe nichts dergleichen gesagt."

,,Sie haben es gemeint. Sie sind befreundet mit ihr, ja?"

,,Das bin ich."

Sie beugte sich ein bißchen vor und lächelte.

,,Haben Sie auch mitgewirkt daran, daß sie so geworden ist, wie sie jetzt ist, meine neue Mama?"

Ich habe im Umgang mit Polit-Funktionären, Rundfunkleuten und anderen Dschungelwesen gelernt, auf

Niederträchtigkeiten schnell zu reagieren. So warf mich denn auch diese kalt kalkulierte und servierte Perfidie keinesweg um, sondern befreite mich – endlich, endlich – von der lächerlichen und demütigenden Unsicherheit, die ich seit Jahrzehnten gegenüber allen Aglaja-Wesen empfunden hatte; ich vergaß, daß ich es ja nur mit einem halben Kind zu tun hatte, nahm sie, mit oder ohne Recht, als ernsthaften Gegner an, gedachte, auf einen Schelm anderthalbe und auf jene Niederträchtigkeit eine noch größere zu setzen, geriet also nicht in Ärger oder gar Zorn, wie das Mädchen es gehofft hatte, sondern sagte mit lächelndem Wohlwollen:

„Gnädiges Fräulein scheinen Ihrem lieben Herrn Vater die Heirat nicht zu gönnen, gelt ja?"

Es war, ich geb's zu, ein billiger Triumph und mit überflüssiger Grausamkeit erfochten, und heute schäme ich mich seiner ein bißchen, denn etwas Hämisches war darin auch enthalten, ein noch nicht aufgearbeiteter Rest von Knabenhaftem oder Bübischem, das etwas Schönes beleidigte, weil es sich einst vor ihm gefürchtet hatte. Jedenfalls, ich hatte ins Schwarze getroffen – wie sehr und tief, sollte sich wenig später herausstellen –, denn das Mienenspiel der Lipkowitz-Tochter zeigte deutlich den Wunsch, mir schreiend ins Gesicht zu fahren oder mich anzuspucken oder in Tränen auszubrechen. Doch kam sie nicht mehr dazu, mir zu antworten, denn eben jetzt trat, das berühmte Lipkowitz-Lächeln im Gesicht, der Maria mit seiner ihm fast schon Verlobten an uns heran, sagte, daß man nun in den Saal gehen wolle, legte den Arm unserer Freundin auf den meinen, nahm seine Tochter bei dem ihren und ging mit ihr gemessen auf die inzwischen geöffneten Türen des Kuppelraumes zu, aus dem Kerzenlicht und eine weiß-silberne Tafel schimmerten.

„Sie ist wunderschön, nicht wahr?" sagte die Freundin leise, während wir hinter den beiden auf die Tür zugingen.

„Das ist sie", sagte ich. „Aber pass auf bei ihr, um Himmels willen!"

„Mach dir keine Angst um mich. Ich weiß schon, daß sie eine Bestie ist."

Die vorgeschobene Unterlippe zeigte mir, daß sie auf dem Quivive, die Falte über der Nase, daß sie auch etwas zornig war; sie war wohl im vorangegangenen Stehgeplauder einigen kleinen Gemeinheiten ausgesetzt gewesen oder hatte die beiden Cousinen beim indignierten Blickwechseln ertappt.

Das folgende Verlobungsessen oder Gastmahl oder was immer es sein sollte, fand aus Gründen eines von langer Tradition geprägten Stilwillens und weil die Lipkowitzischen es noch nie für notwendig gehalten hatten, den kostbaren, aber selten benützten Kuppelsaal zu elektrifizieren, bei ausschließlichem Kerzenlicht statt.

Infolgedessen gingen wir in eine ganz unglaublich schöne, ja überwältigend märchenhafte Szene hinein, in einen barocken Traum, oder eigentlich schon einen des Rokoko, in ein schimmerndes Gedicht von Weiß und Gold und sanft auf Silbergeschirr reflektierenden Kerzenlichtern.

Diese Schönheit verschlug mir den Atem, hatte aber die peinliche Nebenwirkung, daß ich ihn nicht wieder fand; schon bei der Suppe fingen die meisten Gäste an, nach Luft zu schnappen: etliche hundert Kerzen bewirken selbst in einem relativ großen Raum, wenn dessen Fenster verschlossen sind, nicht nur ein Ansteigen der Temperatur, sondern auch ein Absinken des Sauerstoffgehalts. Mangelnder Sauerstoff in der Atemluft aber führt bekanntlich nicht nur zu physischen Schwierigkeiten, sondern kann auch ungewohnte psychische Phänomene bewirken, zum Beispiel ein leichtes Halluzinieren oder dergleichen.

Dies eben passierte mir.

Ich saß rechts von unserer Freundin – also wohl auf einem Ehrenplatz – und zur Linken einer Zweyensteyn-Tante, die sehr dick, aber schwerhörig war oder stumpfsinnig, jedenfalls als Konversationspartnerin ebensowenig in Betracht kam wie meine Freundin, die genug mit sich selbst und dem Fürsten zu tun hatte. Mir gegenüber saß neben der alten, der ehemaligen Aglaja die Onkel-Mumie, die mit überraschender Behendigkeit Teller und Gläser leerte, was kein erfreulicher Anblick war; so fixierte ich lieber das über seinem Kopf sichtbar werdende Teilstück eines alle Wände und die Kuppel schmückenden Fresken-Zyklus, welcher in schwungvollen Pinselzügen die Freuden des ländlichen Lebens pries. In meinem Blickfeld waren die „Vergnügungen des Herbstes am Lande" dargestellt; eine Weinlese im Rokoko-Stil fand da statt, mit hübschen Bacchantinnen und muskulösen Korybanten; diese gemalten Männlein und Weiblein schwangen teils Trauben, teils Trinkgefäße und waren in bäuerliche Trachten gekleidet, während Bacchus den Dreispitz und das Brokatkamisol des Standesherren trug, einen Degen mit aufgespießtem Schinken emporhielt und auf einem gewaltigen Faß daherritt.

Ich erkannte dies nicht im Ganzen, sondern im leise flackernden Kerzenschein nur Stück um Stück nacheinander; aber je länger ich's betrachtete, um so beunruhigender mutete mich die fröhliche Szene an. Die souveräne Routine, mit welcher der Maler aus ein paar Farbtupfen Figuren, Girlanden, Gesichter arrangiert hatte, tendierte zum Bizarren, und die virile Korybanten-Strotzerei war ihm, wohl nicht unbeabsichtigt, nahe an die Karikatur geraten; die fast pointillistische Manier dieser spätbarocken Malerei hätte es selbst bei Tageslicht schwergemacht, eine bestimmte Freskenpartie fest im Auge zu behalten: kaum erblickte es ein Detail genauer, wurde es vermittels einer Kurve oder eines bunten Schnörkels gezwungen, zum nächsten hinzugleiten, und so ging's weiter und verwirrend weiter fort; bisweilen hatte sich's der Maler überdies einfallen lassen, einen Arm, eine Hand oder ein halb entblößtes Bein, ein Kinn oder eine Nase mit sonst nicht durchgängigen illusionistischen Schatten zu versehen, so daß diese Körperteile gerade dann, wenn man nicht genau hinsah, plastisch aus der Wand vorzuspringen schienen; wenn man sie dann gereizt in den vollen Blick nahm, tauchten sie freilich blitzschnell in die Fläche zurück.

Das Übermaß dieser Effekte rief im Verein mit der Hitze und dem Mangel an Sauerstoff ein zunächst heiteres, aber doch schon auch widerwärtiges Schwindelgefühl hervor, wie man es vor Vexierspiegeln und ähnlichen Dingen empfindet. Außerdem kam ich drauf – oder wenigstens schien es mir so –, daß der Bacchus dem Lipkowitz auffallend ähnelte, nur daß er nicht lächelte, sondern auf barocke Manier grinste; mochte sein, daß der Lipkowitz des 18. Jahrhunderts, der dieses Schloß in der Au erbauen ließ, sich wirklich auf solche Art hatte verewigen lassen, zu seiner Zeit, als das Lipkowitz-Lächeln noch ein unveredeltes Grinsen gewesen war.

Die zwei Aglajas, die zwei Fürsten, die zwei Cousinen mit ihrem Blicktausch, die unsteten Lichter, die zunehmende Wärme: ich fühlte Brechreiz in mir aufsteigen und suchte unwillkürlich einen festen Punkt. Ich wandte den Kopf zu meiner Freundin, erblickte von ihr infolge einer überstrahlenden Kerzenflamme jedoch nur ein mehr denn je vorgeschobenes Kinn; darunter, etwas weiter hinten, kam eine Hand in mein Gesichtsfeld, ergriff ein volles Weinglas, zog es aus meiner Sicht und stellte es, kaum zwei Sekunden später, leer wieder auf seinen Platz; da diese Hand sehr schön war, gehörte sie zweifellos der neuen Aglaja. Ich wandte den Kopf nach vorne, wo die Mumie mit dem Mund schnappte, kaute und schluckte, während darüber der Dreispitz-Lipkowitz grinste und neben ihm eine dirndltragende Korybantin einen vollplastisch scheinenden Arm blitzschnell in die Wand zurückzog. Verzweifelt kehrte ich mich, immer noch auf der Suche nach einem ruhigen Punkt, zur anderen Seite, sah in einem nachtdunklen Fenster das Wetterleuchten eines aufziehenden Gewitters, drehte den Kopf von dieser neuen Irritation weg und erblickte endlich wenige Zentimeter vor mir ein Schweißtröpfchen, das eben langsam über den üppigen Busen meiner anderen Sitznachbarin hinabrollte, was mir sekundenlang die geschmacklose, aber heftige Vision verschaffte, dies müsse der berüchtigte Tropfen sein, der jegliches Faß zum Überlaufen bringe.

Ich hatte das sichere Empfinden, daß ich sehr bald still von meinem Sessel rutschen würde, wenn ich mich nicht schleunigst von ihm erhöbe. Also stand ich auf (die Cousinen sahen einander bedeutsam an, denn daß mitten in einem festlichen Verlobungsmahl ein Gast auf die Toilette verschwindet, war ihnen denn doch noch nicht untergekommen) und verließ den Kuppelsaal, nicht ohne auch in meiner halben Betäubtheit wahrzunehmen, daß das neue Aglaja-Wesen schon wieder ein Glas schweren Rotweins hinunterschluckte.

Als ich nach gerade noch angemessener Weile leidlich erfrischt und von etlichen Gelsenstichen aufgemuntert (denn in den Sanitär-Räumen des gelben Schlosses waren die Fenster geöffnet) wieder in den schimmernden Albtraum des Kuppelsaales zurückkam, wurden eben die Teller des letzten Hauptganges abserviert und die Gläser neu gefüllt; schon wieder auch das Aglajaische. Ich setzte mich, worauf der Bruder des Lipkowitz aufstand und eine kleine, aber feine Rede hielt, in der er den Angehörigen und Freunden der Familie die Verlobung seines Bruders bekanntmachte und ihm namens aller Anwesenden zu seiner Wahl, unsere Freundin aber zu der ihren beglückwünschte. Die Rede war von vornehmer Langweiligkeit und enthielt nur einen einzigen blassen Scherz: er müsse sich, sagte der Bruder, nun mit dem unerwarteten Problem herumschlagen, zu dem das Schicksal ihn bisher nicht berufen habe, nämlich möglicherweise doch Onkel eines Neffen zu werden. Gerade diese kleine und ganz an den Rand gesprochene Marginalie aber enthielt die brutale Wahrheit, auf die es sämtlichen hier versammelten Lipkowitz-Zweyensteynischen – mit Ausnahme vielleicht des Maria – ankam: daß nachgerade jedes Mittel recht sein müsse, und sei's selbst eine Heirat mit einer Kleinbürgerlichen, oder gar fast schon einer Proletarierin, und einer geschiedenen dazu, wenn es nur den wichtigsten aller Zwecke erfülle, einen neuen Lipkowitz zu produzieren nämlich, der dem alten Lipkowitz und dem noch älteren Lipkowitz auf dem Weinfaß folge, auf daß er dereinst einen weiteren Lipkowitz zeuge undsofort bis ans Ende aller Tage.

Eine einzige Teilnehmerin dieses Verlobungsfestes lachte wenigstens ein bißchen über die Anspielung, und das war unsere Freundin; sie fand den Hinweis am Platze und ganz normal, denn obwohl sie, das weiß ich, nie geheiratet hätte, um Mutter zu werden, gehörte es für sie logisch dazu, allenfalls auch Mutter zu werden, wenn man denn schon einmal verheiratet war. Daß dergleichen ein Problem sein oder auch lösen könnte, war ihr sicher noch nie in den Sinn gekommen. Darum hielt sie, als einzige, den Scherz wirklich für einen solchen; und obwohl das vielleicht ein wenig dumm von ihr war, liebte ich sie in jenem Augenblick so sehr, daß mir fast die Tränen kamen.

Hierauf stand man auf, erhob das Glas, stieß an und trank. Manche, der Medizinalrat zum Beispiel und die Aglaja, ließen sich auf der Stelle nachschenken und tranken ein zweites Mal, ehe sie sich wieder setzten.

Bis jetzt ist alles soweit gutgegangen, dachte ich, und infolgedessen sehr schlecht; der Anblick der Lipkowitz-Familie machte mir klar, wie recht der Medizinalrat damals auf der Stadionbrücke gehabt hatte: dies wird schrecklich enden, dachte ich verzweifelt, wenn es zu spät ist für sie, um noch mit heiler Haut auszusteigen aus diesem Sumpf von flackernden Blicken, Erbzwängen, Kerzenlicht, degenerierten Drüsen und leicht widerwärtiger Heiterkeit. Und zu spät ist es wohl jetzt schon, dachte ich.

Nun erhob sich mein ehemaliger Mitschüler Lipkowitz, bedankte sich für die Zustimmung seiner Familie und die herzlichen Glückwünsche aller Freunde und fügte, lächelnd wie immer, aber mit etwas gepreßter Stimme hinzu, er hoffe, daß ein wenig von der großen Zuneigung, die er persönlich für seine neue Verlobte empfinde, auch auf alle anderen Anwesenden übergehen werde, er halte dies auch für ganz sicher, denn sie sei eine ganz wunderbare Frau, und er bitte, nun auf ihr Wohl und sein Glück zu trinken.

Dies geschah schweigend, und wieder trank das Aglaja-Wesen zwei Gläser nacheinander aus, während der Fürst und unsere Freundin einander küßten. Sie hatte dabei, wie ich sah, die Zornfalte über der Nase und lächelte nicht; wahrscheinlich hatte sie die beiden Cousinen schon wieder beim Blickewechseln ertappt und spürte ebenfalls die ungute Atmosphäre in diesem Raum.

Nun nahm der Fürst die Verlobungsringe von einem aus dem Nichts aufgetauchten Tablett, kam aber nicht dazu, sie in der vorgesehenen Weise zu gebrauchen . . .

. . . denn es ertönte plötzlich draußen vor den Fenstern laut, derb und deutlich das ,,Weana G'müat" von Josef Schrammel. Dies ließ wie durch einen Zauberschlag die ganze Gesellschaft sekundenschnell in manierierten Gesten erstarren, welche überraschend gut zu denen der Freskenfiguren paßten. Nur die Freundin begriff sofort, was jene Klänge zu bedeuten hatten, ja sie erwachte ganz im Gegenteil aus einer anderen Art von Erstarrung, rief in klangvollem und vokalreichem Vorstadtdialekt die Worte: ,,Jöi, die Schneider-Buam san da!", lief flink wie ein Wiesel, also nicht in einem Stil, in dem sich Fürstinnen bewegen, zum großen Mittelfenster, riß es auf und beugte sich winkend und lachend und vor Dankbarkeit schreiend über die Brüstung, worauf das ,,Weana G'müat" abbrach und aus drei Männerkehlen laut ein ganz ordinäres ,,Hoch soll sie leben" erscholl, das vom Donner des inzwischen aufgezogenen Gewitters eindrucksvoll pointiert wurde.

Zugleich fegte ein Windstoß herein, löschte ein Drittel der Kerzen aus und brachte die übrigen zum Flackern.

,,Jesses!" rief die Freundin, und zum erstenmal an diesem Abend merkte man ihr Freude an. ,,Ist das nicht lieb von denen? Extra herauskommen und sich von den Gelsen fressen lassen? Und zum Regnen fangt's auch noch an! Laß sie raufkommen, Maria, geh bitt' dich – man kann doch die Leut' nicht im Regen stehen lassen, wenn's mir schon die Freud' machen wollen!"

Es blitzte und donnerte wiederum. Neue Windstöße löschten weitere Kerzen aus.

Ein leises Sirren wurde vernehmbar: die Gelsen hatten das offene Fenster entdeckt.

Von draußen ertönte der Wunsch, sie möge dreimal neun Kinder kriegen.

Der Medizinalrat löste sich mit einem Ruck aus der allgemeinen Erstarrung, ließ sich in seinen Sessel fallen, hob das Glas und rief dröhnend: „Ja, jawohl, ja! Prost!"

Tuzzi lächelte.

Die Freundin sah verständnislos von einem zum anderen und sagte:

„Na, was ist denn?"

Eine der beiden Blickeschleuderinnen, halbgeöffneten Mundes auf das Unerhörte starrend, fing an, sich selbstvergessen hinter einem Ohr zu kratzen. Die Gelsen stachen bereits zu.

Ich setzte mich ebenfalls wieder. Meine Beklemmung war mit einem Donnerschlag verschwunden, in meinem Herzen herrschte helle Freude – nun endlich schien der normale Lauf der Dinge sich wiederherzustellen. Die Frage war nur mehr, wer ihm jetzt die noch fehlende Beschleunigung erteilen würde – der Fürst? die Freundin selbst? der Bruder? die mörderischen Cousinen?

Die Aglaja war's.

Sie beugte sich über die Tafel, warf dabei, denn ihre Bewegungen waren unsicher und sie mußte beide Hände aufstützen, um nicht allzusehr zu schwanken, das halbvolle Weinglas der früheren Aglaja um, was einen dramatisch blutenden Fleck ins Bild brachte, zeigte mit dem Kinn auf die Frau am Fenster und sagte klirrend und betrunken:

„Raus mit Ihnen! Weg! Fort! Gehen Sie! Schnell!"

Einen Augenblick war es so still, daß man nur die Mücken singen hörte.

,,Aglaja! Ich bitte dich!" sagte der Fürst.

,,Was soll das heißen!" sagte die Freundin.

Ein neues Geräusch wurde laut: das Prasseln eines plötzlich einsetzenden Wolkenbruchs.

,,Sag ihr, sie soll fortgehen, Papa!" rief das Aglaja-Wesen. ,,Sie soll hinaus zu ihren Freunden gehen! Und nicht mehr hereinkommen. Sag ihr, sie soll mit ihren Freunden schlafen und nicht mit dir. Sag ihr . . . sag, daß du sie nicht brauchst! Sag es ihr, Papa!"

Sie war sehr betrunken, keine Frage, aber trotzdem wieder einmal außerordentlich schön, jung und schmal und scharf wie ein Messer.

Der Fürst sagte nichts, sondern lächelte das berühmte Lipkowitz-Lächeln, das heute so wenig bedeutete wie damals, als er deswegen von der Schule verwiesen worden war.

In das allzulang währende Schweigen hinein klang nun endlich, gelassen und kühl, die Stimme unserer Freundin.

,,No, Maria?" sagte sie und sonst nichts.

Aber der Fürst sagte auch jetzt nichts, sondern konnte nur lächeln und sah erst seine Tochter und dann seine Verlobte und dann wieder seine Tochter mit einem Ausdruck an, den ich auch schon einmal an ihm gesehen hatte – nämlich damals bei der Trauung in der Karlskirche.

,,Sag ihr, daß sie gehen soll!" rief das Mädchen verzweifelt.

,,Gehen wir, Mädchen!" Das war die tiefe Stimme des Medizinalrates.

,,Gehen wir!" sagte nun auch ich.

Tuzzi kam hervor und stellte sich stumm an ihre Seite.

„Ein Momenterl muß ich noch bleiben", sagte die Freundin ohne jede Nervosität, „nur einen Augenblick, ja? Dann gehen wir alle miteinander."

Sie ging, ohne sich zu beeilen, vom Fenster her quer durch den Raum, hindurch zwischen zurückweichenden Anzügen und gedämpft schillernden Abendkleidern, um den halben Tisch herum, lächelte dem Fürsten freundlich zu, ohne sich bei ihm aufzuhalten; blieb dann neben der Aglaja stehen, ergriff das betrunkene Wesen am Arm, drehte es von der Tischkante weg und vor sich hin und gab ihr mit der flachen Hand eine Ohrfeige erst auf die rechte und dann mit dem Handrücken eine zweite auf die linke Wange.

„Schau sie dir an!" sagte der Medizinalrat schwer atmend neben mir. „Sie leuchtet! Siehst du's?"

Ich sah es; aber vielleicht war es nur der Reflex einiger Kerzenflammen in ihrem Haar.

Dann schritt, ja: schritt sie zur Tür hin, und wir, Tuzzi, der Medizinalrat und ich, schritten hinter ihr her, während sich die Aglaja laut schluchzend in die Arme ihres versteinert lächelnden Vaters warf und wie ein kleines Mädchen, dem man weh getan hat, „Papa, Papa!" rief.

Die Schneider-Brüder und der Zwerschina kamen eben die Prunkstiege herauf, der Regen hatte sie ins Haus getrieben und, als sie einmal darin waren, gleich noch ein Stück weiter hinauf. Ihre berufsmäßig vergnügten Gesichter zeigten noch die Bereitschaft an, festlich-musikalische Unterhaltung zu bieten, aber der Instinkt ihrer Gilde sagte ihnen sofort, daß die Stimmung sich geändert hatte; so ließen sie ihr Lächeln verschwinden, als steckten sie es eilig in eine Tasche, warteten, bis wir an ihnen vorüber waren, und liefen dann hinter uns die breite Stiege hinab.

Da offenbar auch die reichlich vorhanden gewesene Dienerschaft während der vorangegangenen dramatischen Ereignisse in Stein verwandelt worden war, folgte uns niemand.

Indessen schien es, als sollten wir das Haus nicht weiterhin in so guter Haltung verlassen, denn als wir unter das schöne Portal und zwischen die Figuren des Apoll und einer Diana traten, beide aus Sandstein, tobte eben der Platzregen mit größter Heftigkeit. Zweifelnd standen wir da und holten Atem, um im Laufschritt zu dem Auto hinüberzulaufen, durch etwa hundert Meter Wolkenbruch, immerhin. Tuzzi zog sein Sakko aus, um es der Freundin umzuhängen, die Musiker sahen besorgt auf ihre Instrumente.

Aber da traten aus dem Wasservorhang drei schweigende Gestalten, die Hansi, Heinzi und Horsti hießen und die Regenschirme in den Händen hielten und uns unbeschadet zu den Autos brachten.

Den silbernen Jaguar des Granaten bemerkten wir erst, als wir draußen vor der Schloßmauer an ihm vorüberfuhren, aber das Licht der Scheinwerfer streifte den Wagen viel zu schnell, als daß ich den Silbernen hätte ausmachen können, jedoch bezweifle ich nicht, daß er drinnen saß. Wahrscheinlich hatte er solche oder ähnliche Komplikationen vorhergesehen, vielleicht war's auch was anderes und Bedeutenderes gewesen, was ihn, den Ungeladenen, hierhergeführt hatte – jedenfalls war's gut, daß er da war.

Ach ja, als der Medizinalrat startete, saßen wir nicht zu viert, sondern zu fünft im Wagen.

Der fünfte Mann war das tropfnasse Genie. Es gelang uns nicht, eine vernünftige Erklärung aus ihm herauszuholen, aber die war auch nicht notwendig; die Sache erklärte sich von selbst: er war halt auch dagewesen.

Und so waren wir alle – fast alle – wieder einmal beisammen.

Aber diesmal folgte kein Großes Fest mehr.

Vor ihrem Haustor stiegen wir aus; der Medizinalrat war taktvoll genug, im Auto sitzen zu bleiben; daß das Genie herauskroch, verhinderte Tuzzi.

Ich allein brachte sie in ihre Wohnung hinauf. Als sich die Tür hinter uns schloß, setzte sie sich auf den kleinen Stuhl im Wohnzimmr und sagte „Gerettet"! Das war ihre ständige Redensart, wenn sie eine lange und schwere Arbeit beendet hatte, aber diesmal klang es nicht lustig. Jedoch klappte sie keineswegs zusammen und weinte auch nicht – Tränen zeigten sich bei ihr nur, wenn sie etwas über die Maßen schön fand, ein gut gesungenes altes Lied oder die Heimkehr des Odysseus etwa. Ihren Augenlidern sah ich's freilich an, daß sie sehr müde sein mußte.

Daneben läutete das Telefon. Ich hob den Hörer ab und ließ ihn gleich wieder in die Gabel fallen.

„Soll ich dich streicheln?"

„Nein, heute nicht."

„Kann ich sonst was für dich tun?"

„Nichts, bitte. Oder doch ja: nimm den Schlüssel draußen herunter; ich möcht' nicht, daß einer hereinkommt, morgen oder in den nächsten Tagen."

Daneben läutete das Telefon.

„Und das Telefon stell' ich auf Kundendienst."

„Hör einmal", sagte ich, „das ist nicht gut, daß du dich jetzt wie ein weidwundes Reh ins Gebüsch zurückziehst. Du brauchst dir keine Vorwürfe zu machen. Und den Lipkowitz wirst du verschmerzen, ich versprech's dir."

„Ach, der Maria!" sagte sie. „Wegen dem bring' ich mich g'wiß nicht um. Der ist schon verschmerzt."

„Was dann?"

Das Telefon läutete noch immer.

„Weiß noch nicht. Die G'schicht' ist so unordentlich geworden. Da muß irgendwas daran wieder in Ordnung gebracht werden. Ich weiß nur noch nicht, was eigentlich. Schau mich nicht so an: du brauchst keine Angst um mich zu haben."

„Wirklich nicht?"

„Wirklich nicht, Ehrenwort. Ich rühr' mich bei dir, sobald ich ausgedacht hab'. Und den Schlüssel – nimm ihn mit, bitte."

„Du kannst ihn ja herunternehmen und selbst behalten."

„Ich möcht' aber, daß du ihn hast. Du kannst herein, wann du willst. Als einziger. Aber will bitte nicht, wenn's geht. Sondern wart', bis ich mich rühr'! Ich muß das erst ausdenken. Gute Nacht."

Das Telefon verstummte endlich, begann aber nach einer kleinen Pause wieder zu läuten. Sie sah zu ihm hin, zuckte die Achseln, gab mir kurz und energisch einen Kuß . . .

. . . und als ich dann die Stiege hinabging, wußte ich wieder einmal nicht, ob ich mich nicht hätte ganz anders verhalten sollen, war mir selbst zum Ekel, schwor mir zu, daß ich mich zum letzten Male als Idiot und Heiliger benommen haben sollte und daß ich nie wieder ebendas nicht tun würde, was manche Männer zum gegebenen Zeitpunkt normalerweise tun: mit Worten und Taten in die Schicksale anderer einzugreifen oder auch mit einer Freundin gradaus ins Bett zu gehen, wenn sie trostbedürftig ist oder Kummer hat.

Ich wußte aber damals schon, daß sich all dieses von Fall zu Fall von mir Nichtgetane in der Stille schon so summiert hatte, daß es nur mehr durch eine einzige und dann aber endgültige Tat ausgeglichen werden konnte, für die ich (oder meine Heiligkeit) seit langem aufgespart worden war.

Trotz dieser Vorsätze verhielt ich mich in den Tagen danach, wie sie es mir befohlen hatte: Ich machte von dem Schlüssel keinen Gebrauch. Ihr Telefon war tatsächlich auf Kundendienst geschaltet; daß sie nicht zur Arbeit erschien, versuchte ich in den ersten Tagen gewissermaßen natürlich zu finden, weil sie an die Verlobungsfeier etliche Urlaubstage hatte anschließen wollen. In der zweiten Woche freilich wurde ihre Absenz immer spürbarer, ja zunehmend quälend. Mehr als einmal war ich drauf und dran, gegen ihren Wunsch zu handeln, hinzugehen und vermöge meiner Schlüsselgewalt ihr Schweigen zu brechen. Daß ich es unterließ, war dem Ritual anzulasten, das wir geschaffen hatten und an das ich mich gebunden fühlte.

Die Freunde erfuhren ebenfalls nichts von ihr, obwohl zweifellos jeder von ihnen trotz ihrer Bitte, sie in Ruhe zu lassen, einmal, vielleicht auch öfter an ihrer Türe gelechzt und geläutet hatte; aber eingelassen worden war, wie ich leicht erraten konnte, keiner; der Medizinalrat, schamlos sowohl in seiner Besorgnis wie auch in seinem Bedürfnis, mir davon zu berichten, hatte sogar versucht, bei den Nachbarn Erkundigungen einzuziehen, und dabei immerhin die Gewißheit bekommen, daß sie sich in ihrer Wohnung aufhielt; er hatte sich nicht geniert, das Ohr an den Briefschlitz zu halten und dabei die Geräusche des eingeschalteten Fernsehapparates gehört; übrigens wurde nicht einmal den Boten aus den Blumenhandlungen mit ihren roten, weißen und orangefarbenen Rosen die Tür geöffnet, was alle Troubadoure ganz besonders bestürzte, weil daraus zu schließen war, daß es der Königin schlecht ging. Vergleichbares war vorher nie geschehen.

Es fühlten sich in diesen Tagen sämtliche Herren demgemäß sehr belastet, am meisten aber ich, denn schon in der zweiten Woche taten alle, was vorher nur der Medizinalrat getan hatte: da sie vor dem Idol nicht zugelassen wurden, suchten sie meine Gesellschaft, als wäre ich so etwas wie der Priester einer sich verbergenden Göttin, der wenigstens ihren fernen Widerschein verkörperte. Der Medizinalrat rief alle zwei oder drei Stunden bei mir an; das Genie kauerte fast ständig in den Winkeln meines Büros und musterte mich, wann ich nicht hinsah, mit feindseligen Blicken; ich hätte den Burschen gerne verjagt, ließ es ihretwillen aber bleiben; der Legationsrat hatte mich mit irgendwelchen diplomatisch-psychologischen Kniffen zu einem ehrenwörtlichen Versprechen gebracht, ihn sofort und als ersten zu verständigen, falls sich eine Veränderung der unleidlichen Situation ergeben sollte; und die Exponenten des Netzes, von der Kwapil bis zum Brettschneider und von der Helga bis zum Schieferl, schoben sich unter unglaubwürdigsten Vorwänden in meine Nähe, um sich auf dem laufenden zu halten. Nur der Silberne fiel mir nicht zur Last, sondern ließ mir vielmehr seinerseits gelegentlich tröstliche Nachrichten zukommen, etwa der Art, daß unsere Freundin in aller Morgenfrühe Milch und Semmeln holen gegangen wäre und gut und gesund aussähe. Offenbar mußten seine Buben Tag und Nacht über sie wachen.

Am schlimmsten freilich litt (und ließ mich leiden) der Lipkowitz. Der benahm sich nicht länger mehr als ein Lipkowitz, sondern wie ein Mensch und Mann, den das Schicksal aber schon sehr gründlich durchgebeutelt hatte. An dem war nun nichts mehr Kardinal- und Kavalierstugendhaftes mehr, kaum mehr Distance, keine Desinvolture, keinerlei Souplesse, der litt jetzt schlechthin animalisch, konnte es und sich nicht fassen, wollte von mir getröstet werden und blieb doch untröstlich; wozu aller Grund gegeben war, denn er hatte nun einmal gründlich versagt, durchwegs und von allem Anfang an, schon bei der alten Aglaja, und wieder bei unserer Freundin, und bei der zweiten Aglaja schließlich auch, und da doppelt: seine Tochter war nämlich seit dem Morgen nach jenem Verlobungsalbtraum spurlos verschwunden. Ihr Name stand bereits in den Suchlisten der Polizei, und der Lipkowitz fürchtete ernstlich, daß das Mädchen sich was angetan haben könnte.

So schleppte ich nun nicht nur die Last meiner Heiligkeit weiter, die wahrlich schwer genug war, sondern hatte mitzutragen an den zwar weniger differenzierten, aber darum nicht leichteren Lasten der anderen Herren. An eine halbwegs vernünftige Arbeit, die ohne Hilfe der Freundin schon hinreichend schwierig gewesen wäre, war unter solchen Umständen nicht zu denken; eine schon wieder vor der Tür stehende Krise drängte nun durch diese herein, eine Reihe von Zahlungs-, Steuer- und Ablieferungsterminen fiel wie Dominosteine, und wenn der Zusammenbruch noch einmal durch eine unverhoffte Subvention in letzter Minute aufgehalten werden konnte, war das – aber das habe ich, durch einen Zufall, erst vor ein paar Tagen erfahren – nur dem Legationsrat zu verdanken, der an einigen Stellen diskret interveniert hatte, gewiß mehr aus Sorge um sie als um mich.

,,So geht es nicht weiter!" sagte der Medizinalrat. ,,Keinesfalls. Du windest dich in Nierenkoliken, der Fürst in Verzweiflung, und unser Genie rollt die Augen, als ob es demnächst Amok laufen wollte; der Legationsrat, falls du es nicht bemerkt haben solltest, hat graue Schläfen bekommen, was ihm sehr gut paßt, aber wohl kein Zufall ist: er hat zu viel in dieses diplomatische Unternehmen investiert. Die anderen Narren sind äußerlich zwar intakt, aber was sonst in denen vorgeht, begehre ich nicht zu schauen, vermutlich Ähnliches wie in mir. – Geh hin, Freund und Bruder, und schaffe uns das Mädel herbei."

,,Sie will nicht."

,,Sie muß."

,,Ich will's auch nicht."

,,Aber du mußt."

,,Sie hat mich gebeten, in Ruhe gelassen zu werden."

,,Dann zwinge sie."

,,Das wäre unverzeihlich."

,,Ich weiß es. Und ich bin bereit, sie, sobald sie nur heil wieder da ist, um die Ehre zu bitten, für sie auf der Stelle Harakiri begehen zu dürfen. – Ich nehme an, daß die anderen Herren ebenfalls dazu bereit sind."

,,Wir sind ja nicht im alten Japan."

,,Leider. Sondern im Lande Österreich, wo die Dinge und die Seelen noch sehr viel verzwickter sind. Gehe hin und hole sie . . . zum Teufel, was ist los mit dir? Du schaust ja drein, als sähest du einen Geist . . .!?"

Ich sah wirklich etwas von dieser Art. Wie gewöhnlich hatte ich während dieses Gespräches die Kubin-Zeichnung angestarrt; und irgendwas aus den Worten des Medizinalrats, vielleicht die Betonung eines Wortes oder die Assoziation von ,,verzwickt" mit ,,Zwickledt", irgend etwas jedenfalls hatte sich einen Bezug zu der

Zeichnung gesucht und sie verändert oder einen Schleier von ihr weggewischt, und plötzlich sah ich den Ersten Punkt, in dem alle Fluchten unserer Vergangenheiten und Gegenwarten zusammenschossen, den Zahir, in dem fast alles mit fast allem sich verband: das, was eben vorüberging, und das, was Jahrzehnte vordem schon passiert war, ich und sie und Zwickledt und dieses Zimmer und die Verzweiflung ihrer Troubadoure und die Geschichte Österreichs und die Alten Lieder und vieles, vieles mehr, eingeschlossen das Konzentrationslager in Mauthausen . . .

. . . Als wir damals, dreißig Jahre zuvor oder mehr, nach dem Abschied von Kubin die Donau entlang nach Wien zurückfuhren, sah die Welt für uns anders aus als vorher: was immer wir sahen, Häuser, Wolken, Menschen, Zäune und Tiere, sie schienen von Kubin erfunden worden zu sein; große Künstler sind halt imstande, auch schon vorhandene Bilder zu verändern.

Aber gerade als der Bann von Zwickledt sich allmählich löste – immerhin, es waren wunderbare Frühlingstage und wir sehr jung –, gerade da fanden wir uns unversehens wieder auf der Anderen Seite, und zwar gleich dort, wo sie am allerdüstersten war, im neunten Ring im Konzentrationslager Mauthausen nämlich; ich erinnere mich, daß uns eine Straßentafel dorthin wies, die zwischen Obstbäumen stand und von einem grellen Nachgewitter-Sonnenstrahl merkwürdig deutlich aus der Landschaft herausgehoben wurde; ich erinnere mich, daß wir erst ein paar Dutzend Meter hinter diesem Wegweiser den Wagen stoppten und im Rückwärtsgang zu der Abzweigung zurückrollten, im gemeinsamen und wortlosen Einverständnis, weil es uns allen nur allzu folgerichtig erschien, nun, nachdem wir den Propheten des Grauenhaften kennengelernt hatten, auch die Beweise für die Richtigkeit seiner Vorhersagen kennenzulernen.

Damals war dieser Ort noch – wie drück' ich's aus? nun, ich sage: er war noch sehr gegenwärtig und hatte noch nicht den Charakter einer Gedenkstätte angenommen; er war noch nicht musealisiert worden wie die anderen Folterkammern, Verliese und sonstigen Schinderstätten der Geschichte (wahrscheinlich sind solche Prozesse unvermeidlich: die Meduse konnte man ja auch erst betrachten, als sie versteinert war); die zehn Jahre seit dem Krieg hatten nicht ausgereicht, das blanke Entsetzen, das von diesem KZ ausströmte, durch Verstaubung und Verrostung ein wenig zu dämpfen. Die Baracken und Plätze und Krematorien und Zellen lagen in der Frühlingssonne da, als wären sie eben erst verlassen worden, keine Tür war verschlossen und außer uns keine Menschenseele zu sehen.

So unversehens und tatsächlich auf die Andere Seite der Dinge geraten, wanderten wir in wachsender Verstörung durch diese Hades-Welt, gingen die Mauern entlang, stiegen die Stufen zu den Öfen hinunter und die Todesstiege hinauf, blickten in die Baracken hinein und ersparten uns nichts, obwohl wir am liebsten hinausgelaufen und weggefahren wären; wir dachten wohl im stillen, daß wir solcherart für das erhöhte Lebensgefühl der Tage zuvor einen angemessenen Preis bezahlten; wenn man jung ist, glaubt man ja mit den Göttern noch ein wenig handeln zu können.

Nach einer Weile bemerkten wir, daß wir in dem großen Areal doch nicht die einzigen Menschenseelen waren. In einiger Entfernung wechselte ein kleiner Mann über die Lagerstraße, verschwand hinter einer

Baracken-Ecke, um bald darauf hinter einer anderen wieder hervorzukommen; trat irgendwo ein und kam bei der nächsten Tür wieder heraus und schob sich solcherart in komplizierter, aber zielgerichteter Weise immer näher an uns heran, bis er endlich unmittelbar vor uns stand. Gleich darauf sprach er uns auch schon an.

„Soll ich den Herren was erzählen?" sagte er. „Ich könnt' Ihnen viel erzählen, weil ich nämlich vier Jahr' lang Häftling hier war."

Wir hätten gerne darauf verzichtet, waren auch dem Tor schon wieder nahe genug, um das Lager mit den nächsten zehn Schritten endlich verlassen zu können, aber der Mann sah uns so hoffnungsvoll, ja sogar flehentlich an und hatte so viel Mühe an dieses Zusammentreffen gewandt, daß wir ihn nicht abweisen konnten; offenbar war das Schicksal noch nicht ganz befriedigt.

Der Kleine erzählte uns, daß er „damals" der Lagerapotheker gewesen war. „Ich war derjenige", sagte er mit bescheidenem und zugleich schaurigem Stolz, „der das Zyklon B für die Versuchspersonen zur Verfügung hat stellen müssen, wissen S'?"

Er war, das zeigte sich bald, ein recht guter Führer durch diese Unterwelt, denn er war nicht nur Augenzeuge vieler ungeheuerlicher Geschehnisse gewesen, sondern wußte sie auch gut und bildhaft zu schildern, indem er nach Art einfacher Leute das Ganze durch das Detail illustrierte und bewies; so erzählte er uns nicht so viel über die Toten, die man in den Öfen verbrannte, als über die Techniken, mit denen die Heizer und ihre Vertrauten in der heißen Menschenasche heimlich entwendete („organisierte", sagte er) Erdäpfel gebraten hatten, oder erklärte er uns die Bösartigkeit eines bestimmten Wächters nicht an dessen Taten, sondern an der Art, wie er die Daumen in den Gürtel hakte, wenn ihn der Sadismus überkommen hatte.

Der Erzähler war, wir sahen es, glücklich, von all diesem und vielem anderen vor Leuten sprechen zu können, die ihm mit Geduld und voll Anteilnahme zuhörten, „so gescheiten jungen Herren". Er selbst, sagte er, käme an jedem freien Tag von Wien hier herauf, „denn immerhin, nicht wahr, ich hab' ja jahrelang gelebt da?" (Ich habe später noch oft beobachtet, daß es nicht nur die Täter, sondern häufig auch die Opfer an den Ort der Tat zurücktreibt; erklären kann ich das freilich nicht.)

Was uns der Lagerapotheker erzählte, war schrecklich genug, es übertraf bei weitem, was wir uns vorgestellt hatten, solange wir allein gewesen waren, und doch fanden wir es jetzt fast erträglicher als vorher, weil es eben die Stimme eines Menschen war, die nun berichtete, und nicht das Schweigen der Mauern und der Ringe in den Arrestzellen.

Moldovan, ja, es war Moldovan, sagte, er werde niemals begreifen, daß ein Häftling, der in dieses Lager eingeliefert worden sei, nicht spätestens am Tag darauf vor Entsetzen Selbstmord begangen habe.

Über diese Frage schien unser Erzähler, der doch hier so viele Tote gesehen hatte, zwar noch niemals nachgedacht zu haben, doch versuchte er sein Bestes, eine Begründung dafür zu finden, daß Selbstmorde in diesen Lagern tatsächlich nicht häufiger waren als im normalen Alltag auch. „Wenn man allerweil aufpassen muß, daß man net umgebracht wird, hat man halt keine Zeit, sich selber umzubringen, nicht?" – dergleichen Gründe etwa führte der Apotheker an (und ich habe mir später von Klügeren bestätigen lassen, daß er damit die Wahrheit so ziemlich getroffen haben dürfte).

„Ich hab' überhaupt nur einen erlebt, der sich hier mit Absicht selbst umgebracht hat", sagte der Apotheker, „und das war der Slibowitz. Aber der war ein Narr und könnt' heute noch leben, so gescheit, wie er war."

Slibowitz habe der gescheite Herr geheißen? fragte ich. Das sei aber ein ausgefallener Name! Und warum habe grade der sich umgebracht?

„Slibowitz hat er geheißen", sagte der Apotheker, „weil er Heurigenmusiker war; das war so sein Spitzname. Und umbringen hat er sich wollen, weil die Gegend da unter seiner Würde war – hat er g'sagt. Kaum war er im Lager, ist er auch schon in den Zaun hineinmarschiert. Weil es unter seiner Würde war – der Narr, der!"

Einige weitere Fragen erbrachten Genaueres: der Slibowitz war einfach zu dem elektrisch geladenen Stacheldrahtzaun hingegangen und hatte mit beiden Händen in die Maschen gegriffen.

Aber der Stromstoß hatte ihn nicht getötet, sondern nur seine Hände verbrannt. Man hatte ihn dann aus dem Zaun herausgezogen, ihn für ein paar Tage in die Lazarett-Baracke gebracht und ihn schließlich – ohne ihn wie üblich vorher halb tot zu prügeln (was der Apotheker mit leichter Mißbill vermerkte) – unter jene Häftlinge gesteckt, die auf der Todesstiege einem teuflischen Überlebenstest unterzogen wurden.

„Er hätt's schon g'schafft, die Steinbrocken im Laufschritt über die Stiege hinaufzuschleppen", sagte der Apotheker kritisch. „Andere haben es ja auch g'schafft – und er war ja einer von der zähen Art. Nicht groß, aber zäh. Die halten am meisten aus. Und die anderen hätten ihm sicher g'holfen dabei, denn er war ein sympathischer Mensch, der Slibowitz. Ein Witz und G'spaß nach dem anderen! Wegen die Witz', die er in die Heurigengärten über den Hitler und den Göring g'macht hat, ist er ja auch ins Lager gekommen."

Wie es dann weitergegangen sei mit ihm, wollten wir wissen.

„Gar nicht. Er hat eben nicht wollen, der Slibowitz. Weil die Gegend unter seiner Würde ist, hat er g'sagt. Und wenn ihn nicht ein paar zurückg'halten hätten, wär' er noch am selben Tag in den Steinbruch hinunterg'sprungen. Einfach so."

In der darauffolgenden Nacht verhinderten seine Mithäftlinge einen dritten Selbstmordversuch des Slibowitz: er hatte sich erhängen wollen. Dann redeten sie auf ihn ein, er möge das Überleben mit ihrer Hilfe doch wenigstens probieren – sie selbst hätten es ja auch geschafft und er solle doch an seine Familie denken und irgendwann würden die Verhältnisse ja doch besser werden, und dergleichen mehr. Aber der Slibowitz war allen Argumenten unzugänglich geblieben und hatte immer nur geantwortet, daß er in einer Gegend, in der man sich nicht einmal umbringen dürfe, wie man wolle, auch nicht leben wolle. Sowas wär' einfach unter seiner Würde, basta!

Am nächsten Morgen hatte er dann eine wirklich todsichere Möglichkeit herausgefunden, zu seinem Ziel zu gelangen. In der nordwestlichen Ecke des Lagers gab es – der Apotheker zeigte sie uns – eine Lücke in der Mauer, die als eine Art Behelfsausgang diente und nicht durch geladene Drähte abgesichert war, sondern durch einen hölzernen Wachturm, auf dem ein SS-Posten stand, der unweigerlich geschossen haben würde, wenn einer je gewagt hätte, ohne Befehl die Linie zu übertreten.

„Dort geh' ich hin", sagte der Slibowitz. „Pfiat euch Gott!" Und er war langsam auf die Mauerlücke losgegangen, gefolgt von einer Schar Mitgefangener, die es aufgegeben hatten, ihn von seinem Vorhaben abzubringen, ihm aber doch aus Respekt, vielleicht auch aus Neugier, nun das Geleit gaben.

Langsam also war der Slibowitz auf die Mauer zugegangen; der Erzähler, für den offenbar jenes Ereignis bis zu diesem Tage voller Unbegreiflichkeiten geblieben war, spielte uns diesen letzten Gang des Slibowitz vor: mit schlenkernden Armen und sich ein unhörbares Lied vorpfeifend.

„Ich tät's bis heut' nicht glauben", sagte der Apotheker, „wenn ich's nicht selber gesehen hätt'! Aber ich hab's gesehen! Nein, so einen Narren gibt's nicht zweimal!"

Unter dem Wachturm war der Slibowitz stehengeblieben und hatte den SS-Mann auf der Kanzel oben mit einem schallenden „Halloh, du!" auf sich aufmerksam gemacht.

„Marsch zurück!" rief der Posten von oben herunter.

„I geh' jetzt da hinüber!" antwortete der Slibowitz und zeigte auf die Todeslinie. „Schießt ordentlich, gelt?"

Der SS-Mann war in diesem Augenblick schon ganz durcheinander:

„Mensch! Wenn du da 'rüber gehst, schieß' ich, verstehst du?"

„Logisch!" sagte der Slibowitz. „Aber schau, daß du gut schießt! Keine Patzerei, gelt? Weil eine Verletzung mag i net."

„Zurück!" schrie der Posten.

„Nein!" sagte der Slibowitz und steckte die Hände in den Hosenbund („Taschen haben wir ja keine gehabt", sagte der Apotheker).

„Und jetzt is' Ende der Durchsage!"

,,Augenblick!" rief der SS-Mann, ,,ich komm' runter."

,,Er war total durcheinander", erzählte der Apotheker, ,,und für uns andere Häftlinge war es ein einmaliger Genuß, einen SS-Mann in einer solchen Verwirrung zu sehen. Und natürlich hätte der Mann ohne weitere Umstände geschossen, wenn der Slibowitz schweigend hinübergegangen wäre, das steht außer Zweifel. Aber den Mund halten, das eben hat er nicht können, der Slibowitz. Und das komischste war, daß der SS-Mann, nachdem er wie ein Wiesel die Leiter heruntergesaust war, mit dem Slibowitz richtig zum Diskutieren angefangen hat und gar nicht auf die Idee gekommen ist, daß er ihn ja auch mit dem Gewehrkolben oder ein paar Fußtritten zurücktreiben hätt' können, was sonst die normale Routine war im Lager. Ich kann Ihnen sagen", sagte der Apotheker, ,,wir haben uns direkt schief gelacht, aber der Posten hat sich nicht einmal darum gekümmert, so nervös hat ihn der Slibowitz gemacht."

Es hatte sich ein Dialog entwickelt, den uns der Apotheker Wort für Wort erzählte:

,,Mensch!" hatte der SS-Mann gesagt, ,,geht dir das nicht in den Kopf? Wenn du da 'rüber gehst, muß ich schießen! Und dann bist hin, verstehst du?"

,,Ich bin ja net deppert", hatte der Slibowitz geantwortet. ,,Drum geh' ich ja hinüber."

,,Ja aber – warum denn?"

,,Ich mag das Lager da nicht. Es ist unter meiner Würde."

,,Na und? Denkst du, mir gefällt's da? Zurück jetzt, Mensch!"

,,Nein. Sondern jetzt wird 'gangen und g'schossen."

,,Hör mal!" hatte der SS-Mann gesagt, ,,laß uns mal in Ruhe reden. Willst rauchen?"

„A Zigaretterl wär' net schlecht jetzt", hatte der Slibowitz zugestimmt.

(„Stellen Sie sich das vor!" sagte der Apotheker, „da hat der SS-Mann also wirklich dem Slibowitz eine Zigarette und – daß muß man sich vorstellen! – auch noch Feuer dazu gegeben. Wir waren einfach starr vor Staunen! Dann hat er dem Slibowitz gut zugeredet, daß der seine Absicht aufgibt, direkt beschworen hat er ihn und auf uns herübergezeigt, als Beispiel dafür, daß man auch in einem Kazett überleben kann, und er soll sich ein Beispiel nehmen an uns, schließlich ist er ja doch auch ein deutscher Mann, der Slibowitz nämlich, und wenn andere es geschafft haben, Mensch, da wird doch er, der Slibowitz, es ja wohl auch noch schaffen, er soll eben seine Knochen ein bißchen zusammenreißen, und wie, verdammt nochmal, kommt denn er, der SS-Mann dazu, jemanden in den Rücken zu schießen, er hat sich dieses Geschäft ja auch nicht ausgesucht, aber Befehl ist nun mal Befehl, und nun aber soll sich der Slibowitz gütigst in die Baracke zurückscheren, und wir drücken über die ganze Sache das Auge zu, also dann kehrt marsch marsch und Schluß der Debatte.")

Aber der Slibowitz hatte kein Wort mehr gesprochen, sondern den SS-ler nur ruhig angesehen, gelegentlich mit den Schultern gezuckt, dann den Stummel weggeworfen und ihn sorgfältig mit dem Absatz ausgetreten.

Und dann war er, die Hände im Hosenbund, auf die Linie zugegangen, und als er den zweiten Fuß über sie nachzog, hatte der Posten das Gewehr hochgerissen und den Slibowitz mit einem Schuß totgeschossen.

(„Mit dem SS-Mann war nachher nix mehr", berichtete der Apotheker, „er hat einen Nervenzusammenbruch gekriegt oder sowas und ist bald darauf aus dem Lager verschwunden, ich weiß nicht, wohin.")

Das ist also die Geschichte vom Slibowitz, die Geschichte von einem Wiener Heurigensänger, dem der Menschheit ganze Würde vom Schicksal für ein paar Stunden Ewigkeit in die Hand gelegt worden ist und der sie auf seine Weise wohl zu wahren gewußt hat.

Ich habe dann während meiner Journalistenzeit lange versucht, andere Spuren dieses Menschen aufzufinden, damit aber kein Glück gehabt, im Archiv der österreichischen Widerstandskämpfer ist er nicht registriert, und der Apotheker, den ich danach fragen hätte können, war bald nach jener Begegnung in Mauthausen gestorben; viele Jahre später sagte mir Kurt Moldovan, daß er eben das letzte von den Blättern, die ihm Alfred Kubin damals geschenkt hatte – ,,erinnerst dich?" – verwendet habe; da setzte ich mich, von der Erinnering wieder einmal eingeholt, hin und schrieb die Slibowitz-Geschichte Wort für Wort so auf, wie sie mir der Apotheker vorher erzählt hatte, und gab sie einer damals eben gegründeten Literaturzeitschrift; aber ehe sie noch in die Druckerei ging, schickte der Redakteur das Manuskript an Moldovan mit der Bitte um eine Illustration; der hatte schon die Koffer gepackt, um nach Venedig zu fahren, setzte sich aber dann doch noch schnell hin und zeichnete den Stacheldraht von Mauthausen und dahinter einen großen Schmetterling, der wie ein Totenkopf mit Hakenkreuz aussieht, eine wirklich interessante Zeichnung, an der Kubin seine Freude gehabt hätte. Etliche Stunden später starb Moldovan dann; diese Illustration in memoriam Slibowitz war seine letzte Arbeit gewesen.

Dies alles war mir plötzlich eingefallen, während der Medizinalrat, die Zwickledter Landschaft samt Leichenwagen hinter und die Glasdose vor sich, von der Verzwicktheit aller Dinge gesprochen hatte, und zugleich schoß da, blitzartig sich zu erkennen gebend, von der ganz anderen Seite her, eine andere Fluchtlinie schnurgerade auf den Zwickledter Zahir zu, den Zusammenhang darstellend und die Erkenntnis des Ersten Punktes – den, aus dem heraus alles seinen Anfang genommen hatte – komplettierend.

Diese andere Hälfte der Wahrheit steckt in dem, was mir die Freundin von ihrem Vater erzählt hatte. Ich hatte den Zusammenhang nicht gesehen, obwohl er doch unter meinen Augen gelegen hatte: „G'sungen und g'spielt, den ganzen Tag, ah ja, das war schön . . . und ich bin seine Tochter. Die Leut' haben gesagt, daß ich ihm wie aus dem Gesicht geschnitten bin."

„Hast kein Foto von ihm?"

„Er hat sich nicht gerne fotografieren lassen. Da, das ist das einzige Bildl, was ich von ihm hab'."

Das Foto, eine rechte Amateuraufnahme, zeigte ein Mauergerüst, auf dem etliche Arbeiter posierten und zugleich belustigt auf die Figur im Zentrum des Bildchens starrten, einen kleinen Mann in Arbeitshosen und mit nacktem Oberkörper, der eine Bierflasche vor sich hin hielt und wohl gerade einen Witz über den Fotografen gemacht hatte. Viel von ihm war nicht zu erkennen, das Gesicht in einer Bewegung ziemlich verwischt, doch lag immerhin in seiner Haltung so etwas wie eine Grazie, die mir von unserer Freundin her vertraut vorkam.

„. . . das war übrigens der einzige Tag in seinem Leben, an dem er gearbeitet hat", sagte sie. „Wegen einer Bestätigung, daß sie ihn nicht zum Militär holen oder so. Und grad an dem Tag hat er sich auch fotografieren lassen. Arbeiten ist unter seiner Würde, hat er immer gesagt, der Vater."

(Das war's gewesen: ,,unter seiner Würde." Und ich hatte es nicht gemerkt.)

,,Aber wenn er nicht gearbeitet hat – was hat er denn dann gemacht?

,,Sag' ich doch: gespielt und gesungen. Ach, war das schön! Und für mich war's am schönsten, wenn's Krach gegeben hat zu Haus – du weißt schon, wegen der Bockskandl-Tant'."

,,Inwiefern war das schön, ich bitt' dich?"

,,Weil der Vater dann immer zu mir gesagt hat: komm Maderl, da gemma! Und dann sind wir halt gegangen."

,,Wohin?"

,,Im Sommer von einem Heurigen zum anderen, und von einem Wirtshaus zum anderen, wenn's geregnet oder geschneit hat – schau nicht so blöd, getrunken hat er ja nix, sondern nur gespielt und gesungen. Und ich bin auf seinem Schoß gesessen und hab' zugehört, und wenn ich aufgewacht bin, hat er immer noch gesungen, alle Taschen voll Geld, was ihm die Leut' hineingesteckt haben aus Begeisterung – ausg'stopft mit Geld wie ein Wurschtel war er da manchmal. Oft sind wir ein paar Tage und Nächte um'zogn, bis die Mama ihn gefunden und schön bitt' hat, daß er nimmer bös auf sie ist. Haja, wir waren direkt Berühmtheiten damals."

,,Du mußt mich schon entschuldigen", sagte ich zum Medizinalrat und stand auf. ,,Mir ist eben was Wichtiges eingefallen."

,,Gehst du sie holen?"

,,Vielleicht. Ich weiß noch nicht."

Ich fuhr zum Nagl-Karl und fragte ihn, ob er was von einem Mitglied seiner Zunft wisse, das Slibowitz geheißen habe.

,,Mir scheint, so einen hat's gegeben", sagte der Nagl. ,,Ist dann im Krieg gefallen oder was. Aber das war vor meiner Zeit – g'scheiter, du gehst zum Schneider oder zum Zwerschina. Die können dir vielleicht mehr sagen."

Ich fuhr zum Zwerschina.

,,Ja", sagte der Zwerschina. ,,Ich erinner' mich: so ein Kleiner, Dürrer war das. Ein bisserl ein Narr – wenn er den Rappel gekriegt hat, ist er ein paar Tag' und Nächt' mit seinem kleinen Maderl im Arm um'zogn. War eine Berühmtheit auf seine Art, damals."

,,. . . Wissen Sie noch, wie er geheißen hat?"

,,Wie er wirklich geheißen hat, weiß ich nicht. Wir haben ihn halt den Slibowitz und sein Kind geheißen."

Da war er also: der Erste Punkt, in dem fast alles mit fast allem zusammenstimmte. Kein Wunder, daß der Medizinalrat gefragt hatte, ob ich Geister sähe.

Als das soweit klar war, entschloß ich mich und ging wirklich die Stiege hinauf zu der kleinen Wohnung, von der einmal das Große Fest ausgegangen war.

Ich hatte ja den Schlüssel.

Ich schloß auf.

Ich ging ins Wohnzimmer.

Es war sehr still dort.

Ich setzte mich in den Lehnstuhl. Die Katze kam, langbeinig und geräuschlos; ich streckte die Hand aus, um sie zu kraulen, wie ich's früher immer getan hatte. Aber diesmal wich das Tier mit einem Laut des Unwillens zurück, sah mich böse an und verschwand unter dem Schrank.

Das machte mir Angst.

Ich stand auf und ging in die Küche. Die war sauber aufgeräumt.

Ich horchte an der Verbindungstür zu dem kleinen Schlafzimmer, vernahm aber nichts.

Ich öffnete leise die Tür.

Im Bett lagen, innig sich umarmend, zwei schlafende Frauen: unsere Freundin und die Aglaja.

Die Katze lief herein und schrie.

Die beiden Frauen fuhren auf.

„Halt den Mund!" sagte unsere Freundin und drückte das Aglaja-Wesen in die Polster zurück. „Bleib liegen und gib Ruh. Und du geh hinüber. Ich komm' gleich."

Sie sah nicht schlecht aus, nicht krank, auch nicht mehr erschöpft, doch zeigte sich in ihrem Gesicht ein Ausdruck, den ich noch nie gesehen hatte – eine Nicht-fröhlichkeit, die beängstigend war.

„Entschuldige bitte", sagte ich, „daß ich . . ."

„Entschuldigen? Du? Warum? Du brauchst dich nicht zu entschuldigen. Du nicht. Nie. Wenn wer um Verzeihung bitten müßt', wär's eher an mir, weil ich mich so lang nicht gerührt hab'. Aber du hast ja gesehen . . ."

Sie wies achselzuckend in die Gegend ihres Schlafzimmers.

„Ja. Ich habe es gesehen und bin überrascht. Ich wußte gar nicht, daß du auf Frauen ansprichst?"

„Tu ich eh nicht. Aber weißt du: mir geht's mit Frauen fast wie mit den Männern: ich könnt' fast jede kriegen, wenn ich wollt'. Und die da drüben ist nicht einmal eine, sondern nur eine Jungfrau oder sowas."

„Trotzdem", sagte ich unsicher, „irgendwie liegt das nicht auf deiner Linie, sozusagen."

„Nein", sagte die Freundin. „Aber was hätt' ich tun sollen? Noch in derselben Nacht, du weißt schon, kaum warst du weg, hat sie wie eine Verrückte an die Tür getrommelt. Hätt' ich das ganze Haus aufwecken lassen sollen? Nein. Also hab ich sie hereingelassen. Und dann wollt' sie mich umbringen. Erwürgen, mit den bloßen Händen. Mich! – Na ja, da war's doch besser, daß ich sie statt dessen verführt hab', nicht?"

„Mag sein", sagte ich. „Aber eine Lösung ist das nicht."

„Für sie schon", sagte meine Freundin. „Sie ist jetzt, denk' ich, normal. Den Papa hab' ich ihr jedenfalls ausgetrieben. Und sie arbeitet jetzt als Hosteß im Flughafen. Übrigens, eines muß ich ihr lassen: einen Popo hat sie wie Marmelstein. Sonst ist der Fall erledigt."

„. . . nun gut", sagte ich. „Und was geschieht jetzt? Kommst du zurück? Zu uns?"

„Ja", sagte sie. „Das werd' ich wohl tun."

„Wir müssen jetzt gehen." Es ist die Stimme des Legationsrats. „Kommen Sie, lieber Freund."

Ich öffne die Augen. Es kommt mir vor, als würde ich sie nun lange nicht mehr schließen dürfen.

Alle, die da sind – und es sind alle da –, haben sich in eine schwarze Zweierreihe eingeordnet, an deren Spitze der Sarg steht.

„Ist der Pfarrer endlich gekommen?" frage ich.

„Nein", sagt der Silberne, beugte sich nieder und zwingt mich höflich zum Aufstehen. „Er ist wohl aufgehalten worden oder nicht durchgekommen. Aber wir können jetzt nicht mehr lange warten, es wird bald dunkel; wir müssen schauen, daß wir fortkommen. Geht's Ihnen jetzt halbwegs?"

„Es geht mir jetzt, danke schön, den Umständen angemessen, gut."

Ich gehe langsam zu dem schwarzen Zug hinüber. Es ergibt sich ganz von selbst, daß ich mich auf den leeren Platz zwischen seiner Spitze und dem Sarg stelle.

Hier bleibe ich allerdings etwas verlegen stehen, denn ich weiß nicht, wie das nun weitergehen soll. Man muß den Sarg doch wohl irgendwie zum Grab bringen, aber es sind keine Sargträger da; die Beamten von der Städtischen sind wohl auch verhindert, zum Dienst zu erscheinen.

Aber die anderen haben das Problem schon bedacht. Es treten der Fürst und der Silberne und der Medizinalrat und der Dworschak und der Geschiedene und der Horsti vor, starke Männer alle, und heben den Sarg in die Höhe und sich auf die Schultern. Sie machen das mit ein wenig zu viel Schwung, finde ich. Wahrscheinlich haben sie ihn sich schwerer vorgestellt.

Und nun gehen wir langsam, Schritt vor Schritt, dahin zwischen den Grabsteinen und unter den Birken, an denen unbeweglich die goldenen Blätter hängen, obwohl wir heute den elften Elften schreiben.

Was nützt alle Hoffnung? Was nützt alle Erinnerung?

Übrig bleibt am Ende ja doch nur wieder die Gegenwart.

Zum Beispiel diese hier.

Von dem Vielen, das noch geschah, weiß ich nur wenig; von dem Wenigen aber mehr, als mir lieb ist:

Denn zum erstenmal (und zum letzten auch) hielt sie, was sie tat, auch vor ihrem Heiligen verborgen, handelte also in gänzlicher Einsamkeit, sich selbst – so vermute ich es – zur Hölle verdammend, um ihre Freunde vor der Verdammnis zu bewahren.

Das Aglaja-Wesen auf jene ungewöhnliche Art aus

dem sumpfigen Lipkowitz-Verhängnis herauszuholen und auf festen Boden zu stellen war nicht – wie ich's besserem Wissen zuwider ein paar Stunden oder einen Tag lang gehofft hatte – Zeichen und Folge einer wiedergewonnenen Lebensenergie gewesen, sondern nur ihrem tief gewünschten Bedürfnis entsprungen, Ordnung zu hinterlassen; daß man seinen Platz nach getaner Arbeit unter allen Umständen und zu jeder Zeit, und sei's um den Preis der letzten kleinen Kraftreserve, aufzuräumen hat, galt ihr als unumstößlicher Glaubenssatz. Nachdem sie das erledigt hatte, schloß sie – ich bringe dieses Bild nicht mehr los von mir – die Augen und überließ sich, ausgesetzt auf der kleinen Insel ihres Selbst, dem, was sich in Monaten und Jahren um sie aufgestaut hatte und was nun hereinbrach von allen Seiten: der Begier und der Hoffnung, dem Neid und der Sehnsucht, dem verzweifelten Drang nach Rettung und Genesung, der Eifersucht und, wer schaut da durch, vielleicht auch dem Haß auf alles, was es nur einmal gibt. Nicht mehr sich wehrend, nicht einmal mehr sich hingebend, sondern nur mehr sich ergreifen lassend.

Ja, sie kam noch einmal zurück, wie sie es versprochen hatte, aber auf andere und von uns nicht gemeinte, aber doch vollkommen logische Weise.

Ich durchschaute nicht gleich, daß sie zurückkam, indem sie verschwand, ohne mir gesagt zu haben, wohin. Und darüber gab es diesmal keine Beratung in kleinerer oder größerer Runde, weil es keine Runde gab und keinen in harmonischen Kreisen sich bewegenden Mikrokosmos mehr; die Planeten und Trabanten hatten ihre Umlaufbahnen verlassen, waren auf die Sonne gestürzt oder zerstreuten sich: es war kaum mehr möglich, sie zu erreichen.

Seltsame und zunächst unbegreifliche Phänomene

tauchten auf: zu gleicher Zeit mit der Freundin war auch der Medizinalrat unauffindbar; es hieß im Spital, daß er sich zu einer Konsultationstour in den Nahen Osten aufgemacht habe; zwei Wochen später schien er wieder in Wien eingetroffen zu sein, das erfuhr ich aber erst in der dritten, und da nur durch Zufall; derselbe unzuverlässige Zeuge sagte mir, daß er ihn in einer üblen Tagesbar habe verschwinden sehen – in einer, die dem Köberle gehörte, übrigens – und daß er den Eindruck gehabt habe, der Medizinalrat sei stark betrunken gewesen; es gelang mir jedoch auch jetzt nicht, meinen alten Freund zu erreichen; entweder hatte er sein Spital seither wirklich nicht mehr betreten oder er ließ sich erfolgreich verleugnen. Inzwischen war aber, seit genau einer Woche, der Legationsrat verschwunden, auf eine diplomatische Reise, hieß es im Außenamt, aber ich spürte, daß man mich dort in seinem Auftrag belog. Von einer Rückkehr erfuhr ich in diesem Fall nichts, es wunderte mich aber schon nicht mehr, als das Genie sich von einem Tag zum anderen nicht mehr blicken ließ und bald darauf die vordem so tröstlich gewesenen Meldungen des Großen Silbernen plötzlich ausblieben.

Täglich schloß ich mit meinem Schlüssel die gewisse Tür auf, betrat die leere Wohnung, goß die Blumen, fütterte die immer magerer werdende Katze und hinterließ kleine Botschaften auf dem Kopfpolster des frisch überzogenen, aber seit Wochen nicht mehr benützten Bettes. Wie mir dabei zumute war, will ich nicht einmal mir selbst erzählen; es war schlimmer als selbst das, was nachher noch kam.

So vergingen Wochen, und dann, eines Morgens, gegen drei Uhr (ich war am Abend zuvor noch dort gewesen), läutete das Telefon, und ihre Stimme sagte:

„Wenn du kommen kannst, komm schnell.“

Sie lag im Bett, als ich kam, von Schweiß überströmt, in einem Schockzustand, der es ihr unmöglich machte, zu reden. Die Hand, mit der sie sich an meine klammerte, fühlte sich glühend heiß an, doch ihre Zähne klapperten.

Diesmal erreichte ich den Medizinalrat ohne Schwierigkeiten auf seiner Direktnummer.

Fünf Minuten später stand er da, warf einen Blick auf unsere Freundin, die inzwischen eingeschlafen oder ohnmächtig geworden war, wurde weiß wie die Wand, beugte sich wortlos nieder, wickelte die Bettdecke um die regungslose Gestalt, hob sie auf wie ein kleines Kind und lief mit ihr hinaus und zu seinem Wagen hinunter.

Ich wäre ihm gefolgt, aber die Katze verhinderte es: sie sprang mich pfauchend an, verkrallte sich an mir und war nicht loszukriegen.

Als ich, die Katze immer noch an der Brust, die Straße erreichte, verschwand der schwarze Mercedes schon in der Ferne.

(Die Helga hat sich der Katze dann angenommen; das Tier scheint sich recht wohl zu fühlen in diesem Wirtshaus; es gewöhnt sich allmählich daran, von vielen Gästen gekrault und gestreichelt zu werden.)

War sie eigentlich schön?

Wir haben uns nie gefragt, ob sie es war.

Sie war klein und von guter Figur, die den Eindruck von Härte und Raschheit erweckte. Wenn sie sich bewegte, hatte sie etwas von einem Billardball an sich, der von Bande zu Bande schnellt; und wenn sie sich nicht bewegte, schien das nur ein Augenblick-Zustand, ebenfalls wie bei einer Kugel, die bei der leisesten Erschütterung zu rollen beginnen wird.

Aber war sie schön?

Von ihrem Gesicht ließ sich sagen, daß es nicht rund, sondern fünfeckig war und die kleinen Knochen des Schädels sich deutlich unter der Haut abzeichneten; es war ein Gesicht, das in einem den Wunsch weckte, mit den Fingerspitzen darüberfahren zu dürfen, um seine Feinheiten wahrzunehmen. Doch, ob es ein schönes Gesicht war, weiß ich nicht, weil es stets bewegt war wie ein fließendes Wasser oder eine Flamme, die man ja auch nicht fixieren, sondern nur an ihrer Bewegung als Wirbel oder Flamme definieren kann. Unbestreitbar schön waren freilich ihre Augen, braune, feuchte Kugeln, Augen, die stets hellwach und aufmerksam waren.

Nein, ich kann nicht sagen, ob sie schön war, obwohl ich weiß, daß sie manchmal häßlich sein konnte – wenn sie aus dem Schlaf gerissen wurde zum Beispiel: dann sah sie mit vorgeschobener Unterlippe und zusammengekniffenen Augen wie eine besonders bösartige kleine Hexe in die Welt.

Nein, sie war vermutlich an sich und eigentlich nicht schön, aber sie wirkte schön, wenn sie angespannt arbeitete, wenn sie tief schlief – entspannt auf der rechten Seite liegend, das Gesicht auf dem Oberarm und die Hand auf der linken Schulter, so schlief sie – und es war schön, sie zu beobachten, wenn sie hingegeben sang, lachte, redete oder zuhörte, wenn sie jemanden bei sich wußte, den sie liebte oder der sie liebte (sofern sie in dieser Hinsicht überhaupt einen Unterschied machte), wenn sie sich über etwas Gutriechendes oder Gutschmeckendes freute, wenn sie über irgend etwas traurig war oder an irgendwem Anteil nahm – und da sie ja immer eines davon tat, war sie doch immer schön.

Ich kann auch nicht sagen, ob sie wirklich – wie der Medizinalrat das behauptete – zu leuchten vermochte, ich meine: eine tatsächlich wahrnehmbare Aura oder

Ausstrahlung oder sonstwas dergleichen besaß; einmal im „Rhodos", und ein zweites Mal bei der Verlobungsfeier hatte ich allerdings auch so etwas wie einen Schein, einen Halo um sie zu bemerken geglaubt; aber bei beiden Gelegenheiten mochte das ungewohnte Kerzenlicht diesen Eindruck bewirkt haben.

Aber das ist eine an sich und für uns sowieso ganz nebensächliche Frage. In meiner Erinnerung leuchtet sie, ja ist sie nichts als ein Leuchten.

Ich saß an ihrem Spitalsbett, hielt mit einer Hand die ihre – sie klammerte sich mit einer Kraft an meine Finger, die entsetzlich war – und streichelte mit der anderen ihre Stirne. In ihrem hohen Fieber zitterte sie immer noch wie in eisiger Kälte.

Obwohl der Medizinalrat sie mit Sedativa vollgepumpt hatte, öffnete sie von Zeit zu Zeit die unnatürlich geschwollenen Lider und sah mich an, als ob sie lange nachgedacht hätte und immer noch denken müßte; ich kannte diesen Blick von früher her, aus den Tagen der Odyssee, wo sie auch immer erst lange überlegt hatte, ehe eine Frage ausformuliert war.

Schließlich sagte sie:

„Tätst mir helfen, wenn du könntest?"

„Ja", sagte ich.

„Kannst du?" sagte sie.

„Ja", sagte ich, „selbstverständlich."

„Dann tu's", sagte sie. „Denn du bist der Größte."

Und dann schlief sie endlich ein, und die Umklammerung ihrer Finger löste sich, sie drehte sich auf die rechte Seite, legte das Gesicht auf den rechten Oberarm, die Hand auf die linke Schulter und schlief ein.

Ringsum standen die dunkelroten Rosen des Fürsten

und die weißen des Legationsrates und die orangenen des Silbernen und meine Madonnenlilien und der Mohn des Genies und lila Chrysanthemen und noch viele andere Blumen.

Die Schwester Sigrid, die diese Blumen zunächst weggeräumt hatte, weil Blumen in einem Krankenzimmer ja nicht erlaubt sind, war vom Medizinalrat in unflätiger Weise angebrüllt worden; ein sanft lächelnder, sichtlich balkanesischer Krankenpfleger hatte die Sträuße dann wieder hereingebracht und mit wirklichem Gefühl für ihre Schönheit über den ganzen Raum verteilt.

Als sie endlich eingeschlafen war, stand ich auf und ging hinüber in das Zimmer meines alten Freundes, des Medizinalrats.

Dort waren schon alle versammelt.

Alle waren sie da, saßen in den Lederfauteuils oder standen umher, die Rücken an die Regale mit den Büchern und den goldenen Teegeschirren gelehnt.

Der Medizinalrat saß hinter seinem Schreibtisch und spielte schweigend mit der gläsernen Dose.

In der Stille glaubte ich Fernes zu hören, ein Bellen und Stöhnen und Klirren und Splittern, eine nur sekundenlange akustische Illusion, leicht zu erklären aus einer allzulangen Nervenbeanspruchung.

„Nun?" sagte ich. „Die Diagnose?"

„. . . Aneurysma", sagte der Medizinalrat.

„Was ist das?"

„Ein Riß in der hinteren Wand der Herzkammer."

„Ein Sprung, meinst du."

„Ja, ein Sprung."

„Wie ist die Prognose?"

Der Medizinalrat hob die mächtigen Schultern und ließ sie fallen. Donnernd, sozusagen. Dann nahm er das schwarze Monokel aus der Höhle und putzte es.

„Tage?" sagte ich. „Oder Monate?"

„Vielleicht auch länger", sagte der Medizinalrat.

„Schlimm? Oder erträglich?"

„Sehr schlimm", sagte der Medizinalrat.

Nachdem er dies gesagt hatte, schwiegen wir alle.

Dann sagte er, wir möchten ihn für eine kleine Weile entschuldigen, dringend müsse er nach einem frisch operierten Fall sehen, sagte er, stand auf und verließ langsam schwankend den Raum.

Dann sah der Große Silberne den Legationsrat an, und der Legationsrat erwiderte diesen Blick.

Der Lipkowitz-Zweyensteyn jedoch sah mich an, so als sähe er eigentlich nicht mich, sondern das winzige Bild von mir auf der Retina seines eigenen Auges.

Es sah mich aber mit seinem breiten und sympathischen Gesicht auch der Geschiedene an; er lächelte, aber so ohne jeden Vorwurf, daß sein Lächeln fast wie eine schmerzliche Grimasse wirkte – ein komisches Lächeln, dachte ich, und es fiel mir der Zusammenhang ein, in dem der Silberne und die Helga von komischen Geschichten geredet hatten.

Dann wandten auch der Legationsrat und der Silberne ihre Köpfe mir zu. Und alle anderen auch.

Ich hatte bis dahin nie eine solche Stille erlebt, wie sie in jenen Sekunden herrschte:

Die Stille, in der die Götter auf das brennende Troja blickten;

die Stille, in der die Schlange den Schwanz aus dem Maul nimmt;

die Stille, ehe die Riesen sich aus den Felsen lösen;

die Stille nach der Geburt;

die Stille, wenn sich die Frau zum erstenmal vor dem Mann entkleidet;

die Stille vor dem Einschlafen.

Wenn eine Katze in dem Zimmer gewesen wäre, hätte diese Stille sie getötet.

Dies war der Augenblick, in dem mir klarwurde, warum alle unsere Wege sich gekreuzt hatten, in dem ich endlich wußte, warum all das geschehen war, was zuvor geschehen war und um dessentwillen ich verurteilt worden war, ein Heiliger für einen einzigen Menschen zu werden. Der Zweite Punkt war erreicht.

Der Geschiedene und der Silberne, der Lipkowitz-Zweyensteyn und der Legationsrat bestätigten der Reihe nach mit einem Kopfnicken das Urteil, standen auf und verließen den Raum. Ich wartete eine Weile, ob der Medizinalrat zurückkäme, aber er kam nicht.

So stand ich denn auch auf.

Und nun kommen sie alle der Reihe nach heran und an mir vorbei, in schönen schwarzen Anzügen.

Was hat getan werden müssen, ist getan.

Wir haben den Sarg in die Grube hinuntergelassen.

Wir haben kleine Schäufelchen voll Sand und viele Blumen hinabfallen lassen: auf den Sarg, auf das Holz, auf sie.

Wir haben kein Wort gesprochen. Aber die Schneider-Brüder und der Nagl-Karl und der Zwerschina haben leise „Der Schwalbe Gruß" gespielt. Das ist eine Schrammel-Melodie, die man nur hört, wenn ein Mitglied der Zunft begraben wird: dann spielen die anderen sie ihm zum Abschied.

Der Geschiedene kommt zu mir, drückt mir die Hand, und erst an seinem tränenüberströmten Gesicht wird mir bewußt, daß wir alle, alle wir Männer, seit einigen Minuten weinen.

Der Medizinalrat tritt heran, drückt mir die Hand

und geht langsam, von einer Seite auf die andere sich wiegend, in die Eiszeit ab. Der bräunliche Exote gibt mir eine sanfte Hand, verbeugt sich und geht fort.

Es kommen der Zwerschina, der Brettschneider-Ferdi, der Nagl-Karl und die Schneider-Brüder und drükken meine Hand.

Der Herr Josef Dworschak drückt mir die Hand. Nach ihm reicht mir der Maria seine langen Finger.

Hinter ihm steht schon ein anderer, den ich nicht kenne, der mir aber auch die Hand drücken will. Sonderbarerweise tut er's im Griff des Löwen; danke schön für diesen Trost, aber ich habe leider keine Ahnung, wer da brüderlich mit mir fühlt und warum er's tut; die kunterbunte Welt meiner lieben und nun verewigten Freundin hat doch wohl einige Zonen gehabt, die ich nicht mehr erforscht habe.

Aus der Tiefe des Netzes kommen der Schieferl, die Kwapil, der Herr Peter, die Helga und viele andere und drücken mir die Hand.

Der Legationsrat drückt mir die Hand. Als einziger sagt er etwas, nämlich „Wie wird uns frieren . . .“

Nur das Genie gewährt mir nicht die Gunst, sondern stiert mich aus geröteten Augen an und schließt und öffnet seine Hände, als ob er mich gleich anspringen wollte. Aber der Horsti und der Heinzi sehen das, haken ihn unter und ziehen ihn kurzerhand fort.

Draußen, jenseits der Friedhofmauer, gibt ein Polizeifahrzeug ein kurzes Signal. Dieser Tuzzi denkt wirklich an alles – man kann jetzt, in den Tagen der auseinanderbrechenden Interdependenz und der zunehmenden Störung in den laufenden Programmen, wirklich nichts Gescheiteres tun, als die Außenbezirke im Konvoi und möglichst unter Begleitschutz zu passieren, wenn die Dämmerung kommt.

Aber die Herren sind taktvoll genug, um mich noch eine Minute mit dir allein zu lassen.

Schlafe wohl, liebe Freundin, Schwesterchen, kleine Monade. Jetzt kannst du schlafen, so lange du willst. Du hast dir's verdient, denn du hast etwas Ungeheueres geleistet, nämlich allen, die dich kannten, bewiesen, daß es neben allen denkbar besten Welten eine noch viel bessere geben muß.

Schlafe wohl. Wäre ich ein anderer, als der ich bin, kein Saturnier oder Kainit, ich könnte nur um deinetwillen an eine Auferstehung und ein Leben nach dem Tode glauben, denn ich möchte dich wiedersehen. Auch würde ich dich doch gerne fragen, auf alle Fälle sozusagen, ob es richtig war, was ich getan habe.

Ich bin mir ziemlich sicher, daß du es mir bestätigen würdest; aber hören tät' ich's schon gern. Denn jetzt, da meine Heiligmäßigkeit von mir genommen wurde, bin ich ratloser denn je.

Übrigens habe ich noch eine zweite Kapsel aus der Dose genommen.

Die Vorstellung, daß wir bald tun könnten, was wir nie getan haben, nämlich zusammen schlafen, wirkt sehr verlockend auf mich: Odysseus hört den Gesang, den unwiderstehlichen.

Aber es ist noch einiges zu erledigen und in Ordnung zu bringen; und du hast mir schließlich beigebracht, daß man seinen Arbeitsplatz aufräumen muß, ehe man Feierabend macht.

Ein, zwei Jahre noch, animula vagula blandula, meine kleine Seele – von uns beiden war ich ja immer der Unpünktlichere.

Schlaf nur. Ich komm' dann schon.